CW01508599

# Un monde de fous

# Du même auteur

Mémoires de déportés
*La Découverte, 2003*

Mon enfant autiste
*Seuil, 2004*

Fayat, une histoire à hauteur d'hommes
*Le Cherche Midi, 2008*

La Déprime des opprimés
Enquête sur la souffrance psychique en France
*Seuil, 2009*

Un homme comme vous
Essai sur l'humanité de la folie
*Seuil, 2014*

*Patrick Coupechoux*

# Un monde de fous

## Comment notre société maltraite ses malades mentaux

PRÉFACE DE JEAN OURY

*Éditions du Seuil*

L'auteur remercie Jean Oury et Lucien Martin.

ISBN 978-2-7578-3664-4
(ISBN 978-2-02-081254-1, 1re publication)

© Éditions du Seuil, 2006

Le Code de la propriété intellectuelle interdit les copies ou reproductions destinées à une utilisation collective. Toute représentation ou reproduction intégrale ou partielle faite par quelque procédé que ce soit, sans le consentement de l'auteur ou de ses ayants cause, est illicite et constitue une contrefaçon sanctionnée par les articles L.335-2 et suivants du Code de la propriété intellectuelle.

# Préface

Une somme ! Des documents, articulés. Une histoire, depuis *La Nef des fous* jusqu'à aujourd'hui : la « psychiatrie », qui flotte encore mais qui souvent s'enfonce, coule lentement, submergée dans un processus d'effacement, de destruction. Le poids de la bêtise en harmonie avec un pseudo-positivisme redoutable : l'installation mondiale du simplisme et de la transparence, la mise à mort des gestes, des signes, des affinités subtiles. Que reste-t-il de ce qui fait l'étoffe de notre travail, c'est-à-dire les mille façons d'articuler la « rencontre », rencontre avec l'autre, avec autrui, équation première de tout travail psychiatrique digne de ce nom ? Tout est pesé, mesuré, compté, « machiné », broyé, compost sordide où fermentent les restes d'autrui, du respect, de l'éthique, de la demande, du désir… Constructions subtiles et délicates, concepts réduits en bribes et morceaux. Comment, dans cette atmosphère d'hypocrisie productive, accueillir l'autre, mon semblable, dans sa détresse, son esseulement ?

Ce travail de Patrick Coupechoux est si dense et précis, dans l'histoire et la contemporanéité, qu'il est difficile de le commenter. Précieux regroupement qui permet de deviner la syntaxe des événements, des massifications qui ponctuent le temps qui passe dans ses retours, ses stéréotypies, ses grimaces. Sentiers qui mènent à ce domaine souvent étouffé : celui de l'« infra-histoire », au sens d'Unamuno. Dans ces temps de précipitation absurde et quasi criminelle, il est bon de retrouver l'ordre de la marche, de la base (*basis*). C'est alors qu'on peut raconter « ce qui compte », dans l'ordre de l'existence, l'ordre de l'inestimable et du « non-comptable ».

Ce texte permet, enfin, de se tenir sur une plate-forme : résistance contre ces dérives qui rappellent tragiquement ce qui a eu lieu il n'y a pas si longtemps. D'ailleurs, dans ce domaine, il ne faut pas glisser vers ce mythe redoutable du « présentisme ».

Ce travail est difficile. Ce dont il s'agit ne peut être saisi sans la mise en acte d'une sorte de technique d'analyse permanente, de réinterprétation des déviations idéologiques, des retombées dans une banalité stéréotypée qui traversent les frontières du temps, qu'il s'agisse de Freud, de Cézanne, du secteur, de Lacan… Un travail constant de désaliénation est nécessaire, sinon il y a glissement vers un schématisme insipide, à la limite du ridicule. Chaque mot, chaque phrase, chaque proposition technique ou théorique doivent être revisités, recalibrés dans leur contexte historico-syntaxique pour éviter une déviation du sens (comme l'a étudié Viktor Klemperer, de Dresde). Toute idéologie doit être réfléchie, non pas pour en rétablir la « pureté », toujours mythique, mais pour en mesurer son degré d'inscription initiale, contextuelle (inscription au sens de la « fonction scribe » pour reprendre l'expression de Michel Balat dans son commentaire de la sémiotique de Charles Sanders Peirce). Il s'agit là d'un travail rigoureux, un travail d'herméneute, sinon de traducteur, fait pour éviter des prises en masse idéologiques qui peuvent infléchir le sens de l'histoire la plus concrète. Nous n'avons pas fini de passer au crible les infléchissements, les catastrophes de traduction approximative de textes tels que ceux de Marx, de Freud ou de Lacan, entre autres. Des cathédrales se construisent sur des assises déjà corrompues. C'est à travers ces dérives, ces torrents de mésinterprétations, que notre auteur maintient sa réflexion critique tel un fil rouge qui nous permet de le suivre au long des récits, des propositions officielles, stéréotypées (« santé mentale », « réadaptation »). Sinon, que pouvons-nous comprendre des discussions de base sur le secteur, l'hospitalisation, la forclusion, l'inconscient, les fantasmes, la psychothérapie institutionnelle… Ce ne sont que des cristallisations conceptuelles toujours en danger d'hypostase, voies ouvertes vers les réifications et le monde gigantesque de la fétichisation marchande.

Ces quelques réflexions peuvent nous aider, je l'espère, à suivre pièce par pièce cette somme critique faite d'événements, de microhistoires, de passions. Il ne s'agit pas, bien sûr, de prétendre rétablir la « vérité » – démarche naïve de celui qui croit pouvoir se passer de l'échafaudage du « vraisemblable » –, mais il est toujours urgent, chroniquement urgent, de ne pas se laisser embrigader dans le calcul actuel des « événements » artificiellement découpés par des machines dont le prototype peut être la machine du bistrot dans *Jamais le dimanche*, le film de Jules Dassin !

Ce travail, ce texte, est précieux, quasi indispensable par son effort de regroupement, de visualisation, dans l'ordre du « sérieux » (comme le disait Kierkegaard), parce qu'il conjugue sans complaisance *tekhnê* et *phronèsis* à travers les arguments, les « décrets » de ceux qui « croient croire » que le bien social est tissé d'économisme simplet. Il nous donne à voir, dans un subtil regroupement, des décisions, des organisations, des « architectures » qui mélangent préjugés, pseudosciences, inexpérience patentée. Hélas, combien de « morts à l'existence », de réductions d'âme, de renoncements à l'expression, de misère par manque d'accord, même au plus lointain processus schizophrénique, sont le résultat de cette mise en ordre, aussi bien comptable que hiérarchisante... Nous assistons au piétinement, à l'écrasement du « singulier », cher à Guillaume d'Ockham, par les servants d'une « logique managériale » dont l'innocence se mesure au coefficient de perte de l'alphabétisation la plus élémentaire. D'où le succès armé de pseudo-sciences, agrémentées de réjouissances programmées, qui prennent le pouvoir organisationnel dans une atmosphère grise.

Mais comme le disait Samuel Beckett, « ça fait longtemps que ça dure, mais ça ne fait que commencer »...

Je suis très embarrassé. Ce texte est d'une telle densité et les voies d'entrée tellement multiples qu'il y a difficulté pour en rendre compte dans ce qu'on appelle encore une « préface ». J'aurais tendance à réduire ce texte à des citations qui me semblent judicieuses. Á la longue, ce serait une sorte de reprise dans un horizon hors contexte. J'avais donc pensé d'abord qu'il serait opportun d'indiquer des voies de sensibilisation et de proposer au lecteur de lire tel ou tel chapitre afin de le familiariser avec les problèmes soulevés, par exemple les deux chapitres consacrés à la Roquette, car y sont articulés des concepts qui ne prennent sens que dans ce qu'on peut encore nommer l'« expérience », ou bien les réflexions sur le « dopage psychologique » (joie de vivre, résilience, « devenir l'entrepreneur de sa propre vie »), dérives de ce que je nomme souvent un « positivisme dégénéré ».

Je me bornerai donc à quelques clins d'œil sur l'histoire, les événements, les propositions officielles, avec en contrepoint des remarques incisives. Prises de position, à propos de Michel Foucault – après avoir présenté ce travail remarquable qu'est *Histoire de la folie à l'âge classique* –, telles que « cette chute dans l'objectivité » ou « enchaîné finalement à l'humiliation d'être objet pour soi », réflexions grosses d'avenir qui expliquent, à mon avis, les dérives futures de Michel Foucault à propos de la psychiatrie, lesquelles ont encouragé les pratiques régressives des « antipsychiatries ». Bien sûr, ce n'est ici qu'une incise, bien argumentée dans le texte.

Il serait bon également de lire rapidement une page du chapitre intitulé « La lecture de Gladys Swain », dans lequel apparaît cette phrase de Hegel qu'on pourrait mettre en exergue à tout ce travail : « L'homme a pour ainsi dire le privilège de la folie. »

Et cette présentation de la naissance de la loi de 1838 par Robert Castel, ainsi que la création d'un « corps de médecins fonctionnaires placés sous l'autorité des préfets »... Bien sûr, nous sommes censés connaître cette histoire, mais c'est tout autre chose de savoir l'articuler avec l'ensemble des événements qui l'accompagnent.

Et l'eugénisme, ses lointaines racines en France (*Essai sur l'inégalité des races,* du comte Joseph Arthur Gobineau en 1855), et, bien sûr, le célèbre Alexis Carrel, Prix Nobel de médecine en 1912, auteur de *L'Homme, cet inconnu* et qui propose des moyens plus « économiques » pour traiter les « anormaux » : fouet ou « établissement euthanasique, pourvu de gaz appropriés » (rappelez-vous la longue lutte de Lucien Bonnafé contre le succès médiatique du grand homme, qui a perduré longtemps et qui n'est pas encore éteint). Tout cela relativise – il est toujours bon d'insister – les célébrités. Par exemple, Édouard Toulouse, partisan de la stérilisation au nom d'une « biocratie », Gaëtan Gatian de Clérambault, vaillant « défenseur de la race », le professeur Hoche, en Allemagne, Carl Schneider... Tout est bien articulé, une fois de plus, afin de ne pas oublier l'ignominie et de continuer de la déchiffrer dans l'histoire contemporaine.

Et les références à Jean Ayme, à Alice Ricciardi von Platen (*L'Extermination des malades mentaux dans l'Allemagne nazie*), à Max Lafont, à Isabelle von Bueltzingsloewen sur les quarante mille à soixante mille morts de faim dans les hôpitaux psychiatriques en France pendant la Seconde Guerre mondiale…

Il est très important de revisiter ces événements, qui restent là, « hors temps », à la limite des consciences plus ou moins oublieuses. Il s'agit toujours de contemporanéité. C'est une façon de mettre en relief tout le travail de quelques psychiatres très conscients de ces dérives tragiques d'une « aliénation sociale » de plus en plus infiltrante, d'où les rencontres renouvelées de nos amis, depuis le professeur Requet, Bonnafé, Daumézon, Balvet et, bien sûr, Tosquelles et Lacan. L'auteur arrive à suivre dans la présentation de tous ces courants un chemin d'une grande précision : le travail de base de Saint-Alban, articulant l'expérience de Tosquelles (Pere Mata, à Reus ; Almadovar del Campo, pendant la guerre d'Espagne…).

Vous voyez que je ne peux guère commenter ces évocations précises tant elles sont exactes, ne trahissant pas les différentes prises de position tout au long de cette histoire, surtout depuis 1945.

À citer encore cette remarque désabusée de Georges Daumézon : « Il est difficile de se transformer d'abbé mitré dans son monastère en moine mendiant sur la route. » Et les problèmes du secteur. Et l'impact de la politique sur l'ensemble de ces démarches de base. Entre autres, parfaitement souligné, l'effet de cette ignominieuse « ligne Jdanov » sur les PC avec l'éclatement en 1947 de ce regroupement remarquable (sous le nom de Batia, « ensemble » en langue basque) de personnalités telles que Lucien Bonnafé, Henri Duchêne, Louis Le Guillant, Henri Ey, Julian de Ajuriaguerra, Sven Follin, Jacques Lacan, Paul Sivadon, François Tosquelles, Pierre Fouquet… Éclatement dû à la position jdanovienne contre la psychanalyse, appuyée entre autres par des articles de l'innommable Jean Kanapa, de *La Nouvelle Critique*, rapprochant psychanalyse et idéologie nazie.

Tout est minutieusement articulé : rencontres de Bonneval, groupe de Sèvres, le secteur, le statut des psychiatres, les syndicats des psychiatres, le livre blanc, les CEMEA, la chlorpromazine et Henri Laborit, l'imipramine et Roland Kuhn… Mise en place historique pour situer, donner une base solide, argumentée, à ce qui est en question actuellement, ce que depuis bien longtemps j'ai nommé la « montée d'une hyperségrégation » et la destruction concomitante de la psychiatrie par ce qu'on nomme encore la « logique managériale ». Il fallait ce contexte, le rappel de cette expérience collective extraordinaire, pour mieux saisir l'infatuation extrêmement dangereuse des « rapports » aux ministres, des décisions organisationnelles, des suppressions massives des lits d'hôpitaux, des infirmiers psychiatriques, des psychiatres. La « thanatocratie », comme le prévoyait Michel Serre il y a une quarantaine d'années, est maintenant au pouvoir, s'infiltrant dans toutes les structures encore vivantes, « existentiellement » valables. Nous sommes tous des produits, et l'hôpital n'appartient plus aux hommes du métier (psychiatres, infirmiers…) mais à des gestionnaires dont le mot d'ordre est d'établir des modèles analogues à la gestion des usines ou des grandes surfaces.

L'antipsychiatrie est maintenant au pouvoir. C'était prévisible ! L'ère des gestionnaires est arrivée. Allons-nous revenir au « grand renfermement » ? La surcharge des prisons avec un pourcentage ascendant de psychotiques n'en est-il pas le présage ? Et les rues ? Et le métro ? Et les séjours ultracourts ? Les DSM I, II, III, IV, V ? L'homogénéisation, la transparence, les questionnaires, les notes ?

L'auteur, à juste titre, parle d'un possible retour à la barbarie. Nous sommes en effet entrés dans un « État d'exception », bien décrit par Giorgio Agamben entre autres. Le législatif vient se coller à l'exécutif sous l'« atmosphère culturelle générale » de la sécurisation, accordé au principe de précaution, qui sévit sur le monde entier. La « judiciarisation » prend son envol, et cela dépasse largement le domaine psychiatrique, mais il y a glissement des vocables, des expressions toutes faites : la « santé mentale » devient une notion extrêmement dangereuse ; dans son espèce de présentation fourre-tout, elle détruit la spécificité du champ psychiatrique. Il y a confusion, entretenue, entre « souffrance psychique » et « maladie psychique ». Il en résulte des pratiques de « tourniquet » (l'« éternel retour », comme ironisent certains).

C'est sur cet arrière-pays, cette misère entretenue, cette destruction de toute « possibilisation », comme le diraient Henri Maldiney ou Jacques Schotte, que vous pourrez mieux estimer la saveur des différents « rapports » au ministères. De quoi perdre la foi en l'homme, dit-on, ou plutôt en l'« existant » qui, comme le profère Lacan d'une façon répétitive et géniale, est un « parlêtre ». L'homme est condamné au langage, déclame-t-il encore. Qu'est-ce qu'il devient lorsqu'il est enfermé, encellulé, attaché, privé de rencontres, homogénéisé, rendu transparent ?

Alors ? Que faire ? Lisez ce livre, manuel lucide pour trouver les moyens de survivre et de résister.

JEAN OURY,
psychiatre, fondateur
et directeur de la clinique de la Borde
à Cour-Cheverny

*(décembre 2005)*

# Introduction

Comment notre société entend-elle faire face aujourd'hui au problème de la maladie mentale ? Telle est la question que je me suis posée au démarrage de cette enquête, consacrée essentiellement à la psychiatrie publique et adulte. Une question relativement simple. Pourtant, dès le début, je me suis trouvé confronté à une multiplicité de points de vue, comme si chacun détenait une parcelle de la réponse, sans qu'il soit possible de réunir facilement les pièces du puzzle. Pour cela, il m'a fallu faire un détour par l'histoire. On ne comprend pas ce qui se passe aujourd'hui si l'on n'a pas une idée de ce que fut la révolution du « désaliénisme » après la Libération. Le « secteur », qui en est issu, constitue aujourd'hui l'organisation de base de la psychiatrie en France. Surtout, ses idées sont présentes dans tous les discours, officiels ou non, et se trouvent au cœur des débats actuels. On ne peut rien comprendre au secteur et à ce qui s'est passé après la guerre si on ne sait pas ce que fut le traitement de la folie au XVII^e^ siècle – le « grand renfermement » – et ce qui en est sorti, l'aliénisme et le temps de l'asile, qui court encore jusqu'à nous. On ne peut pas comprendre non plus les enjeux d'aujourd'hui si on n'a pas en tête ce qu'est l'eugénisme, déclaré ou rampant, et ce qu'a été le sort réservé aux malades mentaux dans la première partie du XX^e^ siècle, notamment dans l'Allemagne nazie et dans la France de Pétain.

Alors, petit à petit, une certaine cohérence est apparue. Au cours de son histoire récente, la société a toujours abordé la question de la folie sous deux angles. Il lui a fallu d'abord s'en protéger, car elle fait peur ; elle est considérée comme perturbante pour le bon fonctionnement social, voire dangereuse. Il lui a fallu aussi l'accompagner, tenter de la traiter, car le fou ne peut être totalement exclu de la société des hommes, il appartient à l'humanité et il interroge sans cesse celle-ci. La réponse globale apportée a toujours oscillé entre ces deux exigences, mais l'accent a été mis sur l'une ou sur l'autre selon les périodes historiques et la vision qu'a une époque de la folie. Dans les années 40, on a gazé ou laissé mourir de faim les malades mentaux. Après la Libération, on a tenté de leur redonner un statut de citoyen.

En fait, il semble bien qu'une période soit aujourd'hui en train de s'achever : celle au cours de laquelle on avait tenté dès après la guerre, avec plus ou moins de succès, de placer l'être humain au centre des préoccupations et de l'action publique. Cet achèvement est lié à notre fonctionnement social – que la folie, comme toujours, interroge –, marqué par l'individualisme et la compétition, par l'exclusion et l'abandon des éléments les plus faibles de la société, par l'obsession du gain et de la gestion. Le vieux thème de l'« inutilité sociale », déjà débattu à la veille de la Révolution française, conceptualisé jusqu'au meurtre entre les deux guerres, refait surface. Le monde actuel ne sait que faire de ceux qui ne sont pas – ou qui ne sont plus – compétitifs : personnes âgées, chômeurs, handicapés, jeunes des quartiers pauvres, malades mentaux… Le vieux couple de la folie et de la misère est de nouveau là, sous nos yeux, dans la rue. Fous, délinquants et criminels se retrouvent une fois de plus sous le même toit, celui de la prison, comme au temps de Louis XIV.

Notre société, obsédée de sécurité, entend aujourd'hui maîtriser la folie. Pour cela, elle replonge la psychiatrie dans un univers dont avaient voulu la faire sortir les précurseurs du secteur à la Libération : celui de l'hôpital, seul capable à ses yeux de faire face efficacement à la crise, avec son corollaire obligé, la chimiothérapie, considérée désormais comme la panacée (pour le plus grand bonheur des laboratoires pharmaceutiques), et une multitude de thérapies rapides et « efficaces », que certains assimilent à un véritable dressage. Pour cela, elle réanime la vieille peur du fou, elle assimile folie et dangerosité, elle se lance à corps perdu dans la fuite en avant sécuritaire, entraînant dans un même mouvement délinquants, criminels, marginaux, pauvres et malades mentaux.

Elle entend également « gérer » la folie au moindre coût avec une « gouvernance » dont la finalité n'est plus l'individu mais l'allégement de la charge sociale que celui-ci représente. La puissance publique se désengage donc et, pour que soient maintenus les nécessaires équilibres sociaux, fait appel à la famille – qui supporte aujourd'hui une charge énorme –, au social (ce terme signifiant de plus en plus bénévolat et charité) pour prendre le relais après la crise, parce que la maladie mentale ne disparaît pas avec celle-ci, et au privé, car la santé mentale constitue aussi un véritable business.

En d'autres termes, l'approche de la maladie mentale aujourd'hui pourrait se résumer en une simple formule :

amoindrissement de l'asile
+
traitement médical et rapide de la crise
+
traitement social et compassionnel de la chronicité
=
rue, prison, abandon.

Pour qu'un tel retournement ait pu s'opérer, il a fallu mettre à bas tout le travail théorique effectué depuis des dizaines d'années : nier le psychisme et le sujet au profit d'une conception uniquement biologique de l'individu ; rejeter toute tentative de compréhension de la maladie mentale au profit d'une vision scientiste, simpliste et pragmatique de l'être humain ; abandonner tout effort visant à accompagner réellement le patient afin qu'il puisse vivre avec sa maladie – c'est-à-dire le soin – au profit d'une « réhabilitation » sociale qui ressemble bien à une voie de garage ; noyer la folie dans une notion aux contours flous, celle de la « santé mentale », conçue non pas comme l'avaient imaginé les créateurs du secteur – c'est-à-dire une vision de la folie dans la cité – mais comme une réponse à la misère psychique et à la souffrance de masse, afin d'éviter de poser les vraies questions politiques que celles-ci soulèvent.

Cette vision de la folie est très inquiétante. Si les malades ne sont plus des « sujets » qu'il faut écouter mais des « objets » qu'il faut « traiter » ou « gérer », c'est-à-dire non plus des hommes et des femmes avec des sentiments, avec une histoire personnelle, avec des relations sociales, avec un psychisme, mais simplement un « profil symptomatique » ou un « cerveau », si l'objectif de la société n'est plus de soigner, d'aider, de tendre la main à ceux qui souffrent, mais de gérer au moindre coût un problème embarrassant, la porte est alors ouverte au tri entre ceux qui sont curables et ceux qui ne le sont pas, entre ceux qui ont les moyens de se soigner et ceux qui ne les ont pas, et donc à l'exclusion. La porte est aussi potentiellement ouverte au pire, qui ne demanderait qu'à se réaliser pour peu que les conditions politiques et historiques s'y prêtent, on l'a vu dans une époque après tout pas si lointaine. Il y a aujourd'hui urgence,

urgence à regarder de nouveau le fou comme un autre soi-même, urgence à considérer qu'il ne nous interroge pas seulement sur sa propre condition, mais sur la nôtre. À le maltraiter comme nous le faisons aujourd'hui, c'est nous-mêmes que nous maltraitons, sans le savoir et sans en mesurer la portée.

# Regards sur l'histoire

L'ordre des fous est si nombreux
que j'ai failli être oublié.

SEBASTIAN BRANT

# La nef des fous

Il existe au musée du Louvre, à Paris, un extraordinaire tableau du peintre hollandais Jérôme Bosch, intitulé *La Nef des fous*. Il représente une drôle d'embarcation, peuplée de personnages grotesques. Une religieuse jouant de la mandoline et un moine chantent en chœur et tentent de happer un gâteau suspendu à un fil. Autour d'eux se pressent des êtres gras et grivois. L'un d'entre eux grimpe à un mat de cocagne (un arbre dans le feuillage duquel on peut voir une tête étrange ressemblant à la Mort) ; il a un couteau à la main et s'apprête à découper ce qui ressemble à un porc prêt à être mangé. Deux autres sont dans l'eau, nus ; l'un tend une coupe à son compagnon tandis que, sur la droite, un fou au bonnet à cornes boit, assis sur une branche, le regard tourné vers un poisson qui pend, accroché par la gueule. Ce tableau a été peint à la fin du XVe siècle, c'est-à-dire à cheval sur le Moyen Âge finissant et la Renaissance débutante. On y distingue la vision moyenâgeuse de la folie, avec les peurs qu'elle inspirait – elle était liée au diable, à la possession, à l'Antéchrist et à la fin du monde –, et peut-être déjà celle de la Renaissance, qui va replacer l'homme au centre de sa propre vie. D'où, probablement, la volonté du peintre de montrer que ces personnages, en proie à la gourmandise, à l'insouciance ou à la luxure, sont sur la voie du péché.

Ce tableau a, semble-t-il, été inspiré par un poème de l'humaniste strasbourgeois Sebastian Brant, *La Nef des fous*[1], publié en février 1494, le jour du carnaval à Bâle. Le peuple a le droit, durant cette « fête des fous », de se déguiser et de faire du tapage dans les rues de la ville. On désigne alors le roi des fous, celui qui a fait la plus horrible grimace après avoir passé la tête dans un trou. L'élu est exhibé dans les rues, travesti en évêque, monté sur un âne et portant la mitre et le bonnet à grelots des fous de cour, de ceux qui ont tous les droits, surtout celui de dire au souverain les vérités qui dérangent (« Longtemps il y a eu le fou du roi [...] en aucun cas il n'y a eu, en titre, le sage du roi », dit Diderot dans *Le Neveu de Rameau*). Brant s'inspire de ces carnavals, tolérés par l'Église, et il y décrit son époque comme peuplée de fous. Dans le poème, ces derniers sont embarqués sur une nef en partance pour le royaume de la Folie, la Narragonie.

> Nous connaissons mainte avarie
> N'abordons jamais le rivage
> Et sans fin est notre voyage
> Car nul ne sait où jeter l'ancre.

Chaque personnage représente un type social et une folie particulière, un vice humain spécifique. Il y a ceux qui pratiquent l'adultère et se livrent à la luxure, il y a les avares, les ivrognes, les délateurs, les juges, les riches paysans, les querelleurs et les plaideurs, les mendiants, les mauvaises femmes, les trop bavards, les ingrats, les fraudeurs et les délateurs, ceux qui se détournent du Seigneur... Le message moralisateur est bien présent.

1. Sebastian Brant, *La Nef des fous*, Corti, 1997.

Les juifs, les païens et les Daces[1]
Sont moins infâmes, moins impies
Que nous qui nous disons chrétiens :
Nos œuvres ne le montrent guère
Car avant chaque sainte date
Nous fêtons plusieurs carnavals
Livrés aux dernières folies ;
Ainsi fait-on autour de l'an.
On décapite le Carême
Pour affaiblir ferveur et foi.
Peu sont ceux à se rendre aux Cendres
Avec un peu de dévotion :
On fuit les cendres de l'Église,
Préférant se noircir de suie,
Se souiller avec du charbon :
Il plaît, le signe diabolique,
Bien mieux que le signe divin.
Tant pis pour la résurrection !

Le peuple qui se perd doit donc trouver en lui le sursaut qui lui permettra de sauver son âme. Pourtant, Brant ne s'épargne pas, il se dépeint lui-même comme un fou accumulant les livres sans pour autant devenir sage.

Je mène la danse des fous
Car je suis bien entouré de livres
Point lus, auxquels je n'entends rien.

C'est une façon de dire que la frontière entre la folie et la raison est bien floue, et qu'en conséquence la folie

1. La Dacie était une ancienne région de la rive gauche du Danube, aujourd'hui la Roumanie. Les Daces sont en fait les Tsiganes, qui, pour Brant, sont des mécréants. L'auteur fait précisément référence à l'hérésie des hussites : en 1415, en raison de ses écrits qui remettent en cause l'autorité du pape, notamment, Jean Hus est condamné au bûcher. C'est le début d'un soulèvement dans toute la Bohême.

n'est pas une manifestation de forces maléfiques extérieures à l'homme et qui le posséderaient, mais qu'elle naît de l'homme lui-même. Le fou, dit-il en substance, c'est moi aussi. Ce livre a d'abord été écrit en allemand, langue vulgaire, pour le peuple, puis traduit en latin à l'intention des élites de l'époque. Il a été l'ouvrage le plus lu au XVIe siècle, et réédité jusqu'en 1630.

En fait, la nef des fous n'est pas seulement une invention de poètes. Elle a bel et bien existé au Moyen Âge. Michel Foucault, dans son *Histoire de la folie à l'âge classique*[1], explique que les villes d'Europe du Nord, aux XIVe et XVe siècles, chassaient les fous de leur enceinte. On les laissait errer dans les campagnes éloignées ; parfois, on les confiait à des bateliers. « À Francfort, en 1399, on charge des mariniers de débarrasser la ville d'un fou qui s'y promenait nu ; dans les premières années du XVe siècle, un fou criminel est renvoyé de la même façon à Mayence. Parfois les matelots jettent à terre, plus vite qu'ils ne l'avaient promis, ces passagers incommodes ; témoin ce forgeron de Francfort deux fois parti et deux fois revenu avant d'être reconduit définitivement à Kreuznach. Souvent, les villes d'Europe ont dû voir aborder ces navires de fous. » Pour le philosophe, il ne fait aucun doute que l'existence de ces nefs est une occasion pour les villes de se débarrasser de leurs fous en état de vagabondage, même si le sort qui leur est réservé est parfois différent. Ils peuvent, par exemple, être admis dans des hôpitaux, comme l'Hôtel-Dieu à Paris, où « ils ont leurs couchettes aménagées dans des dortoirs ». Dans certaines cités, il arrive qu'ils soient fouettés en place publique, « et qu'au cours d'une sorte de jeu ils soient ensuite poursuivis dans une course simulée et chassés de la ville à coups de

1. Michel Foucault, *Histoire de la folie à l'âge classique*, Gallimard, 1961.

verges ». Souvent, on les met – déjà ! – en prison. L'accès des églises leur est interdit, alors qu'ils peuvent recevoir les sacrements. En fait, Michel Foucault voit dans ces nefs plus qu'un moyen commode de se débarrasser des insensés. « Confier le fou à des marins, écrit-il, [...] c'est s'assurer qu'il ira loin, c'est le rendre prisonnier de son propre départ. Mais à cela, l'eau ajoute la masse obscure de ses propres valeurs ; elle emporte, mais elle fait plus, elle purifie ; et puis la navigation livre l'homme à l'incertitude du sort ; là chacun est confié à son propre destin, tout embarquement est, en puissance, le dernier. C'est vers l'autre monde que part le fou sur sa folle nacelle, c'est de l'autre monde qu'il vient quand il débarque. »

Pourtant, le fou revient toujours, puisqu'il fait partie de l'humanité. Et celle-ci oscille toujours entre deux attitudes contradictoires vis-à-vis de lui : le rejet et la fascination ; le furieux dangereux dont la société doit à tout prix se protéger et le fou du roi, libre de pouvoir dire ce que personne n'ose dire, qui possède donc cette liberté-là. Ce fou est souvent dérangeant car il constitue une loupe : le monde voit toujours en lui sa propre folie, qu'il cherche à occulter, sa propre déraison, qu'il ne veut pas reconnaître. Sebastian Brant voulait faire de son poème *La Nef des fous* un miroir dans lequel les hommes devaient se regarder afin d'y discerner leur propre folie et de trouver en eux-mêmes la sagesse permettant de s'en libérer. Évoquant les fous et les déments « qui montent en foule », il écrit :

> D'un seul coup d'œil à mon miroir,
> Qui s'y mire, qu'il sache apprendre
> À ne plus s'estimer un sage,
> À se croire ce que n'est pas
> Il n'est qui soit franc de défaut
> Qu'il n'ose plus jamais prétendre
> Être avisé et non point fou.

Pourtant, l'embarcation sur laquelle les fous se trouvent doit les éloigner de la cité. Plus tard, les murs de l'asile remplaceront la coque du navire, avec toujours la même volonté, celle d'exclure, de mettre à l'abri des regards, de faire disparaître la folie en la cantonnant dans des lieux à l'écart du monde, « sur le seuil », comme dit Michel Foucault, « enfermée aux portes de la ville », retenue « sur le lieu de passage ». Il faudra d'ailleurs attendre après la Seconde Guerre mondiale pour que la question de l'enfermement des malades mentaux soit publiquement posée, à la suite d'un long parcours historique fait d'avancées et de reculs qui montrent que l'histoire de la folie est toujours intimement liée à celle de la société dans son ensemble. Ce n'est probablement pas un hasard si la libération des fous enchaînés de Bicêtre par Philippe Pinel advient au siècle des Lumières et au moment de la Révolution française, si la naissance du secteur – qui va poser pour la première fois la question de la « désaliénation » des malades mentaux, et donc de leur retour dans la cité – intervient dans le bouillonnement de la France d'après 1945. À l'inverse, ce n'est certainement pas un hasard non plus si les théories eugénistes fleurissent en France et en Europe durant l'entre-deux-guerres – période marquée par l'ascension du fascisme, du nazisme et de l'antisémitisme –, si soixante-dix mille malades mentaux sont exterminés dans l'Allemagne nazie dès 1933, et si quarante mille pensionnaires des asiles de Vichy meurent de faim entre 1940 et 1945. « Le comportement d'une société envers ses déviants est un des meilleurs témoignages de son degré de civilisation », disait Lucien Bonnafé, l'un des psychiatres inventeurs du secteur à la Libération. Trois périodes historiques peuvent illustrer cette idée : le grand renfermement, au XVII^e siècle et le temps de l'aliénisme qui l'a suivi, l'eugénisme et l'extermination des malades mentaux dans l'Allemagne nazie, et la Libération. Elles permettent peut-être de mieux comprendre la façon dont notre monde, en ce début de XXIe siècle, traite la question de la folie après l'effondrement du modèle de l'asile et les tentatives, trop limitées, trop entravées, de désaliénation des malades mentaux.

# Le grand renfermement

La première de ces périodes intervient juste après la Renaissance, autrement dit à l'âge classique étudié par Michel Foucault dans son ouvrage *Histoire de la folie à l'âge classique*. La Renaissance bouleverse la vision moyenâgeuse de la folie : elle la libère des dieux et des démons, elle commence de s'insurger contre les bûchers que l'on réserve parfois aux fous. Pour la première fois, des médecins humanistes s'élèvent contre ces pratiques. Dorénavant, avec Sebastian Brant et Érasme[1], qui publie son *Éloge de la folie* en 1508, la folie ne vient pas d'ailleurs mais fait partie de l'humanité. Pour Michel Foucault, durant cette époque, deux visions coexistent : celle, tragique, du Moyen Âge et celle, critique, de la Renaissance. « D'un côté, écrit-il, il y aura la Nef des fous, chargée de visages de forcenés, qui peu à peu s'enfonce dans la nuit du monde, parmi les paysages qui parlent de l'étrange alchimie des savoirs, des sourdes menaces de la bestialité, et de la fin des temps. De l'autre côté, il y aura une nef des fous qui forme pour les sages l'Odyssée exemplaire et didactique des défauts humains. » La vision tragique de Jérôme Bosch va donc peu à peu s'estomper au profit de la vision critique de

1. Érasme, né vers 1469 à Rotterdam, mort à Bâle en 1536, est l'une des figures les plus marquantes de l'humanisme.

Brant. Pourtant, elle ne disparaîtra pas complètement ; elle resurgira parfois, explique Michel Foucault, par exemple dans l'œuvre du marquis de Sade, dans les tableaux de Goya ou de Van Gogh, dans les fulgurances de Nietzsche ou d'Antonin Artaud. La question de la folie n'est pourtant pas réglée à l'aube de l'âge classique – elle ne l'est toujours pas –, la séparation complète d'avec la raison n'a pas encore abouti. Descartes va s'en charger. Pour lui, la folie est totalement étrangère à la raison, à tel point qu'il ne peut concevoir d'être fou lui-même. En d'autres termes, je pense donc je suis, donc je ne peux être fou. Il s'agit là d'une rupture avec la période précédente, où folie et raison pouvaient encore à voir ensemble. Avec Descartes, la séparation est consommée, ce qui ouvre la porte à ce que la période suivante, celle de l'âge classique, va non seulement concevoir, mais mettre en œuvre : l'exclusion. « Désormais, la folie est exilée », dit Michel Foucault.

Cet exil va prendre, aux XVII^e^ et XVIII^e^ siècles, le visage de ce que Michel Foucault appelle le « grand renfermement ». Pour lui, une date peut servir de repère : la fondation de l'hôpital général de Paris en 1656. En fait, il s'agit de regrouper des établissements comme la Salpêtrière ou Bicêtre, par exemple, sous une administration commune. Mais il ne s'agit pas d'une simple réforme administrative. L'hôpital général n'est ni un établissement de soins ni une prison, il est « un étrange pouvoir que le roi établit entre la police et la justice[1] », une sorte de no man's land juridique de l'absolutisme. Il est réservé aux pauvres de Paris « de tous sexes, lieux et âges, de quelque qualité de naissance et en quelque état qu'ils puissent être, valides ou invalides, malades ou

1. Michel Foucault, *Histoire de la folie à l'âge classique*, Gallimard, 1961.

convalescents, curables ou incurables[1] ». Les établissements sont dirigés par des directeurs nommés à vie qui exercent un pouvoir absolu, non seulement dans les bâtiments dont ils ont la responsabilité mais également dans la ville. « Ils ont tout pouvoir d'autorité, de direction, d'administration, commerce, police, juridiction, correction et châtiment sur tous les pauvres de Paris, tant au-dehors qu'au-dedans de l'hôpital général[2]. » Bientôt, le système va s'étendre à toute la France. Un édit du roi du 16 juin 1676 ordonne l'établissement d'un « hôpital général dans chacune des villes du royaume ». Certaines avaient d'ailleurs devancé les vœux royaux : Lyon, par exemple, avait ouvert un établissement de charité comparable dès 1612, et la Charité de Tours avait été fondée en 1656. À la veille de la Révolution, il existe un hôpital général dans trente-deux villes de province. De son côté, l'Église va suivre le mouvement. Le 7 janvier 1632, saint Vincent de Paul passe au nom de la Congrégation des prêtres de la Mission un accord avec le Prieuré, par lequel il s'engage à recevoir à Saint-Lazare, l'une des plus anciennes léproseries de Paris, dont il a la charge, « les personnes détenues par ordre de Sa Majesté ». Les frères de Saint-Jean-de-Dieu fondent la Charité de Paris dans le faubourg Saint-Germain, puis ils s'installent à Charenton le 10 mai 1645. D'après Michel Foucault, le seul hôpital général de Paris rassemblait six mille personnes, soit environ 1 % de la population, quelques années seulement après son ouverture.

À la veille de la Révolution, il existe en fait plusieurs types d'institutions d'enfermement. Des lieux de sûreté peuvent être aménagés dans une salle de la porte d'une ville, dans un cachot sous le palais de justice ou

1. Édit de 1656.
2. *Idem.*

dans un bâtiment plus important. Les prisons ordinaires accueillent des populations de prévenus, accusés, petits condamnés, mineurs, prostituées, galériens attendant le passage de la chaîne… Les maisons de force, prisons d'État, sont souvent des forteresses militaires où étaient enfermés sur ordre du roi, par lettre de cachet, les espions, les traîtres et les prisonniers d'opinion. À partir du règne de Louis XIV, ces prisons d'État se multiplient, souvent gérées par un ordre religieux. La Bastille, Vincennes, le château d'If ou Belle-Île-en-Mer sont des maisons de force. Les prisonniers pauvres, les pailleux, qui n'étaient pas assistés par leur famille, étaient regroupés dans le quartier du commun ; ils dormaient sur la paille et étaient nourris par la charité chrétienne, puis par le « pain du roi » à la fin du XVIIIe siècle. Les plus riches étaient à la pistole, logés et nourris à leurs frais dans des chambres meublées. Enfin, les dépôts de mendicité sont créés en 1764.

Dans tous ces lieux d'enfermement, on retrouve, mêlés aux autres pauvres, ceux que l'on appelle alors les « insensés ». Les procédures d'internement sont fortement teintées d'arbitraire. Il y a d'abord les ordres de justice, rendus par des juridictions comme les parlements, les tribunaux de baillage, les prévôtés, le tribunal du Châtelet à Paris[1]… La procédure judiciaire la plus élaborée est l'interdiction, souvent à la demande de la famille, parfois du procureur du roi. Le juge rend son arrêt après avoir recueilli les témoignages et interrogé le fou. Si celui-ci est reconnu insensé, il peut alors être interné et ses biens sont mis sous tutelle. Cette procédure est cependant peu utilisée par les familles en raison du caractère public des débats. À la fin de l'Ancien Régime, un quart des séquestrations seulement provient de ces ordres de justice. Le reste relève des ordres du roi, c'est-à-dire des lettres de

1. Robert Castel, *L'Ordre psychiatrique*, Éditions de Minuit.

cachet. Celles-ci sont délivrées par l'intermédiaire de la Maison du roi, soit à l'initiative de l'autorité publique, soit à celle des familles. Les lieutenants de police, à Paris, ou les intendants, en province, peuvent demander un ordre de placement au roi si l'insensé trouble l'ordre public. La famille, lorsqu'elle fait la demande dans un « placet », doit expliquer les raisons de sa requête. « Si le roi, par l'intermédiaire de sa Maison, accordait l'ordre, l'insensé devenait un de ces "prisonniers de famille" qui représentaient à peu près les neuf dixièmes des lettres de cachet sous l'Ancien Régime[1]. »

Pour résumer, trois cas peuvent se présenter. Dans le premier, la famille s'occupe de l'insensé, de son entretien et de sa neutralisation. Celui-ci échappe d'autant mieux à la « prise en charge » de la société qu'il appartient à une famille fortunée, « d'où cette implication décisive : en prétendant proposer, sous la forme d'un service public, une politique globale et "démocratique" d'assistance, la médecine mentale visera en fait prioritairement des catégories particulières de la population, les indigents davantage que les riches, les errants avant les intégrés, les urbains plus que les ruraux[2] ». Cette césure, on la retrouve (schématiquement) encore aujourd'hui : les pauvres dans le secteur public et les riches dans la famille ou dans le secteur privé. Le deuxième cas concerne les familles qui ne peuvent ou ne veulent pas assumer la fonction de surveillance du fou. Elles peuvent alors demander un ordre de justice afin d'obtenir l'interdiction, avec mise en tutelle de ses biens gérés par elles, ou un ordre du roi, plus expéditif, pour obtenir la séquestration. Enfin, le troisième cas concerne le fou errant, sans famille. L'initiative de l'enfermement revient alors aux autorités responsables du maintien de l'ordre

1. *Ibidem.*
2. *Ibidem.*

public, lieutenants de police ou intendants, qui demandent un ordre du roi. Ce qui est intéressant, c'est que cette procédure s'applique également à d'autres catégories, comme les libertins, les espions, les opposants politiques ou les coupables d'indiscipline militaire ou religieuse, bref tous ceux qui mettent en cause la sécurité publique ou l'équilibre de la famille. Tous se retrouvent donc dans les mêmes lieux, unis par le même type de répression, même si parfois les fous sont enfermés à part, comme à l'hôpital général de Paris, qui leur réserve un quartier spécial.

Dans son ouvrage *Des établissements consacrés aux aliénés en France,* Étienne Esquirol, l'un des pères de la psychiatrie française, raconte en 1818 dans quel état il a trouvé les fous dans les lieux d'enfermement de l'Ancien Régime. « Je les ai vu nus, écrit-il, couverts de haillons, n'ayant que la paille pour se garantir de la froide humidité du pavé sur lequel ils sont étendus. Je les ai vus grossièrement nourris, privés d'air pour respirer, d'eau pour étancher leur soif, et des choses les plus nécessaires à la vie. Je les ai vus livrés à de véritables geôliers, abandonnés à leur brutale surveillance. Je les ai vus dans des réduits étroits, sales, infects, sans air, sans lumière, enfermés dans des antres où l'on craindrait de renfermer des bêtes féroces, que le luxe des gouvernements entretient à grands frais dans les capitales. » En 1790, le duc de La Rochefoucauld-Liancourt fait une inspection des établissements d'enfermement pour le compte du Comité de mendicité. Voici ce qu'il écrit de Bicêtre : « La maison de Bicêtre renferme les pauvres gens gratuitement, des pauvres payant pension (et l'on distingue quatre classes différentes de pension), des hommes, des enfants épileptiques, des écrouelleux[1],

1. Personnes qui présentent des écrouelles, abcès d'origine tuberculeuse. « Le roi de France, le jour de son sacre, touchait les écrouelles des malades ; on pensait qu'il avait le pouvoir de les guérir » (*Le Petit Robert*).

des paralytiques, des insensés, des hommes renfermés sur ordre du roi, par arrêts du Parlement, et ceux-là encore sont avec et sans pension ; des enfants arrêtés par ordre de la police, ou condamnés pour vol ou délit, des enfants sans vice et sans maladie admis gratuitement ; enfin des hommes et des femmes traités du mal vénérien. Ainsi cette maison est à la fois hospice, hôtel-Dieu, pensionnat, hôpital, maison de force et de correction. »

Par ailleurs, il évoque la situation spécifique des fous. « L'air des vieilles loges est infect, elles sont petites, les cours étroites, tout est dans un état d'abandon aussi affligeant qu'inconcevable. Les folles enchaînées (il y en a un grand nombre) sont réunies avec les folles tranquilles ; celles qui sont dans des accès de rage sont sous les yeux de celles qui sont dans le calme : spectacle de contorsions, de fureur, les cris, les hurlements perpétuels ôtent tout moyen de repos à celles qui en auraient besoin et rendent les accès de cette horrible maladie plus fréquents, plus vifs, plus cruels et incurables. Là enfin n'existe nulle douceur, nulle consolation, nul remède. »

Ce « grand renfermement » a évidemment des causes nombreuses et complexes. La plus immédiate est la crise économique qui sévit à l'époque et qui jette des milliers de mendiants dans les rues de Paris et des villes de France. Au XVII^e^ siècle, elle frappe toute l'Europe, avec la baisse des revenus, l'augmentation du nombre de chômeurs… La pauvreté ne cesse de croître, et des émeutes éclatent à Paris en 1621, à Rouen en 1639, à Lyon en 1652. Au milieu du XVIII^e^ siècle, douze mille ouvriers mendient dans les rues de la capitale normande, autant à Tours ; les manufactures ferment à Lyon[1]. Les maisons de correction et l'hôpital général vont donc

1. Michel Foucault, *op. cit.*

naturellement accueillir les miséreux, les chômeurs et les vagabonds. En fait, l'internement joue un double rôle en fonction de la situation économique : en période de crise, il récupère les pauvres et il sert à protéger la société contre les agitations et les émeutes ; en période de croissance et d'emploi, il constitue un réservoir de main-d'œuvre bon marché. Certaines fois, des accords sont passés avec des entrepreneurs privés afin qu'ils puissent utiliser les internés à leur profit. « Il est entendu par exemple, d'après un accord passé en 1708, qu'un entrepreneur fournit à la Charité de Tulle de la laine, du savon, du charbon, et qu'elle lui livre en retour la laine cardée et filée[1]. » D'autres tentatives ont lieu à l'hôpital général de Paris et à Bicêtre, où l'on tente de développer le polissage de glace, la fabrication de fils et de cordes, et où l'on entreprend le creusement d'un grand puits qui va se révéler inutile. En 1781, on y imagine même de remplacer les chevaux par des équipes de prisonniers pour apporter l'eau.

Cette volonté de mettre au travail les prisonniers relève également de l'idée que l'oisiveté est la mère de tous les vices, et surtout qu'elle est source de révolte. Dans l'édit de création de l'hôpital général, il est dit que celui-ci doit empêcher « la mendicité et l'oisiveté comme source de tous les désordres ». Comme l'explique Michel Foucault, « l'hôpital général [n'a] pas l'allure d'un simple refuge pour ceux que la vieillesse, l'infirmité ou la maladie empêchent de travailler ; il n'aura pas seulement l'aspect d'un atelier de travail forcé, mais plutôt d'une institution morale chargée de châtier, de corriger une certaine “vacance” morale, qui ne mérite pas le tribunal des hommes, mais ne saurait être redressée par la seule sévérité de la pénitence. […] L'hôpital général a un statut

1. Michel Foucault, *op. cit.*

éthique[1]. » Le philosophe voit même dans l'existence de l'enfermement « le négatif de cette cité morale » dont rêve la bourgeoisie ascendante, une « cité où le droit ne règne que par la vertu d'une force sans appel – une sorte de souveraineté du bien où triomphe la seule menace, et où la vertu, tant elle a son prix en elle-même, n'a pour récompense que d'échapper au châtiment ».

**Punir la misère**

Pour que l'enfermement des pauvres – et parmi eux des fous – ait été rendu possible, il a fallu que le regard porté sur la misère évolue lui aussi. Au Moyen Âge, refuser l'aumône à un pauvre, c'est craindre de repousser le Christ lui-même. La Renaissance et l'âge classique modifient cette vision. Ce changement vient d'abord de la Réforme. Pour Calvin et pour Luther, la misère a sa place dans le monde. Dieu a voulu qu'il y ait des riches, il a également désiré qu'il y ait des pauvres, selon qu'il lui plaira de « nourrir un enfant abondamment ou plus petitement[2] ». Mais Dieu ne glorifie pas le pauvre, il l'humilie volontairement dans sa colère. La pauvreté appelle donc le châtiment[3]. Luther rejette les œuvres charitables : « Non, les œuvres ne sont pas nécessaires ; non, elles ne servent à rien pour la sainteté. » Si elles sont inutiles pour le salut, les œuvres ont tout de même un sens, en tant que créations humaines, elles sont un témoignage de la foi. La Réforme va transformer les biens de l'Église en œuvres profanes. Les grands asiles d'Allemagne et d'Angleterre vont souvent s'installer dans d'anciens

1. *Ibidem.*
2. Jean Calvin, *Institution chrétienne.*
3. Michel Foucault, *op. cit.*

couvents. La misère n'est donc plus glorifiée, la charité n'est plus la voie vers le salut, le misérable est « à la fois un effet du désordre et un obstacle à l'ordre[1] ».

Le monde catholique s'engage sur le même chemin. Des voix s'élèvent en son sein pour alerter contre une charité qui entretiendrait le mal et une misère qui serait liée au vice. En 1667, un texte paraît en France, *La Chimère ou Fantasme de la mendicité* ; l'auteur y réclame la création d'un hospice où les misérables pourraient trouver « la vie, l'habit, un métier et le châtiment[2] ». Au final, l'Église approuve le grand renfermement. Pour l'archevêque de Tours, les pauvres sont « la lie et le rebut de la République, non pas tant par leurs misères corporelles, dont on doit avoir compassion, que par les spirituelles, qui font horreur ». Tout est donc en ordre, on peut punir les pauvres… Dans cet esprit, l'Église sépare même les bons miséreux, ceux qui sont soumis, des mauvais, les rebelles ; elle sépare ceux de Jésus-Christ et ceux du démon. Les deux sont pourtant voués à l'internement, les premiers parce qu'ils acceptent avec reconnaissance tout ce que l'on fait pour eux, les seconds parce qu'ils méritent d'être punis. L'enfermement se trouve donc justifié de deux façons, « à titre de bienfait et à titre de châtiment[3] ». La folie n'échappe pas à cette catégorisation : selon son comportement, un fou sera traité par la bienfaisance ou par la répression. À la Salpêtrière ou à Bicêtre, on met les fous soit parmi les bons pauvres (à la Salpêtrière, dans le quartier de la Madeleine), soit parmi les mauvais (à la Correction ou aux Rachats). Au fond, avec la condamnation de l'oisiveté et cette vision désormais punitive de la misère, la société de cette époque rejette dans un monde

1. *Ibidem.*
2. *Ibidem.*
3. Michel Foucault, *op. cit.*

à part tous ceux qu'elle considère comme inutiles : invalides, malades, vieillards, mendiants, fous et chômeurs… L'inutilité sociale est désormais passible de punition. Cette idée ne mourra pas avec le grand renfermement…

## Le retour de la folie et la crise de l'enfermement

En fait, pour Michel Foucault, ce que l'âge classique condamne et isole, c'est la déraison, par peur de sa présence dans la raison elle-même. « Toute notre vie n'est, à bien prendre, qu'une fable, notre connaissance qu'une ânerie, nos certitudes que des contes : bref tout ce monde n'est qu'une farce et une éternelle comédie[1]. » Qui sont donc ces hommes de déraison ? « Des types que la société reconnaît et isole, écrit Michel Foucault, il y a le débauché, le dissipateur, l'homosexuel, le magicien, le suicidé, le libertin », aux côtés desquels se trouve le fou, naturellement. C'est donc bien à partir d'une norme sociale que ces gens-là peuvent être identifiés. Michel Foucault fait remarquer que les personnages de *La Nef des fous* n'étaient que « des personnages abstraits, des types moraux, le gourmand, le sensuel, l'impie, l'orgueilleux ». Au XVIIe siècle, au contraire, « l'homme de déraison est un personnage concret prélevé sur un monde social réel, jugé et condamné par la société dont il fait partie ». La folie est maintenant plongée dans le monde social, « chacun peut la reconnaître et la dénoncer ».

Durant des décennies, la folie et la déraison vont aller de pair dans la perception qu'en ont les hommes. Pourtant, elles vont petit à petit se dissocier et, dans le même mouvement, l'internement tel qu'il est conçu

1. François de La Mothe Le Vayer, *Dialogues d'Orasius Tubero*, 1716, cité par Michel Foucault.

jusqu'alors va perdre de sa vigueur. Il y a d'abord ce que Michel Foucault appelle la « grande peur », qui apparaît à la fin du XVIIIe siècle. Les lieux d'enfermement, bâtis dans les anciennes léproseries, sont soupçonnés de répandre le mal, de contaminer la ville en quelque sorte. « On parle de fièvres des prisons, on invoque les charrettes de condamnés, ces hommes à la chaîne qui traversent les villes, laissant derrière eux un sillage de mal ; on prête au scorbut d'imaginaires contagions, on prévoit que l'air vicié par le mal va corrompre les quartiers d'habitation[1]. » En 1780, par exemple, on attribue à l'hôpital général la propagation d'une épidémie, on veut même aller brûler les bâtiments de Bicêtre. La déraison, conçue à présent comme une maladie terrifiante, sort ainsi des murs de l'enfermement et redevient inquiétante. Et c'est ce qui fait que, progressivement, on va se tourner vers la pensée médicale. « Si on a fait appel au médecin, si on lui a demandé d'observer, c'est parce qu'on avait peur[2]. »

Peur de la déraison et, parallèlement, peur de la folie, qui, dans le courant du XVIIIe siècle, fait son retour en tant que telle. Dans son *Traité des nerfs et de leurs maladies,* Tissot[3] écrit que celles-ci « étaient moins fréquentes qu'elles ne le sont aujourd'hui ; et cela pour deux raisons : l'une, c'est que les hommes étaient en général plus robustes, et plus rarement malades ; il y avait moins de maladies de toutes espèces ; l'autre, c'est que les causes qui produisent plus particulièrement les maladies des nerfs se sont multipliées dans une plus grande proportion

1. Michel Foucault, *op. cit.*

2. *Ibidem.*

3. Samuel Auguste Tissot (1728-1797) fait ses études médicales à Montpellier, où il est reçu docteur en médecine en 1749. Il revient ensuite à Lausanne et y acquiert une grande réputation.

depuis un certain temps que les autres causes générales de maladie, dont quelques-unes paraissent même diminuer […]. Je ne crains pas de dire que si elles étaient autrefois les plus rares, elles sont aujourd'hui les plus fréquentes[1]. » Finalement, on retrouve la vieille idée que la raison est bien fragile et qu'elle peut être atteinte par la folie. C'est ce que dit Matthey, un médecin de Genève proche de Rousseau : « Ne vous glorifiez pas, hommes policés et sages ; cette prétendue sagesse dont vous faites vanité, un instant suffit pour la troubler et l'anéantir ; un événement inattendu, une émotion vive et soudaine de l'âme vont changer tout à coup en furieux ou en idiot l'homme le plus raisonnable et le plus grand esprit[2]. »

Il est difficile de dire si le nombre de fous croît effectivement en France à cette époque, mais on voit apparaître de plus en plus des établissements uniquement destinés à les accueillir. À Paris, une vingtaine de « petites maisons » ont ainsi été ouvertes dans la deuxième moitié du siècle, dont la pension Belhomme, qui peut recevoir trente-trois personnes et où Philippe Pinel commencera sa carrière de médecin. « La folie n'a pas rompu le cercle de l'internement, mais elle se déplace et prend lentement ses distances[3]. » Il faudra cependant attendre les années qui précèdent la Révolution pour que l'idée d'un traitement médical, dans des lieux spécifiques, fasse son apparition. En fait le « glissement institutionnel », selon Michel Foucault, a précédé l'effort théorique.

Avec son retour sur la scène, la folie va se diversifier, ses visages vont se multiplier. « Le 15 juillet 1721, lorsque les commissaires du Parlement font leur visite à

1. Cité par Michel Foucault.
2. *Idem.*
3. Michel Foucault, *op. cit.*

Saint-Lazare, on leur signale la présence de vingt-trois "aliénés", de quatre "faibles d'esprit", d'un "violent" et d'un "furieux". [...] Douze ans plus tard, lors d'une visite semblable, en juillet 1733, le nombre des fous n'a pas augmenté d'une façon notable, mais le monde de la folie a étrangement proliféré [...]. En s'en tenant aux seules formes de la folie reconnues pour telles, on relève douze "insensés", six "faibles d'esprit", deux "aliénés", deux "imbéciles", un "homme en enfance", deux "furieux" ; il est aussi question de dérèglement (cinq cas)[1]. » Deux catégories émergent alors, la fureur et l'imbécillité. Le furieux est violent et dangereux ; l'imbécile n'est pas violent, mais il est incapable d'assurer son existence. Tous deux doivent être internés. Tenon[2] écrit dans un rapport sur les hôpitaux : « Les fous se distinguent en imbéciles et en furieux ; les uns et les autres demandent une surveillance continuelle. » Le XVIIIe siècle fait aussi la différence entre l'aliéné et l'insensé. Le premier a totalement perdu la vérité, « il est en proie aux forces les plus aveugles de la folie » et il est inaccessible. Le second, en revanche, « représente plutôt la raison pervertie ». D'autres types dérivés apparaîtront également, avec la figure de l'« enragé », mélange de fureur et d'aliénation, celle de l'« entêté », qui met sa violence au service d'une idée insensée – « un nommé Roland Genny a été mis à la Bastille puis à Bicêtre pour des visions qui sont de la même espèce que celles des illuminés et des fanatiques [...] ; la seule vue d'un ecclésiastique le met en fureur[3] » –, et celle de

1. Michel Foucault, *op. cit.*

2. Jacques René Tenon, chirurgien né à Scepeaux (près de Joigny) le 21 février 1724, mort à Paris le 16 janvier 1816. Il est nommé chirurgien de première classe des armées en 1744, puis devient premier chirurgien de la Salpêtrière. Il sera membre de l'Académie des sciences.

3. Michel Foucault, *op. cit.*

l'« esprit dérangé », qui participe de l'aliénation et de l'imbécillité. L'intérêt de ces premières classifications tient au fait qu'elles préfigurent ce qui va être, plus tard, l'organisation asilaire.

Parallèlement à cette nouvelle prise de conscience de la folie, et peut-être très logiquement, survient, surtout dans la deuxième partie du siècle, la crise de l'enfermement. Pour Michel Foucault, la remise en cause progressive de celui-ci ne tient nullement à la démarche philanthropique que le XIXe siècle a célébrée. Pour lui, bien avant Pinel ou Esquirol (« On n'a pas rougi de mettre les aliénés dans les prisons », écrit ce dernier), des voix se sont élevées contre la promiscuité qui régnait à l'hôpital général et dans les lieux de détention, pour demander la séparation des « correctionnaires » et des fous. Cette exigence vient souvent des gestionnaires d'établissement. « Il y a eu ce prieur de la Charité de Senlis qui suppliait le lieutenant de police d'éloigner les prisonniers et de les enfermer plutôt dans quelque forteresse[1]. » Mais ces exigences ne sont pas formulées dans l'objectif de « libérer les fous », au contraire ; ce que l'on dénonce de plus en plus, c'est le fait de faire vivre des condamnés, des libertins ou des mendiants aux côtés des insensés. Le prieur de Senlis parle ainsi de l'un de ses pensionnaires : « Il est digne de pitié, ainsi que deux ou trois autres qui conviendraient mieux dans quelque citadelle, à cause de la compagnie de six autres qui sont fols, et qui les tourmentent nuit et jour. » Ce type de protestations est de plus en plus fréquent. La Rochefoucauld-Liancourt, dans son rapport au Comité de mendicité en 1790, se fait l'écho de ces préoccupations : « Une des punitions infligées aux épileptiques et aux autres infirmes des salles, même aux bons pauvres, est de les mettre parmi les fous. » Finalement,

1. Michel Foucault, *op. cit.*

on reproche à l'internement de mélanger ceux-ci aux gens « déraisonnables ».

Le débat concerne également l'efficacité économique de l'enfermement, souvent doublée de considérations d'ordre moral. Au cours de la deuxième moitié du siècle, et dans les années qui vont précéder la Révolution, enfermement va de plus en plus rimer avec inutilité. Dans *L'Ami des hommes,* paru en 1758, Mirabeau s'interroge : « Pourquoi enfermer des filles de joie qui, transportées dans les manufactures de province, peuvent devenir des filles du travail ? Pourquoi ces gens-là [des scélérats qui n'attendent que la liberté de se faire pendre], attachés à des chaînes ambulantes, ne sont-ils pas employés à ceux des travaux qui pourraient être malsains pour des ouvriers volontaires ? Ils serviraient d'exemple. » Si tous ces « gens-là » quittent les lieux d'enfermement, qui va y demeurer ? « Quelques prisonniers d'État dont les crimes ne doivent pas être révélés [...], des vieillards [...] ayant consommé dans la débauche et la dissipation tout le fruit de leur travail courant de leur vie, et ayant toujours eu l'ambitieuse perspective de mourir à l'hôpital. » Et bien sûr les insensés : « Ceux-là peuvent végéter partout. » Et il ajoute : « Il est trop vrai qu'il faut cacher à la société ceux qui ont perdu l'usage de la raison. » Finalement, il ne devrait rester que deux types de pensionnaires dans les prisons d'État : les fous et les criminels reconnus et jugés. Proximité du crime et de la folie...

Cette critique « économique » de l'enfermement survient au moment où le concept même de pauvreté est revisité par les esprits éclairés, les économistes, les libéraux, alors que dès le milieu du siècle la crise remplit l'hôpital général d'une foule de pauvres et de chômeurs. En 1749, on donne l'ordre d'arrêter tous les mendiants, mais en de nombreux endroits le peuple s'y oppose. « À Paris, tous les mendiants ont été relâchés après avoir été arrêtés et suivis des séditions qu'on a vues ; on est inondé dans les rues et dans les grands chemins[1]. » En 1764, une ordonnance royale crée les dépôts de mendicité ; l'année suivante, il y en aura quatre-vingts dans toute la France. Dans ses *Tableaux de Paris* parus en 1788, Louis Sébastien Mercier montre combien ces « prisons de nouvelle institution, imaginées pour débarrasser promptement les rues et les chemins des mendiants afin qu'on ne voie plus la misère insolente à côté du faste insolent », s'apparentent à l'hôpital général : « On plonge [les mendiants] avec la dernière inhumanité dans des demeures fétides et ténébreuses où on les laisse livrés à eux-mêmes. L'inaction, la mauvaise nourriture, l'entassement des compagnons de misère ne tardent pas à les faire disparaître l'un après l'autre. » Finalement, Turgot fera fermer une grande partie de ces dépôts : l'enfermement est en train de faire la preuve qu'il est désormais incapable de répondre au problème de la pauvreté.

Une idée fait alors son chemin : la pauvreté n'est pas seulement le résultat d'une faute individuelle, mais elle peut aussi être le produit d'une situation économique difficile. Mieux, certains économistes pensent que cette pauvreté est utile, puisqu'elle rend la richesse possible. L'architecte Claude-Philibert Coqueau écrit par exemple[2] : « Sans les classes inférieures, c'est-à-dire souffrantes de la société, le riche ne serait ni logé, ni habillé, ni nourri ; c'est pour lui que l'artisan monté sur un frêle échafaud élève au péril de sa vie des poids énormes au sommet de nos édifices ; c'est pour lui que le cultivateur brave l'intempérie des saisons, et les fatigues

1. René-Louis de Voyer d'Argenson, *Journal et mémoires*, cité par Michel Foucault.

2. Claude-Philibert Coqueau, *Essai sur l'établissement des hôpitaux dans les grandes villes*, cité par Michel Foucault.

accablantes de la culture ; c'est pour lui qu'une foule d'infortunés va chercher la mort dans les mines ou dans les ateliers de teinture ou de préparations minérales. »

Les économistes et les penseurs libéraux arguent dorénavant que ce qui fait la richesse d'un pays, ce sont avant tout ses hommes. Mirabeau écrit dans *L'Ami des hommes* : « Tant vaut l'homme, tant vaut la terre, dit un proverbe bien sensé. Si l'homme est nul, la terre l'est aussi. Avec des hommes, on double la terre qu'on possède ; on en défriche ; on en acquiert. Dieu seul a su de la terre tirer un homme ; en tous lieux, on a su avec des hommes avoir de la terre, ou du moins le produit, ce qui revient au même. Il s'ensuit de là que le premier des biens, c'est d'avoir des hommes, et le second, la terre. » Si l'homme constitue la richesse première – ou, plus exactement, si le travail produit par l'homme constitue la véritable source de richesse –, le pauvre aussi, puisqu'il est un homme. Au lieu de l'enfermer et de le laisser dans l'oisiveté, il vaut mieux le mettre au travail. L'industrie naissante a besoin de bras, c'est dans les lieux d'enfermement qu'il faut aller les chercher. « Grossière erreur de l'internement, et faute économique : on croit supprimer la misère en mettant hors circuit et en entretenant par charité une population pauvre. En fait, on masque artificiellement la pauvreté ; et on supprime réellement une part de la population, richesse toujours donnée[1]. » L'internement est d'autant plus montré du doigt qu'il coûte cher ; les fonds qu'il mobilise sont improductifs, et pour cela même il est cause d'appauvrissement. « Si tous les hommes qui ont vécu avaient eu un tombeau, écrit Turgot, il aurait bien fallu, pour trouver des terres à cultiver, renverser ces monuments stériles, et remuer les cendres des morts pour nourrir les vivants[2]. »

1. Michel Foucault, *op. cit.*
2. Turgot, *Lettre à Trudaine sur le Limousin*, cité par Michel Foucault.

## Quelle assistance ?

Le problème de l'assistance se retrouve donc naturellement au cœur des débats de l'époque. Avec les pauvres au travail, sa mission va forcément changer. L'idée qui sous-tend la réflexion est maintenant celle de la liberté, qui doit constituer la seule forme d'assistance envisageable. « Tout homme sain doit se procurer sa subsistance par son travail, parce que s'il était nourri sans travailler, il le serait aux dépens de ceux qui travaillent. Ce que l'État doit à chacun de ses membres, c'est la suppression des obstacles qui le gêneraient[1]. » On va donc faire la différence entre les « pauvres valides » et les « pauvres malades ». Les premiers doivent travailler sans contrainte, totalement libres. Les seconds constituent un poids mort et ils ont besoin d'une assistance. De quelle nature ? Est-ce à la société, et donc à l'État, d'en prendre la responsabilité ? Pour la plupart des penseurs libéraux d'avant la Révolution, la réponse à cette question est négative. Pour eux, l'assistance n'est pas un devoir social, mais une question individuelle, de cœur et de morale, une affaire de proximité. Dupont de Nemours, un disciple de Turgot, ne dit pas autre chose : « C'est ce qui fait que les secours de la famille unie par l'amour et par l'amitié sont toujours les premiers, les plus attentifs, les plus énergiques [...]. Mais [...] plus le secours vient de loin, moins il vaut, et plus il paraît lourd à ceux qui l'accordent[2]. » Ainsi vaut-il mieux donner des aides aux proches et aux familles que de construire des hôpitaux, qui coûtent cher.

1. *L'Encyclopédie*, article « Fondation ».

2. Pierre Samuel Dupont de Nemours, *Idées sur les secours à donner aux pauvres malades dans une grande ville*, 1786.

En ses débuts, la Révolution va reprendre ces idées à son compte. Dans son rapport au Comité de mendicité, en 1790, La Rochefoucauld-Liancourt l'exprime clairement : « Si le système des secours à domicile prévalait, système qui présente entre autres avantages précieux celui de répandre les bienfaits sur toute la famille du secouru, de le laisser entouré de ce qui lui est cher et de resserrer ainsi par l'assistance publique les liens et les affections naturelles, l'économie qui en résulterait serait très considérable, puisqu'une somme beaucoup moins considérable que la moitié de celle que coûte aujourd'hui le pauvre de l'hôpital soutiendrait suffisamment l'individu secouru chez lui. » Plus loin, il estime que, « sur près de onze mille pauvres, ce mode de secours pourrait avoir lieu pour près de huit mille, c'est-à-dire pour les enfants et personnes des deux sexes qui ne sont pas prisonniers, insensés ou sans famille ». Car il n'est évidemment pas question de laisser ces insensés en liberté. C'est la raison pour laquelle la folie va être maintenue dans la sphère publique, alors que pauvreté et maladie vont relever, pour la première fois, de la sphère privée, celle des individus et de la famille. Il ne reste plus qu'à s'occuper des pauvres malades à domicile et à libérer les pauvres valides – main-d'œuvre potentielle – des anciens lieux de détention. On n'y laissera que les fous.

Cette évolution ne relève pas seulement de considérations économiques ou morales, elle est également politique. À la fin du XVIII^e siècle, l'absolutisme de l'Ancien Régime est remis en cause, et le pouvoir royal n'y est pas indifférent. En mars 1784 par exemple, le comte de Breteuil, ministre de la Maison du Roi, édicte dans une circulaire aux intendants des directives précises pour la délivrance des lettres de cachet. Il leur demande de lui indiquer la nature des ordres de détention et leurs motivations. Devront être délivrés « ceux qui, sans avoir rien fait qui ait pu les exposer à la sévérité des peines prononcées par les lois, se sont livrés à l'excès du libertinage, de la débauche et de la dissipation ». Mais « les prisonniers dont l'esprit est aliéné et que leur imbécillité rend incapables de se conduire dans le monde ou que leur fureur y rendrait dangereux[1] » resteront enfermés.

## L'ambiguïté de la période révolutionnaire

L'abolition des lettres de cachet sera le fait de la Révolution, par le décret du 27 mars 1790 de l'Assemblée constituante. Ce décret prend sa source dans la Déclaration des droits de l'homme et du citoyen, qui dit que « nul homme ne peut être arrêté ni détenu que dans les cas déterminés par la loi et selon les formes qu'elle a prescrites. » Il fait donc libérer purement et simplement les « victimes du despotisme ». « Dans l'espace de six semaines après la publication du présent décret, toutes les personnes détenues dans les châteaux, maisons religieuses, maisons de force, maisons de police ou autres prisons quelconques par lettre de cachet ou par ordre des agents du pouvoir exécutif, à moins qu'elles ne soient légalement condamnées ou décrétées prises de corps, qu'il y ait eu plainte en justice portée contre elles pour raison de crimes comportant peine afflictive, ou que leurs pères, mères, aïeuls ou aïeules, ou autres parents réunis n'aient sollicité et obtenu leur détention d'après des mémoires et demandes appuyés sur des faits graves, ou enfin qu'elles ne soient enfermées pour cause de folie, seront remises en liberté. »

Les fous échappent donc à la libération. Reste qu'ils vont embarrasser les révolutionnaires. Pour ces derniers,

1. Circulaire aux intendants de mars 1784.

il n'est pas question de les libérer, mais le vieux système de l'internement, ou ce qu'il en reste, « est chargé de la haine du peuple et du mépris des esprits éclairés[1] ». On ne peut donc continuer comme avant, et l'on va chercher à imaginer un nouveau système servant à la fois à protéger la société de la folie et de ses périls, et à fournir aux fous une assistance spéciale. Dans son rapport au Comité de mendicité, La Rochefoucauld-Liancourt écrit : « De tous les malheurs qui affligent l'humanité, l'état de folie est cependant un de ceux qui appellent à plus de titre la pitié et le respect ; c'est à cet état que les soins devraient être à plus de titre prodigués ; quand la guérison est sans espoir, que de moyens il reste encore, de douceurs, de bons traitements qui peuvent procurer à ces malheureux au moins une existence supportable. » Cette double question de la sécurité à assurer et du soin à prodiguer va donner lieu, jusqu'au Directoire, à d'intenses batailles politiques autour des problèmes de l'hôpital et de l'assistance aux pauvres. La Constituante, par exemple, décrète biens nationaux les hôpitaux et les hospices d'église le 2 novembre 1789. Les privilèges et les exemptions des hôpitaux sont abolis le 22 août 1791, et le décret du 18 avril 1792 supprime les congrégations religieuses. La Convention va encore plus loin puisqu'elle décrète la vente des biens hospitaliers. Bertrand Barère, député de Tarbes, formule l'objectif d'une assistance sans ségrégation : « Plus d'aumônes, plus d'hôpitaux. Tel est le but vers lequel la Convention doit marcher sans cesse, car ces deux mots doivent être effacés du vocabulaire républicain[2]. » L'utopie de Barère et des conventionnels ne

1. Robert Castel, *op. cit.*

2. Bertrand Barère, *Premier Rapport fait au nom du Comité de salut public, sur les moyens d'extirper la mendicité dans les campagnes, et sur les secours que doit accorder la République aux citoyens indigents*, 22 Floréal an II ; cité par Robert Castel.

survivra pas à la Montagne. Le Directoire va remettre bon ordre à tout cela : les biens déjà vendus seront remplacés, le gouvernement central sera déchargé de toute responsabilité dans la distribution des secours… Napoléon autorisera de nouveau la fondation d'établissements privés et officialisera le rôle des congrégations religieuses. « Ainsi la restauration hospitalière aura-t-elle en gros suivi, après Thermidor, les principales étapes de la restauration politique[1]. »

Au début de la Révolution, les hôpitaux réservés aux fous n'existent pas et les anciens lieux de détention se vident de leurs éléments « déraisonnables », dans une certaine confusion. On prend par conséquent des mesures immédiates. La loi du 16-24 août 1790 « confie à la vigilance et à l'autorité des corps municipaux […] le soin d'obvier ou de remédier aux événements fâcheux qui pourraient être occasionnés par les insensés ou les furieux laissés en liberté et par la divagation des animaux malfaisants et féroces ». Fous et animaux féroces sont ainsi mis sur le même plan. La loi du 21 juillet 1791 va encore plus loin : elle rend les familles responsables de la surveillance des aliénés. « Les parents des insensés doivent veiller sur eux, les empêcher de divaguer et prendre garde qu'ils ne commettent aucun désordre. L'autorité municipale doit obvier aux inconvénients qui résulteraient de la négligence avec laquelle les particuliers remplissent ce devoir. » Faute d'autres solutions, Bicêtre devient le grand centre où sont désormais parqués les insensés, pendant que les femmes s'entassent à la Salpêtrière. Souvent, on enferme les fous dans les prisons, notamment en province. Le commissaire du gouvernement Antoine Nodier évoque celle de Bellevaux : « Chaque jour les clameurs avertissent le quartier que les renfermés

1. Robert Castel, *op. cit.*

se battent et s'assomment. La garde accourt. Composée comme elle l'est aujourd'hui, elle est la risée des combattants ; les administrateurs municipaux sont priés de venir rétablir le calme ; leur autorité est méprisée ; ils sont honnis et insultés ; ce n'est plus une maison de justice et de détention[1]. »

Les révolutionnaires héritent donc d'une situation chaotique et ils tâtonnent. Le fait qu'il n'y ait pas suffisamment d'hôpitaux que l'on pourrait réserver aux fous n'explique d'ailleurs pas à lui seul l'« ambiguïté[2] » de cette période. Les lettres de cachet abolies, l'absolutisme et l'arbitraire mis à bas, l'emprisonnement ne peut avoir qu'un fondement juridique. On va maintenant juger les hommes coupables de délits ou de crimes, « dans les cas déterminés par la loi ». Pour les fous, il ne peut en être question puisque, la raison les ayant fuis, ils ne sauraient répondre devant la justice comme tout citoyen normal. La Révolution ne peut renier, même pour eux, ses propres principes… La folie n'étant pas un délit, il faut donner à la répression qui va la concerner un autre fondement : il sera médical. Pour inventer un nouveau système et le dégager de l'absolutisme dont l'ancien était porteur, pour lui donner une nouvelle légitimité, on va faire appel à la médecine. Le décret du 27 mars 1790 l'évoque. Les personnes détenues, précise-t-il, seront « visitées par les médecins qui, sous la surveillance des directeurs du district, s'expliqueront sur la véritable situation des malades afin que, d'après la sentence qui aura statué sur leur état, ils soient élargis ou soignés dans des hôpitaux qui seront indiqués à cet effet ».

1. Rapport du commissaire du gouvernement Antoine Nodier auprès des tribunaux, 4 Germinal an VIII ; cité par Michel Foucault.

2. Michel Foucault.

## L'irruption du « personnage médical »

L'affaire n'est pas tout à fait nouvelle. En 1785, les médecins Jean Colombier et François Doublet publient *Une instruction sur la manière de gouverner les insensés, et de travailler à leur guérison dans les asyles qui leur sont destinés*. Pour eux, la société doit porter assistance « aux êtres les plus faibles et les plus malheureux » : les enfants et les insensés. Si, pour les premiers, cette aide est légitime, évidente, il n'en va pas de même pour les seconds : « Le sentiment dont on est pénétré pour les insensés est d'un genre différent ; s'ils excitent une pitié plus profonde par l'image de la misère affreuse dont ils sont accablés, et par l'idée du sort qui leur est préparé, on est, pour ainsi dire, porté à les fuir pour éviter le spectacle déchirant des marques hideuses qu'ils portent sur leur figure et sur leur corps, de l'oubli de leur raison ; et d'ailleurs, la crainte de leurs violences éloigne d'eux tous ceux qui ne sont pas obligés de les contenir. » En d'autres termes, il faut réserver aux insensés un enfermement qui leur soit spécifique, ou, comme dit Michel Foucault, leur prodiguer « une assistance *intra muros* ».

« Des milliers d'insensés, poursuivent Doublet et Colombier, sont renfermés dans des maisons de force sans qu'on songe seulement à leur administrer le moindre remède : le demi-insensé est confondu avec celui qui l'est tout à fait ; le furibond avec le fou tranquille ; les uns sont enchaînés, les autres libres dans leur prison, enfin à moins que la Nature vienne à leur secours en les guérissant, le terme de leurs maux est celui de leurs jours, et malheureusement, jusque-là, la maladie ne fait que s'accroître, au lieu de diminuer. Tel est l'état au vrai des ressources, jusqu'à ce moment, contre le fâcheux état des pauvres insensés : le cri de l'humanité s'est fait entendre en leur faveur, et déjà un grand nombre d'asiles se préparent pour leur soulagement, par l'établissement d'un département uniquement destiné pour eux dans chaque dépôt de mendicité ; et l'on se propose d'y traiter indistinctement tous les genres de folie. »

Doublet et Colombier défendent une conception de l'assistance héritée de Turgot et de Dupont de Nemours. Ils insistent sur la différence entre les riches et les pauvres. Les premiers « se font une loi de traiter avec soin, dans leur domicile, leurs parents attaqués de folie, avant de prendre le parti de les faire renfermer ». Pour les pauvres, il en va tout autrement. « Le peuple n'a ni les ressources nécessaires pour contenir les insensés ni la faculté de soigner et de faire traiter ces malades ; on doit ajouter même qu'il serait trop souvent dangereux de les laisser entre ses mains : mille exemples ont prouvé ce danger, et les papiers publics nous l'ont démontré, il y a peu de temps, en nous faisant l'histoire d'un maniaque qui, après avoir égorgé sa femme et ses enfants, s'est endormi avec tranquillité sur les victimes sanglantes de sa frénésie. » En fait, les deux auteurs sont à « la recherche, encore hésitante, d'un équilibre entre l'exclusion pure et simple des fous et les soins médicaux qu'on leur donne dans la mesure où on les considère comme malades[1] ». Mais ils s'arrêtent au milieu du guet en faisant se succéder le traitement, qu'il est possible d'administrer lorsque la maladie est considérée comme curable, et l'internement, ensuite, avec sa fonction d'exclusion. Ils s'inscrivent ainsi dans une certaine tradition. « Jadis, on soignait à l'Hôtel-Dieu, on enfermait à Bicêtre[2]. » Ce qui est nouveau, c'est que Doublet et Colombier proposent que ces deux moments se déroulent dans le même

1. Michel Foucault, *op. cit.*
2. *Ibidem.*

établissement, réservé exclusivement aux fous. Le changement interviendra lorsque l'internement sera considéré comme une « médication essentielle, où le geste négatif d'exclusion sera en même temps, par son seul sens et par ses vertus intrinsèques, ouverture sur le monde positif de la guérison[1] », lorsque l'on considérera l'enfermement comme un moyen thérapeutique.

C'est déjà la conception de Jacques René Tenon. Pour lui, « le premier remède est d'offrir au fou une certaine liberté, de façon qu'il puisse se livrer mesurément aux impulsions que la nature lui commande[2]. » Il ne peut s'agir, évidemment, que d'une liberté surveillée, dans le cadre de l'enfermement, qui va permettre au fou de laisser s'exprimer sa folie, lui laissant ainsi une chance d'apaisement. Cette démarche sous-tend l'idée qu'il existe dans le fou une « animalité douce » qui le rapproche de l'animal domestique et de l'enfant. Tenon pense que cette « liberté en cage » aura donc valeur thérapeutique. Pour lui, « la liberté lie mieux l'imagination que les chaînes, puisqu'elle confronte sans cesse l'imagination au réel, et qu'elle enfouit les songes les plus étranges dans les gestes familiers ». Avec Tenon, l'idée de l'asile – institution médicale – tel qu'il sera élaboré au XIXe siècle fait donc un pas décisif. Michel Foucault fait d'ailleurs remarquer, à propos de cette évolution, qu'elle ne s'est pas faite par l'introduction de la médecine, comme une « sorte d'invasion venant de l'extérieur », mais par une restructuration des anciens lieux d'enfermement de l'âge classique, avec « la critique politique de la répression, la critique économique de l'assistance, l'appropriation de tout le champ de l'internement par la folie, alors que toutes les autres

1. Michel Foucault, *op. cit.*
2. Jacques René Tenon, *Mémoires sur les hôpitaux de Paris*, 1788.

figures de la déraison ont été libérées[1] ». La contradiction entre la nécessaire protection de la société et la nécessité de soigner se trouve, provisoirement, réglée au sein de l'enfermement. C'est alors « et alors seulement que la médecine pourra prendre possession de l'asile ».

Après Tenon, celui qui va permettre la création de l'asile, c'est Pierre Jean Georges Cabanis, célèbre médecin et physiologiste, ami de Mirabeau, de d'Holbach, de D'Alembert, de Diderot, de Condorcet, de Franklin, de madame Helvétius, animatrice de la société d'Auteuil, et protégé de Turgot, membre du Conseil des Cinq-Cents sous le Directoire, sénateur de l'Empire et membre de l'Académie française[2]. Pour lui, « le problème de la folie n'est plus envisagé du point de vue de la raison ou de l'ordre, mais du point de vue de l'individu libre[3] ». On pourrait aussi dire que raison et liberté ont partie liée : lorsque la première est atteinte, la seconde l'est aussi. Auparavant, le fou qui était délivré de sa responsabilité l'était uniquement dans le domaine juridique. En considérant que la liberté fait partie de la nature de l'homme, Cabanis va au-delà. « La disparition de la liberté, de conséquence qu'elle était, devient fondement, secret, essence de la folie[4]. » Ce n'est donc pas l'internement qui aliène la liberté, mais le fait que celle-ci, aliénée chez le fou, justifie l'internement. « L'humanité, la justice et la bonne médecine ordonnent de ne renfermer que les fous qui peuvent nuire véritablement à autrui ; de ne resserrer dans les liens que ceux qui, sans cela, se nuiraient à eux-

1. Michel Foucault, *op. cit.*

2. C'est dans la rue qui porte son nom que se situe l'hôpital Sainte-Anne à Paris.

3. Michel Foucault, *op. cit.*

4. *Ibidem.*

mêmes[1]. » Avant d'interner le fou, on devra donc interroger sa folie, convoquer pour cela magistrats, juristes et médecins. « Sans perdre de temps, on l'observera sous tous les rapports, on le fera observer par des officiers de santé, on le fera surveiller par les gens de service les plus intelligents, les plus habitués à observer la folie dans toutes ses variétés[2]. » Dans son *Rapport adressé au département de Paris,* Cabanis précise : « L'admission des fous ou des insensés dans les établissements qui leur sont ou leur seront destinés dans toute l'étendue du département de Paris se fera sur un rapport du médecin et chirurgien légalement reconnu, signé par deux témoins, parents, amis ou voisins, et certifié par un juge de paix, de la section ou du canton. » S'il s'avère qu'ils sont fous, on devra les soigner, s'ils ne le sont pas, « ce serait un crime de les retenir de force ». L'enfermement devra également mesurer la folie de façon permanente. Cabanis propose même la tenue d'un « journal d'asile [...] où le tableau de chaque maladie, les effets des remèdes, les ouvertures des cadavres, se trouveront consignés avec une scrupuleuse exactitude. Tous les individus de la section y seront nominativement inscrits, au moyen de quoi l'administration pourra se faire rendre compte nominativement de leur état, semaine par semaine ou même jour par jour, si elle le juge nécessaire. » Chaque service devra être placé sous contrôle médical. « Il sera établi pour chaque section un officier de santé uniquement attaché au service des folles, sous l'inspection du médecin-chef. » Avec Cabanis, la folie devient désormais un objet d'observation et d'étude. Pour Michel Foucault, si la raison et la folie se retrouvent désormais dans le même lieu, c'est

1. Pierre Jean Georges Cabanis, « Vue sur les secours publics », in *Œuvres philosophiques* ; cité par Michel Foucault.

2. *Ibidem.*

avec « une distance bien plus redoutable, un déséquilibre qui ne pourra plus être renversé ; aussi libre que soit la folie dans le monde que lui aménage l'homme raisonnable, aussi proche qu'elle soit de son esprit et de son cœur, elle ne sera jamais pour lui qu'un objet [...]. Cette chute dans l'objectivité, c'est elle qui maîtrise la folie plus profondément et mieux que son ancien asservissement aux formes de la déraison. »

## Philippe Pinel et la libération des insensés

Si Cabanis a été l'un des penseurs de l'asile, Philippe Pinel va en être l'un des créateurs. On dit de lui qu'il est le véritable inventeur de la psychiatrie moderne, avec un acte fondateur : la libération des insensés de Bicêtre de leurs chaînes. La scène se passe en pleine Révolution : Georges Couthon, membre du Comité de salut public, l'un des initiateurs de la Terreur, proche de Robespierre, visite Bicêtre pour savoir s'il ne s'y cache pas des suspects. Philippe Pinel, nommé médecin-chef de l'établissement le 25 août 1793, le reçoit « courageusement », alors que « chacun tremblait à l'aspect de l'infirme porté à bras d'homme » (Couthon était paralytique). « Pinel le conduisit aussitôt au quartier des agités, où la vue des loges l'impressionna péniblement. Il voulut interroger tous les malades. Il ne recueillit de la plupart que des injures et des apostrophes grossières. Il était inutile de prolonger plus longtemps l'enquête. Se tournant vers Pinel : “Ah çà, citoyen, est-ce que tu es fou toi-même de vouloir déchaîner de pareils animaux ?” Pinel lui répondit avec calme : “Citoyen, j'ai la conviction que ces aliénés ne sont si intraitables que parce qu'on les prive d'air et de liberté. – Eh bien, fais-en ce que tu voudras, mais je crains bien que tu ne sois victime de ta présomption.” Et là-dessus, on transporte Couthon jusqu'à sa voiture. Son départ fut un soulagement ; on respira ; le grand philanthrope se mit aussitôt à l'œuvre[1]. » Le mythe est né : Pinel, qui libère les fous, face à un Couthon sanguinaire.

En fait, Pinel a été nommé à Bicêtre sur la recommandation de Cabanis. Bicêtre est alors le centre où l'on enferme les fous, et ce depuis la libération des « déraisonnables » de l'hôpital général. Pour Michel Foucault, la fonction médicale y est déjà introduite, et ce n'est pas un hasard si, pour la première fois avec Pinel, c'est un médecin à qui l'on en confie la direction. Pourtant, cette nomination a probablement un autre objectif, celui de discerner parmi les pensionnaires de Bicêtre les fous des non fous, opposants, aristocrates et ennemis de la République qui pourraient s'y cacher. C'est le sens de la visite de Couthon, qui avait probablement d'autres chats à fouetter que de se pencher sur le sort des insensés. Pinel peut d'ailleurs apparaître comme un homme de confiance aux yeux des conventionnels – dès le début, il a adhéré aux idéaux de la Révolution ; il a même fait partie du service d'ordre en armes lors de l'exécution de Louis XVI –, même si l'on dit que, en désaccord avec la Terreur, il vient chercher refuge dans le vieil hôpital. Sous la Restauration, on va même jusqu'à affirmer qu'il aurait sauvé la vie de nombreux opposants en faisant croire qu'ils étaient aliénés. Reconnaître la folie, la distinguer, ne sert ainsi plus à reconnaître l'innocence, comme dans la période précédente, mais à démasquer la « duplicité[2] ».

Couthon parti, Pinel va donc libérer douze fous de leurs chaînes, et il le fait sur les conseils d'un gardien, Jean-Baptiste Pussin – préfiguration de l'infirmier moderne –,

1. Scipion Pinel, *Traité complet du régime sanitaire des aliénés*, 1836. (Scipion est le fils de Philippe Pinel.)

2. Michel Foucault, *op. cit.*

qui travaille ici depuis neuf ans et qui connaît bien les insensés. Le premier a être libéré est un capitaine anglais enchaîné à Bicêtre depuis quarante ans. « Il était regardé comme le plus terrible des aliénés [...], dans un accès de fureur, il avait frappé d'un coup de ses menottes un des servants à la tête, et l'avait tué sur le coup. » Pinel s'approche de lui et lui promet de le libérer à condition qu'il soit raisonnable. « Croyez-en ma parole. Soyez doux et confiant, je vous rendrai la liberté. » Le capitaine reste calme, et, à peine libre, il se précipite pour admirer la lumière du soleil en criant : « Que c'est beau ! » Il passe sa première journée de liberté « à courir, à monter les escaliers, à les descendre en disant toujours : "Que c'est beau !" » Le soir, il s'endort calmement. « Durant deux années qu'il passe encore à Bicêtre, il n'a plus d'accès de fureur ; il se rend même utile dans la maison, en exerçant une certaine autorité sur les fous, qu'il régente à sa guise et dont il s'établit comme surveillant[1]. » Pinel délivre aussi le soldat Chevingé. Il s'agit d'un ivrogne qui se prend pour un général. Le philanthrope lui déclare qu'il le prendra à son service et il défait ses liens. Le miracle s'opère alors. « Jamais dans une intelligence humaine révolution ne fut plus subite, ni plus complète ; [...] à peine délivré, le voilà prévenant, attentif [...]. Il fait entendre aux autres aliénés des paroles de raison et de bonté, lui qui tout à l'heure était encore à leur niveau, mais devant lesquels il se sent grandi de toute sa liberté[2]. » Chevingé va même entrer dans la « légende pinélienne » en protégeant son maître. Lorsque le peuple de Paris veut forcer les portes de Bicêtre pour faire justice « aux ennemis de la nation, il lui fait un rempart de son corps, et s'expose aux coups pour lui sauver la vie[3] ».

1. Scipion Pinel, *op. cit.*
2. *Ibidem.*
3. *Ibidem.*

Tout le monde s'accorde à dire aujourd'hui que cette scène de la délivrance des fous de Bicêtre tient de la légende et de l'image d'Épinal, mais là n'est pas l'important : glorifié, mythifié, le geste de Pinel marque la naissance de ce qui va devenir la psychiatrie. Car, au-delà du mythe, c'est une réflexion nouvelle qui entre en scène ce jour-là. Chez Pinel, il y a d'abord l'affirmation neuve que la folie est une maladie et qu'elle relève de la médecine ; le fou ne peut donc être ni puni, ni jugé, ni condamné. Cette maladie, c'est l'aliénation mentale ; elle est unique, même si elle peut prendre des formes différentes. Pinel distingue en effet la manie, la mélancolie, la démence et l'idiotisme. Logiquement, il établit une nosographie, c'est-à-dire une description et une classification, de ces différentes formes de l'aliénation, méthode d'approche qui fera florès par la suite. Le fou est à présent objet d'observation, comme l'avait projeté Cabanis.

Si la folie est une maladie, elle peut être soignée, et elle ne peut l'être que par le médecin. Pinel, dit Michel Foucault, « c'est l'apothéose du personnage médical ». C'est entre le médecin et le fou que se joue la possibilité de la guérison, au travers de ce que Pinel appelle le « traitement moral » de la folie. Il s'agit d'établir, entre le médecin et son patient, une communication, afin d'utiliser ce qui reste chez ce dernier de raison, car même chez le pire des aliénés il subsiste toujours une trace de celle-ci. La parole du médecin, dans l'échange qui se noue, est douce et rassurante, elle donne espoir, elle compatit aux souffrances. Elle est la condition à l'établissement d'une relation de confiance. Mais le médecin doit également instituer un véritable rapport d'autorité, qui doit aider le fou à accepter la volonté du thérapeute. Lorsque cette volonté, qui lui vient du dehors, le pénètre, faisant ainsi reculer ou disparaître l'agitation ou le délire, c'est la guérison. « Les maniaques sont particulièrement distingués par des divagations sans cesse renaissantes, par une irascibilité des plus vives, et un état de perplexité et d'agitation qui semble devoir se perpétuer ou ne pouvoir se calmer que par degrés. Un centre unique d'autorité doit toujours être présent à leur imagination pour qu'ils apprennent à se réprimer eux-mêmes et à dompter leur fougue impétueuse. Cet objet une fois rempli, il ne s'agit que de gagner leur confiance et de mériter leur estime pour les rendre entièrement à l'usage de la raison dans le déclin de la maladie et de la convalescence[1]. »

Pour que le « traitement moral » soit efficace, il faut également que le médecin puisse s'appuyer sur une institution organisée pour lui servir de support et de relais. Le traitement ne peut donc se concevoir que dans un espace réservé aux fous, afin de les mettre à l'abri des tumultes du monde, de les isoler. L'hospitalisation, conçue comme un moyen thérapeutique, devient donc la réponse à la question de la folie. « Il est si doux en général pour un malade d'être au sein de sa famille, écrit Pinel, et d'y recevoir les soins et les consolations d'une amitié tendre et compatissante, que j'énonce avec peine une vérité triste, mais constatée par l'expérience la plus répétée, la nécessité absolue de confier les aliénés à des mains étrangères, et de les isoler de leurs parents. Les idées confuses et tumultueuses qui les agitent et que fait naître tout ce qui les environne, leur irascibilité sans cesse mise en jeu par des objets imaginaires, des cris, des menaces, des scènes de désordre ou des actes d'extravagance, l'usage judicieux d'une répression énergique, une surveillance rigoureuse sur les gens de service [...] demandent un ensemble de mesures adaptées

1. Philippe Pinel, *Traité médico-philosophique sur l'aliénation mentale*, 1801.

au caractère particulier de cette maladie, qui ne peuvent être réunies que dans des établissements qui leur soient consacrés[1]. »

Cet hôpital devra être organisé d'une façon rationnelle, avec d'abord une classification de l'espace lui-même, certains pavillons étant réservés à tel ou tel type de malades, selon leurs symptômes. « Un hospice d'aliénés [...] manque d'un objet fondamental si, par sa disposition intérieure, il ne tient les diverses sortes d'aliénés dans une espèce d'isolement, s'il n'est propre à séquestrer les plus agités ou les plus furieux d'avec ceux qui sont tranquilles, si on ne prévient leurs communications réciproques, soit pour empêcher les rechutes et faciliter l'exécution de tous les règlements de police intérieure, soit pour éviter les anomalies inattendues dans la succession de l'ensemble des symptômes que le médecin doit observer et décrire[2]. » L'organisation de l'existence au sein de l'hôpital doit être conçue afin d'atteindre l'objectif thérapeutique qui est assigné à celui-ci : une vie calme et organisée, le règlement à suivre scrupuleusement, le respect des emplois du temps, des hiérarchies et des occupations tissent la vie quotidienne des malades et permettent au médecin de « puiser les règles fondamentales du traitement, apprendre à discerner les espèces d'aliénation[3] ».

## La vision de Michel Foucault

L'action de Pinel, comme celle de Samuel Tuke, un quaker anglais qui avait appliqué des idées comparables dans une « retraite » près de la ville d'York, a

1. *Ibidem.*
2. Philippe Pinel, *op. cit.*
3. *Ibidem.*

bien sûr donné lieu à des analyses parfois divergentes. Pour Michel Foucault, la création de l'asile par Pinel et Esquirol, son élève, nommé à Charenton, est dans la droite ligne de l'internement du XVIIIe siècle. Comme celui-ci ne convenait plus, avec l'arbitraire qui le caractérisait, à une société soucieuse de la liberté et du droit, on fait appel à la médecine pour justifier l'enfermement des fous. Si le « personnage médical » – Foucault ne dit pas le « médecin » – prend alors le pouvoir, ce n'est pas pour des raisons scientifiques, mais comme « garantie juridique et morale ». « Un homme d'une haute conscience, d'une vertu intègre, et qui a une longue expérience de l'asile pourrait aussi bien se substituer à lui[1]. » Si, pour Tuke, le fondement de l'asile est la religion, pour Pinel, c'est la morale. « L'asile, domaine religieux sans religion, domaine de la morale pure, de l'uniformisation éthique. [...] Les valeurs de la famille et du travail, toutes les vertus reconnues règnent à l'asile[2]. » Pour imposer sa domination, celui-ci, selon Michel Foucault, emploie trois moyens. Le silence, d'abord. Il cite Pinel à propos de l'un des douze fous qu'il avait libérés à Bicêtre, qui se prenait pour le Christ. Cette fois, Pinel ne fait aucune promesse, il le délivre de ses chaînes sans contrepartie, puis il « ordonne expressément que chacun imite sa réserve et n'adresse pas un seul mot à ce pauvre aliéné. Cette défense, qui est observée rigoureusement, produit sur cet homme si gonflé de lui-même un effet bien plus sensible que les fers et le cachot ; il se sent humilié d'un abandon et d'un isolement si nouveau pour lui au milieu de son entière liberté. Enfin, après de longues hésitations, on le voit de son propre mouvement venir se mêler à la société des autres malades ; dès ce jour, il revient

1. Michel Foucault, *op. cit.*
2. *Ibidem.*

à des idées plus sensées et plus justes[1]. » Pour Michel Foucault, le mutisme, le silence, l'indifférence des autres renvoient le fou à sa propre faute, contrairement au moment où les autres se moquaient de lui. « Délivré de ses chaînes, il est enchaîné maintenant, par la vertu du silence, à la faute et à la honte[2]. »

Le deuxième moyen que l'asile utilise pour maîtriser le fou, c'est ce que Michel Foucault appelle la « reconnaissance en miroir ». Là encore, le philosophe va chercher un exemple chez Pinel. « Trois aliénés qui se croyaient autant de souverains et qui prenaient chacun le titre de Louis XVI se disputent un jour les droits à la royauté, et les font valoir avec des formes un peu énergiques. La surveillante s'approche de l'un d'eux et, le tirant un peu à l'écart : "Pourquoi, lui dit-elle, entrez-vous en dispute avec ces gens-là, qui sont visiblement fous. Ne sait-on pas que vous devez être reconnu pour Louis XVI ?" Ce dernier, flatté de cet hommage, se retire aussitôt en regardant les deux autres avec une hauteur dédaigneuse. Le même artifice réussit avec le second. Et c'est ainsi que dans un instant il ne reste plus trace de dispute. » Ainsi la folie des uns est-elle reconnue par les autres. Parfois, elle l'est par le fou lui-même. Pour l'illustrer, Foucault cite un autre cas, celui d'un homme qui se croyait roi lui aussi. Un surveillant lui demande alors pourquoi il n'use pas de ses pouvoirs royaux pour sortir de l'asile, puis il lui montre un autre insensé qui se prend également pour le roi et qui est devenu objet de dérision. « Le maniaque se sent d'abord ébranlé, bientôt il met en doute son titre de souverain, enfin il parvient à reconnaître ses écarts chimériques[3]. » Pour Michel Foucault, le fou « est

1. Scipion Pinel, *Traité du régime sanitaire des aliénés*.
2. Michel Foucault, *op. cit.*
3. Philippe Pinel, *op. cit.*

maintenant impitoyablement regardé par lui-même. Et dans le silence de ceux qui représentent la raison, et n'ont fait que tendre le miroir périlleux, il se reconnaît comme objectivement fou[4]. » La vérité, explique encore le philosophe, s'insinue dorénavant comme par surprise, et non par la violence, comme au XVIIIe siècle. La folie « devient responsable de ce qu'elle sait de sa vérité ; elle s'emprisonne dans le regard indéfiniment renvoyé à elle-même ; elle est enchaînée finalement à l'humiliation d'être objet pour soi ».

Enfin, le troisième moyen de domination utilisé par l'asile, selon Michel Foucault, c'est le jugement perpétuel. Le fou doit se sentir en permanence surveillé et jugé. Pour le philosophe, l'ancien internement imitait le châtiments des condamnés, « usant des mêmes prisons, des mêmes cachots, des mêmes sévices physiques. La justice qui règne dans l'asile de Pinel n'emprunte pas à l'autre justice ses modes de répression ; elle invente les siens. » Elle utilise par exemple ce qui était naguère considéré comme des moyens thérapeutiques. « On profite de la circonstance du bain, on rappelle la faute commise, ou l'omission d'un devoir important, et à l'aide d'un robinet on lâche brusquement un courant d'eau froide sur la tête, ce qui déconcerte souvent l'aliénée, ou écarte une idée prédominante par une impression forte et inattendue[5]. » Michel Foucault dénonce également l'utilisation de la réclusion et du cachot. Pour lui, l'asile est un espace où l'on est perpétuellement accusé, jugé et condamné. « La folie sera punie à l'asile, écrit-il, même si elle est innocentée à l'extérieur. »

Dans l'un de ses cours au Collège de France, il explique sa vision du geste de Bicêtre : « Lorsque Pinel libère les

4. Michel Foucault, *op. cit.*

5. Philippe Pinel, *op. cit.*

malades enfermés dans les cachots, il s'agit d'établir entre le libérateur et ceux qui viennent d'être délivrés une certaine dette de reconnaissance [...] le délivré va acquitter sa dette continûment et volontairement par l'obéissance ; on va donc remplacer la violence sauvage d'un corps, qui n'était retenue que par la violence des chaînes, par la soumission constante d'une volonté à une autre. Autrement dit, enlever les chaînes, c'est assurer, par le biais d'une obéissance reconnaissante, quelque chose comme un assujettissement[1]. » Pour le philosophe, en fait, le vieux « pouvoir de souveraineté », brutal, violent, identifiable dans la figure du roi, a progressivement laissé la place au « pouvoir disciplinaire », anonyme et consenti.

## La lecture de Gladys Swain

À l'inverse de Michel Foucault, la psychiatre Gladys Swain – disparue prématurément en 1993 – porte, en compagnie du philosophe Marcel Gauchet, un regard beaucoup plus positif sur Pinel. Pour elle, ce qui se passe au début du XIX$^{e}$ siècle, avec Pinel, Tuke et bien d'autres, c'est un véritable changement dans la façon dont l'homme perçoit la folie. Pour la première fois, même si c'est encore d'une manière balbutiante, Pinel affirme qu'il subsiste toujours dans celle-ci une part de raison, et que le fou n'est jamais totalement fou. « À la base, écrit Marcel Gauchet, il y a la rupture avec l'idée d'une folie complète[2]. » Cette conception, neuve à l'époque, va avoir des conséquences importantes. Elle va d'abord

1. Michel Foucault, *Le Pouvoir psychiatrique ; cours au Collège de France 1973-1974* (cours du 14 novembre 1973), Gallimard-Seuil.

2. Marcel Gauchet, *À la recherche d'une autre histoire de la folie*, Gallimard.

permettre d'envisager un traitement, fut-il moral, de la folie. On a beaucoup disserté sur cet aspect « moral » des choses dans la démarche de Pinel, explique en substance Gladys Swain, mais à tort. Pinel, selon elle, rompt avec une conception morale de la folie, celle qui consiste, de l'extérieur, à convaincre le fou de ce qui est bien et de ce qui est mal. « Il n'est […] pas inutile de commencer de le rappeler, explique-t-elle, le moral, c'est dans la tradition philosophique et médicale qui nous occupe ce qui s'oppose au physique[1]. » Le « traitement moral » n'est donc pas un traitement physique, mais il concerne les facultés intellectuelles, les sentiments et les passions ; on dirait aujourd'hui le « psychisme ». Dans la conception morale de la folie, opposée selon Gladys Swain à celle de Pinel et d'Esquirol, non seulement on veut faire entendre au fou, de l'extérieur, des choses qu'il ne peut entendre, mais on le considère comme totalement « autre ». Un « autre » retranché dans une folie totale et impénétrable, qui serait extérieure à l'homme de raison. Avec Pinel, c'est l'inverse : le fou, puisque demeure en lui un reste de raison, est du même coup mon semblable. « Le fou est fou, écrit Marcel Gauchet, mais il est en même temps mon pareil […]. Non pas : je suis fou comme le fou (ou le fou est normal comme moi) ; mais : en quoi puis-je être fou, profondément, au-delà de ce qui m'en garde[2] ? » Alors, le problème de la folie n'est plus seulement celui du fou, mais celui de l'homme.

Pour Gladys Swain, cette révolution, illustrée par la démarche novatrice de Pinel, s'inscrit dans le mouvement général des idées de cette époque. Le grand philosophe allemand Hegel, explique-t-elle par exemple, a reconnu explicitement l'apport de Pinel. Le mérite de celui-ci,

1. Gladys Swain, *Dialogue avec l'insensé*, Gallimard.
2. Marcel Gauchet, *op. cit.*

selon lui, est « d'avoir découvert ce reste de raison dans les aliénés et les maniaques, [et de] l'y avoir découvert comme contenant le principe de leur guérison[1] ». Mais avant Hegel, il y a Kant. Pour cet autre philosophe allemand, la folie est folie complète. « Le fou, c'est celui qui s'enferme de la sorte dans un cercle d'idées qui ne valent que pour lui[2]. » Autrement dit, le fou vit dans son monde, et celui-ci n'a rien à voir avec celui des gens « normaux », des hommes de raison. « Il est guidé, explique Gladys Swain, par une logique de l'altérité : plus le fou se fait autre, plus il se sépare des règles générales de la pensée, jusqu'à s'assurer d'une règle particulière pour sa pensée, et plus il est véritablement fou[3]. » Conséquence logique de cette « altérité » pour Kant, les fous sont incurables et l'enfermement est leur destination, dans « un lieu où, sans qu'on tienne compte de [leur] maturité ou de la vigueur de leur âge, une raison étrangère doit, pour les moindres affaires de la vie, les soumettre à l'ordre[4]. » La folie totale, située hors de la raison, rime donc avec l'impossibilité de toute thérapeutique : « Comme les forces du sujet, explique Kant, à la différence de ce qui se passe dans les maladies physiques, ne participent pas à la guérison, et que celle-ci cependant ne peut être acquise qu'en faisant usage de l'entendement même du sujet, toutes les méthodes thérapeutiques doivent rester sans efficacité[5]. »

Hegel va prendre cette vision de la folie à contre-pied, et théoriser la découverte de Pinel. Pour lui, la folie est « un simple dérangement, une simple contradiction à

1. Hegel, *Philosophie de l'esprit*, cité par Gladys Swain.

2. Gladys Swain, *op. cit.*

3. Gladys Swain, *op. cit.*

4. Kant, *Anthropologie du point de vue pragmatique*, cité par Gladys Swain.

5. Kant, *op. cit*, *loc. cit.*

l'intérieur de la raison, laquelle se trouve encore présente[1] ». Cette contradiction dont il parle n'est pas entre le délire de l'aliéné et la réalité, mais « entre la part de lui qui garde le contact avec la réalité et la part qui maintient, en dépit de ce qu'il sait par ailleurs, une conception insensée[2] ». Si Kant pensait que la folie venait du dehors de la raison, Hegel, au contraire, croit qu'elle vient du dedans. Pour le premier, le fou voit les choses d'un autre point de vue que le commun des mortels ; pour le second, le fou partage le point de vue de tous, mais il adhère également à des conceptions venant de sa « sensibilité interne ». Il existe donc chez lui une sorte de dédoublement qui rassemble, au sein d'un même individu, deux personnes psychiques. Gladys Swain rapproche cette conception de celle d'Esquirol qui disait que l'unité du moi est perdue chez l'aliéné. Elle compare aussi, sans plus s'y aventurer, l'analyse de Hegel et celle qui sera celle de Freud : « Nous pouvons probablement admettre, écrivait celui-ci, que tout ce qui se passe dans des états semblables consiste en un clivage psychique. Au lieu d'une unique attitude psychique, il y en a deux ; l'une, la normale, tient compte de la réalité, alors que l'autre, sous l'influence des pulsions, détache le moi de cette dernière. Les deux coexistent, mais l'issue dépend de leur puissance relative[3]. » Freud replace donc la folie au cœur du sujet humain. Cette idée novatrice était déjà présente chez Hegel. Pour lui, loin de lui être étrangère, la folie constitue « une expression nécessaire de l'esprit humain », un moment décisif de son parcours, ce qui ne signifie pas que chacun doive en passer par elle, mais

1. Hegel, *Encyclopédie des sciences philosophiques en abrégé*, cité par Gladys Swain.

2. Gladys Swain, *op. cit.*

3. Freud, *Abrégé de psychanalyse*, cité par Gladys Swain.

qu'elle constitue un possible, une « virtualité » dans le psychisme au moment où « la conscience s'éveille au sein de l'âme », au moment de la constitution de sa personnalité, de son « je ». L'homme, dit Hegel a « pour ainsi dire le privilège de la folie », car à lui seul « est donné de se penser dans un état de complète abstraction du moi », c'est-à-dire de ce qu'il est réellement. « Ce qui fait que je puis me fixer dans une représentation particulière inconciliable avec ma réalité concrète, écrit-il, c'est que je suis d'abord un moi complètement abstrait et indéterminé et que, comme tel, je puis admettre un contenu arbitraire et me forger des représentations les plus vides, me prendre pour un chien par exemple ou bien imaginer que je puis voler, parce qu'il y a assez d'espace devant moi pour voler ou parce qu'il y a d'autres êtres vivants qui volent[1]. »

Gladys Swain dit les choses un peu autrement ; parlant de l'homme, elle écrit : « Il se pense, il se détermine lui-même, il se dit à lui-même ce qu'il est [...]. Il se parle et il se signifie, dirions-nous en langage plus moderne[2]. » Mais cette capacité de détachement de soi-même peut le conduire, grâce au langage, dans la pure abstraction, hors de la réalité. « Parce que je parle, parce que je suis un être de parole, je suis exposé au péril de trouver plus de vérité dans ce que je dis que dans ce que je sais être. Je dépends du langage pour me dire. Le langage dit ce que je suis, mais, du coup, jusqu'à pouvoir le dire à la place de ce que je suis[3]. » Et, plus loin : « Étant donné que je suis, en tant qu'homme, exposé à la folie, la folie est mon privilège. » Au fond, elle n'est pas le passage vers un ailleurs de la raison, mais au contraire « une voie obligée

1. Hegel, *Philosophie de l'esprit*, cité par Gladys Swain.
2. Gladys Swain, *op. cit.*
3. Gladys Swain, *op. cit.*

que doit emprunter celle-ci pour se constituer. C'est la raison même qui est grosse de la folie[1]. » Cette vision nous ramène à Pinel et à Esquirol. Si folie et raison sont liées, non seulement la possibilité de guérir existe, mais la nature du trouble est indissociable de son traitement. Cela signifie que celui-ci ne peut désormais être imposé de l'extérieur, mais qu'il doit chercher son chemin dans le psychisme du malade. « À l'idée d'un agir sur l'âme (ou sur les forces nerveuses qui en constituent le substrat matériel), écrit Gladys Swain, répond l'idée d'une âme ouverte en son égarement à un agir capable de la ramener à elle-même à partir d'elle-même[2]. » C'est toute cette vision révolutionnaire qui sous-tend, selon Gladys Swain, la démarche de Philippe Pinel.

Qu'en est-il alors de l'asile que Pinel et ses successeurs ont construit et institutionnalisé ? Marcel Gauchet admet que celui-ci a, au bout du compte, constitué « une impasse fatale », et il s'interroge sur ce qui a bien pu se passer entre les lumières de Pinel et cet échec. Probablement la volonté de notre société de « se saisir d'elle-même et d'agir sur elle-même », et donc sur l'homme. Revers de la médaille d'un monde libre capable de peser sur son devenir. « C'est dans l'asile, plutôt que dans l'école ou dans la prison, écrit-il, que le dessein d'une machine à produire l'homme, d'une institution conçue pour se saisir entièrement des êtres et les réformer de part en part grâce à leur absorption au sein d'un environnement calculé et d'un collectif réglé, a connu son expression la plus complète et la plus pure[3]. » En d'autres termes, « l'asile a été un laboratoire politique », à qui Marcel Gauchet donne pourtant l'absolution : « S'il n'a guéri personne, il

1. *Ibidem.*
2. *Ibidem.*
3. Marcel Gauchet, *op. cit.*

a contribué à rendre la folie autre qu'elle n'était[1]. » Pour lui, l'asile est représentatif de « la trajectoire, ô combien typique, des vastes espérances initiales à la désolation finale ». On a voulu ouvrir l'aliéné aux autres, « sans dessein de relégation », et finalement on l'a enfermé…

Pourtant, Gladys Swain et Marcel Gauchet ne veulent pas s'en tenir à l'idée de la « société disciplinaire » chère à Michel Foucault. Pour eux, il y a « une cause sociale profonde » qui a permis ce bouleversement dans le regard porté sur la folie au début du XIX^e^ siècle. Cette cause, c'est « la révolution individualiste, l'avènement de la société des individus, ce qu'on peut reconnaître comme l'œuvre de la Révolution française[2] ». Dorénavant, la société est conçue comme un rassemblement d'individus qui nouent entre eux une relation qu'ils ont choisie par l'intermédiaire d'un contrat. « Leur relation, dit Gladys Swain, sera ce qu'ils veulent en faire. » Le fou ne peut donc échapper à cette nouvelle relation entre les hommes. Sauf que, pour lui, l'échange ne se fera pas sur un pied d'égalité, il sera conçu hors d'une véritable réciprocité. Dans la communication que l'on va établir avec lui, il s'agira d'accepter « un discours tout en refusant d'entériner et de suivre ce pour quoi il se donne : telle devient la règle – l'efficacité thérapeutique d'un tel rapport découlant de la distance qu'on suppose entre le fou et sa parole folle : vous existez ailleurs et au-delà de ce que vous dites, ce pourquoi je me refuse à l'accepter tel[3] ». Les nouvelles relations entre les individus – dont le fou fait partie – et la nécessité de cet échange déséquilibré vont permettre, selon Gladys Swain, la naissance de la psychiatrie, « c'est-à-dire l'avènement d'une théorie capable

1. Marcel Gauchet, *op. cit.*
2. Gladys Swain, *op. cit.*
3. *Ibidem.*

de refuser et l'idée que le fou est un être libre qui a opté pour la folie et l'idée que par essence la folie est privation de toute conscience et volonté. Ce que concentre la notion de traitement moral[1].

## L'entrée en scène des aliénistes

Avec Pinel, Esquirol et leurs successeurs, arrivent sur la scène de la folie ceux que l'on va appeler « aliénistes », qui vont petit à petit imposer leurs vues. Cela ne va pas se faire sans mal, et il faudra attendre la loi du 30 juin 1838 pour que le système qu'ils avaient projeté soit mis en place, non sans compromis toutefois. Durant la cinquantaine d'années qui sépare la libération des fous de Bicêtre et le vote de la loi, les différents régimes qu'a connu la France vont tenter de trouver des solutions à un problème qui est plus politique et juridique que véritablement médical. L'idée que les fous doivent être isolés, et donc internés, fait l'unanimité, autour de deux soucis : la protection de l'ordre public et – démarche plus nouvelle défendue par les aliénistes – la nécessité du soin, l'asile étant considéré comme un outil thérapeutique. Le rapporteur de la loi à la Chambre des pairs, le marquis de Barthélemy, expose clairement, d'une façon certes un peu optimiste, les termes du débat : « Cette législation doit veiller à ce que les maux d'un homme souffrant et malheureux soient adoucis, et sa guérison obtenue si elle est possible, et en même temps prendre des mesures qui ôtent à un être dangereux pour les autres ou pour lui-même les moyens de faire le mal. Pour atteindre ce double but, elle doit prescrire l'isolement des aliénés, car cet isolement, en même temps qu'il garantit l'ordre

1. *Ibidem.*

public de leurs écarts et de leurs excès, présente aux yeux de la science le moyen le plus puissant de guérison. Heureuse coïncidence qui, dans l'application de mesures rigoureuses, fait concourir l'avantage du malade avec le bien général[1]. »

Mais le souvenir des lettres de cachet, même sous la Restauration, est encore très vif, et il n'est pas question de se mettre « hors la loi » en rééditant la situation de l'Ancien Régime : la « société du contrat », dont parle Gladys Swain, s'est imposée par-delà les régimes politiques. Il n'est donc plus possible de confier à la seule administration ou à la seule justice la décision d'enfermer un fou. « Ici se présente une question fondamentale, s'écrie le ministre de l'Intérieur lors des débats, qui renferme presque toute la substance de la loi : l'isolement de l'aliéné [...] doit-il, peut-il être subordonné à l'interdiction civile ? Les hommes de l'art répondent d'une voix unanime : non. Cette subordination serait, dans la réalité, impossible ; en principe, inique. » Lors de la préparation de la loi, on va donc assister à « une alliance entre l'administration et les aliénistes[2] ». La Justice est écartée de la décision de placement – terme plus présentable qui s'est substitué à celui d'internement –, elle ne pourra qu'exercer un contrôle *a posteriori*. Ainsi le procureur doit-il visiter les établissements d'aliénés afin de « recevoir les réclamations des personnes qui y seront placées » (art. 4). Il peut également – ainsi que l'aliéné lui-même – en appeler au tribunal pour obtenir, « s'il y a lieu, la sortie immédiate » (art. 29).

Le préfet et le médecin vont ainsi devenir les acteurs de l'internement au travers de deux procédures. La première est dite « du placement volontaire ». Dans ce cas,

1. Cité par Robert Castel, *L'Ordre psychiatrique*, Éditions de Minuit.
2. Robert Castel, *op. cit.*

la demande d'admission est faite au directeur de l'établissement par une personne qui indiquera « son degré de parenté » avec le futur aliéné ou, « à défaut, la nature des relations qui existent entre [eux] » (art. 8). Ensuite, la loi exige « un certificat de médecin constatant l'état mental de la personne à placer ». Celle-ci ne sera pas admise s'il a été délivré avant les quinze jours précédant sa remise, s'il est signé d'un médecin appartenant à l'établissement ou si le médecin est « parent ou allié » de la personne à « renfermer » ou du directeur de l'asile. Enfin, il sera demandé une pièce d'identité à l'insensé, et tous les documents produits seront consignés dans « un bulletin d'entrée » qui sera envoyé « dans les vingt-quatre heures, avec un certificat du médecin de l'établissement [...], au préfet de police à Paris, au préfet et au sous-préfet dans les communes chefs-lieux de département ou d'arrondissement, et au maire dans les autres communes. Le sous-préfet, ou le maire, en fera immédiatement l'envoi au préfet » (art. 8). La procédure s'applique également dans les établissements privés, le préfet devant envoyer sur place ses « hommes de l'art » visiter la personne à enfermer (art. 9).

La seconde procédure est dite « des placements ordonnés par l'autorité publique ». L'article 18 stipule que, « à Paris, le préfet de police et, dans les départements, le préfet ordonneront d'office le placement, dans un établissement d'aliénés, de toute personne, interdite ou non interdite, dont l'état d'aliénation compromettrait l'ordre public ou la sûreté des personnes ». Les directeurs d'établissement seront ensuite tenus d'adresser au préfet, « dans le premier mois de chaque semestre » (art. 19), un rapport rédigé par le médecin de l'établissement sur l'état du patient et les résultats du traitement. C'est le préfet qui, en dernier ressort, décide du maintien à l'asile ou de la sortie. La Justice est donc écartée au profit de l'administration et des médecins. L'article 24 précise d'ailleurs que « dans aucun cas les aliénés ne pourront être ni conduits avec les condamnés ou les prévenus ni déposés dans une prison ».

Si elles constituent un succès pour les aliénistes, ces dispositions restent tout de même un compromis, notamment avec le placement volontaire. Durant les débats qui ont précédé le vote de la loi, les milieux les plus conservateurs avaient en effet violemment défendu le thème de la « liberté de choix » et de la défense de la famille contre les aliénistes, qui défendaient un service public unique, sorte de monopole de la maladie mentale. Ainsi, lors de la discussion, le marquis de Montalembert, représentant des conservateurs, explique : « Je conçois très bien l'action de la loi lorsqu'elle s'applique aux individus que le gouvernement fait arrêter sur la voie publique pour cause d'aliénation mentale, à ceux qui menacent la tranquillité publique ; il les enferme pour leur intérêt même dans des établissements d'aliénés ; rien de plus naturel. Mais une famille qui a le malheur d'être affligée dans un de ses membres d'une aliénation mentale, cette famille est entièrement maîtresse de garder chez elle cette personne, si elle en a les moyens [...]. Je demande donc qu'on laisse aux familles toute latitude, toute liberté à cet égard[1]. »

Liberté non seulement de garder leur malade, si « elles en ont les moyens », mais aussi de choisir l'établissement dans lequel elles seront obligées de le faire enfermer. Derrière l'argumentation du marquis se profilent aussi les intérêts du secteur privé, qui a prospéré depuis quelques années. Par exemple, l'abbé Jaumet, auteur d'un *Manuel de l'hospitalier et de l'infirmier* en 1829, a développé le Bon-Sauveur à Caen ; Joseph-Xavier Tissot, plus connu sous le nom de frère Hilarion

1. Cité par Robert Castel in *L'Ordre psychiatrique*.

– qui interviendra dans le débat sur la loi –, membre un moment de l'ordre de Saint-Jean-de-Dieu, a créé des asiles à Clermont-Ferrand, à Auch, à Quimper, à Saint-Alban… Le compromis que vont être obligés d'accepter les aliénistes concerne donc également le statut des futurs asiles. Pour une part, ils l'ont emporté : « les établissements spéciaux » seront uniquement consacrés aux aliénés ; ceux-ci ne seront pas mêlés aux autres malades comme le souhaitaient les conservateurs, soucieux par là d'épargner aux familles la honte d'un internement dans un lieu réservé aux fous. Dans son article 1er, la loi précise que « chaque département est tenu d'avoir un établissement public spécialement destiné à recevoir et soigner les aliénés ». Cela va ouvrir la possibilité au médecin de devenir la figure centrale de l'asile, puisque celui-ci n'est destiné qu'à soigner.

S'ils peuvent être satisfaits, les aliénistes n'ont pourtant pas gagné sur toute la ligne. Dans l'article 1er, il est également précisé que, si le département ne possède pas d'établissement public, il pourra « traiter […] avec un établissement public ou privé, soit de ce département, soit d'un autre département ». Certes, l'article 3 précise que les établissements privés « sont placés sous la surveillance de l'autorité publique », mais les aliénistes ont échoué dans leur volonté de constituer « un réseau complet d'établissements publics, émanation directe du pouvoir central, dirigé par un véritable corps de médecins-fonctionnaires placés sous l'autorité des préfets[1] ».

Reste la question du statut de l'aliéné. Sur le plan pénal, avec l'article 64 du code pénal de 1810, il est déresponsabilisé. S'il a commis un crime ou un délit et que les psychiatres le reconnaissent comme irresponsable au moment des faits, il n'est pas jugé et il est envoyé à

1. Robert Castel, *op. cit.*

l'asile pour une durée indéterminée. Sa sortie éventuelle dépend alors du préfet puisqu'il est en placement d'office. Sur le plan civil, la loi de juin 1838 lui accorde un statut défini par l'internement lui-même, une sorte d'incapacité civile : l'« administration provisoire ». Les biens de l'interné sont gérés par un « administrateur provisoire », généralement nommé au sein de la commission administrative de l'asile, qui « procédera au recouvrement des sommes dues à la personne placée dans l'établissement et à l'acquittement de ses dettes » (art. 31). Le tribunal pourra même nommer un « curateur à la personne » qui veillera « à ce que ses revenus soient employés à adoucir son sort et à accélérer sa guérison » (art. 38). Enfin, la loi prévoit que la prise en charge des aliénés indigents sera pourvue par les « dépenses ordinaires du département [...] sur l'avis du préfet, et [approuvée] par le gouvernement » (art. 28), ce qui équivaut à créer un véritable droit aux soins. La notion d'internement se trouve donc bien au centre d'un dispositif cohérent mis en place par la loi. « Ce n'est en somme qu'à partir de 1838 que fut réalisé l'amalgame : mesure de placement + régime interne déterminé + incapacité + gestion des biens + droit aux soins dans le cadre d'une assistance spéciale », résument les psychiatres Lucien Bonnafé et Georges Daumézon[1] en 1946. Cette condition nouvelle du fou peut se dire en un mot : « aliéné ». Dès qu'il franchit le seuil de l'hôpital, il est ainsi totalement dépendant, institutionnellement, médicalement et légalement. Pour en arriver là, il a fallu créer un nouveau statut juridique. C'est ce qu'exprime en 1888 le juriste Jean Charles Florent Demolombe : « La loi du 30 juin 1838 a introduit dans notre code civil une

1. Lucien Bonnafé et Georges Daumézon, « L'internement, conduite primitive de la société devant le malade mental », *Documents de l'information psychiatrique*, 1946 ; cité par Robert Castel.

modification de l'état des personnes, une nouvelle incapacité, ou plutôt une demi-incapacité[1]. »

Cette évolution est parfaitement résumée par le marquis de Barthélemy, rapporteur devant la Chambre de pairs : « Messieurs, de toutes les maladies qui peuvent atteindre l'humanité, la plus affligeante sans doute est celle qui prive l'homme de ses facultés intellectuelles. [...] Dans cette triste situation, hors d'état souvent de distinguer le bien du mal, le juste de l'injuste, les lois ne sauraient être la règle de sa conduite. Mais s'il ne peut plus suivre leurs prescriptions et être soumis à leurs pénalités, elles ne doivent point pour cela cesser d'exercer sur lui leur empire, une législation spéciale doit venir l'atteindre, et protéger à la fois la société, sa personne et ses biens. » Le fou se trouve donc hors de la loi commune. Certains, au cours de la discussion qui a précédé l'adoption de la loi de 1838, s'en sont fait l'écho, ainsi le comte de Portalis, pair de France : « Nous admettons ce système, mais nous l'admettons à condition qu'il sera accompagné de précautions qui sont nécessaires, soit qu'il ne s'écarte pas du système général, soit qu'il ne porte pas atteinte aux garanties indispensables de la liberté individuelle. »

Robert Castel, de son côté, fait remarquer qu'en fait ce nouveau système constitue une entorse au principe de la séparation des pouvoirs : « Il n'y a plus d'un côté l'administration, courroie de transmission du pouvoir exécutif et gardienne de l'ordre public, et de l'autre la magistrature, garantie des libertés parce qu'elle possède le monopole des décisions qui peuvent la suspendre. Un troisième pouvoir, médical, est légitimé et assure le nouvel équilibre entre les deux autres[2]. » Il a donc fallu

1. Jean Charles Florent Demolombe, *Traité de la minorité*, 1888 ; cité par Robert Castel.

2. Robert Castel, *op. cit.*

que ces entorses existent pour qu'avec la loi de 1838 la boucle soit bouclée. Le nouveau système, héritier de celui de l'Ancien Régime, s'en est enfin détaché. L'hôpital n'est plus le symbole de l'absolutisme et de la tyrannie, comme il l'a été autrefois, le droit est venu lui donner une légitimité, même au prix de quelques arrangements. Les pauvres, les mendiants, les débauchés, les opposants, les libertins l'ont déserté, pour n'y laisser que les fous. Même si c'est pour les soigner.

# L'eugénisme et l'extermination des malades mentaux

## La montée de l'eugénisme

La deuxième période historique pouvant illustrer le lien qui existe entre l'histoire d'une société et la façon dont elle traite ses fous commence dès le milieu du XIX^e^ siècle, avec la montée en puissance, notamment en France, des théories de la race et de la dégénérescence, qui vont conduire à la théorisation – et à la mise en œuvre – de l'eugénisme. C'est vers 1855 que paraît en France *Essai sur l'inégalité des races,* du comte Joseph Arthur de Gobineau, et en 1857 qu'est publié le *Traité des dégénérescences,* de Benedict Augustin Morel, un psychiatre. Pour ce dernier, la dégénérescence est « une transformation pathologique survenant sur l'homme parfait, tel que Dieu l'a créé, au commencement des temps ». Selon cette vision « créationniste » – toujours en vogue aujourd'hui chez certains conservateurs protestants proches de la Maison Blanche, aux États-Unis[1] –, qui s'oppose au darwinisme et à l'évolution des espèces, la maladie mentale s'aggrave de génération en génération, d'où la volonté, monstrueuse, d'interrompre cette dégradation. Ces idées vont avoir pignon sur rue jusqu'entre les deux guerres, et un de leurs représentants les plus éminents

1. « Darwin contre Dieu », *Libération*, 27 août 2005.

fut le docteur Alexis Carrel (Prix Nobel de médecine en 1912). Il est l'auteur de *L'Homme, cet inconnu,* paru en 1935 et diffusé à un demi-million d'exemplaires (dont une bonne part après la Seconde Guerre mondiale), dans lequel il écrit : « Les anormaux empêchent le développement des normaux. Il est nécessaire de regarder ce problème en face. Pourquoi la société ne disposerait-elle pas des criminels et des aliénés d'une façon plus économique ? Elle ne peut pas continuer à prétendre discerner les responsables des non responsables, punir les coupables, épargner ceux qui commettent des crimes dont ils sont moralement innocents. [...] Peut-être faudrait-il supprimer les prisons. Elles pourraient être remplacées par des institutions beaucoup plus petites et moins coûteuses. Le conditionnement des criminels les moins dangereux par le fouet, ou par quelque autre moyen plus scientifique, suivi d'un court séjour à l'hôpital, suffirait probablement à assurer l'ordre. Quant aux autres, ceux qui ont tué, qui ont volé à main armée, qui ont enlevé des enfants, qui ont dépouillé des pauvres, qui ont gravement trompé la confiance du public, *un établissement euthanasique, pourvu de gaz appropriés*, permettrait d'en disposer de façon humaine et économique. Le même traitement ne serait-il pas applicable aux fous qui ont commis des actes criminels ? Il ne faut pas hésiter à ordonner la société moderne par rapport à l'individu sain. Les systèmes philosophiques et les préjugés sentimentaux doivent disparaître de cette nécessité. Après tout, c'est le développement de la société humaine qui est le but suprême de la civilisation. »

Sur la question de l'eugénisme, il est tout à fait clair : « L'eugénisme peut exercer une grande influence sur la destinée des races civilisées. À la vérité, on ne réglera jamais la reproduction des humains comme celle des animaux. Cependant il deviendra possible d'empêcher la propagation des fous et des faibles d'esprit. » Sous Vichy, Carrel va créer la Fondation française pour l'étude des problèmes humains, dont les objectifs sont clairement définis par lui : « L'équipe Biologie de la lignée enquête sur les parties de la France où se trouvent les familles qualitativement les meilleures. » Dans la préface à l'édition allemande de son livre, il se félicite de ce que « le gouvernement allemand [d'Adolf Hitler] a pris des mesures énergiques contre la propagation des individus défectueux, des malades mentaux et des criminels ». Il faut noter, au passage, que des rues portent encore actuellement – malgré des protestations répétées – le nom de ce personnage, dont une dans le quinzième arrondissement de Paris, à deux pas du lieu où se trouvait l'ancien Vél d'Hiv d'où partirent des milliers de juifs pour les chambres à gaz…

Carrel n'a pourtant pas été le seul à défendre les idées de pureté de la race et d'eugénisme à cette époque. Ainsi Édouard Toulouse, psychiatre, homme de gauche, qui avait créé le premier service ouvert pour les malades mentaux à l'hôpital Sainte-Anne à Paris : l'hôpital Henri-Rousselle. Il est l'animateur de la Ligue française d'hygiène mentale, et théoricien de la « biocratie », c'est-à-dire du gouvernement des hommes fondé sur des critères biologiques. Toulouse n'a que mépris pour les « chroniques » et les « tarés ». « Il apparaîtra à tous, écrit-il[1], qu'il y a des produits désirables, ceux qui proviennent des individus encore sains, et des produits indésirables, ceux des générateurs avariés […], dont un grand nombre abâtardit la race, abaisse son niveau moral et intellectuel, et constitue finalement une lourde charge d'assistance. » Dans un mémoire remis au ministère de la Santé en

1. Les citations concernant Édouard Toulouse et Gaëtan Gatian de Clérambault sont tirées d'un article de Lucien Bonnafé dans la revue *Regards*, n° 34 (avril 1998), « Aux racines de l'eugénisme à la française ».

novembre 1932, il propose de mettre en œuvre la stérilisation des malades mentaux. « Pour diminuer le nombre des anormaux qui imposent à la société des charges de plusieurs dizaines de milliards, des dispensaires placés sous le contrôle de l'autorité publique, avec la collaboration de syndicats médicaux, donneront des conseils, s'il y a des raisons médicales le justifiant, pour éviter la conception. Ces dispensaires pourront pratiquer la stérilisation, si elle est légitimée par des raisons médicales, soit à la demande des intéressés, soit pour des raisons graves d'intérêt public (tares héréditaires, physiques et mentales, impulsions criminelles ou d'ordre sexuel dont la liste sera établie après avis des services médicaux compétents). » Il faut d'ailleurs remarquer que cette proposition ne vise nullement à faire face à un problème d'impossibilité, pour un malade mental, à assumer la responsabilité d'un enfant – ce qui pose déjà de graves problèmes éthiques –, mais bien pour « diminuer le nombre d'anormaux », qui sont une charge pour la société.

Dans ce même mémoire, Toulouse cite le rapport du professeur Rüdin, de Munich, présenté lors d'une conférence européenne de santé mentale tenue à l'hôpital Henri-Rousselle. Celui-ci, dit-il, « a été formel : la véritable prophylaxie mentale doit être prénatale et tendre à empêcher la propagation d'individus porteurs de tares neurobiologiques transmissibles par l'hérédité. Et les psychiatres qui ont pris part à la discussion ont généralement adhéré à ces conclusions. » Rüdin était responsable, en 1932, du Comité d'experts pour une politique démographique et raciale du ministère de l'Intérieur de la république de Weimar. Il sera l'un des théoriciens de la biologie érigée en principe de la politique mise en œuvre par les nazis. Si Toulouse plaide pour la stérilisation, d'autres argumentent en faveur du divorce des aliénés afin de décharger la société du poids de leur progéniture.

C'est le cas du chef de l'infirmerie spéciale des aliénés au dépôt de la préfecture de police de Paris, Gaëtan Gatian de Clérambault : « Nous ne devons pas perdre de vue que l'Aliéniste est le défenseur de la Race, et pas seulement de l'Individu. » En 1922, en Allemagne, le juriste Karl Binding publie *L'Autorisation d'éliminer les vies n'étant plus dignes d'être vécues*, ouvrage qui comprendra, à la deuxième édition, une préface du psychiatre Alfred Hoche, dans lequel il prône l'extermination des sujets « spirituellement morts » comme un acte de « pitié » et où il évoque la compassion que ferait naître une telle décision vis-à-vis des malades eux-mêmes et de leur famille… Les deux hommes demandent l'établissement d'une législation.

Une littérature abondante fleurit donc en France et en Europe entre les deux guerres, avec une influence jusque dans les sphères de la fonction publique et de l'État. Lucien Bonnafé cite[1] par exemple une délibération de la Commission de surveillance des asiles publics d'aliénés de la Seine, datée du 8 juillet 1936, où il est dit : « Considérant que le nombre des aliénés augmente dans des proportions alarmantes, qu'il n'est pas douteux que l'hérédité soit une des causes principales de cette déplorable progression, et estimant qu'il appartient aux pouvoirs publics de prendre d'urgence des mesures tendant à préserver l'avenir de la race française, [la Commission] a l'honneur de demander à Monsieur le ministre de la Santé publique de rechercher les moyens de faire pénétrer dans les familles françaises, en vue d'encourager la pratique de l'eugénisme volontaire, la notion de l'hérédité propagatrice des maladies mentales. » Car ce qui caractérise ces théories, c'est la conception uniquement biologique de l'homme, et une assimilation du corps

1. « Aux racines de l'eugénisme à la française », in *Regards*, n° 34 (avril 1998).

social à un organisme humain. C'est ce que souligne le psychiatre Jean Ayme[1] – l'un des initiateurs de la politique de secteur après 1945 – dans la préface au livre d'Alice Ricciardi von Platen consacré à l'extermination des malades mentaux par les nazis[2]. Il y dénonce « l'effet dévastateur sur l'éthique médicale de la référence exclusive à "l'idéologie biologico-scientifique", qui ne laisse aucune place à la psychopathologie, encore moins à la valeur humaine de la folie ».

## L'extermination des malades mentaux en Allemagne

Cette vision trouve évidemment son épanouissement en Allemagne. Pour Hitler, le nazisme n'est pas seulement une politique, il constitue surtout une tentative grandiose de changer l'homme : « Quiconque considère le national-socialisme uniquement comme un mouvement politique n'est pas en mesure de le comprendre. Il est bien plus qu'une religion, il est la volonté de créer un homme nouveau [...]. La politique est aujourd'hui complètement aveugle si elle ne repose pas sur des fondements et des finalités biologiques. » C'est sur cette base idéologique que le nazisme va pouvoir recruter des médecins, « formés à la pensée biologiste et ne reconnaissant à la vie qu'une valeur biologique[3] », pour son programme d'euthanasie des malades mentaux. L'un d'entre eux, le professeur Carl Schneider, écrit dans un livre consacré

1. Auteur des *Chroniques de la psychiatrie publique à travers l'histoire d'un syndicat*, Érès.

2. Alice Ricciardi von Platen, *L'Extermination des malades mentaux dans l'Allemagne nazie*, Érès (paru pour la première fois en Allemagne en 1948).

3. Alice Ricciardi von Platen, *op. cit.*

à la thérapeutique par le travail : « Si les évidences ne trompent pas, la théorie des troubles mentaux se trouve à un moment décisif de son évolution en une véritable science exacte [...]. La transformation radicale de la psychiatrie implique une conception biologique de la vie psychique. » Dès lors que le malade mental se trouve réduit à ce statut d'être biologique, son identité, sa personnalité, son histoire individuelle, son psychisme sont niés, et la porte s'ouvre alors à la possibilité de son exclusion, puis de son élimination. Pour ces médecins, comme pour les nazis, c'est de l'évolution de la société et de la race dont il est question. Le docteur H.W. Kranz, directeur du bureau pour la politique raciale du parti nazi dans le Gau[1] de Hesse-Nassau, célèbre spécialiste de l'eugénisme, l'affirme dans un article paru en avril 1940 : « Nous devons évaluer l'individu selon la place qu'il occupe dans la société, la façon dont il est intégré et la contribution qu'il est en mesure d'apporter. De cette évaluation, on pourra déduire un fait fondamental, à savoir que les criminels ne sont pas le seul danger économique et biologique pour l'intégrité du peuple, mais qu'il existe un nombre plus élevé de personnes qui, bien que n'étant pas passibles de peine, doivent être considérées comme de véritables parasites, des scories de l'humanité. Il s'agit d'une multitude d'inadaptés, dont le nombre peut aller jusqu'au million, et dont la prédisposition héréditaire ne peut être vaincue que par leur élimination du processus de reproduction[2]. » De la stérilisation à l'élimination, trajectoire contenue dans l'idéologie eugéniste qui s'empare de l'Europe à l'époque, il n'y a qu'un pas, que les nazis vont franchir.

Comme dans bien d'autres domaines, ils vont mettre en œuvre jusqu'au bout ce qui préexistait dans la culture

1. Unité administrative du parti national-socialiste (NSDAP).
2. Cité par Alice Ricciardi von Platen.

occidentale. Il en va ainsi de l'antisémitisme – l'historien Raoul Hilberg[1], par exemple, montre comment ils sont allés puiser dans le droit canonique, appliqué dans le ghetto juif du Vatican jusqu'à l'occupation de la ville par l'armée italienne en 1870, pour promulguer leurs lois antisémites – ou de la politique vis-à-vis des pauvres, qu'ils enverront dans les camps de concentration (souvent pour y recruter les kapos), forme barbare et moderne du « grand renfermement ». Il en va de même pour les malades mentaux. Pour Hitler, ceux-ci étaient des êtres « qui ne pouvaient que rester dans la sciure ou sur le sable parce qu'ils se salissaient continuellement, ou [...] qui mangeaient leurs propres excréments [...]. Il en concluait qu'il était tout simplement juste de mettre fin à l'existence inutile de ces créatures et que cette solution permettrait de réaliser une économie financière pour les hôpitaux, les médecins et le personnel[2]. » Dès leur arrivée au pouvoir, les nazis réduisent considérablement les moyens financiers alloués aux asiles psychiatriques. Dans un rapport d'inspection dans les établissements d'Eichberg et de Herborn, en 1938, un professeur de l'université de Francfort fait un constat accablant de la situation : « Mauvais traitements, soins et alimentation insuffisants anéantissent toute possibilité positive de guérison. »

En fait, une première loi sur la prévention des naissances, ou loi sur la stérilisation, concernant les personnes atteintes de maladies héréditaires, est votée dès 1933. Visiblement, les nazis n'ont alors pas trop de mal à convaincre leur peuple qu'il y va de l'amélioration de la race d'un point de vue biologique. Très vite, certains

1. Raoul Hilberg, *La Destruction des juifs d'Europe*, Gallimard, 1992.

2. Propos de Karl Brandt (responsable du programme d'euthanasie) devant le tribunal de Nuremberg, cités par Alice Ricciardi von Platen. Karl Brandt sera condamné à mort, et pendu le 30 mai 1946.

arguent que le processus est trop lent et, petit à petit, les hitlériens mettent en route leur machine de propagande, notamment avec des films au titre évocateur : *Victimes du passé* ou *Le Péché contre le sang*. L'un d'eux, *Palais pour les aliénés et taudis pour les ouvriers*, met en opposition les maisons des ouvriers et les « palais » dans lesquels vivent les malades mentaux… Des professeurs réputés y vont de leurs arguments. Le fameux docteur Kranz, par exemple, affirme que la preuve est désormais faite que la psychopathie est une maladie héréditaire, et qu'il convient donc d'éliminer un million de psychopathes en Allemagne. Le commissaire d'État pour la Santé du ministère de l'Intérieur de Bavière déclare, à l'occasion de l'inauguration de la seconde académie d'État de médecine à Munich, que l'assistance en faveur des plus faibles doit cesser et que la stérilisation des idiots, des malades mentaux et des psychopathes n'est plus suffisante. L'idée d'une euthanasie de masse est donc dans l'air, mais les nazis rencontrent très tôt une forte opposition, notamment de la part de l'Église catholique, pour qui la stérilisation constitue une atteinte à la liberté et à la dignité de l'homme.

Ils n'ont donc pas les coudées franches, et le programme d'euthanasie est mis en place avec une certaine discrétion. C'est ce qui explique peut-être les conditions dans lesquelles la décision va être prise, par une ordonnance du Führer, antidatée, du 1er septembre 1939 – le document a été préparé en octobre à la fin de la campagne de Pologne – rédigée sur son papier à lettres personnel, une procédure confidentielle qui souligne ainsi le caractère secret et privé de cet ordre. Le texte est explicite : « Le Reichleister Boulher[1] et le docteur Brandt

1. L'un des vingt membres de la direction centrale du parti, désignés personnellement par Hitler.

sont chargés, sous leur propre responsabilité, d'élargir les compétences de certains médecins qu'ils auront eux-mêmes désignés, les autorisant à accorder la mort par faveur aux malades qui, selon le jugement humain et à la suite d'une évaluation critique de l'état de leur maladie, auront été considérés comme incurables[1]. » Il est remarquable que ce texte concerne les incurables, et non seulement les malades mentaux.

Si l'ordonnance est antidatée, c'est pour montrer qu'il s'agit bien d'un décret de guerre. Le Führer voulait profiter de l'ouverture des hostilités pour appliquer une politique à laquelle il avait déjà fait allusion dès 1935 lors d'un congrès du parti, et qu'il avait évoquée auprès de hauts fonctionnaires de la Chancellerie en 1938. Lors du procès de Nuremberg, Karl Brandt va confirmer ce souci qu'a Hitler de ménager l'opinion publique sur une question qu'il juge sensible : « Je dois admettre que le Führer pensait que le problème serait résolu d'une façon plus simple et plus aisée en temps de guerre, en partie parce que les résistances ouvertes, prévisibles de la part de l'Église, auraient moins d'écho[2]. » Certains théoriciens nazis entendent aussi, par la stérilisation, puis par l'extermination, compenser ce qu'ils appellent une « sélection négative », la guerre privant le Reich de ses éléments les plus sains.

Après la promulgation de l'ordonnance, est instituée la Commission du Reich pour le recensement des maladies génétiques graves à caractère héréditaire, laquelle impose aux hôpitaux de dresser la liste des enfants nés mal formés ou idiots. C'est sous sa responsabilité que sont alors créés des centres ou des « instituts spécialisés » censés les recevoir. Les parents doivent donner leur accord, il suffit pour cela de les convaincre. Viktor Brack,

1. Cité par Alice Ricciardi von Platen.
2. *Idem.*

l'un des responsables de l'organisation de l'euthanasie, explique lors de son procès, après la guerre, comment on s'y prend : « Le médecin qui avait certifié la malformation et l'inaptitude à vivre de l'enfant devait en parler avec les parents afin de les convaincre qu'en l'hospitalisant dans un service d'un asile régional dépendant de la Commission du Reich les médecins pourraient le guérir, même s'il n'y avait qu'une seule possibilité de guérison. Le médecin devait cependant aussi préciser que la thérapeutique, surtout lorsqu'elle était pratiquée dans des cas graves de malformation, présentait des risques exceptionnels, et donc il devait demander aux parents si, malgré le risque plus important que dans les traitements habituels, ils consentaient également à l'hospitalisation. Une fois obtenue leur autorisation pour un traitement et une technique de soin que l'on pourrait dire particulièrement risquée et dont le pourcentage de chances de guérison était extrêmement faible, on pourvoyait, grâce à ce médecin, à l'internement de leur enfant dans un service de la Commission du Reich[1]. » De cet internement, l'enfant ne sort pas vivant. Le choix de la technique pour la « mort par compassion » relève généralement d'un médecin envoyé par Berlin. « Dans mon établissement, explique le docteur Pfanmüller, de l'Institut d'Egfing-Haar, on utilisait le luminal. [...] Dans l'espace de quelques jours, l'enfant dort tranquillement et ne meurt pas d'empoisonnement : j'insiste sur cela [...]. L'enfant meurt d'une congestion pulmonaire et donc de complications cardiaques et pulmonaires ; c'est de cela qu'il meurt[2]. » Cette injection de luminal constitue évidemment « une pratique secrète du Reich ». Dans le centre de Hadamar, on utilise une chambre à gaz.

1. *Idem.*
2. *Idem.*

Pour l'extermination des adultes, on met en place trois organismes : la Fondation générale des instituts de soin, dont dépend le personnel et qui gère les centres de mise à mort, la Communauté de travail du Reich pour les établissements thérapeutiques et hospitaliers, chargée des expertises, et enfin la Société d'utilité publique pour le transport des malades, pour le transfert des hôpitaux psychiatriques vers les centres d'extermination. Ceux-ci sont au nombre de six : Bernburg-sur-Saale et Sonnenstsein, en Saxe, Harteil en Autriche, près de Linz, Brandenbourg, Grafeneck, dans le Wurtenberg, et enfin Hadamar. Le programme est lancé à l'automne 1939 avec l'envoi de questionnaires dans les asiles. Ceux-ci portent sur la capacité de travail du patient, ce qui amène les directeurs à penser qu'il s'agit d'un recensement pour l'économie de guerre. Ils doivent également signaler certaines maladies, comme la schizophrénie, la démence sénile ou l'épilepsie, ainsi que les patients internés depuis plus de cinq ans, les fous criminels et ceux qui ne sont pas de « sang allemand ». Ainsi les juifs ne doivent-ils pas profiter du « privilège » de l'euthanasie : ils doivent être envoyés dans les camps d'extermination de l'Est[1]. Chaque questionnaire est envoyé au bureau pour l'euthanasie, le bureau T4, à Berlin, et transmis à trois experts psychiatres. Un quatrième expert superviseur donne ensuite un avis définitif. L'asile où réside le malade reçoit alors une note l'informant du transfert de celui-ci, mais sans que soit mentionnée la destination. C'est à ce moment-là que les parents du patient sont informés de ce changement. Après avoir séjourné dans un centre de tri, baptisé ensuite « centre d'observation », les malades sélectionnés sont

1. Dans les territoires conquis de l'Est, les nazis ne vont pas s'embarrasser de formes : ce sont les SS eux-mêmes qui procèdent à l'extermination des malades mentaux, alors qu'ils ne sont pas partie prenante dans le programme d'euthanasie en Allemagne.

envoyés dans l'un des six centres d'extermination, où des chambres à gaz camouflées en salles de douche ont été installées. Les parents reçoivent quelque temps après une « lettre de réconfort » dans laquelle on leur apprend que le patient est mort des suites d'une maladie contre laquelle tous les efforts ont été vains. Les autorités insistent toujours sur le « soulagement » que la mort lui a apporté, et elles indiquent que, par crainte des épidémies, son corps et ses affaires ont été brûlés. Les parents reçoivent alors une urne avec les cendres du défunt[1]. Selon Alice Ricciardi von Platen, dix-huit mille personnes sont mortes dans les chambres à gaz de Grafeneck entre décembre 1939 et janvier 1941, et dix mille à Hadamar avant l'été 1941.

Bien sûr, tout cela s'effectue dans une relative discrétion. Par exemple, les certificats de décès sont comptabilisés en début de mois et ils ne sont pas totalisés afin que leur nombre n'apparaisse pas trop important, on évite de transférer ensemble des personnes ayant des liens de parenté, on utilise des formulations différentes pour les « lettres de réconfort »… Il y a cependant des ratés, comme ce patient, déclaré mort à la suite d'une appendicite alors qu'il avait subi une appendicectomie dix ans plus tôt. Ces impairs permettent aux opposants – notamment l'Église catholique – d'alerter l'opinion publique, qui manifeste de plus en plus son mécontentement.

La protestation la plus célèbre et la plus courageuse vient de Mgr von Galen[2], l'évêque de Münster, en Westphalie, qui déclare dans un prêche le 3 août 1941 : « Il nous est revenu depuis quelques semaines que, par ordre de Berlin, des aliénés internés depuis assez longtemps apparaissent inguérissables, et sont transférés de force.

1. L'extermination des malades mentaux en Allemagne est abordée dans *Amen*, film de Costa-Gavras.

2. Béatifié en octobre 2005.

Régulièrement, les parents reçoivent peu de temps après l'annonce que le malade est décédé, que le cadavre a été incinéré et que les cendres sont à leur disposition. Les soupçons se transforment en certitude que ce grand nombre de décès inattendus n'est pas le fait d'une mort naturelle, mais d'un meurtre accompli d'après cette idéologie qui affirme le droit d'anéantir la vie prétendument indigne de l'existence, c'est-à-dire le droit de tuer des innocents parce que leur vie n'aurait plus de valeur pour le peuple et l'État. Terrible idéologie qui justifie l'extermination des innocents, qui permet le principe du meurtre de l'invalide incapable de travailler, de l'infirme, du malade inguérissable et du vieillard. » Après avoir rappelé ses démarches auprès des autorités pour empêcher le transfert des malades, il conclut : « Comment ne pas imaginer le déchaînement féroce des mœurs, la méfiance de chacun envers tous, qui s'étendra jusque dans les familles lorsque cette idéologie terrifiante sera admise, consentie et exécutée. Malheur aux hommes, malheur au peuple allemand, si on transgresse impunément le commandement de Dieu "Tu ne dois pas tuer", que le Seigneur a jeté du mont Sinaï dans le tonnerre des éclairs, et que Dieu notre Créateur inscrivit à l'origine de la conscience des hommes[1]. »

Le Führer doit reculer ; en août 1941, il ordonne la suspension du programme d'euthanasie[2]. Jusqu'à cette date, soixante-dix mille personnes internées dans les asiles ont été tuées dans les chambres à gaz, 50 % des patients chroniques, considérés comme « psychiquement morts », ont été éliminés[3]. Les nazis ne s'arrêtent pourtant pas en si

1. Cité par Max Lafont in *L'Extermination douce*, Le Bord de l'Eau, 1987.

2. On ne peut s'empêcher de penser à la responsabilité de l'Église catholique quant à son silence concernant le génocide des juifs.

3. Chiffres donnés par Alice Ricciardi von Platen.

bon chemin. Là où ils le peuvent, ils continuent de pratiquer une « euthanasie sauvage ». Entre 1941 et 1945 par exemple, on effectue six cents transferts de l'asile de Wiesloch vers Hadamar, où la chambre à gaz continue de fonctionner. Surtout, on organise la mort des patients par la faim. Dans certains asiles, on met en place des « services de dénutrition ». « L'asile d'Eichberg, comme de nombreux autres, avait institué ce type de service : les hospitalisés étaient rapidement frappés d'infections banales et mouraient de façon naturelle sans qu'il soit nécessaire de recourir à des injections ou à des pilules. Les infirmiers ne surveillaient pas la distribution de nourriture, et il arrivait que les sujets les plus violents volent leur maigre pitance aux plus apathiques[1]. » Dans la plus grande partie des asiles, les coûts quotidiens d'hospitalisation sont réduits à 32 pfennigs (centimes) alors que le montant était auparavant de 1,8 à 2,5 marks par jour. Combien de malades mentaux périrent au final ? Il est encore difficile de le dire. Max Lafont[2] va jusqu'à évoquer le nombre de cent mille rien que pour le programme T4. Le nombre total de morts est d'autant plus difficile à évaluer qu'à partir de l'été 1941 Himmler utilise les services du bureau T4 pour sélectionner les « malades physiques et psychiques » dans les camps de concentration afin de les exterminer. C'est ce qu'on a appelé l'« opération 14f13 ». « Lorsqu'au cours de l'été 1941, explique Victor Brack lors de son procès, après la guerre, Boulher me fit part que Himmler voulait soumettre à une visite médicale les patients les plus atteints détenus dans les camps de concentration, pour évaluer leur condition physique et psychique générale,

1. Alice Ricciardi von Platen, *op. cit.* Dans cet établissement d'Eichberg, 470 patients sont morts en 1941, 732 en 1942, 753 en 1943, 583 en 1944 et 129 en 1945 (en trois mois).

2. Max Lafont, *op. cit.*

j'ai cru qu'il recommençait à s'humaniser. Himmler avait prié Boulher de lui trouver des médecins extérieurs parce qu'il n'avait pas grande confiance dans les compétences spécialisées des médecins des Lagers[1]. Boulher me chargea donc d'entrer en contact avec le T4 (bureau pour l'euthanasie) et de voir s'il était possible d'utiliser des psychiatres experts pour examiner les détenus dans les camps de concentration. J'exécutai cette mission[2]. » Ainsi, sous la responsabilité des psychiatres du T4, les malades mentaux sont conduits à la chambre à gaz avant même que ne soit décidée la « solution finale du problème juif », au début de 1942, lors de la conférence de Wannsee.

## Quarante mille morts dans les asiles de Vichy

L'extermination par la faim, pratiquée délibérément par les nazis, évoque évidemment ce qui s'est passé en France durant l'Occupation, où quarante mille malades mentaux sont morts de malnutrition. Si le fait n'est aujourd'hui guère contesté, la responsabilité des autorités de Vichy dans ce qu'il faut bien appeler un crime n'est à ce jour pas avérée – on n'a retrouvé aucune trace d'une volonté délibérée d'exterminer, comme cela a été le cas en Allemagne –, et les historiens discutent encore sur ce point. Une véritable polémique s'est même développée après la publication, en 1987, du livre du psychiatre Max Lafont, *L'Extermination douce*, un ouvrage tiré d'une thèse universitaire publiée en 1981. L'historien Henry Rousso[3], par exemple, conteste le fait que cette

1. Camps de concentration.
2. Cité par Alice Ricciardi von Platen.
3. Henry Rousso et Éric Conan, *Vichy, un passé qui ne passe pas*, Fayard, 1994.

hécatombe ait pu être le résultat d'une décision des autorités pétainistes. Elle ne saurait donc être pour lui « un crime caché de Vichy », mais elle fut la conséquence de rations alimentaires insuffisantes et de la gestion de certains hôpitaux, notamment avec le trafic de denrées par le personnel, un problème dénoncé selon lui par certains médecins dès 1941. En 2000, une historienne, Isabelle von Bueltzingsloewen, maître de conférences à l'université Lyon-II, a mené, à la demande du conseil scientifique de l'hôpital du Vinatier, un projet de recherche sur la famine dans cet hôpital entre 1940 et 1945. Elle confirme que deux mille malades de l'établissement lyonnais sont morts entre 1940 et 1945 alors qu'ils auraient dû rester vivants, et qu'il s'agit bien d'une surmortalité. Selon elle néanmoins, s'il y a eu inertie manifeste de la part des autorités face aux difficultés d'approvisionnement et au rationnement, il n'y a pas eu pour autant de famine organisée par le régime de Vichy. Cette analyse avait déjà été faite par un autre historien, Claude Quétel, qui donnait des chiffres à partir de recherches qu'il avait effectuées dans les Archives nationales.

| *Année* | *Nombre de décès* | *Nombre d'hospitalisés* |
|---|---|---|
| 1940 | 14141 | 106327 |
| 1941 | 23577 | 94030 |
| 1942 | 20113 | 78493 |
| 1943 | 10947 | 65983 |
| 1944 | 7594 | 59503 |

Ces données, fournies par Max Lafont en annexe de la dernière édition de son livre, montrent que, sur cinq ans, le nombre de décès s'élève à 76327, ce qui signifie donc, selon lui, une « surmortalité incontestable : ces chiffres constituent le double de ceux d'avant-guerre ».

Un fait demeure certain, au-delà des analyses que font les uns ou les autres sur les origines du drame, c'est l'existence de celui-ci. Des hommes et des femmes sont morts de faim par milliers dans les asiles psychiatriques en France durant l'Occupation. Malgré le silence pudique qui a entouré cette affaire durant des décennies, des témoins ont parlé, comme le professeur Requet, médecin-chef de l'hôpital du Vinatier de 1934 à 1969, qui avait sous sa responsabilité huit cents malades en 1940. Il confie à Max Lafont : « Vous imaginez la difficulté pour s'intéresser à tous ! Les conditions de vie étaient atroces. Les internés vivaient comme des bêtes, avaient plus souvent de la paille que de la literie, l'aération et le chauffage étaient rudimentaires. » Dans une interview donnée au quotidien *Rhône-Alpes* le 9 avril 1979, il revient sur le drame qu'il a vécu : « Je peux témoigner de scènes affreuses : les malades se mangeaient les doigts ; ils mangeaient tout ce qui passait à leur portée, les écorces des arbres par exemple. […] C'était courant d'apprendre que des internés mangeaient leurs matières fécales ou buvaient leurs urines ; ils rêvaient tout exclusivement de rêves alimentaires ; un malade qui avait reçu un colis s'est jeté dessus et il est mort d'une rupture gastrique. » En 1942, le professeur Requet alerte la profession lors d'un congrès d'aliénistes. Dans sa communication, il décrit l'état des patients : « Faim, amaigrissement énorme, voire émaciation, asthénie allant jusqu'à l'adynamie, œdème […], perte du pouvoir de régulation thermique, diarrhées prolongées pendant des semaines et des mois avec selles, nombreuses et impératives, peu influençables par les différentes thérapeutiques, tout en conservant un appétit vorace, sauf dans les derniers jours de la vie ; mort habituelle par coma algide. » Ce véritable cri d'alarme est accueilli, selon le témoignage de Requet lui-même, dans l'indifférence. « Nous avons alerté les services du ravitaillement, raconte-t-il à Lafont, mais il ne se passait rien ! […] une sorte d'indifférence toujours. Il faut dire que l'opinion n'était guère favorable aux malades mentaux […] tout le monde s'en foutait. Et puis, tout le monde avait faim et c'est bien seulement grâce aux combines et au marché noir que les gens pouvaient manger un peu plus en ville. »

Indifférence, rejet de la maladie mentale, c'est bien la société française dans son ensemble qui est ici montrée du doigt, même si, en de nombreux endroits, certains ont réussi avec courage à limiter la catastrophe. Cette triste constatation ne saurait pourtant exempter de toute responsabilité le régime de Vichy, qui avait la responsabilité de la survie des malades et qui a, visiblement, fait la sourde oreille. Le psychiatre Georges Daumézon écrit par exemple dans la revue *Esprit* en 1955 : « Quel directeur d'hôpital psychiatrique ne s'est heurté à des refus assortis de commentaires sur l'inutilité des efforts en faveur des aliénés, sur leur inconscience et la délivrance que serait une fin sans douleur pour leurs proches comme pour eux-mêmes, en réponse à ses demandes concernant le chauffage ou la nourriture de ses malades, refus qui signifiaient en clair la famine et la mort ? Un rationnement, dont chacun savait qu'il ne permettait à personne de vivre et dont chacun savait aussi que seuls les malades internés ne pouvaient matériellement s'y soustraire, leur a été appliqué avec une hypocrite et implacable "équité". » En fait, les aliénés se sont contentés de la ration officielle prévue par le ravitaillement général, sans aucun supplément comme cela a été fréquemment le cas pour les malades des autres hôpitaux. Par deux fois, souligne Max Lafont, la Société médico-psychologique, qui rassemble la profession et publie les annales, s'est émue de la situation et a même transmis un vœu aux autorités afin que soit améliorée la ration des malades mentaux. Le gouvernement de Vichy va finalement accorder quelques suppléments par une ordonnance de décembre 1942. Celle-ci prouve, s'il en était besoin, que le régime pétainiste avait les moyens, s'il en avait eu la volonté, d'éviter ce drame. Faut-il lui reprocher « d'avoir jeté sur cette horrible hécatombe involontaire le voile de l'oubli », comme dit l'historien Claude Quétel ? Certainement. Que cette catastrophe ne soit pas imputable, dans l'état actuel des connaissances, à une volonté délibérée d'extermination paraît indéniable, mais il semble bien difficile d'écarter d'un revers de main l'influence des thèses eugénistes, non seulement de gens comme Alexis Carrel, qui avait pignon sur rue à Vichy, mais aussi des maîtres nazis des hommes de Pétain. Dans d'autres domaines, notamment celui des lois antisémites, ceux-ci ont montré qu'ils pouvaient parfois devancer les désirs de l'occupant. Le gouvernement de l'époque n'avait pas vraiment besoin de légiférer pour se débarrasser de ces êtres « spirituellement morts » dont parlait Karl Binding. L'idéologie eugéniste, dominante dans les sphères du pouvoir, la peur de l'autre et le rejet de la maladie mentale dans l'opinion, le chacun pour soi, l'indifférence s'en sont chargés. Le silence et l'oubli ont travaillé seuls. Le psychiatre Roger Gentis, dans *Les Murs de l'asile*[1], résume les choses brutalement : « On dit les fous comme on dit les bougnoules ou les Portugais. De là à les exterminer, il n'y a qu'un pas, et il ne faut pas croire que notre France-mère-des-arts et de tout un tas de choses exportables, que notre mère la France aurait, dis-je, tant de peine à le franchir. Il suffirait sans doute de peu de chose, une conjoncture

1. Roger Gentis, *Les Murs de l'asile*, Maspero, 1970.

politique un peu fasciste, quelques fonctionnaires comme vous et moi, mariés, pères de famille, épris d'ordre, de bien public et de rentabilité ; on trouverait dans la population une immense complicité [...]. Ce qui gêne le plus, je crois, dans un tel projet, ce qui fait les préjugés des gens, c'est que Hitler, dont certains se souviennent encore de la détestable réputation, avait déjà fait cela en Allemagne. [...]. Eût-il agi un peu moins précipitamment, un peu moins en pointe, nous n'en serions pas là aujourd'hui et l'euthanasie "propre" (comme on parle de bombes propres) eût pu venir soulager notre société d'un fardeau qui se fait toujours plus lourd à porter. »

# La révolution du secteur

## Désaliéner

« Le désaliéniste est celui qui, ayant jeté aux orties le froc de l'aliéniste, se présente sur la place publique en disant : "Qu'y a-t-il pour votre service ?" » Si cette phrase[1] du psychiatre Lucien Bonnafé – l'homme avait le sens de la formule – est demeurée fameuse, c'est peut-être parce qu'elle synthétise bien ce que fut l'ambition (certains diront l'utopie) des hommes qui, au lendemain de la Seconde Guerre mondiale, ont cherché à révolutionner la psychiatrie et, au-delà d'elle, le regard que la société porte sur la folie. Cette démarche, à la fois théorique et pratique, a été depuis lors résumée en un seul mot : le « secteur ». La phrase de Bonnafé est d'autant plus intéressante que ce mot n'y est justement pas utilisé. Le psychiatre préfère mettre l'accent sur la volonté de « désaliéner » les malades mentaux, enfermés depuis des décennies dans l'hôpital général de l'Ancien Régime ou dans les asiles des aliénistes. Si le mot « secteur » a fait – à juste titre – fortune depuis cinquante ans, il n'en est pas moins porteur d'ambiguïté parfois. Les difficultés qui ont jalonné, jusqu'à aujourd'hui, sa mise en

1. Lucien Bonnafé, « Sources du désaliénisme », in *VST*, n° 166, CEMEA, 1986.

place l'ont trop souvent fait confondre avec une structure administrative : le secteur de soixante-dix mille habitants, base de la réorganisation de la psychiatrie en France, officialisé une première fois par une circulaire le 15 mars 1960. C'est souvent cet aspect administratif des choses qui a été retenu.

Or Bonnafé insiste sur la rupture avec l'ordre ancien qui motive les hommes de l'après-guerre, dont il est une figure éminente. Aller sur la place publique et demander « qu'y a-t-il pour votre service ? », c'est en finir avec le « personnage médical » de Michel Foucault, patron tout-puissant et détenteur du savoir absolu. C'est affirmer que le psychiatre est dorénavant au service de tous, et que la psychiatrie se mêle à présent à la cité. C'est replacer le fou au cœur de la société, dans son environnement naturel, sa famille, son quartier, ses amis, tout le réseau relationnel qui fait qu'il est un homme, un sujet et non pas un objet. C'est mettre fin au système de soins « hospitalo-centré », c'est-à-dire organisé seulement autour de l'hôpital. Bonnafé dit encore les choses autrement : « Ce que je refuse, de mon poste de témoin acteur, c'est l'idée de l'usager comme pris en charge par l'appareil de santé mentale. C'est faux : l'usager, c'est tout un chacun, qui un jour ou l'autre peut avoir besoin de moi. De même que l'usager du chemin de fer, c'est vous ou moi qui, même possesseurs d'une auto, pouvons un jour prendre le train[1]. »

Le principe fondamental est donc clair : il s'agit de refuser la ségrégation dont sont victimes les malades mentaux, il s'agit de critiquer l'asile qui, loin des visions humanistes de Pinel et d'Esquirol, est devenu un lieu d'aliénation – Bonnafé qualifie l'internement de

1. *Recherches*, n° 17, 1975.

« conduite primitive » –, un endroit où, loin de soigner les gens, on les « chronicise », on les enferme dans leur maladie, on porte atteinte à leurs droits, à leur liberté. À l'inverse, on affirme la nécessité de leur intégration dans la vie, dans la société dont ils sont issus, parce que l'être humain n'est pas seulement un individu isolé, mais le produit d'un ensemble de relations avec son environnement, le produit d'une histoire personnelle. Cela signifie que l'hôpital psychiatrique ne doit plus constituer l'unique lieu de soin, qu'il ne doit être qu'un outil parmi d'autres et non plus le centre de toute démarche thérapeutique. Ce centre, on cherche donc à le déplacer vers la cité, parmi les gens, au cœur d'un réseau diversifié de moyens (par exemple les soins ambulatoires), de lieux d'accueil… Bonnafé invente même l'expression « implantation préalable », c'est-à-dire la découverte de la réalité – économique, sociale, culturelle – du territoire par l'équipe soignante avant même toute mise en place d'un dispositif de soin. Car cette équipe soignante, repensée dans son fonctionnement, se trouve au cœur de la démarche ; c'est d'elle que tout part. Chacun (médecin, infirmier, psychologue, assistante sociale, thérapeute) est un membre actif de la thérapie, qui doit être menée aussi longtemps qu'il est souhaitable. C'est le principe de la continuité des soins qui est ici affirmé, dans l'hôpital si cela est nécessaire – mais en essayant d'éviter l'hospitalisation au maximum et d'en réduire la durée –, et surtout hors de celui-ci. L'équipe a la responsabilité complète, sur un territoire donné, de la prévention, du dépistage, de la précure, de l'hospitalisation, de la postcure et de la réadaptation. C'est d'une véritable médecine sociale dont il est question, appliquée, au-delà de la psychiatrie, à la santé mentale de toute une population. Pour mettre en œuvre cette démarche, on définit un territoire où elle devra s'appliquer, c'est le « secteur » : soixante-dix mille habitants[1]. Jean Ayme[2] compare d'ailleurs la psychiatrie de secteur à l'instruction publique : comme il y a une école par quartier, il y a une équipe médico-sociale par secteur. Cette organisation, outre la possibilité qu'elle donne de concevoir une politique de santé mentale sur un territoire donné, permet également de recevoir tout le monde sur un pied d'égalité, quelle que soit la nature du trouble, sans étiquetage préalable, comme c'était le cas dans les asiles, où le patient « était piégé comme une mouche dans une toile d'araignée », selon l'expression d'Horace Torrubia, l'un des initiateurs du mouvement. « Quand vous avez vingt-cinq femmes âgées dans un pavillon, explique le psychiatre Pierre Bailly-Salin, c'est un pavillon de gâteuses ; quand vous avez [...] cinq femmes âgées [avec d'autres], ce sont les grands-mères du pavillon[3]. »

Certains, comme Pierre Delion, pédopsychiatre à Lille, considèrent le secteur comme « l'événement le plus révolutionnaire que le siècle ait connu dans la psychiatrie ». On pourrait faire remonter les racines de ce mouvement très loin. Le psychiatre Georges Daumézon, l'une des figures du bouillonnement de l'après-guerre, estime que chez Pinel et Esquirol, les grands ancêtres, il y avait déjà des idées dont le secteur s'est emparé après 1945, par exemple celle de l'hôpital considéré comme un outil thérapeutique[4] ou celle de

1. Ce nombre avait été arrêté en fonction des normes de l'Organisation mondiale de la santé, qui préconisait 3 lits pour 1 000 habitants.

2. Jean Ayme a longtemps été le responsable du Syndicat des psychiatres des hôpitaux.

3. *Recherches*, n° 17, 1975.

4. Cette idée sera reprise, développée, réinventée, dans les années 40 et 50 par les tenants de ce qu'on va appeler la « psychothérapie institutionnelle », la jumelle du secteur, née en même temps que lui.

l'existence d'un médecin psychiatre intimement lié à la vie de son département, « dépositaire d'un savoir psychiatrique pour une aire déterminée, le consultant de cette zone[1] », à qui le préfet demandait conseil, qui participait parfois aux réunions du conseil général… à ce détail près que l'enfermement était la seule perspective que l'on proposait alors aux malades.

En fait, les idées du secteur sont déjà dans l'air avant la guerre, période non seulement marquée par la montée des fascismes et de l'eugénisme, mais aussi par le Front populaire. Toute l'ambiguïté de l'époque est d'ailleurs symbolisée par un homme, Édouard Toulouse, partisan de l'eugénisme, mais en même temps franc-maçon lié à la gauche radicale. En 1922, il réussit à faire ouvrir le Centre de prophylaxie mentale, dans l'enceinte de Sainte-Anne, à Paris, grâce à l'appui d'Henri Sellier, maire de Suresnes et conseiller général, qui sera quelques années plus tard ministre de la Santé du Front populaire. Ce service, devenu l'hôpital Henri-Rousselle, est un peu la préfiguration des avancées de la période d'après-guerre. On y donne des consultations – qui étaient alors l'apanage du secteur privé –, on y propose des soins hospitaliers en service libre, des soins ambulatoires, on organise des visites à domicile… Le Centre comprend un service social, des laboratoires de recherche, un centre d'enseignement et d'éducation sanitaire. C'est le seul établissement en France dont l'une des missions est de s'occuper de la prévention des troubles psychiques.

Pour Toulouse, il y a en fait deux sortes de patients : les grands malades mentaux – autrement dit les « chroniques », pour lesquels il a un souverain mépris –, qui relèvent de la loi de 1838 et qu'il convient donc de laisser enfermés, et les autres, ceux dont les troubles sont

1. *Recherches*, n° 17, 1975.

naissants, que l'on peut traiter avant qu'ils ne deviennent chroniques et pour lesquels il faut inventer autre chose. Bref, dans son esprit, il n'y a de « service libre » possible qu'à la condition qu'il existe, à ses côtés, un service fermé, que les hommes de la Libération tenteront de détruire. Pour Lucien Bonnafé, l'« expérience Henri-Rousselle », à Paris, est « la première œuvre d'envergure prenant le contre-pied de la renfermerie asilaire ». Il en montre également les limites : « L'idée de pulvériser l'internement [...] et de réduire les mesures restrictives de la liberté individuelle à des cas très particuliers, applicables uniquement, à titre personnel, à des malades dont l'état l'exige impérieusement, n'est pas encore née[1]. »

La démarche de Toulouse ne relève pourtant pas de la génération spontanée. Elle s'inscrit dans tout un mouvement né au début du siècle avec une loi, en 1902, qui ébauche pour la première fois un dispositif de protection sanitaire de la population. En 1916, une autre loi crée les dispensaires d'hygiène sociale et de préservation antituberculeuse. Robert-Henri Hazemann, le directeur de cabinet d'Henri Sellier sous le Front populaire, raconte en 1975 dans la revue *Recherches*[2] que l'hygiène sociale s'est renforcée après la Première Guerre mondiale : « En France, l'hygiène sociale, ça a d'abord été, au début du siècle, la protection de l'enfance : la stérilisation du lait, les crèches. Après 14, avec le *birth control,* l'avortement (dont on ne parlait pas), il y avait une grosse crise de la natalité ; il fallait garder l'Alsace et la Lorraine, alors il fallait des enfants, de la chair à canon pour la prochaine guerre, c'est aussi simple que cela. [...] Dans le temps, la mortalité infantile était énorme. [...] les arrondissements

1. Lucien Bonnafé, « Le milieu hospitalier vu du point de vue psychothérapeutique », *La Raison*, n° 17, 1957.

2. *Recherches*, n° 17, 1975.

[de Paris] les plus pauvres étaient ceux où la mortalité infantile, la tuberculose, les horreurs étaient les plus grandes. Il y avait un Suisse, Hersch, qui avait fait des corrélations entre la mortalité infantile, la mortalité par tuberculose et le montant de la cote mobilière : tout ça coïncidait parfaitement. C'était un peu artificiel parce que les gens riches ne mourraient pas à Paris, ils allaient mourir en Suisse, je suppose, mais enfin, c'était valable tout de même. »

En 1927, on crée l'Office public d'hygiène sociale (OPHS) et l'on ouvre des dispensaires, avec un médecin et une assistante sociale. Hazemann est nommé en 1930 à l'OPHS*. « Quand je suis arrivé, explique-t-il, il y avait presque uniquement la lutte antituberculeuse. Là, je me suis vite aperçu que c'est une maladie due à la situation économique[1], et l'on peut dire que la virulence des germes, leur nombre, la proportion de gens atteints est en fonction de l'ancienneté de la révolution industrielle [...]. Alors il était visible qu'avec le bien-être, les cutis "plus" données par le BCG, une meilleure alimentation et un logement un peu amélioré, ça allait fatalement baisser. Un équilibre s'établissait, comme pour la lèpre. » Les dispensaires vont donc être l'outil privilégié de la prévention de la tuberculose. Chacun avait son secteur de desserte pour que les malades puissent consulter au plus près de chez eux, une idée que l'on va retrouver dans le secteur psychiatrique. « Les assistantes sociales, poursuit Hazemann, s'appelaient des "infirmières visiteuses". Ces femmes n'étaient pas là pour leur seul bon cœur ou pour appliquer les lois, elles étaient là pour empêcher la contagion de la tuberculose et pour donner des secours,

* Les sigles suivis d'un astérisque (*) sont développés dans le glossaire, en fin d'ouvrage

1. Ce que l'on peut de nouveau constater aujourd'hui.

peut-être un petit peu pour attirer les gens. Alors on donnait des crachoirs, on donnait un lit pour faire lit à part si l'homme ou la femme était tuberculeux, on les aidait comme cela, et on les suivait au dispensaire. »

En fait, ce qui naît avec la lutte contre la tuberculose, c'est une véritable médecine sociale, que le Front populaire va encourager en intégrant la lutte contre les maladies contagieuses, la protection maternelle et infantile, l'assistance aux enfants anormaux et, enfin, l'hygiène mentale dans les missions de l'OPHS*. De cette médecine sociale vont s'inspirer les créateurs du secteur dans les années 40 et 50. Plus au fond, le Front populaire va reprendre une idée des conventionnels de 1793 : celle que la protection de la santé est un devoir d'État, un principe que Thermidor va abandonner « en limitant aux hôpitaux les devoirs de la médecine publique[1]. » Comme le grogne Bonnafé[2], « s'occuper de santé de la population, ça, ce n'est pas un devoir d'État ! » Le 13 octobre 1937 paraît une circulaire qui sera considérée, par les hommes de la Libération, comme le premier texte sur la psychiatrie de secteur. Elle change le nom des asiles : « On gratte, raconte Lucien Bonnafé, on commande le tailleur de pierre du village pour supprimer "asile d'aliénés" sur le fronton et graver "hôpital psychiatrique" à la place. Bien entendu, ce qu'il en est du changement réel des choses, c'est une autre affaire[3] ! » Désormais, les aliénistes deviennent des psychiatres, et ils sont chargés « d'aller aux populations », de travailler « hors les murs » pour prévenir les troubles mentaux, éviter les hospitalisations et l'exclusion. La circulaire affirme la nécessité de créer dans chaque département un service de prophylaxie

1. Lucien Bonnafé, *Recherches*, n° 17, 1975.
2. *Ibidem.*
3. *Ibidem.*

mentale, avec un dispensaire d'hygiène mentale offrant des consultations externes et un service social. Elle recommande la création de services ouverts, l'organisation de consultations de neuropsychiatrie de l'enfant, l'ouverture de services libres médico-pédagogiques… Cette circulaire, préparée sous Henri Sellier – notamment par Hazemann –, sera signée par le ministre suivant, Marc Rucart. Une seconde circulaire Rucart, datée du 7 décembre 1938, traitera de la transformation du placement d'office en placement volontaire et, surtout, de la gratuité de celui-ci, jusqu'alors payant et réservé aux riches. Il y a derrière toute cette démarche une autre idée neuve, celle que la qualité de l'hôpital est fonction de son non-isolement : « L'hôpital demeure un mauvais instrument, un lieu de réjection, un lieu de réclusion […] dans la mesure où il n'est pas intégré dans un système de santé publique au service global de la population[1]. » C'est également au Front populaire que l'on doit l'application de la législation sociale sur le temps de travail aux infirmiers – dont le diplôme avait été créé en 1930 – et la création d'un véritable statut les concernant. C'est enfin durant cette période que sont créés les centres d'entraînement, baptisés après la guerre CEMEA*, qui seront le creuset de la formation des infirmiers et des équipes du mouvement désaliéniste après la guerre. Toute la démarche du secteur est là, en germe.

## La révélation des camps

Mais pour que le secteur puisse éclore, il va falloir un accélérateur : ce rôle sera joué par la guerre et l'occupation allemande. Les jeunes psychiatres formés avant

1. *Ibidem.*

ou pendant le conflit, qui souvent ont été mêlés à la Résistance, vont être marqués par deux événements qu'ils vivent comme étant liés : la mort de quarante mille aliénés dans les asiles français entre 1940 et 1945 par manque de nourriture et la découverte de la réalité des camps de concentration nazis. À compter de ce moment, rien ne ressemble plus pour eux à un camp qu'un asile. Dans le numéro de la revue *Recherches* consacrée au secteur[1], la psychiatre Danielle Sabourin-Sivadon livre, en 1975, un témoignage étonnant sur l'asile de Ville-Evrard, en région parisienne, significatif de l'état d'esprit qui règne alors.

> J'ai dû arriver à Ville-Evrard en 43, j'avais cinq ans. La sœur de mon père est revenue de Ravensbrück dans une détresse physiologique absolue ; ensemble, ils parlaient beaucoup, et je sais que pour lui ça a été très important de comprendre qu'il était responsable d'un camp de concentration. Car rien ne ressemblait plus à un camp de concentration que Ville-Evrard : pavillons archi-fermés, bourrés de gens, sauts de loup, grilles, barbelés. C'était encore le temps des séparations sémiologiques : les agités au 6, les dangereux au 4, les chroniques au 5, les travailleurs au 1, ou quelque chose comme cela. Mon père a ouvert plusieurs pavillons ; le 4 était encore fermé quand j'étais interne, en 66 ; Baillon[2] a commencé à l'ouvrir en 67, c'était le dernier bastion, les malades dits dangereux ; certains avaient assassiné quelqu'un [...]. En 66 encore, je me souviens qu'à l'entrée le mec était déshabillé, on le mettait à poil, on faisait l'inventaire de ses vêtements, qu'on envoyait à la teinturerie, on lui donnait en échange un uniforme. Je crois que l'on n'enlevait plus les alliances comme cela se faisait à l'époque où j'étais petite : on retirait

1. *Recherches*, n° 17, 1975

2. Guy Baillon, psychiatre à Ville-Evrard, organisa la délocalisation de cet hôpital et fut l'un des animateurs du secteur de la « deuxième génération ».

aux femmes leur nom de femme mariée, on retirait l'alliance. C'est invraisemblable, mais c'était comme cela. Jamais les femmes n'arrivaient à accepter cela, il y avait une espèce de révolte larvée. Une femme qui entrait à l'hôpital psychiatrique, c'était souvent pour la vie. J'ai connu des filles qui étaient là depuis l'âge de vingt ans; pour la famille, c'était fini. Folles, elles étaient la tare de la famille, il n'était pas question qu'elles sortent. Elles ne pourraient jamais se marier, jamais avoir d'enfants, parce que, dans la tête des psychiatres, la folie était héréditaire, et ils le disaient aux familles. Les femmes qui ne pouvaient ni se marier ni avoir d'enfants, il était presque de droit acquis qu'elles resteraient à l'hôpital *ad vitam æternam*. On mettait leurs affaires au vestiaire, on les passait à la buanderie, tout était lavé. Quand les gens sortaient après quinze ou vingt ans (ça arrivait quelquefois, parce qu'une assistante sociale avait été nommée et leur avait trouvé du travail; c'était tout simple), les vêtements qu'on leur rendait étaient démodés, racornis. Leur portefeuille, les photos qu'ils avaient apportées, tout avait été passé à la désinfection. Cela comptait beaucoup, on était toujours en train de désinfecter, de dératiser.

À Maison-Blanche[1], je me suis occupée du pavillon des chroniques : une soixantaine de femmes, au lit toute la journée; la moitié d'entre elles ficelées avec des bracelets de force. Tout le boulot, c'était du nettoyage. En tant qu'interne, j'ai renoncé, il y avait de quoi devenir folle. On ne pouvait plus monter dans les étages tellement ça puait; les gâteuses, ça dégage une odeur incroyable, ça sent la merde. Quand on regardait les dossiers, on était effrayé ; c'était des femmes qui étaient là depuis trente, quarante ans, et sur le support annuel on lisait : « Même état, à maintenir. » Quand le médecin établissait le dossier, il ne voyait même pas le malade; il faisait ça de son bureau, et ça tous les ans. Les rapports, c'est toujours le même langage : « malade calme, propre, qui dort bien » ou

1. Un hôpital de la région parisienne réservé aux femmes, jouxtant Ville-Evrard, lui-même destiné aux hommes.

au contraire « malade sale, fait sous elle ». Il n'y avait jamais rien sur ce que les malades pouvaient dire, penser ; c'était effrayant. Et ça se terminait un jour par le certificat de décès [...].

Il y avait autrefois des trucs très archaïques, pasteuriens. Quand, à l'occasion d'une réunion, on prenait un pot avec les infirmiers, on s'apercevait que tous leurs verres et tous leurs sièges étaient marqués d'un petit point rouge pour que jamais le matériel des malades et celui du personnel soient confondus. La peur de la contagion à l'hôpital est un phénomène extraordinaire. La contagion de la folie. La folie comme vérole. Il suffit de voir comment se déguisaient les médecins-chefs, avec leur blouse, leur tablier, leur calotte et leur capote, alors qu'ils ne sortaient guère de leur bureau [...]. Il y avait aussi le système des visites ; c'était extraordinaire, c'était comme dans les prisons. On allait au parloir, les gens s'asseyaient de chaque côté de la table, les familles donnaient des provisions. La visite était codifiée ; au bout d'une heure retentissait, avec cette voix extraordinaire qu'ont les surveillantes, un « c'est fini, mesdames » ; elles tapaient dans les mains et tout le monde se séparait. Les types venaient faire signer leur carnet de visite ; quand ils étaient signés régulièrement, les familles gagnaient je ne sais quel avantage. Je sais que les familles venaient pour cela. Alors, les camps de concentration, ça a fait tilt dans la tête des gens concernés...

Le psychiatre Paul Sivadon, créateur de la clinique de la MGEN* à La Verrière, en région parisienne, est également passé par l'asile de Ville-Evrard, comme il le raconte en 1975 dans la revue *Recherches*.

J'étais interne à Ville-Evrard en 1929 : c'était la grande inflation asilaire, avec une vague de malades mentaux qui montait, montait jusqu'à déborder les services, surchargés. On a vécu dans un système épouvantable : on ne pouvait refuser les entrants, et la sortie ne se faisait pas parce qu'il n'y avait que peu de guérisons et pratiquement pas de traitement malgré l'introduction, entre 22 et 40, des thérapeutiques de choc (la malariathérapie[1], qu'on n'utilisait pas, et l'insulinothérapie[2]). À l'époque, l'essentiel du travail consistait en l'alimentation artificielle des grands malades avec la sonde et dans les soins des escarres aux vieillards qui partaient en lambeaux : il y avait une odeur de poudre à l'iodoforme et d'antiseptiques divers. C'était une atmosphère épouvantable ; cet enfer est difficile à restituer. Pour prévenir l'agitation, en dehors de la camisole, il y avait les bains prolongés. Toutes ces méthodes partaient de bonnes intentions et étaient utilisées sur de bonnes bases techniques, mais fréquemment aussi perverties par le surencombrement. La balnéothérapie par exemple est une excellente chose, mais quand on est obligé de laisser le malade pendant plusieurs jours dans un bain et que, faute de personnel, on ne peut le surveiller, on lui met un carcan autour du corps, et à ce moment-là ça devient quelque chose de pervers, de très mauvais pour le malade, qui finit par nager dans ses déjections. Même chose pour les chambres d'isolement, prévues pour que le malade agité ne se meurtrisse pas trop ; la perversion s'installe avec des cellules de plus en plus capitonnées, de plus en plus obscures, et où le malade est de plus en plus dénudé [...]. Je suis revenu à Ville-Evrard, comme médecin-chef, en 1943, presque à la fin de la guerre. Il y avait une chute spectaculaire de la population asilaire, comme en 1914, mais plus impressionnante encore parce que, à la diminution des cas de maladie mentale, s'ajoutait une mortalité accrue par des carences alimentaires. Les malades, souvent grabataires, étaient dans une misère terrible et crevaient littéralement de faim. Je prenais un

1. « Wagner von Jauregg a reçu le prix Nobel de médecine en 1918 pour avoir introduit la malariathérapie. En inoculant le paludisme aux patients souffrant de paralysie générale syphilitique, il réduisait les troubles psychiatriques » (Jacques Postel, *Dictionnaire de la psychiatrie*, Larousse).

2. « Insulinothérapie : on administre au patient de l'insuline. Le resucrage, en ramenant la glycémie à la normale et en sortant le sujet du coma, semble jouer un rôle déterminant en créant avec l'équipe soignante les conditions d'un échange psychothérapique » (Jacques Postel, *Dictionnaire de la psychiatrie*, Larousse).

service d'hommes de trois cents places où il y avait plus de six cents malades, mais comme le service en avait jadis contenu huit cents, on avait fermé un pavillon, transformé en club pour le personnel, qui y tapait le carton.

Ces témoignages – il y en eut beaucoup d'autres, bien entendu – constituent un terrible acte d'accusation contre le système asilaire, et l'on ne peut s'empêcher de penser que la simple volonté d'en finir avec celui-ci a constitué une véritable révolution. Il est vrai que, parfois, les circonstances ont favorisé une certaine prise de conscience, par exemple ce fait inouï : à la suite de bombardements, durant l'Occupation, certains asiles ont été ouverts et les aliénés en sont sortis. Surprise, une partie d'entre eux n'y sont jamais revenus ; certains ont peut-être été tués, mais d'autres ont probablement repris une vie normale dans leur famille… Cette anecdote en dit long sur la nécessité de l'enfermement, ce que n'avaient pas manqué de remarquer certains psychiatres.

La situation tragique des asiles, avant la guerre et, bien sûr, sous Pétain, va donc servir de détonateur. Au congrès des psychiatres français à Montpellier en 1942, le docteur Balvet, le jeune directeur de l'hôpital de Saint-Alban, en Lozère, fait une déclaration qui va rester dans l'histoire. Il y dénonce la « grande misère de l'assistance psychiatrique » en France : « Certains d'entre nous n'arrivent plus à soutenir une lecture savante quand ils passent chaque matin à travers nos garderies, parmi une population résignée pour laquelle aucun effort n'est fait. » Un peu plus loin, il continue : « L'asile, qui est une matière à quoi le médecin donne forme et qui prend signification par lui, l'asile à qui il donne la vie, n'est plus désormais qu'un corps sans âme. Au lieu de l'unité de l'asile vivant, nous n'avons plus que la décomposition mortelle entre une administration sans élan et une intelligence sans emploi, qui erre comme une âme qui n'a plus de corps à informer. » Enfin, il précise ce que, à ses yeux, devrait être l'hôpital. « Nous tournant alors vers la conception courante de l'hôpital psychiatrique moderne – trop moderne –, elle ne nous satisfait pas non plus. L'établissement que nous voulons n'est pas seulement un hôpital pour maladies du cerveau ou pour troubles nerveux d'origine biliaire. Si l'hôpital général pour maladies aiguës peut être, à la rigueur, considéré comme un atelier de réparations, ici c'est de "personnes" au contraire qu'il s'agit[1]. » Balvet n'a rien d'un révolutionnaire ; au début de la guerre, reconnaît-il, il se sent pétainiste, « comme 90 % des gens qui n'étaient pas des héros, ni des lucides ». Pétainiste jusqu'au moment où il entend parler des juifs. « Je me suis posé la question : est-ce que tu ne serais pas un "con" ? – c'est ce qu'on appelle se "remettre en cause", c'est plus noble de le dire comme cela –, mais qu'est-ce que c'est que ce Pétain ? Qu'est-ce qu'il nous raconte ? Cela me semble bien "un peu" de l'antisémitisme – ce n'est pas énorme de dire un peu, maintenant cela ne fait de doute pour personne, mais en ce temps-là… Enfin, cela m'a jeté un trouble[2]… »

Bref, Balvet est un psychiatre honnête et courageux ; il finira la guerre dans la Résistance, après avoir passé la main à Lucien Bonnafé en 1943 à Saint-Alban. Lorsqu'il fait sa déclaration devant le congrès de Montpellier, il n'y a pas de réaction (on est pourtant en pleine famine dans les hôpitaux psychiatriques français). « Une chose dont je suis sûr, poursuit-il, c'est qu'il n'y a eu aucun retentissement lors de la séance ; il n'y a eu ni bravo

1. On peut trouver le texte intégral de cette déclaration dans *L'Extermination douce*, de Max Lafont, *op. cit.*

2. Cité par Max Lafont, *op. cit.*

ni chuchotement, c'est tombé comme ça[1]. » Pourtant, sa déclaration va devenir fameuse : pour la première fois, en pleine occupation allemande, un psychiatre ose dénoncer la situation délabrée de la psychiatrie française et tracer un début de perspective sur ce que devrait être la réflexion à engager pour la rénover. Est-ce un hasard si Balvet est le directeur de Saint-Alban, le vieil hôpital de Lozère créé en 1821 par Tissot, qui va devenir le « creuset » – selon le mot de Jean Oury, l'un des fondateurs de la psychothérapie institutionnelle – de la nouvelle psychiatrie française ? Probablement pas.

## La matrice saint-albanaise

En 1939, Balvet a recruté un drôle de type, psychiatre psychanalyste catalan qui sort du camp de concentration français de Sept-Fonds – réservé à l'« accueil » des républicains espagnols après la victoire de Franco –, dans lequel il a d'ailleurs créé un service de psychiatrie. L'homme s'appelle François Tosquelles, et il a combattu dans les rangs de la République. Avant le conflit, il était psychiatre dans un institut catalan de grande renommée, l'institut Pere Mata, à Reus, près de Tarragone, dirigé par Mira i Lopez, homme de haute culture, épris de psychanalyse, qui accueille un certain nombre de juifs réfugiés d'Allemagne et d'Autriche (« on a oublié cette petite Vienne que fut Barcelone entre 1931 et 1936[2] »). L'un d'eux, Szandor Reminger, sera l'analyste de Tosquelles. Ce fait a son importance, car Tosquelles est l'un de ceux qui vont réhabiliter et faire connaître la psychiatrie allemande, une pensée plutôt mal vue en France du fait

1. *Idem.*
2. François Tosquelles.

d'un chauvinisme persistant ; « Même le terme "schizophrénie" a été refusé en France parce que c'était un Allemand qui avait inventé ça », remarque Jean Oury[1]. En 1936, quand éclate la guerre civile, il se trouve en Aragon. « Qu'est-ce que j'ai fait en Aragon ? raconte-t-il au cours d'un film[2] réalisé en 1989. Je n'avais pas quantité de malades ; j'évitais qu'ils soient envoyés à deux cents kilomètres de la ligne de front ; je les soignais là où les choses s'étaient déclenchées, à moins de quinze kilomètres, selon un principe qui pourrait ressembler à la politique de secteur. Si tu envoies un névrosé de guerre à cent cinquante kilomètres de la ligne de front, tu en fais un chronique. Tu ne peux le soigner que près de sa famille, où il a eu des emmerdements. » Tosquelles est nommé médecin-chef des services de l'armée républicaine. Il crée alors une communauté thérapeutique à Almodovar del Campo, où se trouve l'hôpital psychiatrique dont il est le directeur. Il fait partie de l'état-major et s'occupe des problèmes d'hygiène mentale. « Par exemple, à titre d'anecdote, les militaires me demandaient si, dans tel secteur, ils devaient accélérer le rythme des permissions ou s'ils devaient remplacer, pour des motifs psychologiques, tel secteur du front, s'ils devaient le garnir ou changer les hommes[3]... » Pour recruter son personnel soignant, il évite les psychiatres, qui selon lui ont une véritable phobie de la folie. « Comme je devais faire une sélection pour l'armée, poursuit-il dans le film de 1989, la première chose que j'ai faite, ce fut de choisir pour moi. La charité bien comprise commence par soi-même. J'ai choisi des avocats qui avaient peur de la guerre mais qui

1. *Recherches*, n° 17, 1975.

2. *François Tosquelles ; une politique de la folie*, de Danielle Sivadon et Jean-Claude Polack, réalisation François Pain.

3. *Recherches*, n° 17, 1975.

n'avaient jamais traité un fou, des peintres, des hommes de lettres, des putains. Sérieusement ! J'ai menacé de fermer les maisons closes (déjà interdites, mais qui fonctionnaient comme partout), sauf s'il s'y trouvait trois ou quatre putains qui connaissaient bien les hommes et qui préféraient se convertir en infirmières, à condition de ne pas coucher avec les malades. Je leur garantissais de ne pas fermer leur maison si l'on pouvait leur envoyer des soldats. Ces maisons de prostitution devinrent ainsi des annexes du service de psychiatrie. Certaines de ces putains se sont converties en infirmières du tonnerre de Dieu. C'est extraordinaire, non ? Et comme, par leur pratique des hommes, elles savaient que tout le monde est fou – même les hommes qui vont chez les putains –, leur formation professionnelle était rapide. En un mois, une putain, un avocat ou un curé devenait quelqu'un d'extraordinaire. » Tel est l'homme que Balvet accueille en 1939 à Saint-Alban…

Au-delà de son étonnante personnalité, cet homme amène avec lui d'Espagne une expérience nouvelle, une vision neuve de la maladie mentale. D'abord parce que l'Espagne a une tradition psychiatrique très forte, probablement héritée des Arabes (dans le monde arabe, notamment à Bagdad, on a créé très tôt, avant que cela n'existe en Occident, des établissements destinés à soigner les fous) ; Reus, par exemple, était « à la pointe de la psychiatrie[1] ». Ensuite parce qu'il y a eu l'expérience de la République et de la guerre civile espagnoles. Un peu comme à Saint-Alban quelques années plus tard, l'histoire va devenir, presque par la force des choses, le creuset d'expériences nouvelles et l'accoucheuse d'un nouveau regard sur la folie. Par exemple, Tosquelles explique que dès 1934, en Catalogne, il a eu la possibilité avec Mira et d'autres

1. Jean Oury, *Recherches*, n° 17, 1975.

d'organiser les services de santé comme ils l'entendaient grâce à la Généralité (le gouvernement autonome). La base de cette organisation c'était le « comarque ». « Le comarque, explique Tosquelles[1], c'est une petite région, et on parlait de l'organisation "comarcale" de la psychiatrie. Le comarque était une structure géographique et sociologique qui existait de très longue date ; c'était une forme très vivante en Catalogne, d'autant plus que, si le processus d'industrialisation était centralisé si l'on veut à Barcelone, on peut dire qu'il n'y avait pas de comarque, de région paysanne, qui ne disposait d'une, de deux ou de trois usines. Le comarque, c'était une tradition catalane, qui n'est devenue à nouveau administrative qu'avec la Généralité de Catalogne. Toutefois, après le collapsus politique de fin 1934, pendant un an nos gouvernements catalans ont été foutus en prison par les Castillans et les types de droite ; et pendant un an, on n'a pas pu travailler dans la direction prévue. J'ai donc vécu les premiers échecs politiques de la psychiatrie de secteur. » Ce qui est intéressant dans ce témoignage, c'est non seulement le lien entre les avancées de la psychiatrie et l'effervescence politique née de la naissance de la République et des progrès démocratiques en Catalogne à cette époque, mais aussi le fait que Tosquelles fonde son organisation psychiatrique sur une structure ancienne, traditionnelle, ancrée dans la culture profonde du pays.

Ce que Tosquelles apporte également dans sa valise, c'est la psychiatrie allemande, qui à l'époque exerce une influence considérable sur la psychiatrie espagnole. « J'avais appris chez Mira, explique-t-il[2], qu'il y avait un type qui s'appelait Bartz qui avait proposé et fait un enchaînement de services qui n'était pas centré sur

1. *Recherches*, n° 17, 1975.
2. *Idem*.

l'hôpital, c'est-à-dire qui, derrière une apparence hospitalière, permettait des différences, éparpillées dans la cité, selon un système échelonné de structures de soins différenciés » (d'où l'idée des comarques…). Tosquelles apporte également d'Espagne le livre d'un psychiatre allemand, Hermann Simon, intitulé *Pour une thérapeutique plus active à l'hôpital*. Cet ouvrage n'existe pas en français à l'époque, et la sœur de Balvet, qui était professeur d'allemand, va le traduire à Saint-Alban. L'idée centrale de Simon – très influencé par Bleuler[1] et l'école de Zurich ainsi que par Freud –, c'est celle de la possibilité d'une psychothérapie collective. Pour lui, l'application à une vie collective active et ordonnée est le meilleur moyen pour obtenir la guérison symptomatique. Trois maux menacent selon lui le malade à l'hôpital, « l'inaction, l'ambiance défavorable de l'hôpital et le préjugé d'irresponsabilité du malade lui-même[2] ». Simon propose donc d'organiser la thérapeutique en trois temps : la liberté, qui ne doit pas être confondue avec le « laisser-faire, [le] laisser-aller », la responsabilisation par une thérapeutique active et la maîtrise du milieu, avec l'étude des résistances émanant du personnel de l'hôpital[3]. C'est là l'une des bases de la psychothérapie institutionnelle que vont développer ensuite des gens comme Tosquelles ou Jean Oury dans sa clinique de La Borde. En d'autres termes, pour soigner le malade, il faut également soigner l'institution pour faire de celle-ci un véritable outil de soins. D'ailleurs, Tosquelles invite à ne pas confondre « institution » et « établissement ». « Si on nomme

1. Eugen Bleuler, psychiatre suisse (1857-1939), fondateur de l'école analytique de Zurich. Il est le premier à employer le terme « schizophrénie ».

2. Pierre Delion, *Soigner la personne psychotique ; concepts et pratiques de la psychothérapie institutionnelle*, Dunod, 2005.

3. *Ibidem.*

institution ce qu'on a investi comme psychiatre, par héritage, explique-t-il[1], à savoir l'établissement hospitalier, alors on ne sait ce que ça veut dire une institution. Une institution, il y en a, ou on empêche qu'il y en ait, dans les établissements hospitaliers, comme parfois on empêche qu'il y en ait à l'extérieur ; beaucoup de familles ne sont pas des institutions, mais sont des établissements : on s'établit ! Une institution, c'est un lieu d'échanges, avec cette possibilité d'échanges avec ce qui se présente ; d'une façon excessive, on peut dire que c'est un lieu où le commerce, c'est-à-dire les échanges, devient possible [...]. Donc le problème pour moi, à Saint-Alban, était de faire que dans l'hôpital soit possible, qu'il existe, des institutions. »

Si la psychiatrie nouvelle, qui va naître après la Libération, doit beaucoup à l'Espagne, elle doit beaucoup également aux circonstances historiques exceptionnelles de la Résistance. Il faut donc revenir une fois de plus à la « matrice saint-albanaise », selon l'expression de Jean Oury. L'asile de Saint-Alban se trouve en Lozère, loin de Paris et de Vichy, isolé, si l'on peut dire, du reste du monde, en pleine montagne. C'est un asile somme toute traditionnel, tenu par des bonnes sœurs... À partir de juin 1940, avec la débâcle, il va pourtant recevoir des réfugiés, sous l'impulsion de Balvet. L'hôpital ouvre alors ses portes, par la force des choses. « C'est l'accueil des réfugiés dans l'hôpital, explique Tosquelles, qui apportait cette vie du dehors, une vie grouillante, une atmosphère de catastrophe et d'universalisation de la souffrance, qui rendait la folie la plus authentique presque dérisoire devant l'affolement général[2]. » La folie tout à coup relativisée, en quelque sorte... Au fil des mois,

1. *Recherches*, n° 17, 1975.

2. *Idem.*

l'asile va devenir un rendez-vous de la Résistance, très active dans la région. On recrute des internes qui y sont liés ; Bonnafé, nommé médecin-chef en 1943, assure la liaison avec la Résistance nationale côté intellectuels. On reçoit une foule de résistants et, parmi eux, des hommes de lettres, comme Tristan Tzara ou Paul Eluard, qui va séjourner quelque temps à l'asile. « Eluard, c'était un ange, la dentellière de la parole, raconte Tosquelles dans le film tourné en 1989. Il crochetait de la parole toute la journée parce qu'il avait froid. Eluard était un petit garçon qui avait froid, et sa mère devait l'envelopper avec des linges chauds. Pour lui, le linge, c'était la parole. Il s'enveloppait de paroles chaudes. » Saint-Alban, c'est la rencontre, en pleine guerre, du marxisme – Bonnafé et Eluard sont membres du PCF, Tosquelles a été militant du Parti ouvrier d'unification marxiste durant la guerre d'Espagne –, de la psychanalyse et du surréalisme.

De surcroît, comme le fait encore remarquer Tosquelles, « les malades eux-mêmes étaient confrontés à la réalité de la guerre et savaient qu'au troisième étage se cachaient des résistants ». La question de la survie joue un rôle thérapeutique identique. Saint-Alban est l'un des rares asiles dont les pensionnaires n'ont pas souffert de la famine qui sévissait alors. Les médecins, les infirmières et l'économe menaient la lutte contre la faim, et pour cela ils sortaient de l'hôpital et allaient chez les paysans pour chercher de la nourriture en échange de quelques travaux. Les malades aussi sortaient ! « On a mis les malades en rapport avec l'extérieur, non pour faire la guerre mais pour faire du marché noir, poursuit Tosquelles. Nous avons organisé des expositions de champignons pour leur apprendre à les ramasser. Et comme il existait des cartes d'alimentation pour tuberculeux, on a inventé un service de tuberculeux. Lorsqu'un type commençait à avoir des œdèmes de carence, subitement on faisait un diagnostic de tuberculose. »

Finalement, l'hôpital s'ouvre sur l'extérieur, sur la vie, mais cette ouverture ne doit pas simplement aux circonstances. À Saint-Alban se mène en permanence une réflexion théorique intense. « Qu'un lieu soit ouvert ou fermé, dit Tosquelles[1], ça ne dépend pas uniquement des murs. [...] Nos réunions (médecins et autres) étaient presque permanentes. Il fallait attendre souvent par exemple le parachutage des armes ou un visiteur clandestin ; alors on parlait psychiatrie. Ces rencontres presque journalières, ou nocturnes, on les appelait avec Bonnafé la "société du Gévaudan" [...]. Pour préparer les lendemains qui chantent, on parlait psychiatrie, on révisait de façon critique les concepts de base et les types d'action possible. On analysait ainsi l'hôpital psychiatrique, et on disait, entre blague et sérieux, que c'était un marquisat, le territoire d'un marquis ; la structure du médecin-chef était celle du châtelain, avec les classes sociales étagées, les infirmiers, les malades... » Cette réflexion conduit à un travail concret sur l'institution. On crée par exemple, pour la première fois, des « clubs thérapeutiques » au sein desquels les malades organisent eux-mêmes leur vie, véritables « institutions » chères à Tosquelles, au sein même de l'hôpital, venant se substituer à l'organisation traditionnelle – pour la première fois les malades ont la parole... Dans le club, les rencontres se nouent hors de toute relation hiérarchique, sur un « mode démocratique », entre les soignants et les patients, autour de situations concrètes, liées à l'organisation de la vie à l'hôpital. Le club est également un lieu d'observation des patients en situation réelle, et un lieu de formation pour les équipes, une ouverture nouvelle sur l'extérieur. C'est ce que souligne Jean Oury dans

1. *Recherches*, n° 17, 1975.

un rapport aux journées annuelles de la fédération des sociétés Croix-Marine[1] en 1959. À propos des clubs, il explique : « Par la remise en question du style de la vie intérieure des hôpitaux, ils ouvrent ceux-ci au monde environnant. Paradoxalement, ils deviennent des foyers de culture, refondant la vie collective sur une tradition authentique ; le phénomène de la folie retrouvant sa dignité par sa fonction de remise en cause permanente de nos règles de vie[2]. » Le club ne peut exister que si les malades ont une « liberté de promenade », celle d'aller d'un endroit à l'autre, puisque, comme dit Tosquelles, « il faut d'abord se séparer de quelque part pour aller ailleurs ». C'est un « système autogestionnaire »... Une de ses activités principales a été le comité de rédaction du journal *Le Trait d'union.* « À Saint-Alban, explique Tosquelles, il n'y avait pas un seul malade agité en 1950, bien que l'on n'utilisât aucun médicament contre l'agitation. [...] Malheureusement, entre 1950 et 1960, ils ont découvert ce qu'ils appellent les tranquillisants, ou quelque chose comme cela. À partir de ce moment-là, les psychiatres ont dit : "Chouette ! On n'a plus besoin de se préoccuper de la relation, du narcissisme, de l'érotisme [...]. Il suffit de donner la pilule !" »

Cette réflexion – et cette action – sur le fonctionnement même de l'institution amène forcément les gens de Saint-Alban à reconsidérer le travail d'équipe. Pour mieux comprendre ce qui se passe alors, il faut se remémorer ce qu'était une « équipe » au temps de l'asile traditionnel. L'infirmier André Roumieux, dans un livre

1. La fédération des sociétés Croix-Marine, née en 1952, a pour objectif d'assurer la protection des malades mentaux et le développement de l'hygiène mentale.

2. Cité par Pierre Delion, *op. cit*

publié en 1974[1], décrit ainsi les rapports qui existaient alors : « Nous, les infirmiers, nous étions huit heures par jour au milieu des malades. Lui, le médecin, venait au quartier une heure tout au plus et restait au bureau. Il ne vivait pas à l'intérieur du quartier. Les draps sales, la surveillance, les bagarres, c'était notre affaire. Par une sorte de vassalité établie en fonction de son savoir et de son pouvoir, nous lui devions obéissance… et respect… Je n'y pouvais rien s'il était médecin et moi infirmier. Il faisait partie de la catégorie des médecins de la manière aussi absolue que Jacques H. faisait partie de la catégorie des malades mentaux, et que moi je faisais partie de celle des infirmiers. » C'est ce type de féodalité que l'on va remettre en cause à Saint-Alban, non pas seulement par simple souci « démocratique » – ce qui ne serait après tout pas si mal –, mais parce que l'on considère que l'équipe dans son ensemble est la cheville ouvrière de la thérapie, qu'elle fait partie elle-même de l'institution et qu'à ce titre elle doit en permanence s'interroger, se remettre en question, analyser ses résistances, ses rapports aux patients, sans fin… Les infirmiers cessent ainsi d'être des gardiens pour devenir des collaborateurs. Lucien Bonnafé parle de « la mutation du “je” vers le “nous” de l'équipe soignante ». Par ailleurs, il dira dans une de ces formules qu'il affectionne : « Nous avons été parmi les assassins du “je”. »

Cette action, menée dans l'hôpital, n'exclut pas pour autant, à Saint-Alban, celle menée hors de l'hôpital, les deux étant intimement liées. « Le travail de désaliénation du système hospitalier en tant que tel allait du même pas que le travail hors de l'hôpital, raconte Lucien Bonnafé[2] : développement des consultations, développement des

1. André Roumieux, *Je travaille à l'asile d'aliénés*, Champ Libre.
2. *Recherches*, n° 17, 1975.

relations médico-pédagogiques, une espèce de travail migrant qu'on a appelé la “géo-psychiatrie”. » Le lien avec la population locale s'avère très fécond : « Il s'agit, dit Bonnafé, d'utiliser le potentiel soignant du peuple. » On allait chercher les malades chez eux. « On y allait à plusieurs, en équipe, et on en profitait pour faire la postcure ambulatoire, témoigne-t-il encore[1]. On s'arrêtait dans la ferme où il y avait une malade qui était sortie depuis un mois ou deux pour rompre le pain et consommer le sel ensemble, le saucisson avec du vin rouge, et on discutait. Il y avait tout un travail de contact avec le malade sur son lieu d'habitation. » De son côté, Tosquelles raconte combien la situation exceptionnelle de Saint-Alban à cette époque a favorisé les relations avec la population et, du même coup, l'esprit du secteur. « Il est évident, comme dit Bonnafé, que les événements de guerre ont beaucoup favorisé l'enracinement de cette idée à Saint-Alban : le travail avec les paysans, avec les gendarmes […]. Il y avait beaucoup de gendarmes qui avaient participé à la résistance, on complotait ensemble ; ne parlons pas des instituteurs, voire de quelques curés, de notaires […]. On travaillait aussi avec les médecins des villages, les cinémas et les ciné-clubs, les familles, on faisait des visites à domicile. Par exemple, je faisais des cours aux gendarmes. Il y avait un capitaine de gendarmerie qui avait découvert que l'article premier de la gendarmerie disait que c'est un corps créé pour éviter la divagation des fous, suivant la tradition des archers de l'hôpital. Il avait été touché par la chose, et me faisait venir pour essayer d'éviter l'attitude systématique de répression […] alors je m'entretenais avec les gendarmes[2]. » On retrouve peut-être ici une belle illustration

1. *Idem.*
2. *Idem.*

de ce qu'a été la démarche de fond des hommes du secteur et de la psychothérapie institutionnelle, qui consiste à ne pas opposer l'« intra » et l'« extra », pour parler le jargon de la profession, c'est-à-dire le travail dans et hors de l'hôpital.

Curieusement, le surréalisme, aux dires de Tosquelles lui-même, a joué un rôle important dans cette démarche. « Un des slogans du surréalisme, explique-t-il[1], c'était d'arriver à mettre une machine à coudre dans un champ de blé. [...] Le problème, c'est de savoir comment intégrer la folie dans la cité ; il est évident que la folie comporte automatiquement des phénomènes d'exclusion, pas uniquement de répression sociale, mais je dirais presque, en paraphrasant Freud, de refoulement primaire. » Pour faire face à cela, il faut d'abord, selon lui, considérer la folie comme faisant partie de la nature humaine, et donc pas seulement circonscrite dans les lieux où on pense l'enfermer : « Si le médecin quitte l'hôpital pour quitter la folie, il se goure [...]. Cela ne veut pas dire que tous les hommes sont fous à lier ou à interner, mais que la folie est constitutive de l'homme. Les fous qu'on dit malades sont des gens qui, pour des motifs très divers, ne réussissent pas leur folie. Sans cette analyse préalable de la folie, la politique de secteur ou, pour utiliser le bla-bla anglo-saxon, la psychiatrie dans la communauté, écarte le problème de la folie comme une simple mécanique du dedans et du dehors ; ça me semble très peu opératoire, et même dangereux ; pour moi, c'est même cocasse qu'on ait pu parler de la psychothérapie institutionnelle comme une volonté de "garder" les fous "dedans". » Cette phrase est prémonitoire aujourd'hui, à l'heure où l'on oppose intra et extra, à l'heure où certains confondent hôpital, institution et enfermement,

1. *Idem.*

et où d'autres confondent retour à la cité et abandon, à l'heure où l'on tente d'opposer secteur et psychothérapie institutionnelle, le premier qui serait tourné vers l'extra et la seconde vers l'intra.

## L'effervescence de la Libération

Saint-Alban n'est évidemment pas le seul lieu où se mènent alors des réflexions sur la place de la maladie mentale dans la société et sur la psychiatrie nouvelle qu'il va falloir inventer, même s'il est le plus emblématique. Un homme comme Georges Daumézon, par exemple, mène une expérience comparable à Fleury-les-Aubrais. « C'est là qu'il introduisit dans la vie quotidienne des malades, explique Jean Ayme[1], toutes les transformations qui ont eu pour effet, en liaison avec les thérapeutiques biologiques de l'époque, une disparition de l'agitation, bien avant l'arrivée des neuroleptiques. » À la Libération, lorsque « la paix éclate », comme dit Bonnafé, la psychiatrie française est en effervescence, le « plus jamais cela », concernant l'asile, domine la pensée des membres d'un groupe aux origines diverses – communistes, psychanalystes ou protestants, entre autres –, qui, bien que minoritaire, va jouer un rôle déterminant. L'ambiance de la Libération s'y prête évidemment. Les gouvernements français qui vont se succéder à partir de 1944 vont reprendre à leur compte les idées du Front populaire, celle d'une médecine sociale d'abord. Lucien Bonnafé, qui est nommé au cabinet du ministre communiste de la Santé François Billoux, explique qu'à l'époque, par exemple, on travaille beaucoup sur l'idée d'un service de santé planifié, à la

1. Jean Ayme, *Chroniques de la psychiatrie publique à travers l'histoire d'un syndicat*, Érès, 1995.

disposition de la population. Le Comité médical de la Résistance, émanation du Comité national de la Résistance, charge le professeur Robert Debré d'élaborer un programme de réforme de la santé publique. Celui-ci propose la création de l'unité hospitalo-universitaire, le futur CHU*, que son fils Michel mettra en œuvre en 1959, lorsqu'il sera Premier ministre. L'idée, comme le souligne Bonnafé[1], c'est de « casser l'autonomie des chaires enseignantes et des fonctions hospitalières ». Au-delà de cet aspect, ce qui est déterminant, c'est la volonté, dès la clandestinité, de fonder un projet de santé cohérent dans lequel, d'ailleurs, la psychiatrie peine à trouver sa place parce que « l'impossibilité radicale de [la] couler dans les modèles médico-chirurgicaux était évidente[2] ». L'idée que la psychiatrie, même si elle fait partie de la médecine, ne peut être mise sur le même plan – parce qu'elle est une médecine de la personne – que les autres spécialités médicales est donc dans l'air, comme l'avait pressenti Balvet lors de son intervention à Montpellier en 1942. La psychiatrie doit donc s'organiser, proposer, inventer.

En 1945, l'ancienne Amicale des aliénistes se transforme en Syndicat des psychiatres des hôpitaux, qui va jouer un grand rôle par la suite dans la défense et la promotion des idées du secteur. Le secrétaire général en est Georges Daumézon, qui écrit dans le premier numéro de la revue du syndicat, *L'Information psychiatrique* : « Nous avons pris nos fonctions dans une heure où la situation de l'assistance psychiatrique est plus sombre qu'elle n'a jamais été. Dans les malheurs qui ont abattu le pays, il est apparu que donner des soins à des êtres réputés incurables est un luxe inutile. Si légère que fut l'empreinte des doctrines contemptrices de l'individu,

1. *Recherches*, n° 17, 1975
2. *Idem.*

elle n'eut pas moins pour résultat de pousser à négliger l'assistance à des sujets de "seconde zone". La famine qui sévit longtemps dans nos établissements, le mépris dont ils sont entourés, la légèreté avec laquelle on les enferme, les brimades à l'égard des psychiatres n'ont pas d'autres origines que le mépris des valeurs humaines. » Il explique ensuite que, « dans le mouvement d'enthousiasme » qui soulève le pays à la Libération, les problèmes psychiatriques doivent « bénéficier d'une attention particulière [...]. À condition d'organiser judicieusement notre propagande, si nous parvenons à détruire le mythe de l'incurabilité, les arguments mêmes qui nous faisaient mépriser nous feront reconnaître une importance primordiale. » La question qui est posée est donc bien, à la faveur d'une situation politique exceptionnelle, d'imposer une nouvelle vision de la maladie mentale, d'une nouvelle psychiatrie insérée dans une médecine sociale, de faire entrer dans la réalité ce que Georges Daumézon appelle « nos manifestations de donquichottisme ». La création de ce syndicat est rendue possible grâce au ralliement du père de la psychiatrie française, Henri Ey[1]. Ce dernier amène les « clés du coffre et les statuts » de l'ancienne amicale afin que puisse se fonder le syndicat. Il apporte également son aura. « Il faut dire que, raconte Daumézon[2], pendant de nombreuses années, le ministère ne manquait pas de nous dire : "Ah vous, vous êtes des excités, Ey au moins est raisonnable !" »

À l'origine de la fondation du syndicat se trouve un groupe de réflexion qui se constitue un peu sur le modèle du groupe Bourbaki, fondé par les mathématiciens de

1. Henri Ey, né en 1900, psychiatre, défend une conception organo-dynamique de la psychiatrie. Il organisa le Ier Congrès mondial de psychiatrie, en 1950, fonda l'Association mondiale de psychiatrie et écrivit une *Encyclopédie de la psychiatrie*.

2. *Recherches*, n° 17, 1975.

l'École normale supérieure. Il rassemble la jeune garde (et la moins jeune) : Lucien Bonnafé, Henri Duchêne, Louis Le Guillant, Henri Ey, Julian de Ajuriaguerra (républicain espagnol, comme Tosquelles), Sven Follin, Jacques Lacan, Paul Sivadon, François Tosquelles, Pierre Fouquet… Ce groupe, Batia – ce qui veut dire « ensemble » en basque –, rassemble la fine fleur de la psychiatrie française de l'époque dans une perspective au départ plus théorique que pratique. « Sur le plan théorique, explique Georges Daumézon[1], Batia n'a abouti qu'à un ou deux volumes qui sont parus dans une collection chez Hermann, et puis ça a avorté ; […] sur le plan de l'organisation psychiatrique, ça a abouti […] au travail sur l'analyse de la loi de 1838 et sur une réforme de cette loi et de l'organisation psychiatrique. » En fait, Batia va exister jusqu'à ce que le parti communiste rompe avec la psychanalyse, en 1947, entraînant ainsi les premières ruptures entre les hommes de 1945. Parallèlement à Batia, des réunions se tiennent sur les mêmes thèmes à l'Union des médecins de France – organisme fédératif des mouvements de médecins résistants –, et Henry Ey organise les Journées de Bonneval, l'hôpital dont il est le médecin-chef, dans l'Eure-et-Loir, au cours desquelles on se penche, notamment, sur la « psychogenèse des psychoses et des névroses ». Le bouillonnement de l'après-guerre n'est pas seulement pratique – quelle organisation psychiatrique faut-il inventer ? –, mais aussi théorique : c'est bien de la maladie mentale qu'il s'agit, de sa genèse, de l'ambition de la comprendre et de la traiter. Les deux aspects sont intimement liés. Et, comme toujours dans le monde de la psychiatrie, les débats font rage.

Toute cette effervescence a déjà connu un temps fort avec la tenue des Journées psychiatriques nationales à

1. *Idem.*

Sainte-Anne en mars 1945, organisées par l'Union des médecins de France. Elles sont présidées par Henri Wallon, psychologue, professeur au Collège de France, et par Robert Debré, membre de l'Académie de médecine, et elles accueillent Paul Valéry. « Cela réunit un monde fou, raconte Bonnafé : il y a tout le monde à ce moment-là, tout le monde, toutes les provinces ; la province française s'est vidée, tout le monde est là, tout le monde est à Paris. » C'est Daumézon qui présente le premier rapport, intitulé « La psychiatrie dans la société » ; il y fait un bilan de la situation, un peu à la manière du rapport Debré sur la politique générale de santé. Les vingt-quatre thèses issues de ces journées expriment le bouleversement dans lequel la psychiatrie souhaite s'engager. On y affirme que « le système de santé mentale est à la disposition de la population en toutes circonstances et non limité à une seule responsabilité hospitalière[1] ». On déclare l'unité et l'indivisibilité de la prévention, de la prophylaxie, de la cure et de la postcure. Autrement dit, comme l'explique Daumézon, « l'unité postule la continuité des soins donc la nécessité de ne pas considérer le temps hospitalier complètement séparé des autres temps ; c'est la même équipe qui doit prendre en charge les gens d'un endroit à l'autre[2] ». Les Journées psychiatriques rappellent également l'originalité profonde des problèmes psychiatriques : la psychiatrie ne peut être envisagée comme une discipline médicale parmi d'autres. La compétence des psychiatres doit enfin être étendue à tous les problèmes de santé mentale.

C'est également au cours de ces journées que, pour la première fois, apparaît le terme « secteur ». Selon Bonnafé, la discussion dans l'un des groupes de travail

1. Lucien Bonnafé, *Recherches*, n° 17, 1975.
2. *Recherches*, n° 17, 1975.

avait porté sur la situation des hôpitaux privés ayant une mission de service public. L'idée de service public est alors dans le vent, et la question se pose de ce que l'on va faire des privés dans ce contexte. « Et je me souviens qu'à ce moment-là, raconte Lucien Bonnafé[1], je prends la craie et, comme on enseigne les mathématiques modernes, je trace un ensemble dans le département, une zone, un secteur de population (et c'est là que le mot "secteur" apparaît pour la première fois dans le discours public), un secteur de population ici, un hôpital est ici, un autre secteur de population ici. [...] le médecin qui, à l'heure actuelle, est l'employé d'un établissement privé n'est plus l'employé d'un établissement privé mais le responsable de la santé mentale de tel secteur de population [...], responsable [...] d'un service public dans un secteur donné. C'est comme cela que l'expression "psychiatre de secteur" est entrée dans le vocabulaire psychiatrique au niveau du discours public. »

Les années qui suivent la Libération vont à la fois être d'une intense activité intellectuelle et connaître les premières ruptures. En 1947, les communistes quittent le gouvernement, et le PCF condamne la psychanalyse. À la suite du rapport de Jdanov[2] au Komintern, la revue des intellectuels communistes, *La Nouvelle Critique* (dirigée par Jean Kanapa), *L'Humanité* et *Les Lettres françaises* (la revue d'Aragon) vont désigner la psychanalyse, assimilée au dollar ou au Coca-Cola, comme agent corrupteur destiné à anesthésier la lutte des classes. En juin 1949, *La Nouvelle Critique* publie un article intitulé « Idéologie réactionnaire » dans lequel on peut lire : « Née à Vienne,

1. *Idem.*

2. Après le discours de Fulton en 1946, où Churchill définit la notion de « rideau de fer », le discours de Jdanov à Szklarska Poreba, en Pologne, lors de la réunion constitutive du Kominform, entérine l'idée du partage du monde en deux blocs.

liée aux besoins de la famille paternaliste bourgeoise, traitant une minorité de malades sélectionnés par l'argent, basée sur l'irrationalisme et l'individualisme, la psychanalyse pervertit les jeunes psychiatres sous-payés. Pis, elle les entraîne dans le "mythe d'un inconscient en soi", le "chosisme des instincts", un "Œdipe qui n'est ni universel ni constant", une "pseudo-transcendance des complexes". Il est clair que cet individualisme revient à la négation de toute possibilité de transformation de l'ordre social. » En juin 1951, *La Nouvelle Critique* va encore plus loin : « Idéaliste quant à la méthode, la psychanalyse rejoint la famille des idéologies fondées sur l'irrationnel, jusques et y compris l'idéologie nazie. Hitler ne faisait pas autre chose en cultivant les mythes de la race et du sang, forme nazie de l'irrationnel des instincts. » De nombreux psychiatres de 1945 se trouvent ainsi dans une situation impossible, et le groupe formé après la guerre éclate. Certains abandonnent complètement la psychanalyse, d'autres quittent le parti. « Ajuriaguerra a dit, raconte Tosquelles[1], on m'emmerde, ça suffit comme cela, moi je vais faire de la neurologie ; et tout est parti en promenade. »

« Cette séparation aura de très lourdes conséquences sur la psychiatrie française », écrit Pierre Delion[2]. Les idées de l'après-guerre qui étaient nées de la rencontre fructueuse entre le marxisme et la psychanalyse – « la psychothérapie institutionnelle marche sur deux jambes, la psychanalytique et la politique », disait Tosquelles – vont subir un coup d'arrêt, dans un contexte où la majorité des psychiatres est loin d'être acquise à elles, et où, de nouveau, les hôpitaux psychiatriques se remplissent. Le secteur n'existe toujours pas dans la réalité ; cette

1. *Recherches*, n° 17, 1975.
2. Pierre Delion, « Psychiatrie », in *Encyclopédie médico-chirurgicale*.

réalité, c'est encore l'asile, « la structure économique qui fait de l'hôpital psychiatrique le successeur de l'hôpital général de Louis XIV, explique Georges Daumézon[1], l'organisme où l'on entasse, avec l'espoir que ce sera aux moindres frais, les désadaptés toujours plus nombreux d'une société. »

## Premières expériences

Une minorité de psychiatres refusent néanmoins de baisser les bras. En 1952, Georges Daumézon et Philippe Koechlin publient un article fondateur dans les *Annales portugaises de psychiatrie* intitulé « La psychothérapie institutionnelle française ». C'est la première fois que l'expression « psychothérapie institutionnelle » est employée. Ils y rappellent que l'objectif de celle-ci consiste à agir sur l'institution et à l'utiliser au maximum au travers d'activités sociothérapiques. Sur le terrain, de premières expériences sont menées. La plus emblématique a lieu dans le treizième arrondissement de Paris et est initiée, en 1954, par des psychiatres psychanalystes, Philippe Paumelle – dont la thèse, en 1952, s'intitulait *Essai du traitement collectif du quartier des agités* –, René Diatkine, Serge Lebovici et Paul-Claude Racamier, intéressé par le travail en institution et qui publiera en 1958 un ouvrage au titre évocateur : *Le Psychanalyste sans divan*[2]. Pour développer leur première expérience de secteur, ils vont créer une association loi de 1901 : l'Association de santé mentale du treizième arrondissement. « La condition de notre fonctionnement, explique Philippe

1. Georges Daumézon, « Le poids des structures », in *Esprit* « Misère de la psychiatrie », décembre 1952.

2. Paul-Claude Racamier, *Le Psychanalyste sans divan*, Payot. 1993.

Paumelle[1], c'est que les instances administratives concernées ont confié à un organisme – Association de santé mentale du treizième arrondissement – toutes les tâches de santé mentale concernant la population à desservir et qu'elles se sont dessaisies de leur pouvoir habituel. [...] Les directeurs sont des soignants et, bien entendu aussi, des administratifs purs, mais qui sont hiérarchiquement les exécutants du collectif soignant. » Cette position se justifie dans le cadre de la mise en œuvre d'une psychothérapie institutionnelle. Se servir de l'institution comme d'un outil thérapeutique relève de la mission de l'équipe soignante – cœur du dispositif –, et cela concerne bien entendu l'ensemble de l'organisation, à commencer par l'accueil. Cette idée est fondamentale et elle est ô combien d'actualité aujourd'hui, où ce sont les gestionnaires qui dictent trop souvent la politique de santé mentale sur des critères de rentabilité, de résultats, l'aspect thérapeutique des choses étant, du point de vue de l'institution, reléguée au second plan et parfois plus loin...

Dans le treizième arrondissement de Paris, on est donc bien à la fois dans la politique de secteur et dans la mise en œuvre de la psychothérapie institutionnelle. On va y fonder un hôpital, qui ouvrira en 1963, des services d'urgence ; on va mettre en place l'hospitalisation à domicile, un atelier thérapeutique, un atelier protégé, l'hospitalisation de jour ou de nuit, des clubs, des foyers de postcure... Ce qui caractérise la démarche de Paumelle, c'est la souplesse, l'inventivité. Il organise par exemple le travail du médecin de telle façon que celui-ci ne se retrouve jamais seul mais soit « toujours sous le regard de l'un de ses collègues ». Il explique pourquoi : « Il y a un petit truc pervers auquel je tiens et qui demanderait un débat sur le fond : si on donne à un médecin tout

1. *Recherches*, n° 17, 1975.

seul son secteur, il y a danger d'en faire un petit potentat, le médecin-chef de secteur devenant alors l'équivalent du médecin-chef de l'asile[1]. » C'est peut-être « ce petit truc pervers » qui, trop souvent par la suite, va figer le secteur, conçu seulement comme une entité administrative, une simple zone de recrutement de l'hôpital, et qui va emmener avec lui les murs – invisibles – de l'asile hors les murs de l'asile… En fait, le secteur de Paumelle reste durant de nombreuses années le « secteur drapeau » comme dit Georges Daumézon, qui ajoute[2] : « Le XIII$^{e}$ était notre façade et notre alibi. » Car les expériences de ce type ne sont pas légion…

D'autres vont pourtant se lancer, malgré le manque d'enthousiasme des politiques et de l'administration. Georges Daumézon, par exemple, est nommé au service des admissions à Sainte-Anne en 1952. Il va le transformer dans le sens de l'ouverture et, surtout, en créant des aires de recrutement, ce qui donnera plus tard naissance à l'actuel service d'accueil de l'hôpital Sainte-Anne, le CPOA*. Daumézon raconte[3] : « Jusque-là, les malades étaient distribués d'une façon parfaitement arbitraire entre les divers services, simplement en disant : tiens, aujourd'hui, on a dix malades, on va tous les envoyer à Vaucluse[4] ; et tel autre jour à Maison-Blanche. Chaque médecin avait donc une population provenant de l'ensemble du département, et il était assez désastreux d'avoir à envoyer une assistante sociale un jour à Gennevilliers, le lendemain à Saint-Maurice, le surlendemain à Saint-Denis, puis après dans le quatrième arrondissement. Nous avons alors commencé

1. *Idem.*

2. *Idem.*

3. *Idem.*

4. Perray-Vaucluse, grand hôpital psychiatrique situé aujourd'hui dans l'Essonne.

à penser avec Le Guillant et Sivadon à fixer une aire de recrutement à leurs services [...]. Si bien qu'on a démarré en fixant des aires de recrutement à trois services, Sivadon à Ville-Evrard, Le Guillant à Villejuif et Guiguen à Vaucluse. » Ces aires de recrutement, non officielles, restent unisexuées ; Paul Sivadon, par exemple, recrute les hommes des dix-neuvième et vingtième arrondissements de Paris pour Ville-Evrard. Il y crée un centre de traitement et de réinsertion sociale (CTRS[1]) grâce à des conventions passées avec la Sécurité sociale[2], nouvellement créée en 1945 par le général De Gaulle. Pour lui, le problème est de convaincre qu'il y a intérêt à soigner les malades mentaux pour qu'ils puissent sortir. « La Sécurité sociale me donnait [...] deux assistants, raconte Sivadon[3], deux assistantes sociales, une conseillère du travail, une psychologue, une kinésithérapeute et un moniteur d'éducation physique. On m'offrait aussi des moyens matériels, par exemple un appareil d'électrochocs, du matériel de physiothérapie, des outils, du mobilier, des jeux et, surtout, la possibilité de transformer le système de dortoirs en boxes. » Il s'agit également pour lui de permettre à ses malades d'être soigné dans la durée. « Il y avait une ferme à Ville-Evrard, poursuit-il, une très belle ferme. [...] Le service fermé était d'un côté de la route, et la ferme de l'autre côté. Je mettais les malades de mon service en permission dans la ferme ; ils allaient y coucher.

1. Des CTRS seront également créés à Villejuif, avec Louis Le Guillant, et à Bonneval, avec Henri Ey.

2. « La mise en place à la Libération d'un système original de sécurité sociale qui comportait une assurance maladie prenant en charge toutes les pathologies, y compris la pathologie mentale, est sans doute l'une des particularités de la psychiatrie française » (Jean Garrabé, adjoint de Sivadon à la MGEN*, in *Pour une psychiatrie sociale ; cinquante ans d'action de la Croix-Marine*, Érès, 2002).

3. *Recherches*, n° 17, 1975.

C'était une sortie à l'intérieur de l'hôpital ; rien que cela, c'était une libération considérable. C'est devenu mauvais à partir du moment où on a exploité les malades, où on les a bouclés à cause du surencombrement [...]. En sortant de l'asile, ils allaient travailler avec un patron ; ils touchaient un salaire qui pouvait faire l'objet d'une inscription à la Sécurité sociale et, quand ils avaient travaillé pendant un an, ils pouvaient ensuite être sûrs d'être soignés dans mon service jusqu'à la fin de leurs jours. [...] J'ai fait passer tous mes malades, les uns après les autres, à la Sécurité sociale ; c'étaient des malades démunis et qui ne pouvaient avoir d'autre espoir que d'aller dans leur asile de rattachement. Une partie d'entre eux s'étaient améliorés, et ils sortaient de là assurés sociaux avec un certificat de travail de la ferme ; il n'y avait pas marqué "asile de Ville-Evrard" mais "ferme modèle de Neuilly-sur-Marne". »

Pourtant, dès qu'il s'agira de mettre en place des activités hors de l'hôpital, les choses ne vont pas être simples, malgré une active politique de sorties. Logiquement, on se demande du côté de l'administration à quoi servent ces sorties s'il y a rechutes. « Il a fallu faire comprendre qu'à partir du moment où on fait une politique de sorties ça ne veut pas dire qu'on garantit les malades guéris ; ça veut dire qu'on établit le traitement sur un double mode, interne et externe, et automatiquement ça remplace la notion d'entrée et de sortie par celle de métabolisme entre l'intérieur et l'extérieur, qui fait que le malade circule entre l'extérieur et l'intérieur [...] il est dans un circuit : c'est l'embryon de la notion de secteur qu'on commence à voir apparaître[1]. » Sivadon propose alors à la Sécurité sociale et à la préfecture la création de foyers de postcure, de centres de réadaptation professionnelle, d'hôpitaux de jour... Mais il

1. *Idem.*

n'obtient aucune réponse. Il décide alors, comme l'a fait Paumelle dans le XIIIe, de créer une association privée loi de 1901 : ce sera l'Élan retrouvé. « Cela a été une des premières consultations de postcure [...] cela a été le premier club de malades externes, il y en avait dans les hôpitaux, mais à l'extérieur il n'y en avait jamais eu. [...] Cela a été la première consultation de psychopathologie du travail [...]. Mon frère était médecin du travail (il travaillait dans le bâtiment, alors on nous appelait les frères "bric et brac", lui travaillant dans la brique et moi dans les braques). [...] On a monté les premières équipes de médecine psychologique du travail, c'était notre spécialité. [...] On a ensuite monté l'hôpital de jour, puis le centre psychosomatique[1]. » L'idée était, bien sûr, de mettre au point « des prototypes d'institutions » permettant de démontrer ce qu'il est possible de faire.

## Premières difficultés

Ces expériences sont évidemment minoritaires ; elles sont le fait de quelques-uns, quelques dizaines peut-être – Le Guillant à Villejuif, Henri Ey à Bonneval, Bonnafé à Sotteville-les-Rouen... –, mais elles se veulent exemplaires et constituent la base des évolutions à venir. Parallèlement à ces efforts sur le terrain, et malgré le schisme de 1947, les réflexions théoriques sur l'asile, le secteur, la psychothérapie institutionnelle, le rôle des infirmiers et la relation soignant-soigné, entre autres, continuent de battre leur plein. Par exemple, en 1951, les Journées de Bonneval organisées par Henri Ey donnent lieu à une empoignade entre Tosquelles et Le Guillant, intéressante puisqu'elle inaugure un débat

1. *Idem.*

qui se prolonge encore aujourd'hui. Cette empoignade porte sur l'aménagement de l'institution et sur les techniques de groupe que Tosquelles met en œuvre à Saint-Alban. Pour Le Guillant, ces techniques « flottent à mi-chemin entre des concepts psychanalytiques et une sociologie approximative[1] ». Selon le psychiatre communiste de Villejuif, les transformations à l'intérieur de l'asile éloignent des vrais problèmes qui sont l'étude des situations réelles qui aliènent les hommes, c'est-à-dire les situations sociales. « L'hôpital, explique-t-il, n'est ni un village ni une usine, et il n'a que faire de singer les institutions[2]. » Tosquelles, lui, l'accuse de faire tout simplement l'impasse sur le rejet du malade par la société, surtout lorsqu'il est psychotique. Il y a là en germe – c'est ce que souligne Pierre Delion[3] – un débat qui va courir dans les décennies suivantes, notamment avec l'apparition du courant de l'antipsychiatrie de David Cooper en Angleterre et de Franco Basaglia en Italie, qui désigne la société comme seule productrice de la maladie mentale, alors que les tenants de la psychothérapie institutionnelle voient dans la folie le résultat d'une double aliénation[4] : sociale (d'où

1. Pierre Delion, « Psychiatrie », in *Encyclopédie médico-chirurgicale*.

2. *Ibidem*.

3. *Ibidem*.

4. « Depuis 1948, au moment de la condamnation de la psychanalyse par le jdavonisme, j'ai insisté sur la distinction entre "aliénation sociale" et "aliénation psychopathologique". Prise de position fondamentale, d'autant qu'une vingtaine d'années plus tard les "antipsychiatres" considérèrent les maladies mentales comme de simples effets de problèmes de société : thèse qui constitue l'un des facteurs de confusion actuelle entre resocialisation et soins. [...] Sur la base d'une idéologie médicale rudimentaire, cette attitude conduit à une hyperségrégation sous le couvert d'une technique moderniste. [...] Le mot "aliénation", d'origine latine, apparaît dans plusieurs domaines : juridique, métaphysique, religieux, esthétique. Mais nous nous appuyons surtout sur les expressions germaniques, celles reprises par Hegel, puis Marx. L'étude des processus,

l'apport du marxisme) et psychopathologique (d'où celui de la psychanalyse). Cette confrontation entre Tosquelles et Le Guillant porte également en elle ce que l'on va appeler plus tard la « réhabilitation sociale », une conception qui, finalement, fait de nouveau entrer par la fenêtre les vieilles thèses de l'incurabilité des malades mentaux : la seule thérapie possible serait alors le « traitement social », le retour pur et simple dans la cité – quel que soit d'ailleurs l'état de celle-ci, même si elle est porteuse de chômage, de violence et d'exclusion. Faute d'être neuve, cette idée est aujourd'hui tout à fait d'actualité au travers du discours sur le rôle du « social » et du « médico-social ». Ce que l'on pourrait schématiser autrement :

fin de l'asile<br>
\+ traitement (chimique) de la crise<br>
\+ séjour organisé dans une maison d'accueil spécialisée (MAS) ou dans un foyer pour SDF.

Dans ce schéma se rejoignent – paradoxalement – gestionnaires libéraux et tenants « antipsychiatres » de la disparition de l'asile considéré comme une fin en soi. La question qui est posée est donc la suivante : peut-on soigner un psychotique et cela vaut-il la peine de s'y atteler ?

Tout ça montre à quel point, dans les années 50, la psychiatrie française est finalement agitée par la question du désaliénisme, d'autant plus que le vieil hôpital règne toujours en maître malgré les efforts de quelques-uns pour qu'il en aille autrement. Et c'est pourquoi, aux alentours

des contextes sociaux qui sont en jeu dans cette sorte de "sémiose" est d'autant plus importante que l'analyse de l'aliénation sociale est la base même de toute analyse institutionnelle » (Jean Oury, *L'Aliénation*, Galilée, 1992).

de 1957, il y a de nouveau « un désir de faire quelque chose », comme dit Georges Daumézon. « Nous disions avec Tosquelles, raconte-t-il, que nous allions créer le PPF, le Parti psychiatrique français[1]. » C'est donc à son initiative que vont se dérouler, en 1957 et 1958, les rencontres de Sèvres, où tout le monde se retrouve, y compris les communistes. Il faut dire qu'en 1956 a eu lieu le XX^e^ congrès du PC soviétique, au cours duquel Nikita Khrouchtchev a dénoncé les crimes de Staline. Une certaine détente est donc perceptible, même si l'événement donne lieu à quelques révisions déchirantes. Au départ de ces rencontres, il y a tous les gens qui travaillent dans les premiers stages des CEMEA* destinés à la formation du personnel soignant, et notamment des infirmiers. Les thèmes de réflexion concernent donc la participation de ces derniers à la psychothérapie et à l'organisation hospitalière, puis, fatalement, au secteur. Sèvres, raconte Horace Torrubia[2], « c'était l'aboutissement de quelque chose qui était dans l'air. Des retrouvailles. [...] Il y avait les communistes, qui formaient un groupe très marqué par Pavlov[3], et les autres, qui s'intéressaient à Freud, à l'analyse. [...] Mais tous, les uns comme les autres, on voulait une psychiatrie tout à fait autre que la psychiatrie asilaire. » Pourtant, les divergences sont nombreuses et sérieuses, et elles n'opposent pas seulement les communistes aux psychanalystes. Le débat porte également sur l'apport de la psychanalyse elle-même. Tosquelles parle ainsi – un peu ironiquement – de la « psychanalyse de la rue Saint-Jacques[4] » (représentée à Sèvres,

1. En référence, par dérision, au Parti populaire français de Jacques Doriot. *Recherches*, n° 17, 1975.

2. *Recherches*, n° 17, 1975.

3. Ivan Petrovitch Pavlov, médecin et physiologique russe, introduit là la notion de réflexe conditionné et d'activité nerveuse supérieure.

4. *Recherches*, n° 17, 1975.

selon lui, par Diatkine et Lebovici, deux initiateurs de l'expérience du XIIIe), « centrée sur le moi et sur un acte professionnel spécifique », c'est-à-dire la cure classique. La divergence porte en fait sur le rôle de l'équipe et, singulièrement, sur celui des infirmiers. Rue Saint-Jacques, « ils ne voulaient faire que des histoires de techniciens, il fallait que ce soit les psychanalystes qui fassent la transformation, la révolution en psychiatrie ». Et Tosquelles conclut : « Contre les techniciens, ou plutôt les technocrates psychanalystes, on disait qu'il fallait s'intéresser aux ouvriers de la psychiatrie, que la psychothérapie était vraiment l'œuvre de tous et pas seulement des psychanalystes, pour faire éclater certaines prétendues institutions. Pour que les institutions deviennent des lieux qui changent, qui échangent. Des lieux où la polyphonie de la "parole" soit, comme dans la psychanalyse, un instrument de changement. » Pour Jean Ayme[1], deux grands courants se dégagent au cours des rencontres de Sèvres. « Le groupe réunit soit ceux qui veulent subvertir l'institution asilaire pour en faire un véritable instrument de soins, désireux de guérir dans la même démarche les institutions et les malades qu'elles accueillent, soit ceux qui veulent créer un ailleurs dégagé des facteurs d'aliénation de structures héritées du passé. » Parmi les premiers, on trouve, toujours selon Jean Ayme, des cliniciens comme Oury, Daumézon ou Tosquelles, et parmi les seconds des psychanalystes comme Lebovici, Diatkine ou Racamier.

Tous ces débats, pour spécialisés qu'ils paraissent, sont intéressants car ils sont indicateurs d'une volonté inentamée, de la part de ces groupes à l'époque, de réellement s'atteler à la tâche de comprendre et de soigner la maladie mentale au lieu de l'isoler et de la neutraliser. Dans les

1. Jean Ayme, « Contribution à l'histoire de la psychothérapie institutionnelle », in *L'Information psychiatrique*, n° 3, 1983.

années 1950 et 1960, de nombreux « groupes de travail » se constituent autour des CEMEA et de leurs stages pour infirmiers psychiatriques, mais également au niveau des psychiatres. Par exemple, le Groupe de travail de psychothérapie et sociothérapie institutionnelle (GTPSI) de 1960 à 1966, à l'initiative de François Tosquelles, Jean Oury, Hélène Chaigneau, Horace Torrubia… dont les travaux extrêmement denses vont être prochainement publiés. En novembre 1965 est fondée la Société de psychothérapie institutionnelle (SPI) et, à l'initiative de Félix Guattari et de son entourage, la Fédération des groupes d'études et de recherche institutionnelle (FGERI). En 1953, Jean Oury ouvre la clinique de La Borde, toujours en phase avec des groupes de travail en France et en Espagne, avec François Tosquelles. Suivi par Jacques Lacan[1] de 1953 à 1980, il participe à la Société française de psychanalyse et, à partir de 1964, à L'École freudienne.

Allié aux diverses expériences sur le terrain, ce bouillonnement intellectuel va finir par faire entendre la voix du secteur. Au congrès de psychiatrie et de neurologie de langue française qui se tient à Tours en 1959, Henri Duchêne présente ces premières avancées : « Il paraît indispensable de bouleverser complètement les bases traditionnelles de l'hospitalisation des malades mentaux et de mettre l'accent sur une série de réalisations extrahospitalières susceptibles de prendre en charge les malades autrement que par l'exclusion dans une collectivité d'aliénés. Nous pensons que le centre de gravité de l'assistance psychiatrique se déplacera inévitablement de l'hôpital psychiatrique au secteur dont le centre de santé mentale dirigera les activités[2]. » Dans

1. Psychanalyste français, fondateur de l'école freudienne de Paris.

2. Henri Duchêne, cité par Marie-Claude George et Yvette Tourne in *Le Secteur psychiatrique*, PUF, 1994.

le cadre de ce congrès, Bonnafé est chargé de rédiger une note, signée par dix psychiatres[1], qui sera remise à la Commission des maladies mentales[2] (CMM). Il y réclame la concrétisation officielle, dans les textes, de la notion de secteur. Il y rappelle les principes de celui-ci : zone géo-démographique, continuité de la prise en charge globale de la santé mentale d'une population par une même équipe et rupture avec la pratique ségrégative et hospitalo-centriste. La note est présentée à la CMM* en octobre 1959. Rapport de cause à effet ? La première circulaire officialisant le secteur va sortir quelques mois plus tard, le 15 mars 1960.

## Le secteur dans le texte

On dit souvent que cette circulaire a été le fruit des bons rapports qu'entretenaient à l'époque les psychiatres d'avant-garde, très actifs, dont certains étaient conseillers techniques au ministère de la Santé, avec quelques hauts fonctionnaires acquis aux idées du secteur, notamment le docteur Pierre Aujaleu, directeur général de la Santé – qui a toute la confiance de De Gaulle –, son adjoint Pierre Jean et la responsable du bureau des maladies mentales, Marie-Rose Mamelet. « Le secteur a été adopté en 60, raconte celle-ci[3], sans que personne au ministère ne se rende très bien compte des répercussions de ce que l'on faisait passer. Aujaleu nous faisait confiance, à Jean et à moi. Il nous avait demandé de préparer un plan de

1. Bonnafé, Daumézon, Ey, Fouquet, Hamon, Jacquelin, Lauzier, Mignot, Régis et Sivadon.

2. La Commission des maladies mentales a été instituée en 1949 au sein du Conseil permanent d'hygiène sociale ; c'est une instance officielle de réflexion et de concertation.

3. *Recherches*, n° 17, 1975.

modernisation des hôpitaux psychiatriques[1] ; c'était là l'objet de la circulaire qui devait sortir. Et c'est en travaillant longuement avec nos conseillers techniques, Mignot, Koechlin, Bailly-Salin, Bouquerel et Froment, qu'il nous est apparu que la modernisation de l'hôpital passait par la mise en place du secteur. Daumézon disait souvent que nous avons pris les psychiatres de vitesse, et c'est vrai que ce texte était très en avance, mais si on ne l'avait pas sorti à ce moment-là, on ne l'aurait jamais eu. »

La circulaire de 1960 va en effet assez loin. Par exemple, elle indique que l'établissement psychiatrique est un « hôpital spécialisé pour maladies mentales » et non plus un « asile ». Selon elle, le principe essentiel est de « séparer le moins possible le malade de sa famille et de son milieu ». L'hôpital doit être « intégré dans un ensemble extrahospitalier assurant le dépistage, les soins sans hospitalisation et la surveillance de postcure. » Elle rappelle la nécessité de confier à une seule équipe médico-sociale la charge du malade en cure hospitalière, en précure et en postcure. Elle institue enfin une aire géographique bien déterminée, le secteur : « À titre indicatif, un service de deux cents lits, recevant des malades des deux sexes, comportant un service libre, peut prendre en charge, sur la base de trois lits pour mille habitants, fixée par l'OMS*, un sous-secteur de soixante-sept mille habitants environ. » Elle confie aux départements le soin d'élaborer un programme d'organisation départementale (POD). À propos des services libres, Pierre Aujaleu rapporte une anecdote intéressante. Il explique que ceux-ci étaient interdits par la loi de 1838 et que, comme il n'était pas question de toucher à cette loi, on avait eu recours

1. En 1963, il y a cent dix mille personnes hospitalisées dans les hôpitaux psychiatriques, soit le même nombre qu'avant guerre, avec un taux d'encombrement de 140 %.

à une circulaire pour les imposer. « Il a fallu, raconte-t-il, la complicité de la Justice ; la Justice a préféré être complice d'une irrégularité par rapport à la loi de 1838 que de toucher à la loi. Cela les ennuyait trop d'aller devant le Parlement ; on ne savait pas ce qu'il pouvait en sortir ! Et pour le secteur, ça a été la même chose[1]. »

Avec le recul, on peut être surpris par l'adoption de cette circulaire et par le fait que, pour une fois, l'administration a « pris de vitesse les psychiatres ». Le schéma classique est plutôt orienté à l'inverse : le règlement, la loi ne font souvent qu'officialiser ce qui a changé dans la situation réelle. Pour Pierre Aujaleu – qui n'attribue pas à un gaullisme soucieux du service public et du service de l'État la paternité de cette avancée –, la situation était mûre : « Les dépenses d'hygiène mentale sont devenues des dépenses obligatoires de l'État, comme l'étaient déjà depuis longtemps les dépenses de prévention de la tuberculose, des maladies vénériennes et de la protection de l'enfance. Les dispensaires d'hygiène mentale pouvaient donc se développer[2]. » Le temps plein hospitalier créé en 1958, c'est-à-dire la possibilité pour les médecins de pouvoir travailler à la fois à l'hôpital et au dispensaire, a certes favorisé le secteur – « Il est évident que le matin passé à l'hôpital et l'après-midi à ne rien faire, ça n'aurait pas fait le secteur », ironise Pierre Bailly-Salin[3] – mais, lorsque paraît la circulaire de 1960, les idées qu'elle défend ne sont partagées que par une minorité de psychiatres, les autres faisant de la résistance. Il y a d'abord, pour un certain nombre d'entre eux, la difficulté à assimiler l'esprit même du secteur. Pierre Bailly-Salin raconte à ce propos une histoire assez

1. *Recherches*, n° 17, 1975.
2. *Idem.*
3. *Idem.*

significative : « On a programmé [à Digne] comme un succès un hôpital de quatre cents lits pour soixante-dix mille habitants [...]. Je me rappelle les difficultés du premier médecin-directeur, qui m'avait écrit : "Vous pouvez peut-être m'envoyer les malades mentaux anciens prisonniers de guerre ?" Je lui ai répondu : "C'est une bonne idée, on mettra au fronton de l'hôpital : unis comme au camp !" Pourquoi des anciens prisonniers de guerre ? Je n'ai jamais très bien compris ce qui s'est passé dans la tête de ce type-là. D'ailleurs ma lettre a dû lui faire quelque chose, parce qu'il m'a renvoyé une seconde lettre me demandant de lui envoyer les anciens de la SNCF puisqu'ils avaient le transport gratuit ! On voit très bien comment ce pauvre type, au moment de la vague des neuroleptiques, se retrouvant avec quatre cents lits pour soixante-dix mille habitants, était dans l'incapacité de les remplir. C'est vous dire à quel point était mal rentrée dans les têtes l'implication de la sectorisation comme réducteur du nombre de lits hospitaliers. »

Plus au fond, le secteur bouleverse les positions acquises. « Il y avait des gens qui étaient tellement bien dans leur fromage », dit Pierre Aujaleu[1]. Pierre Bailly-Salin, lui, relate les choses autrement : « Il y avait des types qui avaient des fiefs absolument fantastiques, qui étaient de merveilleux psychiatres de secteur, mais pour leur compte[2]. » Et puis, la mise en place du secteur signifie sortir des murs – finalement confortables – de l'hôpital, bouleverser de fond en comble son propre comportement, sa propre identité. « En d'autres termes, explique Georges Daumézon[3], c'est la transformation du psychiatre : au lieu d'avoir une situation féodale dans son hôpital, il

1. *Idem.*
2. *Idem.*
3. *Idem.*

cherche à se tourner vers l'extérieur et à y implanter son action. Mais bien sûr [...] il est difficile de se transformer d'abbé mitré dans son monastère en moine mendiant sur les routes. » Le secteur constitue également pour le psychiatre une prise de risque : désormais, il s'expose face à ses malades, à son équipe et, en plus, à la population, aux associations, aux élus... Une véritable révolution. « Là où les CTRS* de Sivadon et de Le Guillant ont pesé lourdement, raconte Pierre Bailly-Salin, c'est que les gens se sont dit : "Avec l'avance qu'ont pris ces deux zèbres, nous serons inférieurs au rendement des autres et là on va voir mon infériorité." » À cela, il faudrait probablement ajouter le poids que cent cinquante ans d'hôpital ont laissé dans les inconscients. Se débarrasser de celui-ci en tant que cœur de toute action thérapeutique est finalement bien plus difficile que de se montrer d'accord avec le secteur, fut-il considéré comme plus qu'une simple structure administrative. « L'hôpital a toujours été le centre des opérations, explique Paul Sivadon[1] : le médecin est un médecin des hôpitaux. Alors, on a beau appeler cela maintenant "médecin-chef de secteur"... ça fait secteur des PTT ou secteur de distribution d'électricité, ça n'a aucune résonance humaine. Il y a certes des raisons matérielles considérables pour rendre compte de ce poids des structures de l'hôpital, mais il y a surtout ce qui se passe dans la tête des gens : les malades, on les met à l'hôpital. On n'imagine pas autre chose. » On ne saurait mieux dire...

Les élus locaux ne sont généralement guère plus enthousiastes que les psychiatres. Soit ils ne veulent pas de fous dans leur commune, soit, lorsqu'il existe un hôpital, ils y tiennent parce qu'ils le considèrent comme une entreprise, source de subventions, de revenus, de marchés... Alors pourquoi vouloir en finir avec lui ?

1. *Idem.*

Enfin, la sectorisation se heurte aux directions hospitalières, qui ne sont guère pressées de voir leur rôle amoindri… Il n'est donc guère surprenant que, durant les dix années qui vont suivre la circulaire, celle-ci ne sera pratiquement pas appliquée, qu'il ne se passera presque rien, d'autant que les politiques ne feront pas grand-chose pour faire bouger les têtes et les choses. En 1964, l'arrivée de Raymond Marcellin – l'homme de 1968, côté matraque – au ministère de la Santé marque même un sérieux coup de frein. Il crée les DDASS*, dirigées par des administratifs (qui connaissent peu la sectorisation) et non plus par des médecins comme dans les anciennes directions de la Santé. Il supprime la Commission des maladies mentales et se sépare d'Aujaleu et de Mamelet, ce qui signifie la fin de l'équipe qui a porté le secteur.

Face aux réticences que suscite le secteur et face à ce qui ressemble à un éparpillement idéologique de la psychiatrie française, c'est Henri Ey – qui a souvent joué un rôle de rassembleur – qui prend l'initiative. En juin 1965, mars 1966 et juin 1967, il convoque des Journées psychiatriques qui mobilisent la majorité des psychiatres, bien au-delà, donc, des avant-gardistes. Son objectif est double : défendre l'identité de la psychiatrie – dans les centres hospitalo-universitaires, c'est la neurologie qui domine sous couvert de neuropsychiatrie – et son unité face aux institutions psychanalytiques, qui se développent en marge de la psychiatrie elle-même. Ces Journées, marquées « par la richesse et la fécondité des discussions », comme le note Jean Ayme[1], vont aboutir à la publication d'un « livre blanc de la psychiatrie française » approuvé par 80 % des participants. Cette précision est importante, car le texte rappelle la nécessité

1. Jean Ayme, *op. cit.*

de mettre en place la politique de secteur. Il demande également la séparation de la psychiatrie et de la neuropsychiatrie, et donc une formation spécifique pour les psychiatres. Cette question ne relève pas seulement de la défense des intérêts d'une corporation, elle est aussi la condition pour que la nouvelle approche de la maladie mentale – médecine de la personne et non seulement du cerveau – puisse exister, et le secteur avec elle. Pour cela, les participants aux Journées proposent l'amélioration du statut des psychiatres et l'augmentation de leur nombre à quatre mille. Là encore, il s'agit d'une condition pour que le secteur puisse exister. Enfin, ils demandent une réforme de la loi de 1838, réforme logique puisque cette loi constitue le support juridique de l'aliénisme. « Le seul texte législatif s'appliquant pleinement et exclusivement à la maladie mentale est : la loi de 1838 sur les aliénés est abrogée », avaient déclaré avant le début des travaux, peut-être un peu imprudemment, Bonnafé, Ey et Sivadon. En fait, la loi de 1938 va subir une première modification avec celle de janvier 1968. Cette dernière porte sur la réforme des droits des « incapables majeurs ». Elle organise trois grands régimes de protection de leurs biens, la sauvegarde de justice, la tutelle et la curatelle, qui vont pouvoir s'appliquer durant et hors l'hospitalisation ; ce n'était pas le cas jusqu'alors, le malade retrouvant ses capacités juridiques dès sa sortie de l'hôpital. Un membre de la famille peut dorénavant devenir tuteur. Ce texte a été salué par les tenants du secteur comme un progrès : la possibilité de protéger le malade dans et hors de l'hôpital signifie, de fait, que celui-ci n'est plus le seul moyen de le soigner, l'« extra » devenant ainsi possible. Réelle avancée, mais qui ne remet pas en cause, sur le fond, la vieille loi… Henri Ey et ses amis vont aussi obtenir rapidement gain de cause sur un autre point fondamental, celui de la séparation d'avec la neuropsychiatrie : celle-ci sera effective avec la création d'un diplôme de psychiatrie dans le cadre de la réforme de l'enseignement supérieur en 1969.

Étrange période donc que celle de ces années 50 et 60, marquée par une réelle ambiguïté. D'un côté, une avant-garde qui parvient à marquer des points quant à sa conception de la maladie mentale et de la psychiatrie, y compris au-delà de ses rangs et jusque dans l'appareil d'État. De l'autre, la masse des psychiatres et des politiques qui traîne les pieds tout en acceptant, au moins dans les principes, les changements qu'on lui propose. Cela va aboutir à une certaine mythification du secteur dans les esprits – après le mythe de Pinel, celui de Saint-Alban ? – et, trop souvent, à une fossilisation de celui-là dans la réalité (les deux étant finalement liés), le secteur, dans la majorité des situations, étant imposé d'en haut, par les textes officiels, et donc fatalement conçu comme une structure administrative, le plus souvent organisée autour de l'hôpital. Plus au fond, on peut s'interroger sur la société française elle-même et sur sa capacité à prendre en compte les questions politiques que soulève la maladie mentale. Le secteur, dans l'esprit de ces fondateurs, c'est la « place publique » chère à Bonnafé, encore faut-il que les psychiatres acceptent de s'y rendre et que cette « place publique » soit disposée à les y recevoir.

## L'ère du médicament

Cette période est également marquée par une autre révolution, peut-être aussi importante que celle du secteur au regard de ses conséquences : le début de l'ère de la pharmacologie. Officiellement, tout a commencé en 1952 avec l'utilisation pour la première fois de la chlorpromazine. Cette substance est à cette époque utilisée dans l'hibernation artificielle par Henri Laborit[1], qui s'aperçoit alors que les malades sont plus calmes, plus détendus. La chlorpromazine aurait donc un effet sédatif. Rapidement, il pressent son utilisation possible en psychiatrie et propose à ses collègues de l'hôpital militaire du Val-de-Grâce de s'en servir, mais c'est surtout dans le service de Jean Delay et de Pierre Deniker, à Sainte-Anne, que le produit est utilisé, d'une façon prolongée. Le médicament est prescrit par voie orale, par injection ou par perfusion. L'effet est miraculeux, « les agités se calment, les délires s'apaisent, le silence s'installe et la communication se rétablit[2] ». C'est ainsi que naît le premier neuroleptique, le Largactil®, fabriqué à l'époque par la firme Rhône-Poulenc. « Je suis fils de psychiatre, raconte le professeur Henri Loo, médecin-chef à Sainte-Anne, et je me souviens que, dans l'hôpital dirigé par mon père, à la Charité-sur-Loire, il y a eu l'avant et l'après 52 ; avant, c'était épouvantable, les cris, les hurlements, la fureur ; après, en quelques semaines, le silence est tombé. » Les autres firmes pharmaceutiques vont évidemment, après cela, se lancer dans ce qui va devenir une véritable bataille commerciale. L'une d'entre elles modifie légèrement la formule de la chlorpromazine et propose l'imipramine, qui aura des résultats décevants dans la schizophrénie ; en 1957, un Suisse, Roland Kühn s'aperçoit en revanche qu'elle a des effets positifs sur l'humeur. Il propose donc à la firme de la tester sur des mélancoliques. Les résultats sont spectaculaires : les gens se sentent mieux, les idées de suicide s'éloignent. C'est la naissance du premier antidépresseur, le Tofranil®. Aux États-Unis, on a également

1. Henri Laborit (1914-1995), biologiste et chirurgien, fondateur de la revue *Agressologie*. C'est à partir de ses travaux qu'Alain Resnais a réalisé le film *Mon oncle d'Amérique*.

2. Édouard Zarifian, *Les Jardiniers de la folie*, Odile Jacob, 2000.

l'idée d'utiliser un médicament antituberculeux pour traiter les déprimés, le Rimifon®. Il était connu, depuis quelque temps déjà, comme ayant sur les malades atteint de tuberculose un effet euphorisant. Là encore, les résultats sont spectaculaires. À partir de là, on lance en 1957 un nouveau médicament, le Marsilid®, qui est d'une autre composition chimique que le Tofranil® et qui constitue une deuxième possibilité de traiter la dépression. À la même époque apparaissent également les tranquillisants, le Librium®, synthétisé en 1949 et commercialisé en 1958, et le Valium®, dans les mêmes années, qui aura la fortune que l'on sait.

L'apparition de tous ces nouveaux médicaments – qui vont être multipliés à l'infini dans les décennies suivantes – va avoir des conséquences insoupçonnées. D'abord, sur l'état des malades eux-mêmes, qui vont pouvoir communiquer plus facilement avec leurs thérapeutes et sortir plus rapidement de l'hôpital. Ensuite, elle va avoir aussi des répercussions importantes sur la psychiatrie elle-même : ayant désormais leurs médicaments, les psychiatres peuvent s'identifier au modèle médical classique auquel, finalement, ils rêvent. Elle va donc permettre une plus grande assimilation de la psychiatrie à la médecine, ce que redoutent les tenants du secteur. Plus avant, elle va renforcer le rôle des partisans d'une psychiatrie dite « biologique », qui travaille essentiellement sur le système nerveux, la génétique, avec le risque de transformer la psychiatrie en une médecine du cerveau, et le patient en un nouvel objet. C'est l'école qui domine aujourd'hui très largement, sous la houlette de la psychiatrie américaine. Cependant, la pharmacologie va donner lieu, très tôt, à des polémiques. On l'accuse d'être une « camisole chimique », par exemple. Ce que les gens du secteur et de la psychothérapie institutionnelle lui reprochent surtout, c'est qu'elle a amené les psychiatres à devenir de plus en plus de simples prescripteurs de médicaments, plus portés à agir ainsi sur les symptômes que sur les causes réelles de la maladie. « Aucun médicament psychotrope n'a d'effet sur les troubles psychiques », explique le professeur Édouard Zarifian[1], qui fut l'un des fondateurs de la psychiatrie biologique en France. Plus loin, il ajoute : « L'action primaire des psychotropes ne permettra de changer ni une conviction religieuse ou politique, ni une éthique, ni un sentiment. L'amour ou la haine, les goûts ou les aversions, les acquis du passé ne seront pas modifiés. Ce qui fait un homme ou une femme avec son histoire personnelle, ses souvenirs, son affectivité et son intelligence restera strictement inchangé lors d'un traitement par psychotropes. » Autrement dit, soigner un patient, c'est forcément faire autre chose que lui donner seulement des médicaments. Ceux-ci, argumentent certains, permettent de faire sortir le patient de la crise au cours de laquelle la communication avec lui est impossible. C'est l'évidence, mais « c'est à partir de ce moment-là que commence mon travail », explique Pierre Delion. Pour Jean Ayme, les médicaments ne sont pas les seuls à pouvoir permettre au patient de sortir de la crise, « même si le Largactil® est arrivé à point nommé pour s'inscrire dans la démarche subversive de l'appareil de soins[2] ». La diminution de l'agitation, selon lui, a commencé bien avant, avec les expériences de Daumézon, de Tosquelles et de quelques autres, parce que « le nouveau regard sur la maladie mentale change la maladie mentale elle-même et son devenir » (il faut rappeler que c'était le sujet de thèse de Philippe Paumelle en 1952). « Un repérage chiffrable, poursuit Ayme, est fourni par les rapports annuels, qui indiquent que la réduction rapide

1. *Ibidem.*
2. Jean Ayme, *op. cit.*

des durées de séjour se situe avant 1952, où le seuil de sorties avant un mois était dépassé au point de ne plus guère bouger durant les vingt années suivantes. » Et Jean Ayme conclut : « Lucien Bonnafé, évoquant cette période de “plein traitement” et de “pacification relationnelle”, parlera, inversant la formule qui avait cours à l’époque, de “chimiothérapie d’appoint”. » Ainsi, avec l’utilisation trop souvent abusive des médicaments – et l’on verra que leur utilisation massive ne sera pas seulement le fait des psychiatres, mais aussi des médecins de famille –, la psychiatrie s’expose à l’enfermement dans sa tour d’ivoire « scientifique », et la « place publique » risque de demeurer vide…

## Mai 1968 et l’antipsychiatrie

En mai 1968 pourtant, les débats qui agitent depuis vingt-cinq ans le monde de la psychiatrie vont s’emparer d’un public plus large ; à l’époque où « tout est politique », la situation des malades mentaux l’est donc forcément aussi. Et l’on voit fleurir sur les murs des asiles des slogans, parfois d’une rare poésie, comme : « Branlez-vous, ne prenez plus vos médicaments ! » Dans son livre[1], Jean Ayme se souvient des soirées houleuses à la Chapelle de Sainte-Anne, de Jean Oury ulcéré parce qu’il s’est fait traiter de mandarin, de Lucien Bonnafé incapable de terminer son intervention et « d’un grand escogriffe lançant à l’assemblée cette phrase toujours pour moi énigmatique : “Il est temps que le professeur Delay sache enfin qu’il ne représente que lui-même.” » Pour l’anecdote… En fait, si la psychiatrie se trouve propulsée dans le débat politique, c’est dans le sens de sa contestation ; de nouveau, elle sent

1. Jean Ayme, *op. cit.*

passer sur elle le souffle de l'histoire. On pourfend pêle-mêle les « chimiâtres », tenants de la chimiothérapie, et les « flichiâtres », tenants du secteur, accusés de vouloir quadriller le territoire à des fins de contrôle social. Les intellectuels gauchistes, qui tiennent à ce moment-là – si l'on peut dire – le haut du pavé, sont très influencés par un mouvement qui s'est développé en Grande-Bretagne au début des années soixante, l'« antipsychiatrie », terme inventé par trois psychiatres britanniques, David Cooper, Ronald Laing et Aaron Esterson. En fait, le premier à avoir proféré ces idées est un Américain, Thomas Szas, qui fustige dès la fin des années cinquante le « mythe de la maladie mentale ». Pour Cooper et Laing, les causes de la folie sont à rechercher exclusivement dans la société – « la psychiatrie avale ce que la société vomit ». Celle-ci relègue ceux qu'elle taxe de « fous », avec la complicité des psychiatres. S'ils récusent globalement la maladie mentale, les deux hommes ne nient pas l'existence de schizophrénies aiguës, mais pour eux il suffit d'en respecter l'évolution sans chercher à la contrarier. La folie est une « métanoïa », un voyage – un peu à l'image des « voyages » des adeptes du LSD – bon ou mauvais selon le milieu qui le favorise ou le contrarie. La psychiatrie classique le considère comme une maladie, alors qu'il faut le comprendre comme une découverte profonde de soi-même. La seule voie pour le psychiatre est donc d'oublier tout ce qu'on lui a appris et d'accompagner le fou dans cette métanoïa, dans ce voyage, de vivre avec lui. Cooper et Laing proposent donc naturellement d'en finir avec l'hôpital et de créer un « anti-hôpital » où les malades se transformeraient eux-mêmes en soignants. Cooper joint d'ailleurs le geste à la parole et tente de mettre en œuvre ses conceptions dans le pavillon 21 d'un grand hôpital londonien, mais il se heurte à l'hostilité des autorités et décide de travailler, pour cela, en dehors du service public. En 1965, il fonde, avec Laing et Esterson, sur le mode associatif, la Philadelphia Association, qui gère entre autres le « home » de Kinsley Hall, où se trouve une pensionnaire, Mary Barnes, qui va devenir la patiente emblématique de l'antipsychiatrie.

Dans le livre qu'il a écrit avec Mary Barnes[1], son thérapeute, Joseph Berke, raconte : « Un jour, Mary chercha à éprouver mon amour pour elle par un test ultime. Elle se couvrit de merde et attendit ma réaction. Le récit qu'elle donne de cet incident m'amuse, car elle était absolument sûre que sa merde ne pourrait me dégoûter. Je vous affirme que ce fut le contraire. Quand, sans me douter de rien, j'entrai dans la salle de jeu et qu'une Mary Barnes puante, semblant sortir d'une histoire d'épouvante, m'aborda, je fus saisi d'horreur et de dégoût. Ma première réaction fut la fuite. Je m'éloignai à grands pas, le plus rapidement possible. Heureusement, elle ne tenta pas de me suivre. J'aurais été capable de la battre. Je me rappelle très bien de ma première réflexion : “C'en est trop, nom de Dieu. J'en ai marre. À partir de maintenant, elle n'a plus qu'à s'occuper d'elle toute seule. Je ne veux plus avoir affaire à elle.” » Puis Berke réfléchit et se dit qu'après tout, s'il ne fait pas cela, c'en sera fini avec elle. « Mary était toujours dans la salle de jeu, la tête basse, en larmes. Je bredouillai quelque chose comme : “Allons, ce n'est rien. Montons et prenons un bon bain chaud.” Il fallut au moins une heure pour laver Mary. Elle était dans un état lamentable. Elle avait de la merde partout, dans les cheveux, sous les bras, entre les orteils. » Mary va jusqu'au bout de son « voyage », elle passe par des phases de progression puis de régression, et va finalement devenir un peintre talentueux à partir des fresques

1. Mary Barnes et Joseph Berke, *Marie Barnes, un voyage à travers la folie*, Seuil, 1973.

qu'elle dessinait avec ses matières fécales. Les antipsychiatres britanniques s'intéressent également à la famille. Selon eux, la schizophrénie est le résultat d'interactions familiales, elle serait la création de la famille. Le schizophrène développe son trouble comme une stratégie afin de parvenir à vivre dans ce qui est devenu pour lui invivable[1]. Ces recherches s'inscrivent dans le sillage de travaux menés aux États-Unis, notamment ceux de la fameuse école de Palo Alto, spécialisée dans l'étude des troubles de la communication.

Dans la même période, il se passe également des choses de l'autre côté des Alpes. Un psychiatre italien, Franco Basaglia, entreprend de réformer l'asile de Gorizia, dont il est le médecin-chef. Il considère cependant que ce qu'il tente n'est guère satisfaisant et que, même repensé, l'asile demeure l'asile, une « institution de violence », un outil de « coercition politique », un lieu où l'on aggrave la maladie mentale. Il doit donc être purement et simplement détruit afin de « libérer les malades », qui sont des pauvres, des « damnés de la terre », victimes d'une société qui rejette toute déviance. La meilleure thérapie est donc dans l'action politique de libération. C'est ce qu'il explique dans son livre, *L'Institution en négation,* paru en 1968[2]. Basaglia s'éloigne de la position des gens du secteur et de la psychothérapie institutionnelle en France en ce sens que, pour lui, l'amélioration des techniques de soins ne fait que retarder la disparition de l'asile. Son action, amplifiée par le mouvement créé par ses élèves, Psychiatra democratica, va s'étendre à Trieste, où l'on crée des centres de santé mentale de quartier dans lesquels les

1. Voir l'illustration de ces thèses dans *Family Life*, film de Ken Loach.

2. Franco Basaglia, *L'Institution en négation*, Seuil.

malades s'organisent sur une base coopérative. Tout cela va conduire à la suppression de la loi de 1904 – un peu l'équivalent de celle de 1838 en France – et à l'adoption de la fameuse « loi 180 », qui va provoquer la fermeture de tous les hôpitaux psychiatriques en Italie. En fait, cette loi aura des effets pervers qui n'avaient évidemment pas été souhaités par Basaglia : les malades sont rejetés dans l'orbite purement médicale, ce qui ouvre un boulevard pour la psychiatrie biologique ; ils n'ont plus de lieux où se rendre, et se trouvent trop souvent abandonnés, livrés à eux-mêmes.

L'antipsychiatrie eut en fait peu de succès immédiat en France en raison de la conjonction de trois forces. La psychothérapie institutionnelle – et bien sûr les psychanalystes – lui reproche de ne faire aucune référence à Freud. « Les antipsychiatres ont trouvé dans la société leur diable, ils n'ont que faire de ce diable d'inconscient », écrit le psychiatre René Angelergues[1]. Pour eux, on le sait, la folie n'est pas seulement le produit d'une aliénation sociale – chère aux antipsychiatres –, mais aussi celui d'une aliénation psychopathologique. Pour Jean Ayme[2], les antipsychiatres « se refusent à interroger [la] souffrance [du malade mental] liée également au dysfonctionnement de son appareil psychique, dont la psychanalyse révèle qu'il a la même richesse que celui de l'homme normal. Ils se privent de cet autre fondement de fraternité qui veut que, comme l'écrit Jacques Lacan, "l'être de l'homme, non seulement ne peut être compris sans la folie, mais il ne serait pas l'être de l'homme s'il ne portait en lui la folie comme limite de sa liberté" [3]. »

1. Cité par Jean Ayme, *op. cit.*

2. Jean Ayme, *op. cit.*

3. Henri Ey parlait de la folie comme d'une « pathologie de la liberté ».

Sur un plan plus politique, l'antipsychiatrie va trouver sur son chemin les deux ennemis qui ont pris l'habitude de s'allier lorsque les circonstances l'exigent, les gaullistes et les communistes. Les premiers parce qu'ils sont conservateurs et par ailleurs très attachés au service public et au rôle de l'État, dont le secteur pourrait constituer une vitrine. Les seconds parce que pour eux, à cette époque, il s'agit de mener une lutte implacable contre le gauchisme, qui vient sur leur terrain remettre en cause leur suprématie dans les luttes sociales et politiques, y compris dans le domaine de la psychiatrie. Au-delà des aspects purement théoriques – notamment l'apport de gens comme Laing aux psychothérapies familiales –, l'antipsychiatrie a eu le mérite de porter plus loin sur la place publique la question de l'enfermement et de la nécessaire libération des malades mentaux, mais avec des limites, soulignées par Roger Gentis – que l'on a assimilé à ce courant après la parution de son livre brûlot, *Les Murs de l'asile*[1] – dans un article du *Monde*[2] : « Si la psychiatrie révolutionnaire a aujourd'hui quelque chose à faire, c'est plutôt de rendre à la société la vérité de la folie ; je dis la société et non le public cultivé, celui-ci a déjà les machines de Strindberg et les fulminations d'Artaud et les fantasmagories felliniennes, mais qu'on y prenne garde : tout ceci reste toujours de l'ordre du spectacle. Non, c'est dans la vie quotidienne, dans la vie des gens communs qu'il faut faire entendre ce que disent les "malades", donc, autant que possible, commencer par ne pas trop les mettre à l'écart. Autrement, avec son indigence théorique, l'antipsychiatrie risque fort de n'être qu'une mode littéraire, une petite nouvelle vague à la surface des idées. » Et c'est peut-être là qu'on

1. Roger Gentis, *Les Murs de l'asile*, Maspero, 1970.
2. Cité par Jean Ayme.

touche à un problème de fond : cette « mise à l'écart » n'est pas seulement – hélas ! – l'exclusivité de l'hôpital. Fermer celui-ci ne signifie nullement réintégrer, comme par miracle, les fous dans la cité (ce qui ne signifie pas qu'il ne faille pas le faire, bien sûr). Les centaines de malades mentaux qui sont aujourd'hui dans la rue ou en prison sont là pour nous montrer tragiquement le contraire. Et il est affreusement paradoxal, encore une fois, que les pires conservateurs, libéraux et gestionnaires, utilisent aujourd'hui jusqu'au vocabulaire des antipsychiatres – fermer les asiles, désaliéner, retour à la cité, intégration… – pour justifier ce qui est devenu pour tant de malades un abandon. Un fou errant dans le métro parisien n'est-il pas mis à l'écart ? Le pauvre Basaglia doit se retourner dans sa tombe.

## L'ère des gestionnaires

Curieusement, mai 1968 ne va pas fondamentalement bouleverser le monde de la psychiatrie. Dans les années qui suivent, on retrouve le même schéma d'une administration qui légifère et de secteurs qui vont se mettre en place (mais rarement dans l'esprit des concepteurs), avec une nouveauté, cependant, qui se fait jour après le choc pétrolier de 1973 : la volonté de soumettre le système de santé – et donc la psychiatrie – à une logique financière. De 1968 à 1985, toute une rafale de textes va concerner la psychiatrie. En juillet 1968 est promulguée une loi qui établit un nouveau statut des hôpitaux psychiatriques en les intégrant dans le système hospitalier général. En janvier 1969, une circulaire rappelle le principe de la bisexualisation des établissements psychiatriques, celle-ci étant loin d'être la règle à l'époque. En mars 1970, les psychiatres obtiennent un statut analogue à celui des médecins des hôpitaux de deuxième catégorie[1]. En décembre de la même année, la nouvelle loi hospitalière instaure une carte sanitaire visant à planifier les équipements sur un territoire déterminé. Elle préconise l'autonomie de gestion de chaque établissement hospitalier, qui devra à présent équilibrer son budget. Le 18 janvier 1971, une circulaire indique que « la sectorisation ne peut résulter que de la déconcentration[2] de la psychiatrie ». Celle-ci sera obtenue « par la création de services dans les hôpitaux généraux ». Le 14 mars 1972, une autre circulaire impose le découpage des départements en secteurs et prévoit des conventions entre les hôpitaux et les départements, ce qui donne un coup de fouet à la sectorisation[3]… La circulaire du 16 mars de la même année organise pour la première fois la sectorisation en psychiatrie de l'enfant… Bref, il s'agit d'imposer au forceps une sectorisation qui peine à entrer dans les mœurs. Georges Daumézon, loin de se réjouir de cette succession de textes, considère que, « chaque fois, [ils] vont dans le sens de l'application symbolique du secteur[4] ».

On peut d'ailleurs, avec le recul, se demander si l'on est vraiment alors dans le symbolique. Derrière cette mise en place, finalement très centralisée et imposée du haut, il y a d'abord la volonté de l'État de conserver la maîtrise du système. Avec la création des DDASS*, on l'a vu, on met les médecins de côté au profit des administratifs. Les nouveaux secteurs sont placés sous la houlette des hôpitaux, et donc de leur direction administrative, le

1. Les hôpitaux de première catégorie sont les centres hospitaliers universitaires (CHU) et les centres hospitaliers régionaux (CHR).

2. Déconcentration, et non décentralisation : « déconcentration » signifie certes « répartition dans des lieux différents », mais le centre de l'autorité demeure inchangé.

3. En 1980, il existe 911 secteurs sur un objectif de 1 200.

4. *Recherches*, n° 17, 1975.

médecin-directeur étant bel et bien jeté aux oubliettes. Cette situation va aboutir à une perversion de l'esprit du secteur. Loin des rêves de la psychothérapie institutionnelle, le médecin et son équipe vont être dépossédés de la maîtrise de l'organisation. Ils vont se « cantonner » de plus en plus à l'aspect technique du soin. Il n'est donc plus question d'avoir une quelconque action pour « réformer l'institution » comme le désirait Tosquelles. Dans les hôpitaux, chaque service va se sectoriser pour lui-même – puisqu'il n'y a plus de possibilité de vision globale, celle-ci étant réservée à la gestion administrative –, favorisant le cloisonnement. Comme le budget est calculé sur la base d'un prix de journée, on va assister, de la part des chefs de service, à une véritable course à l'occupation des lits[1]. La tendance à la gestion purement administrative et financière va encore être aggravée, dans les années suivantes, par la volonté de plus en plus affirmée de maîtriser les dépenses publiques, accusées de peser sur la rentabilité des entreprises ; elle sera accompagnée d'une campagne insistante de culpabilisation des malades (« vous consommez trop ») et des professionnels (« vous prescrivez trop »). En 1979, le gouvernement annonce son intention de réduire progressivement les dépenses de santé, de l'ordre de 2 % par an. En octobre 1980, le ministre de la Santé, Jacques Barrot, invité aux entretiens de Bichat, annonce sa décision de supprimer quarante mille lits en psychiatrie. Pour les remplacer par quoi ? Il ne le dit pas. Au début des années quatre-vingt, avec le IX^e plan, on va officialiser l'« hôpital entreprise » – dont le souci principal doit maintenant être la rentabilité, la planification et l'évaluation – et la suppression des lits annoncée par Jacques

1. En 1980, 80 % des dépenses en psychiatrie sont réalisées dans l'hospitalier.

Barrot. Le « secteur » va maintenant passer, comme toutes les autres structures hospitalières, à une « logique de résultats ». Il va falloir désormais soigner vite et bien, diminuer le plus possible les durées d'hospitalisation – ce qui n'a rien à voir avec un souci thérapeutique – et accélérer le « turn-over », pour reprendre le jargon en vogue. Une loi de janvier 1983 crée le « budget global » : chaque hôpital dispose dorénavant d'une dotation budgétaire annuelle dont il dispose à sa guise. S'ouvre alors l'ère des « redéploiements de moyens » : autrement dit, pour créer à droite, il faut supprimer à gauche… C'est dire que les secteurs riches auront la possibilité d'innover, les autres n'ayant qu'à s'en passer… Une situation source d'inégalités.

Toute cette effervescence réglementaire va aboutir à une loi, celle du 25 juillet 1985, qui inscrit le secteur dans le code de la santé. C'est la loi que tous les partisans du secteur espéraient, mais pas vraiment comme ils l'avaient espérée. Le texte est voté, en pleine nuit, devant un hémicycle clairsemé, parmi d'autres dispositions n'ayant rien à voir avec la santé, sans véritable débat. Il institue le secteur comme base de l'organisation de la psychiatrie en France et il en rappelle les missions. Une deuxième loi, en décembre de la même année, rattache l'ensemble des structures extrahospitalières à l'hôpital, qui devient ainsi l'unique gestionnaire du secteur. Avec les lois de 1985, c'est bien de la naissance d'une structure administrative qu'il s'agit, d'un secteur à des années-lumière de ce qu'avaient rêvé ses concepteurs, un « secteur symbolique ». Georges Daumézon avait peut-être raison…

## Une parenthèse surréaliste

Pour mieux mesurer l'écart qui existe entre cette organisation et la vision qu'en avaient ses créateurs après la guerre, il faut s'attarder quelques instants sur une parenthèse surréaliste intervenue dans les premiers mois qui ont suivi la victoire de la gauche en 1981. Le ministre communiste de la Santé, Jack Ralite – « un ministre primesautier et sympathique », selon Jean Ayme[1] –, prononce en octobre à Rouen un discours consacré à la psychiatrie dans lequel il évoque les grandes dates qui ont marqué l'histoire de celle-ci, 1793, 1937, 1945, 1968, ajoutant qu'après la victoire de François Mitterrand le 10 mai 1981 pourrait en quelque sorte s'ajouter à cette liste. Il propose l'abrogation de la loi de 1838, il critique l'article 64 du code pénal[2] et la loi de 1975[3], il prône un secteur de cinquante mille habitants et un secteur infanto-juvénile pour deux secteurs de psychiatrie générale. Il plaide pour une gestion démocratique des secteurs, ouverte sur la communauté, et il termine par une citation d'Antonin Artaud : « Un aliéné est aussi un homme que la société n'a pas voulu entendre et qu'elle a voulu empêcher d'émettre d'insupportables vérités. » Surtout, il confie au docteur Jean Demay, l'un des tenants du secteur, membre de la direction du Syndicat des psychiatres des hôpitaux, le soin de réunir une commission de travail sur la situation de la psychiatrie. En 1982, celui-ci rend au ministre un rapport intitulé « Une voie française pour une psychiatrie

1. Jean Ayme, *op. cit.*

2. Qui concerne l'irresponsabilité des malades mentaux en cas de crime ou de délit.

3. Cette loi sur les handicapés a été très critiquée par les psychiatres du secteur.

différente ». Ce texte ne sera publié qu'un an après et il ira directement aux oubliettes, mais il est intéressant car il concrétise ce qu'aurait pu être, du point de vue des pouvoirs publics, une politique en harmonie avec les principes initiaux du secteur. Au-delà des rappels éthiques (nécessaires) et des grands principes de la sectorisation, il fait de la rupture avec l'hospitalo-centrisme le cœur de sa démarche. La voie française qu'il propose « constitue et légitime la pratique psychiatrique de secteur [...]. Elle exprime son avancée décisive, assurant son progrès dans une démarche qui la détache et l'éloigne de l'hôpital, hôpital qui procédait d'une logique radicalement opposée et négative en consacrant la rupture et l'isolement du contexte de vie. » Pourtant, Demay ne se prononce pas pour une fermeture purement administrative de l'hôpital psychiatrique. « La solution radicale (fermeture) est dangereuse. Nous préférons que soit retenue une voie française qui pose le problème en termes de stratégie de dépérissement (dont la finalité reste l'abolition de l'asile), définissant une tactique de transition. » Parallèlement, il insiste sur la spécificité de la psychiatrie : « L'objectif fondamental du soignant et de l'équipe soignante en psychiatrie est de faire tout ce qui est en leur pouvoir pour utiliser toutes les connaissances scientifiques actuelles, médicales, psychologiques, sociologiques, pour donner aux personnes atteintes de troubles psychiques les moyens d'accéder au maximum d'autonomie de pensée, de choix et d'action. » Il rappelle la nécessité de mieux former les psychiatres – y compris dans le cadre d'une formation continue – et les infirmiers, de développer la recherche. Il insiste sur le fait que le trouble psychiatrique doit être considéré comme évolutif, d'où une critique du concept de handicap qui fige, selon Demay, le malade dans un statut pouvant devenir définitif. Il souligne par ailleurs la nécessité « d'aborder, de comprendre, de prévenir l'exclusion ». Il proclame le droit de tout citoyen à avoir accès aux meilleurs soins. Il préconise enfin l'abrogation de la loi de 1838… Tout cela se fondant sur « une conception offensive des droits de l'homme, qui doit affirmer égalité des droits et solidarité de la collectivité ».

Le plus intéressant reste la création d'un établissement public de secteur (EPS), rigoureusement indépendant de l'hôpital, responsable de l'ensemble des actions de santé mentale, hospitalières et extrahospitalières, sans distinction entre les deux. Il assure « la gestion de l'ensemble des personnels et des lieux de soins, affectés aux secteurs et qui relevaient traditionnellement de la DDASS et du centre hospitalier ». Celui-ci disparaît de droit. « Il n'est plus que la juxtaposition d'antennes hospitalières gérées par le ou les établissements publics sectoriels. » L'EPS* est géré par un « conseil de secteur associant médecins et autres personnels, soignants, administratifs et techniques, les organismes payeurs, les élus, des représentants des tutelles, des usagers, des […] représentants d'associations ou de services (Éducation nationale, Justice, notamment) ». Il est dirigé par un conseil d'administration, « émanation décisionnelle du conseil de secteur, à répartition tripartite (autorités de tutelle et collectivités débitrices, élus, personnels désignés par leurs organisations représentatives) ».

Pour la première fois, on affirme donc une volonté politique de rompre dans les faits avec l'hôpital, et pas seulement avec ses murs, et de proposer une organisation radicalement nouvelle, indépendante, orientée réellement vers la cité, tenant compte concrètement de la spécificité de la psychiatrie et permettant de s'acheminer vers une « démédicalisation » de la maladie mentale. En fait, l'idée sous-jacente est bien de créer les conditions optimales, avec suffisamment de souplesse, pour que la maladie mentale soit prise en compte par l'ensemble de la société – « dans la vie quotidienne, dans la vie des gens communs », comme disait Roger Gentis –, et non seulement par le médecin et son équipe, tout en affirmant le rôle pivot de ces derniers. Sans cela, on est condamné à renvoyer les malades aux mains de spécialistes, et donc à ne pas se poser la question de leur accueil, à s'en débarrasser, à les maintenir dans leur ghetto, dans leur asile, fut-il débarrassé de ses grilles et de ses serrures. Depuis sa « mort-née », on fait très peu référence à ce texte, que certains considèrent comme trop utopique ou trop radical, peut-être parce qu'il est la preuve que l'imagination, pour une fois, pourrait être aussi au pouvoir, qu'il ne relève pas de la fatalité d'être prisonnier des idées dominantes d'une époque. Bien sûr, il supposait un choix fondamental que notre société se refuse à faire : considérer les malades mentaux comme des citoyens, les accepter en son sein en tant que tels et faire ce qu'il faut pour que cela soit possible. Le rapport Demay disparaîtra, emporté par le « virage de la rigueur » qu'effectuera la gauche à partir de 1983.

# Regards d'aujourd'hui

La qualité essentielle de l'homme, c'est d'être fou. Tout le problème est de savoir comment il soigne sa folie. Si vous n'étiez pas fou, comment voudriez-vous que quelqu'un soit amoureux de vous ? Pas même vous ? Et les fous que l'on met dans les asiles psychiatriques sont des types qui ratent leur folie.

FRANÇOIS TOSQUELLES

# Paysages psychiatriques…

## Le témoignage d'une infirmière

Vous êtes des pionnières, nous disaient les médecins qui nous donnaient des cours. C'est une idée qui ne m'a jamais quittée, tout au long de ma carrière. C'est vrai que, surtout lors des moments les plus difficiles, je me suis toujours dit : il y a des choses à faire, on va y arriver…

En 1964, Bernadette Avellano a débarqué à l'hôpital de Villejuif après avoir réussi son concours d'infirmière des hôpitaux de Paris, « rue Lobeau, près de l'hôtel de ville ». C'était un établissement où les études étaient rémunérées, avec une sorte de formation en alternance, le matin en cours, l'après-midi dans les services. Si elle a choisi ce métier, ce n'est pas par hasard : elle a toujours rêvé, dans sa Normandie natale, de devenir infirmière psychiatrique. Son travail, elle l'a vécu comme un engagement.

Lorsque je suis arrivée, j'ai vraiment eu l'impression de découvrir un autre univers, un monde kafkaïen. À l'époque, les infirmiers étaient encore nombreux, mais les malades dormaient dans des dortoirs de cent lits. J'ai encore dans la tête aujourd'hui les cris, les hurlements… J'ai commencé dans le service de femmes du docteur Le Guillant. Je me souviens de lui, un homme grand, avec une belle prestance, un peu style « IIIe République ». Il ne nous faisait guère participer… Ce qui me choquait le plus, c'était que les malades à leur arrivée étaient dévêtues complètement, on leur donnait des uniformes. Elles étaient mal habillées… La majorité d'entre elles vivaient attachées. Je me souviens d'un jour, c'était un dimanche, où une infirmière m'a demandé de l'aider pour donner le goûter à une femme qui était là, sur une chaise. Je lui ai détaché les pieds, mais nous lui avons laissé la camisole du haut. Elle a réussi à casser les carreaux du sol. Cette femme vivait ainsi ligotée en permanence…

Les patientes demeuraient enfermées dans les pavillons, certaines, peu nombreuses, sortaient pour réaliser quelques petits travaux, plier le linge, éplucher les légumes ; les hommes, parfois, allaient jardiner. Les lobotomies[1] se faisaient à Sainte-Anne ; lorsque les malades revenaient, elles bavaient, c'était horrible. En revanche, les électrochocs[2] se pratiquaient à Villejuif. On endort la patiente, on lui donne un médicament, pour ne pas qu'elle vomisse, le choc est rapide, efficace, surtout pour les mélancoliques ou les dépressifs graves… On pratiquait aussi l'insulinothérapie, on les mettait dans le coma, il fallait une surveillance infirmière permanente. Moi, souvent, je disais aux copines : si je ne suis pas là à 14 heures, cela veut dire que je ne viens plus. Mais je revenais toujours. Je me disais : cela va changer. J'y croyais. Les familles venaient le dimanche après-midi, de 14 à 16 heures seulement… On prenait les friandises qu'elles apportaient et on les mettait dans une boîte au nom de la patiente. Les malades n'avaient droit à rien, même pas à cela ; elles n'existaient pas en tant

1. « Technique chirurgicale consistant à sectionner les fibres du lobe du cerveau. Elle était surtout utilisée pour les schizophrènes résistant aux autres thérapies. Elle est très rarement utilisée aujourd'hui » (Jacques Postel, *Dictionnaire de la psychiatrie*, Larousse).

2. Technique qui consiste à appliquer sur l'encéphale un courant électrique qui induit une crise d'épilepsie. Les résultats sont souvent efficaces, mais les mécanismes qui en sont responsables sont encore mal connus.

que personnes. Certaines d'entre elles, fatalement, étaient violentes. Mais il y avait également les violences qu'on leur faisait subir. Je parle de certaines infirmières, qui leur parlaient mal, qui les tutoyaient, qui agissaient avec mépris. Je crois que ce comportement était presque naturel puisqu'il n'y avait aucun contact réel avec les malades ; celles-ci étaient à l'abandon... Je n'excuse rien, bien sûr... Mon mari, qui était infirmier à l'UMD*, m'a raconté qu'un de ses collègues, un jour, a dit aux patients : la nourriture est trop bonne pour vous, je vais la donner aux cochons. Et c'est ce qu'il a fait (il a d'ailleurs été sanctionné). Au Kremlin-Bicêtre, à quelques kilomètres de l'hôpital, il y avait effectivement un élevage de porcs à qui nous donnions les eaux grasses de l'hôpital. Les malades parfois crachaient dedans, et nous nous disions que les cochons devaient être « neuroleptisés » ! Je me souviens qu'un jour il y a eu une épidémie de poux au service 6, celui des malades très agitées, il a fallu faire les shampoings à la Marie Rose®. Les malades n'avaient droit qu'à un bain par semaine. Elles ne pouvaient pas aller seules à la salle de bains, il fallait toujours être avec elles. Sinon, la toilette se faisait dans le lit, avec les patientes attachées. On faisait également le ménage, c'était un métier dur, il ne fallait pas se poser de questions...

Pourtant, petit à petit, malgré les résistances, les choses vont commencer à changer.

En 1966, on a ouvert un service d'hommes de seulement seize lits. Dans ce service, il n'y avait que des infirmières. C'était une révolution ! Les syndicats s'y sont opposés, ils craignaient qu'on prenne les postes des hommes ! Ce service était en hospitalisation libre, les gens étaient d'accord pour être là. Il y avait beaucoup d'alcooliques à qui l'on faisait subir une « cure de dégoût ». On leur injectait un produit qui, avec l'alcool, les faisait vomir. Moi, je vomissais aussi parce que j'étais enceinte de ma fille... Il y avait aussi des dépressifs, des névrosés, des schizophrènes stabilisés. Mais l'ambiance était différente. On faisait le ménage avec les patients ; le médecin avait organisé des activités d'ergothérapie[1], par exemple des ateliers dans lesquels les malades fabriquaient des jouets en bois. Pour la première fois, les patients étaient autorisés à partir en permission. Ils sortaient de l'hôpital… Évidemment, c'étaient des pathologies pas trop lourdes… Mais tout de même, cela a changé l'atmosphère. Soudain, ils n'étaient plus condamnés à rester enfermés. Et puis, Le Guillant a créé une association pour organiser des activités. Deux ou trois fois par semaine, par exemple, on allait acheter des glaces. Les patients étaient heureux…

Bernadette Avellano va alors travailler dans un autre service de femmes. Durant trois ans, elle va faire la nuit.

Il y avait là des patientes de toutes pathologies, certaines en placement volontaire. On a beaucoup fait avec elles, avec des résultats intéressants. Pour la première fois, nous, les infirmières, participions à des réunions avec le médecin, nous assistions aux entretiens. On vivait avec les patientes, on leur faisait des mises en plis… Il y avait bien quelques agitées. Mais il n'y a jamais eu vraiment de problèmes. Avec elles, il ne faut pas tricher, il faut être authentiques. On s'autorisait à leur dire : vous avez le droit d'être malades, mais cela ne doit pas vous empêcher d'être correctes. Cette attitude ne tombe pas du ciel, elle s'apprend. Moi, je l'avais apprise chez Le Guillant. Je n'ai jamais reçu un seul coup… Au premier étage se trouvait le service réservé aux gens en crise, il était fermé. Au second, le service était libre, ouvert. Certains malades pouvaient aller en permission ou, parfois, ils partaient en séjour thérapeutique, en car, faire du tourisme. C'était sympa comme une colo ! Évidemment, les patients qui y participaient étaient sélectionnés, sur les indications du médecin. L'activité était financée par l'association. On a vraiment entendu parler de « secteur » qu'à partir de 1971. Certains malades ont alors quitté l'hôpital ; on allait les voir chez eux, ce qui était tellement nouveau, ou ils venaient en consultation. C'est à cette époque que l'on a ouvert

1. Méthode thérapeutique utilisant les activités manuelles.

le premier CMP[1], mais moi, contrairement à d'autres collègues, je continuais à travailler dans l'intra.

Tout n'a pourtant pas été facile, il y avait des résistances. Je me souviens que par exemple, un jour, nous avons fait un scandale parce que le cuisinier – à l'époque il n'y avait pas d'économe –, à la place du rosbif, n'utilisait que des talons pour la nourriture des malades. Ceux-ci ne pouvaient pas manger, évidemment, car ils avaient des problèmes dentaires à cause des neuroleptiques[2], c'était trop dur. Il y a eu une engueulade avec la surveillante-chef et nous avons consigné le fait dans le cahier. Cela s'est finalement arrangé. En 76, lors de la canicule, il faisait 42 degrés dans les pavillons, et nous n'osions pas ouvrir les fenêtres par crainte des défenestrations. J'ai alors pris la décision, toute seule, d'aller sur la pelouse avec les malades au moment des repas. C'était formidable ; elles participaient, elles aidaient à descendre les tables... Cela a donné lieu à une prise de bec avec la surveillante-chef, qui n'était pas d'accord. Mais je n'ai pas cédé et, durant trois semaines, nous avons déjeuné sur l'herbe. Il n'y a eu aucun incident. Nous allions aussi chercher des glaçons pour faire des rafraîchissements aux malades, mais pour cela il fallait mentir, nous disions qu'elles avaient de la fièvre. Le médecin le savait. D'ailleurs, lorsqu'un nouvel interne arrivait, il nous le confiait. C'était de sa part une reconnaissance du rôle des infirmières. Nous, nous vivions quotidiennement avec les patientes, celles-ci se confiaient à nous, le médecin en était tout à fait conscient. En 77 sont arrivés les « agents de service hospitalier », autrement dit les femmes de ménage. Nous avons été soulagées. Cela nous a permis d'utiliser une partie de notre temps pour faire des activités avec les patientes. Parfois même le ménage ! Je me souviens par

1. Le centre médico-psychologique est une structure ouverte, un dispensaire, où chacun peut recevoir des consultations. L'accueil est réalisé par des infirmiers.

2. C'est l'un des effets secondaires de certains médicaments, comme la bouche sèche, le mâchonnement automatique, la prise de poids ou la perte du désir sexuel.

exemple de Rolande, une maniaco-dépressive[1], qui me disait sans cesse : « Il faut absolument que je fasse quelque chose, que je travaille. » Alors nous nettoyions la cuisine du sol au plafond ! À ce moment-là, on a vu de plus en plus de gens sortir. J'ai souvenir par exemple d'un monsieur qui avait fait une bouffée délirante aiguë[2]. Il était parti, après un traitement aux neuroleptiques, et il était gentiment venu me rendre visite. Il a rechuté douze ans après.

En 1985, le secteur est légalisé et des moyens nouveaux arrivent pour que les hôpitaux puissent le mettre en place.

La direction a loué des locaux pour ouvrir au moins un CMP* par secteur ; on en avait créé quatorze. On a également ouvert des CATTP[3], des appartements thérapeutiques[4] et deux centres d'accueil et de crise[5], à Orly et à Arcueil. Moi, personnellement, je me suis occupée de la mise en place de deux appartements thérapeutiques, l'un à Meudon, l'autre à Clamart, avec deux et trois chambres. Nous y avons installé cinq jeunes

1. « La psychose maniaco-dépressive est une maladie mentale caractérisée par des dérèglements de l'humeur, marquée par la succession d'accès dépressifs et d'accès d'excitation » (Jacques Postel, *Dictionnaire de la psychiatrie*, Larousse).

2. « La bouffée délirante est un épisode psychotique passager caractérisé par un délire, souvent accompagné d'hallucinations, qui survient chez un sujet jusque-là indemne de troubles psychiques graves. La plupart du temps, le trouble disparaît au bout de deux ou trois semaines sans laisser de séquelles » (Jacques Postel, *Dictionnaire de la psychiatrie*, Larousse).

3. Les centres d'accueil à temps partiel sont des lieux de soin où les patients peuvent se rendre pour pratiquer diverses activités.

4. Appartements loués par l'hôpital, dans lesquels les patients vivent tout en bénéficiant du suivi de l'équipe médicale.

5. Centre situé en ville, ouvert à tous, dont la mission est de recevoir n'importe quelle personne en difficulté. L'accueil est réalisé par des infirmiers, les consultations sont assurées par des psychiatres. Souvent, ces centres possèdent quelques lits.

psychotiques. Cela nécessite un soutien très important, mais notre objectif était de les préparer pour qu'ils puissent ensuite aller vivre dans un studio en ville. Nous n'y sommes parvenus que pour deux d'entre eux. Je me souviens également d'une patiente que nous avions récupérée à l'hôpital. Elle vivait dans la rue, à l'aéroport d'Orly. Nous l'avons installée dans l'un de nos appartements thérapeutiques, mais cela n'a pas marché. Elle est donc revenue à l'hôpital... Puis nous l'avons placée dans une famille d'accueil (c'est une formule que nous avons commencé d'expérimenter à l'époque). La famille était formidable ! Aujourd'hui, la patiente vit seule dans son appartement à Villejuif. Bien sûr, elle est suivie. Mais elle se débrouille... Nous, nous étions partantes à 100 % pour que les malades sortent de l'hôpital. J'ai par exemple dû m'occuper de soixante-huit dossiers de patients candidats au départ. La question était de savoir si nous pouvions les envoyer dans des maisons de retraite (certains étaient là depuis quarante ans !). Un grand nombre est alors parti.

Puis, dans les années 90, la réforme hospitalière a été mise en œuvre. On a parlé de « projet de service », de « conseils de service »... Je dois dire que, sur le coup, nous avons pensé que nous allions devenir des acteurs de ces changements qui s'annonçaient, mais il n'en a rien été. Le diplôme d'infirmier psychiatrique a été supprimé en 94[1] et, dans les années qui ont suivi, nous avons vu arriver de jeunes infirmières généralistes, pleines de bonne volonté mais sans compétences. Elles avaient une approche normative, elles demandaient par exemple aux malades de se laver... Cela était générateur de violence... Il n'y avait pratiquement plus d'accueil dans les services. Finalement, la plupart d'entre elles sont parties. Elles ont été remplacées par des intérimaires, ce qui est une aberration ! Les malades ont besoin d'une « référente », de quelqu'un qu'ils connaissent, en qui ils ont confiance, qui soit capable de dire : je suis tout de suite disponible. Aujourd'hui, nous avons un mal fou à recruter, les jeunes préfèrent aller dans les

1. « La catastrophe du siècle en psychiatrie », selon Jean Oury.

services de l'hôpital général, en somatique ; les infirmières psy sont désormais au bas de l'échelle.

On s'est alors débrouillées comme on a pu. On n'avait plus assez de monde pour organiser les services du matin et de l'après-midi. On a donc imaginé un planning sur la base du volontariat, avec en contrepartie un week-end sur deux ou un mercredi sur deux pour les mères de famille. Cette situation s'est encore aggravée, dans les années 90, avec l'« évaluation des actes »[1]. Il fallait désormais noter tout ce que nous faisions dans la journée, ce qui nous prenait un temps fou. Le résultat, c'est qu'il y a eu de plus en plus de violence dans les services et, parfois, nous avons dû faire appel aux infirmiers de l'UMD* pour nous venir en aide… Vers cinq heures, le soir, les patients sont angoissés. Il faut alors les rassurer, dire qu'on les comprend, les autoriser à s'asseoir à nos côtés. Lorsque l'on est seule dans le service, ce n'est pas possible… Alors les filles ont peur. Comment soigner des malades dans de telles conditions ? Avec la diminution permanente des budgets, on a inauguré la course aux lits. Chaque vendredi soir, je devais me disputer avec les médecins pour qu'ils fassent sortir des malades afin de libérer des places pour accueillir les arrivants du week-end. Les médecins me fuyaient… Lorsqu'il n'y avait pas de lits – ce qui était le cas le plus fréquent –, on voyait des entrants attendre, avec leur sac en plastique à la main, sans même une chaise pour s'asseoir… Moi, il fallait que je fasse le tour de l'hôpital et je ne choisissais pas le service dans lequel j'allais envoyer coucher le patient… À présent, je suis en retraite et je pense à ce que nous étions. On était un rempart, on accueillait, on était l'asile, au sens d'hospitalité. Certains venaient vers nous pour se mettre à l'abri, y compris les clochards avec leurs pieds pourris qu'il fallait faire tremper durant une journée entière. On les requinquait, on les épuçait, on les rasait, on les lavait, on les nourrissait, on leur donnait des vêtements, on leur offrait une écoute, un peu de chaleur humaine… Aujourd'hui, que sommes-nous devenus ?

1. Il s'agit d'une « démarche qualité » que l'on a imposée dans les hôpitaux, avec une certaine difficulté dans les hôpitaux psychiatriques du fait de la spécificité de la maladie mentale.

## À l'hôpital de Villejuif

Ainsi, au travers du parcours d'une infirmière, se trouvent illustrées les quarante dernières années de la psychiatrie française, avec le formidable effort que celle-ci a fourni pour sortir de l'aliénisme, ses succès mais aussi ses défaites, notamment lors des dernières années, avec la priorité donnée à la gestion financière. Éric Graindorge, le directeur de l'hôpital Paul-Guiraud à Villejuif, le reconnaît : la situation de son établissement est particulièrement tendue, comme celle de nombreux hôpitaux psychiatriques en France. Villejuif demeure « un gros bastion », selon le mot de son directeur : une population de neuf cent mille habitants, quinze secteurs – treize en psychiatrie générale, un en psychiatrie pénitentiaire et une unité pour malades difficiles (UMD[1]), où l'on enferme les patients jugés dangereux –, cinquante-cinq structures extrahospitalières, CMP*, CATTP*, appartements thérapeutiques et autres foyers de post-cure, trois services d'accueil d'urgence en relation avec l'hôpital Antoine-Béclère, à Clamart, celui de Bicêtre et bientôt Ambroise-Paré, à Boulogne-Billancourt. Avec un budget de 107 millions d'euros. À Villejuif, malgré la baisse du nombre de lits, comme partout, il reste encore cinq cent vingt-trois malades hospitalisés, enfermés. « Des gens chroniques qui n'auraient rien à faire ici, explique le directeur, des anciens patients cicatrisés sur un mode déficitaire ou des malades psychotiques actifs, c'est-à-dire des aigus », des malades enfermés – peut-être définitivement – dans leur maladie comme dans les murs

1. Il existe quatre UMD en France : à Villejuif, à Sarreguemines, à Cadillac (près de Bordeaux) et à Montfavet (dans le Vaucluse). Il est prévu d'en ouvrir un cinquième en Bretagne.

de l'asile, certains depuis plus de vingt-cinq ans, des gens dont la pathologie a été « sédimentée » dans le système asilaire, comme disait Lucien Bonnafé. « Il n'y a pas de structures médico-sociales pour les accueillir », reconnaît Éric Graindorge. De plus, l'hôpital est confronté à la baisse de ses moyens financiers imposée par les pouvoirs publics depuis des années. Il est d'ailleurs curieux de constater qu'il est aujourd'hui impossible d'obtenir des chiffres précis au niveau national. Les moyens attribués aux hôpitaux psychiatriques sont englobés dans des dotations concernant l'hôpital en général. Personne n'est donc capable de fournir une évolution des chiffres sur plusieurs années.

Pourtant, l'exemple de Villejuif peut donner un éclairage sur la situation. Le budget de l'hôpital dépend en fait de trois sources de financement : une dotation globale de la Sécurité sociale, le forfait hospitalier et le ticket modérateur, c'est-à-dire la part payée par les mutuelles et par les malades eux-mêmes, et enfin les recettes que l'établissement peut lui-même trouver, par exemple le blanchiment du linge ou les communications téléphoniques (ce qui est peu). « Nous appliquons la réglementation budgétaire », précise Éric Graindorge. Or il se trouve que le budget est fixé en fonction des recettes. Autrement dit, ce sont les recettes qui déterminent les dépenses. Cette disposition est dans l'esprit de la réforme de l'« hôpital-entreprise », dite de « tarification à l'acte » ou T2A, qui consiste, comme son nom l'indique, à rémunérer l'établissement selon le nombre d'actes qu'il pratique, un acte étant, par exemple, une piqûre, une transfusion, une opération… Cela fait dire à une infirmière de l'hôpital général : « Lorsque je fais une piqûre à une personne âgée, je fais un acte ; lorsque je m'assois dix minutes sur son lit pour parler un peu avec elle, ce n'est plus un acte, je ne vais donc plus pouvoir m'asseoir quelques instants à ses côtés. » Cette T2A n'est pas encore appliquée à la psychiatrie, et pour cause : qu'est-ce qu'un « acte » en psychiatrie, mis à part la prise des médicaments ou l'électrochoc ? Mais les gestionnaires ne désespèrent pas de trouver la solution : on parle dorénavant de la VAP, la valorisation de l'activité en psychiatrie, qui aurait la même fonction.

Comme le budget est maintenant fixé à partir des recettes, la tendance est à l'augmentation de la part des malades et des mutuelles, c'est-à-dire du forfait journalier et du ticket modérateur. « Récemment, raconte Éric Graindorge, l'ARH[1] nous a majoré cette partie de 1 million d'euros. » En d'autres termes, les usagers doivent contribuer plus et mieux. Le directeur sait que c'est pour lui la quadrature du cercle. « Lorsque les gens ne peuvent pas payer, explique-t-il, c'est finalement l'hôpital qui le fait. Jusqu'alors, nous avions un bon taux de recouvrement de recettes, mais cela va changer parce que la population se précarise de plus en plus. » Le directeur n'a donc pas le choix : ou majorer le prix de journée ou diminuer les dépenses. Réduire les dépenses est plutôt difficile dans la mesure où le personnel représente 83 % de celles-ci. « L'hôpital emploie soixante-dix ouvriers, se plaint-il, alors que Ville-Evrard n'en a que trente-cinq. J'ai seize jardiniers, alors que huit seraient suffisants (je préférerais embaucher huit infirmiers supplémentaires). Sans compter un accord sur les 35 heures très généreux : les

1. L'agence régionale d'hospitalisation, nouvelle structure mise en place en 1997, est désormais l'interlocuteur unique des hôpitaux et des cliniques. Elle regroupe, au sein d'un groupement d'intérêt public, les services de l'État (directions régionales et départementales des affaires sanitaires et sociales) et les services de l'Assurance maladie ayant jusqu'alors compétence en matière d'hospitalisation publique et privée. Elle a trois grandes missions : définir et mettre en œuvre la politique régionale d'offre de soins hospitaliers ; analyser et coordonner l'activité des établissements de santé publics et privés ; déterminer les ressources.

gens ici travaillent 192 jours par an contre une moyenne nationale de 204 ou 205 jours… Seulement, si on touche à tout cela, on a les syndicats sur le dos. » Il est vrai que le personnel, qui travaille déjà dans des conditions déplorables, n'a guère envie de les voir encore se dégrader. Le prix de journée a donc fait un bon, en juillet 2005, passant de 300 à 800 euros… Les malades sont pour la plupart pris en charge à 100 %, mais une récente décision gouvernementale va les obliger à payer désormais le ticket modérateur.

Monsieur le directeur n'est guère un adepte de la langue de bois : « Ici, nous avons des fous pauvres et violents, nous n'avons pas de cadres fous et violents. Ceux-ci ne veulent pas venir dans une chambre dégueulasse en compagnie d'un chronique qui fait sous lui. » Lorsqu'il est arrivé dans ses fonctions, il a lancé une opération « hôpital propre » qui consistait à donner un coup de peinture dans les pièces les plus vétustes. « Les chambres accueillent deux ou trois lits, et dans la plupart d'entre elles on utilise encore le seau hygiénique. Tout cela donne une image stigmatisante. » Pour lui, « le secteur a voulu se débarrasser de l'hôpital, il l'a en fait conforté et, aujourd'hui, il le fossilise, il est donc temps de le dépasser ». Son espoir tient au fait que « tous les vieux tenants du secteur, qui s'allient aux syndicats pour que rien ne bouge, vont bientôt partir à la retraite, la moyenne d'âge des chefs de service est ici de cinquante-neuf ans… »

Le secteur, voici donc le coupable de toutes les misères de l'hôpital de Villejuif. La solution consiste donc, pour Éric Graindorge, à le contourner. Par exemple, il est en train de préparer une délocalisation de certains de ses services à Clamart, dans les Hauts-de-Seine tout proches. Cent vingt lits, en relation avec l'hôpital Béclère[1] pour

1. Hôpital général à Clamart.

la prise en charge de la crise, et des structures extrahospitalières : MAS*, maisons relais, appartements thérapeutiques, foyers d'accueil... « Si au lieu de déménager quatre secteurs, explique-t-il, on en mutualise deux, je fais des économies, j'allège mes contraintes de gestion, je gagne huit postes et 320 000 euros. » Alors, mieux vaut effectivement regrouper les secteurs existants : dans l'intérêt des malades ? Oui, selon Éric Graindorge, « le secteur, qui était une belle invention, a été conçu dans le cadre d'une France rurale ; aujourd'hui, nous vivons dans une France urbaine[1], il vaut mieux créer des pôles, dans une zone économiquement viable, avec une segmentation permettant une masse critique ». En clair, pour que l'affaire soit rentable, il faut abandonner l'accueil indifférencié des patients – l'un des fondements du secteur – au profit d'une spécialisation par pathologie, « abandonner les conceptions lacano-marxistes d'après guerre au profit de la vision symptomatique de la psychiatrie américaine ». Éric Graindorge donne d'ailleurs l'exemple d'un hôpital à Bordeaux qui ne reçoit que les entrants, les psychotiques qui ont déjà été hospitalisés et les patients en hospitalisation d'office et en hospitalisation à la demande d'un tiers, c'est-à-dire sous contrainte. La « segmentation », voici donc le grand mot.

## L'état du secteur

L'exemple de Villejuif ne constitue en fait que l'une des facettes du paysage psychiatrique français,

1. La question de la viabilité du secteur dans les grandes villes avait été soulevée par Tosquelles en son temps, mais dans un autre état d'esprit : il s'agissait de se demander comment faire évoluer le concept dans le sens d'un rapprochement plus étroit avec la population, et non dans celui de son éloignement.

caractérisé, après vingt ans de mise en place du secteur, par une grande diversité de situations. La France compte aujourd'hui huit cent trente secteurs de psychiatrie générale[1] : 56 % sont rattachés à un hôpital psychiatrique, 36 % à un hôpital général[2], 8 % à un établissement privé participant au service public. C'est dire, au passage, que l'« hospitalo-centrisme » règne sans partage aujourd'hui. Pourtant, la mise en place du secteur, liée à la diminution importante du nombre de lits dans les hôpitaux[3], a favorisé le suivi en ambulatoire[4] et en temps partiel[5] au détriment de l'hospitalisation complète. Celle-ci est pourtant loin d'avoir disparu. Le nombre de patients pris en charge à temps plein[6], c'est-à-dire hospitalisés, s'élevait à 295 000 en 2000, soit une augmentation de 15 % depuis 1989[7]. En revanche, la durée moyenne d'hospitalisation a baissé : elle est passée de 86 jours en 1989 à 45 jours en 2000. Même si elle est en diminution depuis 1991, la proportion de patients hospitalisés depuis plus d'un an atteint 4 %

1. Ils couvrent en moyenne 54 000 habitants, mais avec des disparités selon les secteurs : ce nombre pouvait varier de 33 000 à 100 000 habitants en l'an 2000. La superficie moyenne est de 770 kilomètres carrés ; elle est de 81 kilomètres carrés en Île-de-France, de 2 170 kilomètres carrés en Corse.

2. Centre hospitalier ou centre hospitalier régional.

3. Le nombre de lits était de 75 951 en 1989 et de 43 173 en 2000, soit une diminution de 43 % en onze ans.

4. Dans les CMP*.

5. Hôpital de jour, CATTP*, ateliers thérapeutiques et hospitalisation de nuit.

6. À ne pas confondre avec le « temps complet », qui regroupe l'hospitalisation à temps plein, la post-cure, les appartements thérapeutiques, l'hospitalisation à domicile et les placements en accueil familial thérapeutique. Celui-ci concerne 306 000 personnes en 2000, soit 27 % de la file active.

7. Tous les chiffres fournis ici sont tirés des études de la Direction de la recherche, des études, de l'évaluation et des statistiques (DREES), qui dépend des ministères de la Santé et de l'Emploi, du Travail et de la Cohésion sociale.

en 2000. Ceux-ci occupent encore plus d'un quart des lits d'hospitalisation psychiatrique. En fait, les patients suivis à temps complet n'ont pas beaucoup d'autres possibilités que l'hospitalisation traditionnelle. Les autres formules ne se sont guère développées[1]. Officiellement, 13 000 personnes sont hospitalisées faute d'autres solutions[2]. De son côté, l'ambulatoire représente 85 % de la file active[3] totale en 2000, soit 980 000 personnes, qui se rendent essentiellement en CMP[4]. Celui-ci tend donc à devenir, dans un grand nombre de secteurs, le point d'entrée principal dans le système. La prise en charge à temps partiel, elle, a doublé entre 1989 et 2000, notamment dans les CATTP[5]. Elle concernait 125 000 personnes en 2000, soit 11 % de la file active totale. Ce glissement du temps plein à l'ambulatoire et au temps partiel s'effectue sur un fond d'explosion de la demande adressée aux secteurs. Ceux-ci ont reçu 1,15 million de personnes[6] en 2000, soit 62 % de plus qu'en 1989 et 11 % de plus qu'en 1997 ! Chez les libéraux, le nombre de consultations a augmenté de 17 % entre 1992 et 2001, et de 46 % dans le secteur public. Un quart des patients en médecine générale présentent des troubles mentaux. Les affections psychiatriques, en 1998, se situaient au premier rang des causes médicales à l'origine d'une attribution de pension d'invalidité, avant l'arthrose et les tumeurs malignes. Ces

1. En 2000, on comptait 3 100 personnes en accueil familial thérapeutique, 1 800 en appartement thérapeutique, 1 800 en centre de postcure et 1 200 en hospitalisation à domicile.

2. « Psychiatrie et santé mentale », rapport au ministère de la Santé, 2005.

3. La file active est constituée des patients vus au moins une fois dans l'année par un des membres de l'équipe de secteur.

4. Les consultations et les soins en CMP* ont augmenté de 89 % entre 1989 et 2000.

5. Le nombre de CATTP* a triplé en douze ans.

6. En file active.

affections concernaient près de 13 600 personnes, soit 26,7 % du total. Près de 11 % souffraient d'état dépressif ou de troubles névrotiques, et 6 % de psychoses[1].

Ces chiffres ne rendent pourtant pas compte de la grande diversité des situations. La proportion de patients suivis en ambulatoire, par exemple, peut varier selon les secteurs[2]. Cette diversité – que l'on pourrait assimiler à une inégalité – est également criante pour ce qui concerne la répartition des psychiatres sur le territoire national. La France est le pays qui en compte le plus au monde, après la Suisse et les États-Unis : plus de 13 000 en 2000. Mais ils sont 88 pour 100 000 habitants à Paris, et seulement 12 pour 100 000 personnes en Lozère, dans l'Eure, dans le Pas-de-Calais ou dans l'Aisne. La situation est donc plus ou moins tendue selon les endroits, notamment dans le public, qui emploie 53 % du total des psychiatres[3] (47 % sont des libéraux ayant leur cabinet). Aujourd'hui, le délai d'attente dans le privé peut atteindre trois mois. Dans le public, ces délais sont inférieurs, moins d'un mois, hors situation d'urgence, dans plus de 80 % des secteurs[4]. Ce qui est beaucoup. La situation risque de s'aggraver dans l'avenir du fait de la baisse prévisible du nombre des psychiatres. À l'horizon 2020, celle-ci devrait atteindre près de 40 %. La France ne compterait plus alors que 8 000 psychiatres, une évolution due à la différence entre les départs, notamment celui de la

1. « De la psychiatrie vers la santé mentale », rapport d'Éric Piel et de Jean-Luc Roelandt, 2001.

2. De 54 à 100 % pour l'ambulatoire, de 0 à 40 % pour le temps partiel et de 0 à 59 % pour le temps complet.

3. « Recommandations d'organisation et de fonctionnement de l'offre de soins en psychiatrie pour répondre aux besoins en santé mentale », rapport DHOS, mars 2002.

4. Magali Coldefy, *Les Secteurs de psychiatrie générale en 2000*, ministère des Affaires sociales, du Travail et de la Solidarité, DREES*, 2004.

génération du baby-boom après 2010, et le nombre de psychiatres formés. La suppression de l'internat et la décision, dans les années 70, d'instituer un numerus clausus pour les études de médecine devraient porter leurs « fruits » dans les prochaines années.

Cette crise démographique devrait d'abord toucher le service public, les psychiatres étant de plus en plus attirés par le privé. Philippe Cléry-Melin, psychiatre, propriétaire de trois cliniques dans la région parisienne et à Marseille, raconte à ce propos cette anecdote. « Un jour, j'ai passé une annonce pour recruter un psychiatre. En quarante-huit heures, j'ai reçu quarante-huit réponses : trente-quatre venaient du public, et certaines émanaient même de chefs de secteur. » Le privé attire non seulement parce qu'il est plus rémunérateur, mais aussi parce que la psychiatrie publique est de plus en plus sollicitée pour des tâches difficiles touchant à la pauvreté – les pauvres vont dans le public, ils n'ont pas le choix –, à la toxicomanie, à la contrainte des urgences, aux suicides et, plus largement, à ce qu'on appelle aujourd'hui la « souffrance psychique » massive : angoisses, dépressions, troubles liés à une situation économique et sociale catastrophique. En psychiatrie libérale en revanche, on a plutôt affaire à des classes moyennes, et plutôt à des dépressifs qu'à des psychotiques. Aujourd'hui, 10 % des postes dans le public ne trouvent pas preneurs[1]. La situation est comparable pour ce qui concerne les infirmiers.

1. « De la psychiatrie vers la santé mentale », rapport d'Éric Piel et de Jean-Luc Roelandt, 2001.

## Psychiatrie à Nanterre

« On a l'impression d'une situation qui ne cesse de s'aggraver », témoigne Safia Abrous, psychiatre à l'hôpital général de Nanterre, dans la banlieue parisienne. Dans l'unité fermée de son service, celle qui accueille les patients les plus difficiles, il n'y a à présent plus qu'un seul infirmier, le deuxième poste n'étant pas pourvu. « On ne peut pas rentrer seul dans une chambre, il faut se faire accompagner par un aide-soignant. » Le week-end, il n'y a que des intérimaires dans cette unité… Ici, les patients sont des pauvres, et souvent il n'y a aucune possibilité d'hébergement pour eux une fois qu'ils vont mieux. Il n'y a pas de logement, pas de place dans les foyers spécialisés, et souvent les familles, pauvres elles aussi, baissent les bras. « En ce moment, nous avons un monsieur, psychotique délirant, qui est là depuis deux mois, explique Hélène Perron, infirmière dans le service. Il vivait chez ses parents, âgés, mais ils n'en veulent plus. Il a ensuite été hébergé par deux tantes, âgées elles aussi, mais elles refusent également de le reprendre. Il est stabilisé, mais nous n'avons rien à lui proposer. » C'est comme cette jeune fille, peut-être une vingtaine d'années, que Safia et Hélène reçoivent en consultation. Elle est très blonde, les yeux bleus, et elle ne cesse de dire, d'une façon malhabile, qu'elle a « les lèvres qui tremblent ». Ses mains et ses jambes s'agitent nerveusement. Elle est atteinte d'une psychose déficitaire, qui s'est déclarée dans l'enfance. Elle présente un déficit intellectuel ; « dès qu'elle n'est plus avec un soignant, elle est perdue ». Elle est là, de nouveau, parce qu'elle a créé des problèmes – elle est parfois agressive – dans un foyer où elle avait été admise, à Nanterre. Celui-ci menace de l'expulser si Safia ne consent pas à la garder en hôpital de jour. Toutes deux s'étaient mises d'accord pour qu'elle y vienne trois jours par semaine dans un premier temps, mais elle ne s'est pas présentée le troisième jour bien qu'elle dise « avoir trouvé ça bien ». Safia et Hélène tentent de reprendre contact avec elle pour la convaincre. Elles lui proposent de passer chez le coiffeur de l'hôpital afin d'être belle pour une petite fête organisée au foyer. Que faire d'autre ? Ici, comme partout, la diminution du nombre de lits « a pris l'équipe à la gorge ». Chaque jour, par exemple, les urgences de l'hôpital envoient de nouveaux patients et il faut pouvoir libérer de la place. Comment dès lors, dans une telle situation, « créer le lien dont les patients ont besoin » ? C'est évidemment de plus en plus difficile. La convergence entre cette situation tendue et la pauvreté des patients crée aussi des situations violentes. « Il n'y a plus de repères, explique Hélène Perron, moins de relation à l'autorité, moins de respect. Avant, insulter une infirmière était inadmissible ; aujourd'hui, c'est chose courante. »

Parfois, on envoie les malades en face, de l'autre côté de la route, au CMP* du quartier du petit Nanterre. Mais la situation n'y est guère plus brillante. Le quartier est pauvre ; dans les années 60, il y avait ici un bidonville. « On les a fait venir, raconte Céline Moreau, l'une des infirmières du centre, on les a exploités, on a rasé le bidonville et on les a mis dans des appartements, mais rien n'a vraiment changé. » Le CMP* emploie seulement deux infirmières et deux psychiatres, dont l'un à mi-temps. En ce moment, celui-ci est seul car sa collègue est en congé maternité et n'a pas été remplacée. Les patients arrivent ici, généralement envoyés par les urgences de l'hôpital ; parfois ils viennent seuls. « Un jour, raconte Céline, une patiente est arrivée. Je la connaissais. Elle était mal et refusait de prendre son traitement. J'ai alors pensé qu'il valait mieux l'envoyer à l'hôpital, mais pour cela il fallait qu'elle passe par les urgences et cela allait demander du temps. En plus, je ne voulais pas la laisser aller seule, elle aurait pu se mettre à vagabonder. Je me suis donc décidée à l'accompagner, mais j'ai dû laisser ma collègue toute seule dans le CMP*. Elle a fermé les portes à clé, en pleine journée, et elle s'est enfermée jusqu'à mon retour. »

## Lisieux : à la recherche du secteur

Nanterre, c'est la banlieue parisienne, une psychiatrie organisée autour de l'hôpital général, confrontée à la pauvreté, à la violence sociale, au chômage et à la détresse psychique, sans moyens suffisants pour faire face à cette avalanche de problèmes. Mais dans le paysage psychiatrique français actuel, il y a aussi les déserts provinciaux. Didier Penverne connaît bien cette situation. Depuis 1985, il est psychiatre libéral à Lisieux, dans le Calvados, une petite sous-préfecture de vingt-cinq mille habitants. Dans les années 80, la principale usine de la ville, où l'on fabriquait les piles Wonder, a fermé ses portes – après le rachat du groupe par Bernard Tapie – et mis sur le carreau des dizaines de familles. Ici, la pauvreté est plus disséminée, plus rurale, plus discrète, mais elle est réelle. La ville s'étire autour de quelques grandes rues grises, à l'ombre du sanctuaire de Sainte-Thérèse. Au bout de l'une d'elles, il y a le seul CMP* de la région, installé dans une grosse maison à deux étages. C'est là que travaille Didier Penverne, à mi-temps, mais il va bientôt obtenir un temps plein. Pour le reste, il exerce dans son cabinet en ville. À Lisieux, il y a seulement deux psychiatres libéraux, et lui va bientôt s'arrêter. Les affaires ne sont pas très florissantes, malgré une clientèle nombreuse (la consultation est remboursée par la Sécurité sociale). « Ici, explique-t-il, nous sommes en secteur 1, c'est-à-dire que, contrairement à Paris, les honoraires ne sont pas libres. Ceux-ci n'ont pas bougé depuis sept ou huit ans, mais, dans le même temps, les frais ont considérablement augmenté. » Pour maintenir son niveau de vie, il faut donc faire de plus en plus de consultations et passer moins de temps avec les patients. Ce que Didier Penverne ne supporte plus. « Je prends les rendez-vous au téléphone entre 8 heures et 8 heures un quart le matin, et après commencent les consultations de la journée. Je ne peux pas passer plus de dix minutes avec chaque client. Alors, j'essaie de l'écouter du mieux que je peux, et ensuite je prescris des médicaments. » La seule chose qui l'intéresse encore un peu dans cette activité, ce sont les analyses (il est également psychanalyste).

Sa clientèle est essentiellement rurale : peu de psychotiques (« ils viennent une fois et l'on ne se revoit plus »), surtout des dépressifs, des gens angoissés. « Lorsqu'ils arrivent, ils me disent : "Docteur, mes parents ne m'aiment pas" ou "Je suis inquiet pour tout", des patients qui se sentent rejetés par les autres, qui ont d'eux-mêmes une image négative. » Au CMP* et à l'hôpital de jour, ce sont plutôt des mélancoliques, des gros dépressifs, des psychotiques délirants. Didier Penverne partage son temps entre Lisieux et le CHS* de Caen, qui se trouve à une cinquantaine de kilomètres, où il intervient sur trois unités d'hospitalisation comportant au total quatre-vingt-deux lits. « J'y rencontre une fois par semaine des psychotiques chroniques qui vivent là ; il y a également un pavillon qui reçoit les HO[1] et qui abrite des gens très agités. On a bien fait des tentatives pour leur trouver un appartement, mais cela a été un échec. »

1. Hospitalisation d'office.

À Lisieux, les choses sont simples : un CMP*, un CATTP* et un hôpital de jour constituent « l'offre psychiatrique de la ville ». Jusqu'à une période récente, il y avait bien dix lits de psychiatrie à l'hôpital général, mais ils ont été supprimés. Aujourd'hui, deux psychiatres viennent de Caen pour assurer les urgences. Dans les petites villes aux alentours, il n'y a aucune structure, sauf à Saint-Pierre-sur-Dive, où une antenne du CATTP* fonctionne un jour par semaine. Les malades sont obligés de venir à Lisieux. La plupart du temps, ils n'ont pas de voiture ; comme les lignes de chemin de fer ont été supprimées, ils sont obligés de prendre un taxi, qui leur est d'ailleurs remboursé. Mais tout cela ne facilite pas le travail des équipes. « Il faudrait, constate Didier Penverne, que nous puissions aller vers eux. » Nous sommes bien loin du secteur version Bonnafé-Tosquelles.

Lorsque les patients sont en crise aiguë, on les envoie à l'hôpital, à Caen, il n'y a pas d'autre solution. Lorsqu'ils reviennent, ils s'installent le plus souvent dans leur famille et viennent une fois tous les quinze jours au CMP* pour leur ordonnance ou pour leur injection. Didier Penverne raconte l'histoire d'un homme de trente ans qui habite à 13 kilomètres, chez ses parents. La mère ne travaille pas, le père est ouvrier. « Nous avons songé à l'inscrire à l'hôpital de jour, mais ce n'est pas possible, celui-ci est plein en ce moment. » Lorsque la famille n'en peut plus, la solution, c'est l'hôpital à Caen… « Nous voudrions développer le système des familles d'accueil ; Caen est d'accord pour nous débloquer un poste d'infirmière pour cela, mais nous n'avons pas les financements. » Lorsque les troubles ne sont pas suffisamment graves pour justifier une hospitalisation à Caen, il faudrait pouvoir prodiguer des soins sur place. « Mais l'hôpital ici n'est pas d'accord : les chefs de service doivent désormais faire du chiffre, ils sont rémunérés à la pathologie et au nombre d'actes, et pour cela les malades mentaux ne les intéressent pas. Ce que nous revendiquons, c'est l'ouverture d'un service de psychiatrie, c'est un vrai besoin. » Le CMP* a également des contacts réguliers avec un foyer qui accueille des sans-abri. « Lorsqu'ils ont un problème psy, ils prennent contact avec nous. » Parmi ces patients, nombreux sont ceux qui sont en obligation de soins, suivis par un juge d'application des peines.

Au CATTP*, on accueille vingt-cinq patients en permanence à Lisieux et neuf à Saint-Pierre-sur-Dive, chaque lundi. Des ouvriers agricoles, des anciens ouvriers de Wonder qui vivent de l'AAH[1], du RMI, d'une pension, d'une retraite ou des allocations familiales. « Il nous faut nous adapter au niveau de compréhension de cette population, explique Christine Mans, l'une des trois infirmières qui travaillent ici, s'imprégner de ses valeurs, de ses croyances. Dans certains villages, il y a encore des pratiques de sorcellerie ; il faut parfois faire la part entre le délire et les croyances. » Ici, on essaie d'associer le plus possible les familles des malades – « on travaille beaucoup, par exemple, avec l'UNAFAM[2] » –, mais les relations sont quelquefois difficiles. « Lorsqu'elles sont à bout, nous n'avons pas de solution à leur proposer. » Il n'est pas rare que Christine ou l'une de ses collègues reçoivent en entretien le père ou la mère d'un patient. « Ils ont besoin d'exprimer leur souffrance. » L'objectif du CATTP*, malgré les difficultés, c'est de permettre aux malades « de reprendre pied dans la société », comme dit Raymond Thétiot, cadre infirmier. L'admission se fait sur prestation médicale. La majorité des patients ici est adressée par le CHS* de Caen. On commence par un

1. Allocation d'adulte handicapé (environ 600 euros par mois).

2. L'Union nationale des amis et familles de malades psychiques (UNAFAM) regroupe 12000 familles en France.

entretien avec un infirmier et une semaine de découverte. « Il faut absolument que nous puissions obtenir l'adhésion du patient, poursuit Raymond Thétiot, le contrat moral, c'est trois jours et demi par semaine. Si le malade ne veut pas venir et qu'il nous en informe, on respecte sa décision, mais nous pouvons tout arrêter si les absences sans justification se répètent. » Le programme est établi avec les patients : activités manuelles, balades, randonnées, piscine, aquagym, sorties… « Il s'agit de parvenir à recréer le désir chez eux, à rompre leur isolement social, explique Brigitte Todesco, infirmière. En même temps, ces activités constituent pour nous un lieu d'observation des malades, de l'impact de la maladie sur leurs relations avec les autres. Lorsque le patient ne se sent pas bien, on fait des entretiens ponctuels. » Pour effectuer les sorties, l'équipe a obtenu un véhicule de service… après cinq ans de demande. Ce dont elle rêve – le mot n'est pas trop fort –, c'est de pouvoir aller sur le terrain, avant que la crise ne se déclenche, traiter les patients en ambulatoire, sur leur lieu de vie. « Mais nous n'avons pas les moyens pour cela », soupire Christine Mans.

L'hôpital de jour reçoit des malades « plus lourds » – la plupart sont des psychotiques –, qui sortent généralement de Caen. À Lisieux, on y accueille également des HO*. « Ce qui n'est pas fréquent, explique Véronique Anjot, l'une des infirmières. La plupart des hôpitaux de jour les refusent à cause de la paperasserie, des contraintes, de la surveillance, de la prise de risque que cela implique. » Les HO*, par exemple, n'ont le droit de sortir qu'accompagnés par un infirmier, sinon ils doivent être signalés à la police ou à la préfecture. Ici, tout semble bien se passer, « c'est un problème de confiance soignants-soignés ». On organise des activités sportives et culturelles – par exemple des visites de musée, des séances de cinéma ou de lecture –, on pratique la relaxation, on aide les patients dans leurs démarches administratives... Ils arrivent le matin et doivent rester jusqu'à 16 heures. Certains viennent depuis quinze ans. « Il n'y a aucun relais derrière, explique Pascale Tache, infirmière, alors que l'idéal serait entre six mois et un an. » Pour pouvoir être admis, il faut parfois attendre trois mois, alors on se débrouille : les malades ne viennent qu'une demi-journée pour faire de la place, ils prennent obligatoirement leur repas ici et ils choisissent le matin ou l'après-midi.

Le problème du « relais », c'est d'abord celui du logement. À Lisieux, il n'y a pratiquement aucune possibilité. Véronique se souvient d'un jeune patient qui habitait à la campagne et qui rêvait de vivre en ville et de retourner chez ses parents le week-end. « On n'a rien pu faire, explique-t-elle. Le père était au chômage et il ne pouvait pas payer. Le garçon était dans une détresse effroyable. » Dans le privé, il est impossible de trouver des logements pour les malades. L'équipe cherche pourtant, propose des garanties sur le suivi psychiatrique et le paiement du loyer, surtout pour les patients qui sont sous tutelle. Rien n'y fait, les propriétaires refusent. « Je pense qu'ils se sont passé le mot car, une fois, il y a eu un problème avec un patient qui a tout cassé dans l'appartement. » Du côté des HLM, la situation n'est guère plus brillante : « Ils demandent trop de garanties, il n'y a rien au niveau législatif, c'est une véritable discrimination ! » D'ailleurs, l'équipe fait ironiquement remarquer qu'il n'y a pas d'arrêt de bus devant l'hôpital de jour, alors que celui-ci se trouve dans un quartier excentré. Les malades sont obligés de venir à pied, ou alors il faut téléphoner la veille à un service de minicars... « Nous nous battons pour l'arrêt de bus, voilà où nous en sommes ! »

Ici, pendant quatre ans, jusqu'en novembre 2004, on a vécu sans psychiatre. « C'était rock'n roll », ironise Véronique Anjot. Alors, de temps en temps, des médecins d'autres services de Caen venaient faire des consultations. « Ils étaient choisis par ordre alphabétique ! » et ils faisaient cela en plus de leur travail normal. C'était catastrophique car, « avec les psychotiques, à chaque changement il faut tout recommencer [...]. Les médecins ont tous déserté, poursuit Véronique, ils ne voulaient pas venir ici à cause de la situation économique difficile, des problèmes scolaires... Ils voulaient tous rester à Caen. » Heureusement, il y avait une pédopsychiatre qui recevait les patients, lorsqu'ils avaient des problèmes, en plus des siens, et qui pouvait faire les prescriptions de médicaments.

Et pourtant, l'équipe est persuadée que « des choses peuvent être faites ». La preuve, ils la trouvent dans la seule expérience d'appartement associatif[1] qui existe à Lisieux. Quatre vieilles dames psychotiques y habitent depuis 1984. Auparavant, elles vivaient dans un manoir appartenant à des sœurs, une maison de convalescence pour ecclésiastiques. Elles y faisaient le ménage et la cuisine, et un jour le manoir a été vendu. Il ne restait donc plus que deux solutions : l'hôpital psychiatrique à Caen ou l'appartement associatif. Pour que cela soit possible, il a fallu le dévouement d'une femme de ménage de l'hôpital de jour ; elle vivait à côté et a proposé de s'en occuper. Lorsqu'elle est partie à la retraite, c'est l'équipe qui a pris le relais. « On a exigé pour cela une voiture de service, indique Pascale Tache, car la dame utilisait sa voiture personnelle. » Un médecin généraliste passe une fois par mois pour le renouvellement du traitement ; les patientes ont une carte bancaire sécurisée et elles sont toujours reçues par la même personne à la banque. « On

1. L'appartement associatif ne doit pas être confondu avec l'appartement thérapeutique, qui dépend de l'hôpital et implique le suivi d'une équipe.

les a fait connaître aux commerçants du quartier et on a mis les voisins dans le coup ; ils les aident lorsqu'il y a un problème matériel à la maison, ils leur donnent de la friture quand ils rentrent de la pêche. Les patientes donnent un coup de main au curé, elles nettoient l'église avant les mariages... » Bref, les choses se passent plutôt bien.

Dans le même esprit, Jean Soares, l'un des infirmiers de l'équipe, est en train de monter un projet, « dans le cadre de la culture à l'hôpital ». Il s'agit d'une animation sur le Portugal, avec repas portugais, présentation de l'artisanat, séance de cinéma sur le pays... Mais il veut aller plus loin, jusqu'à Lisbonne justement, avec six de ses patients, afin de réaliser sur place un film sur la capitale portugaise, « avec un montage professionnel, en DVD ». Le voyage durerait six jours, et il a tout prévu, jusqu'à l'hébergement en auberge de jeunesse ; il a même pris du temps sur ses vacances pour organiser tout cela. Il ne manque plus que le financement, et Jean se démène comme un beau diable pour le trouver, « auprès du Rotary Club ou des labos pharmaceutiques ». Mais rien n'est encore gagné.

## Dans la clinique de Philippe Cléry-Melin

De l'autre côté du paysage psychiatrique, aux antipodes de Lisieux ou de Nanterre, se trouve la psychiatrie privée. Non pas celle des cabinets en ville, mais celle des grosses cliniques pour gens fortunés. Car la maladie mentale ne frappe pas que les pauvres. Quand on arrive dans la clinique de Philippe Cléry-Melin, à Garches, dans la région parisienne, tout d'abord on ne voit qu'un mur, dont on devine qu'il abrite un parc verdoyant. Un mur qui n'a rien à voir avec celui de Sainte-Anne ou de la Santé, mais qui pourrait être celui d'une grosse demeure bourgeoise ou d'un château. C'en est un, d'ailleurs, que l'on découvre lorsque le portail s'ouvre automatiquement devant la voiture. Un superbe château avec un perron, un escalier, des dépendances, des arbres aux branches lourdes, des pelouses vertes avec des fauteuils blancs, des terrasses ombragées. L'accueil ressemble à la réception d'un relais hôtelier huppé à la campagne. On aurait presque envie d'y passer ses vacances. Philippe Cléry-Melin n'est pas un inconnu dans le monde de la psychiatrie. Il est l'auteur, avec Viviane Kovess et Jean-Charles Pascal, d'un rapport remis au ministre de la Santé en 2003[1]. Il se flatte également d'avoir rédigé le dernier plan de santé mentale, un peu en catastrophe, après les tragiques événements de Pau[2], avec une cellule de crise de vingt-cinq personnes. Il est très en cour auprès de l'ancien ministre de la Santé, Philippe Douste-Blazy, et, dit-on, de Nicolas Sarkozy, député de Neuilly-sur-Seine, commune située dans le département des Hauts-de-Seine, tout comme Garches.

Sa clinique accueille donc des patients très aisés – « c'est une niche dédiée à une clientèle de particuliers », dit-il –, et parfois, paraît-il, très connus. Elle n'est pas conventionnée, c'est dire que les patients paient plein pot, ou qu'ils ont une bonne assurance. « Ici, on ne reçoit pas tout le monde », précise le propriétaire des lieux. La clinique est plutôt spécialisée dans la dépression et les troubles bipolaires[3]. Pas de grands schizophrènes délirants, donc… Sept psychiatres sont en permanence à la disposition de quarante-quatre patients, « que l'on

1. « Plan d'action pour le développement de la psychiatrie et la promotion de la santé mentale ».

2. L'assassinat, en décembre 2004, d'une infirmière et d'une aide-soignante ; l'auteur serait un jeune schizophrène.

3. La psychose maniaco-dépressive.

peut voir jour et nuit si cela est nécessaire ». La durée moyenne d'hospitalisation est de vingt jours. « Ici, la porte est ouverte, poursuit Philippe Cléry-Melin, on donne toutes les informations sur la dépression, on fait de la prévention, de la réadaptation. » On imagine sans peine que l'accueil doit être à la hauteur ! Garches n'est pourtant pas la seule clinique du docteur : il en possède une autre à Meudon, en région parisienne, et une à Marseille. Celle de Meudon est conventionnée. Elle est ouverte à tous les publics, les chambres sont à deux lits – la clinique en comporte quatre-vingts au total – « sans supplément ». Pour recruter sa clientèle, elle travaille « en réseau » avec, par exemple, une clinique privée à Antony ou avec l'hôpital Sainte-Anne à Paris, ainsi qu'avec des médecins généralistes, qui lui adressent leurs patients. « Ils nous choisissent souvent pour les dépressions, car nous avons d'excellents moyens techniques et une bonne politique d'accompagnement. » Meudon est également « un pôle d'excellence » pour la pratique de l'ECT (électroconvulsivothérapie, ce qu'on nommait autrefois « électrochoc »), pratiquée ici en ambulatoire, pour des gens qui sont sortis de l'hôpital par exemple. « Le patient arrive vers 10 heures du matin, explique Philippe Cléry-Melin, on s'assure qu'il est bien à jeun et, si c'est la première fois qu'il vient, on lui montre un petit film afin qu'il sache ce qui va se passer. On s'assure ensuite que tous les examens ont été réalisés, puis la séance a lieu à 15 heures. Nous avons évidemment des anesthésistes pour que toutes les conditions de sécurité soient réunies. C'est important, car l'ECT* n'a pas toujours une bonne image. » La salle comporte neuf postes, et l'on réalise ici entre mille cinq cents et deux mille séances d'électroconvulsivothérapie par an. C'est ce qui s'appelle une médecine « à l'acte ». Dix-sept psychiatres travaillent en tout sur les deux cliniques.

À Marseille, Philippe Cléry-Melin a créé – à « la demande de la tutelle », précise-t-il – ce qu'il appelle un « gérontopôle ». Sa clinique est donc spécialisée dans les soins aux personnes âgées, qui présentent fréquemment des polypathologies : ces patients peuvent souffrir en même temps, par exemple, de dépression, de diabète et d'insuffisance circulatoire. « Nous leur proposons à la fois des soins et une certaine qualité de vie, avec plus de présence, plus de nursering. Notre intervention présente donc une dimension gériatrique et psychiatrique, nous exerçons deux compétences sur le même lieu. » Il y a les lits de court séjour, en cas de crise, afin d'éviter les urgences à l'hôpital (la prise en charge est alors très rapide), les lits de moyen séjour, « pour les pathologies plus lourdes », d'une durée d'un mois ou un mois et demi, et enfin l'hôpital de jour, qui permet aux patients de venir passer la journée à la clinique tout en rentrant chez eux le soir. Cette formule est la plus fréquemment utilisée car, « tout en les soignant efficacement, cela permet de ne pas faire exploser le service ». La clinique travaille là encore en réseau, avec les hôpitaux publics, les associations, le conseil général… « On ne vit pas en autarcie ! »

Pourtant, comme tout entrepreneur qui se respecte, Philippe Cléry-Melin a d'autres projets, par exemple celui d'ouvrir un hôpital de jour pour les adolescents dans sa clinique de Meudon. Il va le faire, toujours à la demande de la tutelle, qui lui confie ainsi la responsabilité de « suppléer aux carences du public dans ce domaine ». Cette initiative s'inscrit, elle aussi, dans un réseau, PréPsy, monté avec des « collègues » de Sainte-Anne, en collaboration avec des « acteurs publics » (des hôpitaux) à Antony, à Clamart ou à Paris. « Il s'agit de dépister les pathologies émergentes chez l'adolescent ou le jeune adulte. À terme, dans le réseau, le dossier médical sera mis en commun. » Le docteur Cléry-Melin lance également de nouvelles affaires à Marseille, à Dijon et à Toulouse, dans le cadre d'une « coopération public-privé » à laquelle il croit. Il espère beaucoup dans la possibilité de monter des groupements de coopération sanitaire[1] (GCS), qui, une fois installés, pourront « avoir le choix entre un statut public et un statut privé », d'où une ouverture possible à la privatisation d'établissements publics. « Par exemple, si je monte un GCS* avec une directrice d'établissement public, celle-ci pourra alors décider d'opter pour un statut privé, précise-t-il. Elle ne sera plus soumise au code des marchés publics. Elle deviendra une véritable chef d'entreprise, qui ne sera plus obligée de tendre la main. » L'avantage du privé, selon lui, est d'être capable de mobiliser plus d'argent. « Mon prix de journée à Meudon est de 110 euros, alors que, dans l'hôpital psy le plus miteux, il tourne autour de 600 euros. Toute la différence réside dans la gestion. Dans le public, la masse salariale représente 80 ou 85 % du budget, on entretient des bataillons de jardiniers, de cuisiniers et de bras cassés. » Le privé a donc pour mission de « réveiller le public [qui a fait] la preuve de sa lourdeur. [...] Le secteur a été une idée généreuse, une effervescence littéraire et philosophique marquée par le communisme et la culpabilité au sortir de la guerre, mais il a échoué ; il est devenu un système lourd et bureaucratique, marqué par le dogmatisme, le totalitarisme des

1. Le GCS est une structure juridique qui permet une collaboration entre établissements publics et établissements privés à but lucratif. Il réalise et gère pour le compte de ses membres des équipements d'intérêt commun, y compris des plateaux techniques tels des blocs opératoires ou des services d'imagerie médicale, ou constitue le cadre d'interventions communes des professionnels médicaux et non médicaux. La nouveauté de cette entité est de faire entrer les établissements à but lucratif dans le système de coopération, qui ne concernait jusqu'à présent que les hôpitaux privés participant au service public (ordonnance du 4 septembre 2003, qui s'inscrit dans le plan Hôpital 2007).

idées et la fonctionnarisation avec les 35 heures. Il faut aujourd'hui développer l'intersectorisation : sept services qui s'occupent d'anorexie dans sept secteurs alors qu'un seul suffirait, c'est une aberration. »

Reste à savoir si le système qu'il défend – qui constitue selon lui « un mouvement inéluctable, malgré les résistances » – ne signifie pas tout simplement la mise en place d'une médecine à deux vitesses ou, pour citer Pierre Bailly-Salin, « une psychiatrie pour les nobles et une autre pour les ignobles ». Philippe Cléry-Melin n'hésite pas une seconde : « Mais elle existe déjà ! » Pour lui, c'est clair, la santé a un coût et les Français sont prêts à payer pour se soigner. Donc, « du point de vue de l'entreprise, le secteur de la santé est un secteur très lucratif, avec l'augmentation permanente des dépenses des ménages ». Dans le domaine de la psychiatrie, il faut le « libre choix », l'affirmation du « droit des patients » et la garantie d'être bien soigné, avec « l'accréditation, les contrôles, l'évaluation pratique des professionnels et des médecins ». L'exemple de Philippe Cléry-Melin n'est pas unique. De grands groupes privés se sont même constitués, depuis quelques années, qui proposent une offre de soins, notamment psychiatriques. C'est le cas, par exemple, de la Générale de santé, cotée en bourse, qui possède vingt et une cliniques dédiées à la santé mentale.

## Un « exemple intelligent » de secteur

« Bureaucratique, lourd, dogmatique, totalitaire »… On se demande si le jugement du docteur Cléry-Melin concernant le secteur ne relève pas purement et simplement d'une polémique qui pourrait paraître, somme toute, intéressée puisqu'il s'agit de démontrer que le privé aurait le monopole de la souplesse, de l'invention et de l'efficacité. En fait, lorsque l'on se rend dans les endroits où les équipes ont la volonté et les moyens de tenter autre chose – dans l'esprit initial du secteur –, on est impressionné par la réflexion et la créativité dont elles font preuve. Il en est ainsi à Bondy, en Seine-Saint-Denis, dans la région parisienne, où, depuis une quinzaine d'années, est menée une expérience de « relocalisation » de l'hôpital psychiatrique de Ville-Evrard. Philippe Cléry-Melin reconnaît d'ailleurs qu'il s'agit là « d'un exemple intelligent de secteur », ce qui est une façon de reconnaître que celui-ci peut exister et qu'il ne porte pas tous les maux qui assaillent la psychiatrie...

La décision de « relocaliser » l'hôpital, autrement dit de transférer des services entiers dans quatre villes du département[1], « a demandé dix ans de travail, et nous avons pu le faire parce que, à cette époque, l'hôpital avait une situation financière saine », raconte Martine Mandopoulos Clemente, la directrice adjointe de Ville-Evrard. La première relocalisation a concerné justement Bondy, et elle a été animée par le psychiatre Guy Baillon. « Il s'agit là d'un bon exemple de collaboration entre les médecins et l'administration, afin de rapprocher les patients de la cité », souligne Martine Mandopoulos Clemente. Sur chaque nouveau site, on a donc investi dans l'hospitalisation – une vingtaine de lits – dans un centre d'accueil et de crise, dans un CMP*, dans un hôpital de jour et dans un CATTP*. À Bondy sont regroupés deux secteurs. L'un d'entre eux, qui couvre les communes de Bondy et de Pavillon-sous-Bois, est dirigé par le docteur Patrick Chaltiel. Celui-ci se définit volontiers comme un « santé-mentaliste » convaincu. C'est dire que, pour lui, il n'y a pas de « psychiatrie idéale » et que celle-ci, loin de se replier sur elle-même, doit « s'ouvrir à la santé

1. Bondy, Neuilly-sur-Marne, Saint-Denis et Aubervilliers.

mentale », doit être comptable de toute la population, quelle que soit sa demande. On a presque envie de se dire que, dans le contexte social difficile de cette banlieue – chômage, drogue, délinquance et tous les stigmates de la misère –, Patrick Chaltiel n'a pas vraiment le choix.

Pourtant, ce n'est pas là l'essentiel. « Toute mon expérience, explique-t-il, m'indique que le “bain de ville” est favorable à l'évolution d'un psychotique, comme le bain de paroles l'est à celle d'un nourrisson. » C'est donc bien de toute une conception de la maladie mentale et de son traitement possible qu'il s'agit. Un traitement qui ne doit pas être, selon lui, l'exclusivité d'une équipe médicale, fut-elle très performante. « Il existe toujours un attachement pathologique entre le malade et son soignant, et il se crée à la longue une sorte de dépendance mutuelle, le soignant se demandant qui pourrait le soigner en dehors de nous. » Le résultat, c'est que le patient n'existe plus qu'en tant qu'être soigné… Il n'a plus comme seuls interlocuteurs que les « psys ». C'est une façon subtile de reproduire l'asile sans ses murs, et c'est donc, de nouveau, une cause d'aliénation. « La régression asilaire, dit-il dans ce langage fleuri qu'affectionnent les psychiatres, commence quand la vie et le soin sont confondus, que le soin envahit la vie et que la survie envahit le soin. » Bref, toute la démarche mise en œuvre à Bondy consiste à tenter de rompre ce cycle infernal en ouvrant au maximum les portes de l'hôpital et en faisant appel à la société environnante, à commencer par la famille, considérée comme un partenaire.

Pour cela, on donne ici la priorité à l'accueil, que l'on a largement théorisé. L'accueil, cela sert à tout. À recevoir les gens, quels que soient leurs problèmes, et à essayer de voir si le trouble présenté justifie des soins spécifiques ou s'il est simplement l'expression d'une difficulté, d'un conflit, d'un deuil… Cela ne signifie pas, dans le deuxième cas, qu'on renvoie le patient d'où il vient : l'accueil est aussi un moment d'écoute et d'aide pour faire face aux problèmes. « Mais il ne s'agit pas pour nous de "psychiatriser" la souffrance psychique et la misère ; la souffrance au cours d'un deuil, par exemple, est quelque chose de tout à fait normal, et il faut apprendre à vivre avec et à la surmonter. » Dans sa lancée, il cite un psychiatre lyonnais, Jean Furtos : « La santé mentale est suffisamment bonne quand elle permet de vivre, de souffrir sans destructivité, mais non pas sans révolte. » Cette notion d'accueil permettrait donc de dépasser la contradiction entre la psychiatrie – vécue d'une façon traditionnelle comme s'adressant exclusivement aux malades mentaux – et la santé mentale, qui prend également en compte la « souffrance psychique », si répandue aujourd'hui...

L'accueil est d'abord du ressort du centre d'accueil et de crise, ouvert vingt-quatre heures sur vingt-quatre, avec une équipe toujours disponible. Les gens peuvent y venir sans problème, parfois seulement pour trouver une écoute, pour calmer une angoisse, pour chercher du réconfort. L'équipe, depuis des années, a également entrepris un travail d'information et de sensibilisation auprès d'autres partenaires dans la ville. Ainsi a-t-on créé un groupe d'échanges sur la souffrance psychique, avec la police, les HLM, les travailleurs sociaux, la mairie, les gens de l'Éducation nationale... « On ne peut pas être seuls pour traiter les problèmes », remarque Patrick Chaltiel. Pour illustrer son propos, il raconte une histoire douloureuse survenue il y a peu à Bondy : « Un jour, un jeune a cassé une voiture devant le commissariat et il a été immédiatement mis en garde à vue. À la fin de celle-ci, il ne voulait pas sortir et les flics ont dû le mettre dehors. Il est alors rentré chez lui et s'est jeté par la fenêtre. Les flics sont venus me voir, ils se sentaient coupables, ils avaient besoin de parler. Nous avons alors évoqué la façon d'aborder ce genre de situation, de fournir un premier accueil. » En fait, quel que soit le lieu où une personne en difficulté se présente, elle doit pouvoir être reçue, écoutée.

L'équipe – y compris le psychiatre – sort également des murs du centre ; elle se rend à l'hôpital général, tout proche, et chez les patients. Sur soixante-quinze interventions hebdomadaires, vingt sont effectuées à domicile. « Récemment, raconte Patrick Chaltiel, un cas nous a été signalé par le CCAS*. Il s'agissait d'une dame de soixante-sept ans, veuve depuis cinq ans, qui vivait seule, recluse dans son appartement au milieu de dizaines d'objets et de détritus de toutes sortes dont elle refusait de se séparer. Elle était dans un état de maigreur épouvantable, tombait dans la rue, refusait toute aide, claquait la porte au nez des voisins et des travailleurs sociaux… Les services municipaux ont alors proposé une hospitalisation sous contrainte, mais l'équipe du secteur s'y est opposée et elle a proposé un "travail de crise" à domicile pendant deux ou trois mois. Elle a pris le temps de nouer un contact avec la dame. Petit à petit, celle-ci n'est plus apparue comme "une folle en danger, barricadée au cœur d'un océan d'immondices", mais comme "une petite fille triste abandonnée dans un océan de trésors". Durant des semaines, les soignants de l'équipe se sont succédé chez la patiente, et, à chaque fois, ils en sont sortis avec un objet dont elle avait accepté de se dessaisir après leur en avoir raconté l'histoire. Un jour, c'était un vieil aspirateur dans son carton d'origine, le lendemain, un coffret de photos, le surlendemain, des fleurs séchées… D'objet en objet, la patiente a pu reconstituer son histoire et la livrer, fragment par fragment, aux soignants : son enfance dans un petit village d'Allemagne, sa rencontre avec son mari, l'anorexie et le suicide de sa fille, son seul enfant, la haine qui en était née au sein du couple, la maladie puis le décès de son mari... Au bout de quelques semaines, elle s'est retrouvée dans son appartement trop vide. Elle a alors pensé à se pendre, mais finalement elle a appelé l'accueil. Elle a demandé à l'équipe de l'hospitaliser durant quelques jours et de la soigner. Elle vit aujourd'hui dans un joli studio HLM, où elle dit se sentir comme la jeune fille fraîchement débarquée de son Allemagne natale. »

Cette histoire pourrait paraître trop belle pour être vrai, et pourtant elle l'est, et Patrick Chaltiel assure que les membres de son équipe en ont quelques-unes comme cela dans leur sac. Cependant, tout n'est pas toujours simple, comme en témoigne cet entretien que Patrick Chaltiel et Aglaé Barth-Pinto, une psychiatre de l'équipe, ont mené avec Louis, un jeune psychotique, avec sa mère et avec son beau-père.

Le garçon est jeune, une trentaine d'années, et il a été hospitalisé pour de terribles hallucinations. Il a même dû être mis quelque temps en chambre d'isolement. Il refuse les visites et, durant tout l'entretien, il va répéter qu'il n'a rien à dire. Son regard est vague, Louis semble refuser de s'intéresser à ce qui se passe. Les parents paraissent à la fois mal à l'aise et très demandeurs d'aide. La mère explique que son fils vit avec eux dans un studio, mais qu'ils ont comme projet l'achat d'une maison. Il ne veut pas les suivre, et eux ne veulent pas le laisser. Le beau-père parle beaucoup.

– À l'école, Louis portait mon nom, celui de sa mère et celui de son père, explique-t-il.

La mère, elle, raconte que « son fils délirait depuis pas mal de temps, qu'il vivait un enfer dans sa tête, qu'il dormait avec un couteau sous son lit » et qu'il a commencé de « disjoncter » lorsque son ancienne copine lui a annoncé un jour qu'elle était enceinte. Peur du métro, peur du poison dans la nourriture, impression qu'on lui veut du mal, brusque agressivité, délires… Lors des entretiens individuels, il a accepté de parler un peu. Là, il refuse parce que son beau-père est présent.

– Je ne suis pas le diable, pourtant ! s'écrie celui-ci.

La mère insiste :

– On est parti avec lui pour le meilleur et pour le pire, jusqu'à la fin…

Le beau-père parle abondamment, dit qu'ils ne doivent pas se laisser faire. Patrick Chaltiel l'interpelle :

– Peut-être devriez-vous vous arrêter de parler ? Vous comblez son vide.

Puis il se tourne vers Louis :

– Comment te sens-tu ?

– Je n'ai rien à dire, quand on a des parents comme cela !

Aglaé Barth-Pinto lui demande alors comment il voit son avenir.

– Je ne vois rien. Je suis bien ici, je me soigne.

– Il n'y a rien qui puisse vous faire plaisir ?

– Il aimait la musique, il veut être artiste, il a commencé à délirer avec Jim Morrison, il est né le jour de sa mort, répond la mère.

Louis sort de la pièce, exaspéré. Patrick Chaltiel se demande alors s'il ne serait pas possible d'organiser un entretien avec quelqu'un avec qui il aurait envie de parler, son frère ou son ex-copine, par exemple. Il évoque la possibilité de demander la curatelle « et de travailler avec lui sur le lieu où il voudrait vivre, dans une chambre d'hôtel par exemple », puisqu'il ne veut plus habiter avec ses parents.

– Il faut qu'il fasse une expérience d'autonomie, sous notre contrôle ; il pourrait par exemple passer quatre jours à l'hôtel et trois jours ici.

La mère s'inquiète :

– Vous pensez qu'il est foutu ?

Patrick Chaltiel lui répond qu'il se trouve, après un épisode psychotique, dans une phase de régression au cours de laquelle il se protège, que c'est pour cela qu'il a cette attitude de rejet.

– Il faut prendre un peu de risques, conclut-il.

Après le départ de la famille, il explique qu'il y a eu une première expérience de délire à l'hôpital, mais qu'une fois les hallucinations disparues, « Louis se trouve comme dans une sorte de grand vide, dans une attitude d'autoprotection, car il a peur qu'elles reviennent. Il faut donc essayer de réactiver quelque chose de vital en lui, avec l'aide de son entourage. » Et il faut surtout éviter « le risque qu'il s'enlise dans un confort régressif », d'où la nécessité de sortir de l'hôpital.

L'équipe va donc partir à la chasse d'un hôtel. Le logement est d'ailleurs l'une des questions lancinantes qui lui sont posées, car plus de 90 % des malades chroniques sont traités ici en ambulatoire. Certains vivent chez leurs parents, ce qui, souvent, ne va pas sans créer des difficultés. En ce moment, Patrick Chaltiel tente de mettre sur pied un projet d'acquisition d'un petit immeuble à Pavillon-sous-Bois. Celui-ci pourrait être acheté par une association lilloise spécialisée dans le logement des personnes en situation de précarité, et il pourrait être géré par une autre association de Seine-Saint-Denis, IRIS, dont douze patients seraient les sous-locataires. Un gardien serait recruté, ainsi qu'un éducateur et trois personnes pour aider au ménage. Une aide financière serait également demandée au conseil général. Si l'affaire est menée jusqu'au bout, « l'équipe soignante pourra donc se cantonner à faire son métier », remarque Patrick Chaltiel. La collaboration avec les associations et les élus locaux semble ici déterminante. « Ce qu'il manque, d'une façon générale, c'est une volonté d'État ; celui-ci se décharge sur les collectivités locales. Il manque de moyens financiers pour ce type d'opérations. »

## Le problème du logement

Lorsqu'il n'y a pas d'autres solutions, on cherche donc des hôtels, comme réponse à l'urgence, mais le provisoire s'éternise trop souvent, et les conditions d'habitation sont rarement satisfaisantes. « Les hôtels sont immondes, témoigne Serge Trouillefou, l'un des infirmiers de l'équipe, mais nous ne pouvons même pas dénoncer cette situation car, ensuite, nous ne saurions pas où mettre nos malades. » Pour Fabienne Dekadjevi, l'une des assistantes sociales du CMP*, « le logement, c'est une catastrophe ; les gens qui viennent ici sont souvent à la rue parce qu'ils n'ont pas pu payer leur loyer, ou ils sont dans des squats ; certains vivent dans des chambres d'hôtel à 3 000 francs[1] par mois, avec les toilettes payantes sur le palier. » La plupart des patients qu'elle reçoit ici sont jeunes, entre trente et trente-cinq ans, souvent adressés au CMP* par le médecin. Certains ont été chassés de chez eux par leurs parents. « Souvent, ils n'ont rien à manger. Quand nous ne pouvons rien faire d'autre, nous appelons le 115[2] pour trouver un hébergement d'urgence. » Lorsqu'il s'agit de sans-papiers – qui présentent souvent des pathologies liées à un traumatisme –, la situation est encore pire, « on se fait jeter de partout, il n'y a jamais de place pour eux en foyer ». Quant à la « réinsertion professionnelle », elle s'apparente le plus souvent à un vœu pieux : « Les CAT[3] sont pleins, il n'y a pas une place

1. Soit 450 euros.
2. Le 115 est le numéro du Samu social.
3. Centres d'aide par le travail, réservés aux handicapés.

disponible. » Fabienne Dekadjevi a parfois envie de baisser les bras : « Nous faisons ce que nous pouvons, mais ce n'est pas nous qui allons changer les choses, il y a plus de malades dehors que dedans... »

L'appartement associatif pourrait constituer une solution au problème du logement et du suivi sanitaire. Serge Trouillefou a la charge de l'un d'entre eux à Bondy. Il est géré par l'Union départementale des associations familiales (UDAF) et il accueille trois patients psychotiques sous tutelle, deux hommes et une femme. Ils ont un petit pécule hebdomadaire et 30 euros chacun pour les courses. L'un d'eux prépare les repas quotidiens. Le tuteur paie le loyer et une femme de ménage vient régulièrement. Chaque année, ils partent en vacances. Celles-ci sont financées par l'UDAF*. Serge Trouillefou passe tous les jours. Le lundi, c'est le bain, le mardi, il les accompagne au CATTP*, le mercredi, le bain de nouveau, le jeudi, le CATTP*, le vendredi, la distribution des médicaments pour le week-end. Chaque mois, ils ont rendez-vous avec le psychiatre. « Ils sont bien, estime Serge, ils ne peuvent pas être mieux, sinon ils seraient à l'hôpital. »

La visite qu'il effectue ne se limite pas, évidemment, au shampoing et à la distribution des médicaments. Elle est aussi l'occasion d'un échange, d'une écoute. « Dans leurs délires, ils parviennent à se décoder ; ils ont leur code à eux et, lorsqu'on les connaît, on arrive à communiquer. » Lorsque l'un d'eux ne va pas bien, c'est un autre qui le signale (« cette nuit, elle a crié, elle avait les yeux révulsés »). Serge alerte le psychiatre s'il le juge nécessaire. « Je suis là pour les écouter, les aider, les accompagner chez le médecin généraliste, réparer le robinet du bain lorsque celui-ci coule... » Les voisins sont dans le coup – l'appartement se trouve dans un immeuble en ville –, ils ont le numéro de téléphone du centre en cas de problème. « Ils les protègent, en quelque sorte. » Bien sûr, tempère-t-il, « ce sont des malades vivables ». Un jour, il y a pourtant eu un problème parce que la patiente marchait la nuit avec des hauts talons. Une voisine en a fait la remarque à Serge. « Quelques jours plus tard, explique-t-il, elle m'a arrêté dans l'escalier : "Je ne l'entends plus, elle n'est pas partie à l'hôpital au moins ? Parce que nous, on préfère qu'elle reste, même avec ses talons !" » Serge est certainement ce que monsieur Cléry-Melin qualifie de « fonctionnaire du secteur »…

Il y a aussi, parmi les patients, ce que les soignants appellent les « cas très lourds », ceux dont il faut bien parler même s'ils constituent l'exception. Pour eux, la seule solution actuellement, c'est l'hôpital. C'est le cas de René, dans le service de Patrick Chaltiel. C'est un petit homme d'une cinquantaine d'années qui a voulu tuer son père (il est allé deux fois en UMD*) et qui pense qu'il est enceint. Il a l'impression que le bébé qu'il porte le dévore de l'intérieur et, un jour, il a voulu s'ouvrir le ventre pour l'arracher. Il a même fallu l'emmener à l'hôpital pour lui faire une échographie afin de le rassurer. Il lui arrive d'avoir le regard très froid, et sa violence peut se fixer sur une femme enceinte parce qu'il croit qu'elle lui mange le cerveau. Une infirmière a dû ainsi quitter le service. Son univers est constitué de plaques. Lorsqu'il sort du centre, il n'est pas dans Bondy mais dans une autre plaque. Il rencontre un psychiatre une fois par semaine. « L'entretien est bref ou long, explique Patrick Chaltiel, cela dépend de son envie de parler. » Sa psychose est résistante à tout traitement. « On ne peut pas dire que René soit chronique, il est plutôt dans une situation "d'acuité chronique", c'est-à-dire qu'il est en délire permanent, ce qui est rare. » René vit depuis trente ans à l'hôpital, d'abord à Ville-Evrard, puis ici. Il n'est pas très dangereux, mais il peut avoir des accès de fureur incontrôlés : un jour, par exemple, il s'est emparé d'un ordinateur et l'a jeté par terre. « Il ne faut jamais le fuir, explique Patrick Chaltiel, même lorsqu'il fait peur. Surtout, il ne faut jamais le prendre de front, ce qui le met très en colère. » Une fois, pourtant, il l'a frappé. « J'ai senti qu'il n'était pas très dangereux et je ne me suis pas affolé. Je lui ai demandé s'il aurait frappé Baillon de la sorte, il s'est alors arrêté. Il avait vis-à-vis de moi une sorte de haine fraternelle : lui, il était le fils fou de Baillon, avec qui il avait une relation très étroite, et moi, le successeur, le vrai fils. » Le principe avec ce type de malades – comme avec tous les autres, d'ailleurs – consiste à tenter de nouer une relation avec lui et de la maintenir, à tout prix. « Le délire rompt le lien, c'est le principe même de la psychose ; aucun abandon n'est justifiable. » Même les médicaments ne peuvent se substituer à ce nécessaire travail de communication. « S'il n'y a pas d'échanges, le patient ne s'approprie pas son traitement ; le principe même de celui-ci passe par la relation. » La problématique se résume en fait à deux écueils, la contrainte et le rejet, que le psychiatre doit avoir toujours à l'esprit s'il veut faire progresser son malade. « Dans 30 % des cas, avec les médicaments et le climat relationnel que l'on est capable de créer, les psychoses sont curables, du moins peut-on parvenir à des rémissions prolongées. » Pour Patrick Chaltiel, la psychiatrie n'est donc pas une spécialité médicale, mais une discipline. « Le médecin a ses médicaments, le chirurgien son scalpel, et le psychiatre la relation. »

### Le CAC de la Roquette

Pour avoir une idée des difficultés rencontrées parfois par les équipes pour mettre en œuvre une réelle politique d'ouverture sur la cité, il faut aller faire un tour rue de la Roquette à Paris, dans le quartier de la Bastille. Là se trouve un centre d'accueil et de crise ouvert en 1993 par l'hôpital Esquirol[1] et qui a pour responsable le docteur Guy Hanon. On y entre par une porte cochère et l'on monte à l'étage, où se trouve une petite salle d'attente, toujours pleine, quelques bureaux, quelques lits. Le principe de ce type de structures est simple : une équipe médicale et infirmière y reçoit, jour et nuit, tous ceux qui frappent à la porte, « des troubles les plus légers, explique Guy Hanon, ennuis conjugaux, problèmes de génération, aux plus lourds, dépressifs ou schizophrènes ». La palette sociale dans le onzième arrondissement est très large, « du SDF jusqu'au prof d'université déprimé ». Le centre est réellement inséré dans la ville, et ses patients sont le reflet de sa population. L'avantage de la formule, c'est qu'elle favorise l'accès aux soins. « Les gens nous disent par exemple que, dans les autres structures, on commence toujours par les formalités administratives ; ici, rien de tel, l'accessibilité est immédiate. » La seule chose qu'on demande, c'est d'être du onzième, et encore : « Lorsque les gens vont très mal, on ne pose pas de questions. »

Certains viennent parce qu'ils croient qu'ils vont pouvoir trouver un logement. Dans ce cas, on les aide dans leurs démarches. Le centre possède neuf lits, ce qui permet, lorsque le patient le souhaite, de passer une nuit ou deux à l'abri, mais rien n'est imposé. « Il peut même faire un saut chez lui pour donner à manger au chat. » En douze ans d'existence, le centre n'a jamais connu de problème de violence. Les gens ne viennent pas ici sous la contrainte, ils décident librement. « Tout se joue dans la relation, poursuit Guy Hanon. Nous n'exerçons jamais la moindre autorité, nous essayons de mettre en œuvre un

1. Grand hôpital situé à Saint-Maurice, dans le Val-de-Marne ; il s'agit en fait de l'ancien asile de Charenton.

véritable partenariat, nous répondons aux interrogations, nous expliquons la signification du traitement, bref, nous respectons les gens. » Il donne l'exemple d'un toxicomane qui désirait être sevré : « Nous l'avons accepté et, lorsque de temps en temps il recommençait à se droguer, nous ne lui disions rien, nous ne lui faisions aucun reproche, nous le laissions partir ou nous lui proposions d'autres lieux où il pourrait se soigner. » L'alcool est interdit dans le centre, mais « on explique pourquoi, on essaie toujours de faire en sorte que cette décision n'apparaisse jamais comme une sanction ». Les schizophrènes sont souvent envoyés au centre par quelqu'un qui en connaît l'existence ; parfois même, ils arrivent spontanément. « Lorsqu'ils se sentent persécutés, ils viennent frapper à notre porte et ils reviennent souvent, parfois deux ou trois fois par semaine ; nous leur proposons des solutions, l'hôpital quand cela s'avère nécessaire, ou des soins en ambulatoire. » Au centre, on reçoit également beaucoup de personnes ayant fait une tentative de suicide, qui refusent de rester à l'hôpital. De 30 à 40 % des patients sont des gens qui ne seraient jamais allés dans une structure psychiatrique traditionnelle. « L'hôpital psychiatrique, c'est angoissant ; ici, c'est soulageant... »

Les gens viennent aussi parce que le temps d'attente pour obtenir un rendez-vous chez les médecins libéraux ou au CMP* est trop long et parce que la durée des entretiens a tendance à se réduire comme peau de chagrin : « Avant, on était à une heure, puis à une demi-heure, et aujourd'hui à dix ou quinze minutes. » Le centre travaille évidemment avec des partenaires dans le quartier : associations, foyers – comme le Palais de la femme, géré par l'Armée du Salut, qui accueille des gens en difficulté –, médecins libéraux, psychiatres privés, urgences de l'hôpital Saint-Antoine, assistantes sociales de la mairie... « Avec elles, nous travaillons sans aucun formalisme. » Il y a quelques années, il y a eu une tentative de monter un comité local de santé mentale réunissant médecins, soignants, travailleurs sociaux, élus… « Mais cela s'est effiloché, c'était trop formel ; nous ne pouvons pas fonctionner une fois par mois seulement, le traitement des patients au cas par cas, avec l'aide d'un réseau de partenaires dans le quartier, est beaucoup plus efficace. » Le centre, au final, se préoccupe de « santé mentale » mais, paradoxalement, Guy Hanon se méfie du terme : « Où commencent la déprime et l'angoisse ? Où se trouve la frontière entre le pathologique et le normal ? Lorsqu'un patient délirant arrive, on est capable tout de suite de le reconnaître, il voit et il entend des choses qu'il est le seul à voir et à entendre. Le problème se pose dans l'intermédiaire. »

## Lutte pour la survie

Le centre de la Roquette a été créé en un temps où l'on était décidé à tenter ce genre d'expérience. « Il l'a été grâce au directeur de l'hôpital de l'époque, qui était un homme qui avait le sens de l'intérêt des patients. » En 1993, on commence avec quatre médecins et quatorze infirmières, afin de pouvoir faire les 3 × 8. Guy Hanon passe même, quelque temps après, une convention avec le Samu et il obtient deux postes d'infirmière de plus. « Nous étions riches à l'époque ; nous avions obtenu ce que nous avions demandé, et le centre fonctionnait comme un véritable outil qui rendait de véritables services à la population. » Mais cela ne va pas durer. D'année en année, le budget diminue, alors que les besoins augmentent. Depuis l'ouverture, le nombre des patients a doublé, avec une augmentation de 10 % par an.

Les choses commencent vraiment de se gâter en 2003, à l'occasion du départ de cinq infirmières. Guy Hanon propose alors de fermer un jour dans la semaine en attendant le recrutement. « Mais, le 21 janvier précisément, deux cadres de l'hôpital arrivent au centre et annoncent, sans autre forme de concertation, la fermeture de celui-ci pour le 31 ! Ils proposent même un programme pour dispatcher les gens de l'équipe. Je n'avais pas été mis au courant ! » L'explication avancée pour la fermeture est simple comme bonjour : la direction de l'hôpital pense que le centre ne sert pas à grand-chose et qu'il coûte très cher. Les patients décident alors de résister et ils fondent une association, l'Assoquette, qui crée son propre site internet[1]. « C'est peut-être la première fois dans l'histoire que des malades défendent une structure psychiatrique ! » constate Guy Hanon. En quelques semaines, la contestation prend de l'ampleur, tout le monde est mobilisé, les syndicats, la mairie du XI^e^, qui prend fait et cause pour le centre, les associations – le « réseau » et au-delà –, les médias. Pour une fois, ceux-ci soulèvent à cette occasion de vrais problèmes et ne se contentent pas d'agiter, comme ils ont la triste habitude de le faire, la peur du fou dangereux. Par exemple, *Le Parisien* titre : « Menaces sur les soins psychiatriques ». *Le Monde* craint qu'avec la fermeture du centre « les personnes en souffrance psychique ne soient plus suivies ». *Le Figaro* souligne que « la prise en charge psychiatrique est en crise ». *Charlie Hebdo* s'indigne : « Le gouvernement veut des fous à l'ancienne... » Des milliers de signatures couvrent une pétition qui circule dans l'arrondissement. Rien n'y fait, le centre est effectivement fermé le 31 janvier comme prévu. Pourtant, la mobilisation ne faiblit pas, et elle reçoit l'appui de la présidente du conseil d'administration d'Esquirol, une élue verte de Paris, Pénélope Komites. Guy Baillon envoie une longue lettre à la direction du

1. www.caclaroquette.com

centre d'accueil dans laquelle il écrit : « Obligation nous est donnée de dépasser nos querelles[1] et de nous battre pour une lutte plus radicale que celle qui était la nôtre jusqu'alors : celle de demander non seulement que La Roquette ne ferme pas, mais que de nouvelles Roquette se multiplient dans les secteurs pour en finir avec ces grandes concentrations hospitalières d'un autre temps qui font horreur aux patients. »

La direction d'Esquirol décide finalement d'ouvrir à nouveau en mars, mais avec fermeture le week-end – décision prise non pas par les « fonctionnaires du secteur » mais par elle, avec le soutien du ministère – et cinq postes manquants, mais on recrute dans les semaines suivantes. Guy Hanon pense que l'affaire est close, mais c'est sans compter avec l'obstination des gestionnaires. En juin 2004, on lui annonce que son centre va fusionner avec celui du XIIe, ce qui signifie la disparition de l'un des deux et le doublement de la population concernée : trois cent mille habitants au lieu de cent cinquante mille. « La majorité des médecins d'Esquirol était d'accord avec cette mesure, peut-être parce qu'ils comptaient récupérer du personnel dans leur service. La fusion a été votée à une voix d'écart au conseil d'administration. » Mais le psychiatre de La Roquette refuse d'obtempérer, et certains réclament son passage devant le conseil de discipline. La mobilisation continue pourtant, en particulier celle de l'association des patients, à laquelle participent également des psychotiques. « Ce fut une véritable aventure humaine », se rappelle Guy Hanon. Finalement, le maire du XIe réussit à contacter le ministre de la Santé, Philippe Douste-Blazy. Une réunion est alors organisée au ministère en présence de toutes les parties

1. Il s'agit d'un débat sur la nécessité ou non d'avoir des lits dans un centre d'accueil.

et d'un membre du cabinet. « Dans un premier temps, ils ont refusé la présence des patients ! Mais devant notre refus de participer sans eux, ils ont cédé… » Rien ne sort de cette entrevue et, le 15 juin 2004, l'équipe du XII^e^ débarque rue de La Roquette comme prévu. On demande alors à Guy Hanon de quitter les lieux : « Tu peux aller travailler au CMP*, me disait-on. » Les locaux sont alors occupés par l'équipe, les patients et les élus du XI^e^ et du XII^e^. Le lendemain, une note de la direction de l'hôpital tombe : elle indique que le centre est fermé, « car la sécurité des patients n'est pas assurée ».

Le 16 juin, l'affaire est entendue, mais Guy Hanon décide de rester, seul, à son poste. Il placarde une affichette sur la porte : les consultations continuent. « Le premier patient que j'ai reçu ce jour-là, raconte-t-il, se posait la question de savoir s'il voulait se suicider ou tuer quelqu'un. Il avait imaginé aller dans un commissariat avec un pistolet d'alarme ; il était persuadé, comme il était maghrébin, que les flics allaient l'abattre et qu'ainsi il allait en finir. » Finalement, l'homme va lui remettre un long couteau et il sera hospitalisé. Pendant toute la journée, le téléphone n'arrête pas de sonner… Une nouvelle réunion est de nouveau organisée au ministère, où l'on discute comme des marchands de tapis sur le nombre de postes à prévoir en cas de réouverture. Guy Hanon indique que les infirmières sont d'accord pour réduire le nombre de RTT. « Le directeur d'Esquirol a osé proposer une seule infirmière de nuit ! » On finit par arriver au chiffre de huit postes, avec deux infirmières le matin, deux l'après-midi et deux la nuit. La situation en reste là jusqu'en août, lorsque Douste-Blazy décide d'en finir. Une grande réunion se tient alors à l'ARH*, et la réouverture est décidée avec les huit infirmières prévues. Le centre restera cependant fermé le week-end, ce qui signifie qu'il est interdit d'être en crise ou angoissé le samedi et le dimanche… À cause de cela, la file active est passée de neuf cents à six cents personnes par an. En 2006, Guy Hanon va prendre sa retraite. Qu'adviendra-t-il alors du centre d'accueil et de crise de La Roquette ?

# La rue

## Quelque part près de la place des Vosges

Il est 3 heures du matin. L'homme est assis à même le trottoir, il a les pieds nus et il n'est vêtu que d'un pantalon coupé aux genoux, usé et sale, et d'une chemisette ouverte sur sa poitrine maigre. Son visage est mangé par la barbe et par une longue chevelure. Il est difficile de lui donner un âge, mais il ne doit pas être très vieux. Son regard est d'une fixité étrange. Il ne bouge pas, rien ne semble l'atteindre, ni la morsure du froid ni les rares passants pressés qui rentrent chez eux sans même le voir et qu'il ne voit pas. Le bénévole du Secours catholique qui fait cette nuit-là la « maraude » s'approche et lui offre une tasse de thé chaud. L'autre refuse d'un imperceptible mouvement de tête. Même réaction lorsqu'il lui propose une couverture. Il ne parle pas, il ne veut rien, il souhaite simplement qu'on le laisse en paix. Le bénévole hoche la tête d'un air un peu résigné : « C'est un psychotique, dit-il, ce n'est pas la première fois que nous le rencontrons. » Finalement, le camion du Secours catholique repart, le laissant à son sort. « On ne peut pas l'obliger à accepter notre aide… » À quelques mètres de là se trouve la place des Vosges, l'une des plus belles et des plus riches de Paris.

Chaque nuit, le Secours catholique organise ainsi, avec ses bénévoles, un tour des rues de la capitale pour aller à la rencontre des SDF. L'ambition de ces maraudes est bien modeste : passer quelques minutes avec les sans-abri, échanger quelques mots autour d'une tasse de thé ou de café. La nuit, le monde de la rue est encore plus impressionnant. Peut-être parce que la misère s'y livre avec moins de retenue que lorsque la ville grouille de monde et d'activité. Peut-être aussi parce que la perception que l'on en a, dans l'obscurité, à l'heure où les gens dorment, est différente. Les monceaux d'ordures, les rats, les couvertures pourries, les bagarres, les corps étendus sur le trottoir et la détresse prennent, la nuit, un éclairage différent, plus cru, plus dur, plus insupportable. L'odeur est plus obsédante.

Depuis quelques années, la maladie mentale s'est installée sous les ponts, sous les Abribus et dans les couloirs du métro. Tout le monde le sait : qui n'a vu, un jour ou l'autre, un pauvre hère délirer dans la foule comme s'il était seul au monde ? Qui n'a détourné le regard de cette femme, assise sur le trottoir, avec ses sacs en plastique disposés autour d'elle, qui un jour disparaît puis revient au même endroit, un peu plus propre peut-être, mais toujours perdue dans son discours sans fin ? Tout le monde est au courant, mais personne n'ose véritablement en parler, personne n'ose même voir. Les pauvres sont transparents, les fous encore plus. Le mal s'est banalisé.

Georges Nauleau le sait, lui qui chaque jour va à la rencontre des malades de la rue. Il est psychiatre à l'hôpital Esquirol, dans la région parisienne, et il travaille à temps plein au sein du RNSPP, le Réseau national souffrance psychique et précarité, créé en 1998 par Xavier Emmanuelli, le fondateur du Samu social. L'équipe, qui comporte deux infirmiers, une psychologue et une assistante sociale, est spécialisée dans l'aide aux malades mentaux errants. Georges Nauleau, c'est donc un peu le psychiatre des pauvres ; ses consultations, il les donne dans la rue et dans les centres de soins infirmiers du Samu social réservés aux SDF. Ce matin, il part avec Jean-Paul Carasco, l'un des deux infirmiers de l'équipe. Ils ont juste la matinée devant eux, et ils ont décidé d'aller à la rencontre de trois malades.

La première d'entre elles se trouve dans un quartier sur le front de Seine. Elle est assise sur le trottoir, appuyée au mur d'un immeuble au milieu d'un invraisemblable amas de prospectus, de papiers, de sacs en plastique et de couvertures, un litre de vin rouge à ses côtés. Il s'agit d'une femme de soixante ans qui semble avoir été belle. Elle est maquillée, avec peut-être un peu trop de rouge sur les pommettes. Il lui manque des dents. Ses habits sont sales et répugnants. L'odeur qui s'en dégage est à peine supportable. Elle les accueille avec un sourire, ce qui est de bon augure. « Nous la suivons depuis trois mois, explique Georges. Au début, elle nous chassait, elle ne voulait pas nous parler. » De visite en visite, elle a pourtant fini par accepter une ébauche de dialogue. La dernière fois qu'ils sont venus, ils lui ont proposé de lui donner une robe pour se changer. Elle était d'accord, mais finalement, aujourd'hui, la robe ne lui convient pas… Jean-Paul voudrait qu'elle se lève car elle paraît avoir un problème aux jambes. Elle refuse et elle le congédie. « Je pense qu'elle doit être à la rue depuis au moins quinze ans, indique-t-il, mais nous ne savons rien d'elle. Elle dit seulement avoir habité dans la tour en face, cela fait partie de son délire. » L'entretien ne dure guère plus de cinq minutes. Georges lui propose de revenir la voir rapidement. Elle ne répond pas, mais lui tend un prospectus sur l'immobilier dans le quartier. « Cela signifie : pars, mais reviens », dit-il.

La deuxième halte a lieu dans le quartier latin. C'est là que se trouve Jeannine, une femme d'environ cinquante-cinq ans. Jeannine, ce n'est pas son vrai prénom, mais elle veut qu'on l'appelle ainsi. Normalement, elle se trouve toujours dans la même rue, mais aujourd'hui elle n'y est pas. « Elle a dû partir en vacances, indique Jean-Paul, c'est-à-dire sur une petite place, à deux pas d'ici. Là-bas, il y a un parc, elle y va pour se mettre au vert, pour se reposer. » Et effectivement, elle est là, assise sur un carton. Elle accueille les deux hommes avec le sourire. « Cela fait sept ans que nous la suivons, explique Jean-Paul. Au début, elle refusait tout contact, elle était agressive, agitée. » Jeannine s'exprime surtout par des gestes furtifs, non pas parce qu'elle a perdu la parole – elle parle peu et très bas –, mais parce qu'elle a peur que l'entendent des forces surnaturelles. « Elle évoque toujours le "velin", explique Georges Nauleau. C'est une substance qui se trouve dans certains objets, chez certaines gens, dans la nourriture… Pour elle, c'est une substance bénéfique. Grâce à cela, le temps s'écoule à rebours. Plus il passe, plus elle perd des années. Son objectif est de redevenir une petite fille. Tout cela est entretenu par un volcan qui lui donne la vie et l'énergie. Elle remplit ses bouteilles de Volvic seulement à deux endroits, dans une fontaine publique et dans une pharmacie, parce qu'elle est sûre que cette eau-là contient du velin. » Jeannine dort dans la cage d'escalier d'un immeuble, dans laquelle elle ne s'installe qu'à minuit. Un jour, un voisin a appelé la police, mais les autres ont signé une pétition pour la défendre. Elle fait sa toilette et elle lave son linge, qu'elle étend sur un carton, avec de l'eau de la fontaine qu'elle va chercher dans un petit seau.

Établir le contact a été très long, mais les deux hommes y sont tout de même parvenus. Georges a même réussi à la conduire dans un centre de soins infirmiers du Samu social, d'abord deux jours, puis une semaine, puis un mois. Il a pu faire un diagnostic : psychose hallucinatoire chronique. « Elle m'a reproché d'avoir éteint son volcan – je lui avais donné un neuroleptique – et elle m'a fait la gueule pendant un an et demi. » Ils évoquent une sortie qu'ils ont faite ensemble, à Montmartre et à la tour Eiffel. Elle sourit et ne dit pas non à une nouvelle expérience. Malgré tous ces efforts, ils ne savent pas grand-chose d'elle. « C'est à partir de son unique boucle d'oreille que j'ai appris qu'elle avait fait le ménage chez une famille de militaires dans le sud de la France. Elle n'a parlé à Georges de l'histoire du velin qu'il y a deux mois. » Au cours de la discussion, celui-ci la conduit, à deux mètres de son carton, devant la vitrine d'une boutique chère dans laquelle se trouve une magnifique paire de chaussures. « Vous aimez les hauts talons ? » l'interroge-t-il d'une voix douce. « Oui. – Vous en portiez avant ? – Oui. – Quand ? Pour aller travailler ? – Oui. » Elle sourit alors. Il n'en saura pas plus... Jean-Paul lui donne des aiguilles à tricoter, qu'il avait promis de lui apporter lors de la dernière visite. Elle les accompagne jusqu'à la voiture. Elle leur fait un petit signe de la main. Quelle histoire cache ce sourire ? Georges et Jean-Paul ne le sauront peut-être jamais.

Le troisième patient est un homme d'une cinquantaine d'années qui vit dans la rue, du côté de la Bastille, un schizophrène. Ce jour-là, il n'est pas présent. Pour Georges, c'est plutôt bon signe. « Lorsqu'il va mieux, explique-t-il, il se déplace dans le quartier. Sinon, il reste prostré là, des heures durant, derrière une poubelle, près d'une entrée d'immeuble et d'une bouche d'air chaud, sans bouger. » Lorsqu'il se sent mal, il va de lui-même à l'hôpital de Maison-Blanche, « il se débrouille comme cela ». Puis il revient et il s'installe de nouveau derrière sa poubelle, enfermé dans son délire. « Il croit qu'il a été commissaire, raconte Jean-Paul, qu'il possède des châteaux. Parfois, il voit des cercueils défiler dans la rue... » Ce jour-là, ils ne le verront pas.

## Au centre de soins infirmiers pour SDF

Georges Nauleau donne également des consultations dans un centre de soins infirmiers pour SDF du Samu social, dans le treizième arrondissement de Paris. L'endroit tient un peu de la cour des miracles. Dans les couloirs et dans les escaliers, on croise toute la misère humaine. Le mobilier est pauvre, les murs sont sombres. Des infirmières aux gants blancs soignent des ulcères purulents. Georges Nauleau est ici comme chez lui, il connaît tout le monde, il salue tout le monde. Il commence par une discussion avec le médecin généraliste de service, assis derrière un petit bureau noyé dans les papiers. Ils échangent quelques mots sur les patients qu'ils ont en commun. Au départ, il n'y avait que des infirmiers ici, mais, avec l'augmentation du nombre de pathologies, des médecins font des consultations quelques jours par semaine. Dans le couloir, Georges échange d'ailleurs quelques mots avec l'un d'entre eux, spécialiste de la tuberculose.

Commencent alors les visites. La première a lieu dans la chambre du patient. Une pièce nue, avec deux petits lits et une armoire en plastique. Là se trouve Mahdi, un homme grand, âgé d'une soixantaine d'années, pauvrement vêtu, marocain. Il est debout, appuyé contre son lit, un peu raide. Georges le rencontre toutes les semaines. Mahdi a travaillé comme OS chez Renault, puis il a plongé et, pendant plus de quinze ans, il a vécu sous le boulevard périphérique, avec les rats. Il parle peu, et répondre aux questions semble lui être pénible. Georges l'interroge doucement : « Et les voix, elles sont toujours là ? » Oui, elles sont toujours là. « Chirac m'en veut depuis que je suis tout petit », dit-il tout bas. Georges lui propose alors de l'installer dans un nouveau centre d'accueil du Samu social, qui va ouvrir prochainement à l'hôpital Esquirol. « Un endroit à la campagne, avec des arbres. » Ce qu'il s'agit à tout prix d'éviter, c'est qu'il retourne sous le périphérique. Mahdi semble d'accord. « Nous avons retrouvé une de ses nièces… La seule solution pour lui, à long terme, c'est peut-être le retour – improbable – au Maroc, ou une maison de retraite… » En attendant, il faut s'occuper de ses papiers, il faut lui faire connaître ses droits. Bref, il faut faire face à l'urgence, à la survie. De soins psychiatriques réels, il n'est guère question, comme si la situation tragique dans laquelle se trouvent patients et soignants ne réduisait les soins qu'à ce contact, difficilement maintenu et pourtant si essentiel.

Les autres consultations de la matinée se tiennent dans un bureau, meublé d'une table et de quelques chaises. Georges reçoit alors Savinien, un petit bonhomme d'une cinquantaine d'années avec une grosse moustache, tatoué, fort en gueule. Savinien présente un trouble bipolaire (une psychose maniaco-dépressive). Il a des ulcères dans les jambes et des problèmes graves aux hanches qu'il faudrait pouvoir opérer, mais il s'y refuse, il se sauve. Il engueule Georges parce que celui-ci a voulu l'envoyer dans un centre d'hébergement. « Tu as voulu me mettre avec les fous », hurle-t-il. Savinien vit dans la rue, mais il vient souvent ici, ultime refuge pour lui lorsque les choses vont trop mal. Georges ne le lâche pas, il maintient à tout prix le contact et sait qu'il travaille sur le fil du rasoir. Dans les phases dépressives, Savinien présente un risque suicidaire.

Le dernier patient de la matinée est un homme d'une quarantaine d'années originaire d'une île lointaine. Georges est accompagné de Christine Plouquet, la jeune assistante sociale de l'équipe, dont c'est le premier emploi. L'homme vit à la rue depuis quatre ans, depuis qu'une rupture avec sa famille l'a fait plonger ; il a tout perdu, sa femme, ses deux enfants, son travail.

Il est atteint de tuberculose, mais il refuse de se soigner ; il boit beaucoup et il souffre d'une sévère dépression. L'entretien devient rapidement insoutenable. Son visage est noyé de larmes, il regarde ses pauvres vêtements comme s'ils étaient les témoins de sa déchéance, il se tord les mains. Georges et Christine semblent s'être partagé les rôles. Lui parle doucement, sans élever la voix, elle, d'une façon plus ferme. Elle lui fait remarquer qu'ici « il n'a pas tenu le cadre » : il a réservé une chambre et il n'est pas venu dormir. « Vous avez pris la place de quelqu'un d'autre qui en avait besoin », insiste-t-elle. Il a passé une semaine dans un autre centre, à Montrouge, mais il n'est pas venu pendant trois nuits. Il se braque : « Qu'est-ce que vous voulez de moi ? Qu'est-ce que vous cachez derrière ces questions ? » Il se lance alors dans un discours sur le travail. « Les employeurs ne veulent pas me recevoir, je n'ai pas de CV, je n'ai pas de portable… » Puis il évoque son retour dans son île natale. « J'ai appelé ma maman et je lui ai dit que j'avais des difficultés. Si je repars là-bas, vous m'aiderez après ? »

Georges lui propose alors de l'accueillir à Esquirol durant trois semaines. « Il faut d'abord vous soigner, dit-il, ensuite, on négocie. – Je pourrai sortir ? – Non, le contrat, c'est trois semaines sans sortir, pour vous soigner. Après, on voit. » L'objectif est de faire un bilan et, surtout, de tenter de l'empêcher de boire durant le séjour. « L'alcool, c'est comme une fuite en avant, l'équivalent d'un suicide. » L'homme s'est soudain calmé ; il dit qu'il donnera sa réponse la semaine prochaine. Avant de sortir, il serre la main de Georges et il embrasse Christine. La crise est passée. « Dans les années 70, explique Georges, on pouvait partir à Katmandou pendant deux ans et, au retour, se remettre dans le circuit, trouver un boulot, un petit hôtel. Aujourd'hui, revenir est impossible, même d'un voyage dans la rue. »

## Les malades sont à la rue

Selon l'équipe Santé mentale et exclusion sociale (SMES) de l'hôpital Sainte-Anne à Paris – l'équivalent de celle de Georges Nauleau à Esquirol –, il y aurait aujourd'hui dix mille errants dans la capitale[1] et, parmi eux, des malades mentaux. « Oui, il y a des schizophrènes dans la rue aujourd'hui, explique le responsable du SMES*, le docteur Alain Mercuel, des paranos qui croient être persécutés par le KGB ou la CIA, qui se planquent parce qu'ils ont peur, d'autres qui ont des hallucinations… On peut dire que 30 % des gens de la rue présentent de réels troubles psychiatriques. Il s'agit de personnes qui n'ont jamais accédé aux soins ou qui s'en sont échappées. » Tout comme l'équipe d'Esquirol, celle du SMES* va dans la rue, participe à des maraudes, intervient à la demande d'associations ou de commissariats… Elle tente de mettre en place un véritable suivi de ces malades, avec les difficultés que l'on peut imaginer, et est en liaison avec les secteurs et les grands hôpitaux de la région parisienne. En 2004, elle a effectué deux mille actes, dont mille trois cents directement auprès des personnes et sept cents dans des lieux d'accueil ou d'hébergement. Ces chiffres montrent l'ampleur du phénomène.

Ils sont d'ailleurs confirmés par tous ceux qui travaillent en France sur ces questions. Par exemple, Patrick Declerck indique que, lors d'une enquête réalisée en 1996[2] auprès

1. Selon le SMES*, il y a en France 5 millions de pauvres (c'est-à-dire de personnes vivant en dessous du seuil de pauvreté), 2 millions de personnes en grande pauvreté et 300 000 exclus (150 000 en Île-de-France ; 40 000 dans Paris, dont 10 000 errants).

2. Patrick Declerck, Philippe Duprat, Odile Gaslonde, Jacques Hassin et Jean-Pierre Pichon, « L'état médico-social et psychopathologique des personnes SDF ».

de patients du Centre d'accueil et de soins hospitaliers[1] (CASH) de Nanterre, « 7 % de ces sujets semblaient indiscutablement psychotiques (et connus d'ailleurs comme tels), et des soupçons de diagnostic de psychose pesaient sur 16 % d'entre eux. Cela porterait le nombre des sujets psychotiques ou probablement psychotiques à un total de 23 %[2]. » Jean Furtos, chef de service à l'hôpital du Vinatier, près de Lyon, animateur de l'ORSPERE[3], confirme les données d'Alain Mercuel : « Environ 30 % des SDF sont atteints de troubles psychiatriques ; 10 % sont des schizophrènes, contre 1 % dans la population générale. » De son côté, Marie-Jeanne Guedj, la responsable du service des urgences (CPOA*) de Sainte-Anne, indique que, sur onze mille cas traités dans ce service chaque année, deux mille concernent des sans-abri ou des gens en situation précaire vivant dans des foyers, et de sept cents à huit cents concernent des personnes n'étant pas domiciliées à Paris, qui y viennent dans le cadre d'un « voyage pathologique. [...] Ils veulent voir Chirac ou la tour Eiffel, ils veulent aller à Pigalle voir les femmes. » C'est parmi ces exclus que l'on rencontre les pathologies les plus difficiles, « des schizophrènes qui prennent de la drogue et qui sortent de prison, des gens à bout, exigeants, parfois menaçants... Ici, les équipes infirmières sont très solides. »

1. Le CASH de Nanterre est composé de l'hôpital Max-Fourestier (450 lits) et d'un pôle social comprenant une maison de retraite (250 lits), le Centre d'hébergement et d'accueil des personnes sans abri (CHAPSA, 300 lits), un centre d'hébergement et de réinsertion sociale (CHRS, 225 places), un CHRS de longue durée (320 places), un établissement et services d'aide par le travail (ESAT, 35 places), un centre d'accueil pour demandeurs d'asile (CADA, 80 places)...

2. Patrick Declerck, *Les Naufragés*, Plon, 2001.

3. Observatoire régional Rhône-Alpes sur la souffrance psychique en rapport avec l'exclusion (Observatoire national des pratiques en santé mentale et précarité).

Michel Triantafyllou, le médecin-chef du service psychiatrique de l'hôpital Max-Fourestier, à Nanterre, donne également des chiffres comparables : « Parmi les gens que m'envoie le centre d'accueil des sans-abri [CHAPSA*], 25 % sont atteints de dépression, 25 % de troubles phobiques – des phobies sociales, le plus souvent – et 30 % sont des psychotiques. Des pathologies saupoudrées par l'alcool dans 50 % des cas. Les troubles dépressifs peuvent très bien avoir été provoqués par le fait de se retrouver à la rue ; les phobies ont généralement favorisé l'exclusion, mais les schizophrénies n'ont rien à voir avec la précarité. » Il s'agit donc bien de malades qui ont échappé au système de soins et qui sont à l'abandon. Selon Michel Triantafyllou, sur les « six cent mille schizophrènes que compte aujourd'hui la France, seulement quatre cent mille seraient suivis ». Pour Jacques Hassin, le responsable du CHAPSA*, « la maladie mentale est aujourd'hui une réalité incontournable. Elle concerne de 40 à 50 % des gens que nous accueillons ici. » Le docteur Hassin sait de quoi il parle : le CHAPSA* est le lieu où arrivent de Paris, chaque soir, des centaines d'errants à la recherche d'un couvert et d'un toit, ramassés par les « bleus », c'est-à-dire les hommes de la Brigade d'aide aux personnes sans abri (BAPSA) de la préfecture de police et ceux de la RATP*, l'une s'occupant de la rue, l'autre, naturellement, des couloirs du métro. Jusqu'en 1994, ce « ramassage » était forcé et se déroulait souvent de façon musclée. Aujourd'hui, ce n'est plus le cas, depuis que le délit de vagabondage a été supprimé du nouveau code pénal. Le lieu a d'ailleurs une très longue tradition : la « maison de Nanterre », fondée en 1887, était une prison pour pauvres. On y incarcérait ceux qui avaient été jugés pour délit de vagabondage, et ils y purgeaient une peine de quarante-cinq jours de travaux forcés[1]. En 1989, elle est devenue le CASH*. Ce dernier n'est plus géré par le préfet de police, même si c'est toujours lui qui préside – détail significatif – son conseil d'administration, cas unique en France.

Il faut être allé au moins une fois au CHAPSA* le soir, à partir de 18 heures, lors des « arrivages », au moment où les bus des bleus déversent leur misérable cargaison. Il faut avoir vu cette foule de gueux, alcoolisés, désespérés, parfois rugissants, parfois hagards. Il faut avoir vu les infirmiers qui travaillent avec Jacques Hassin relever un homme tombé à terre, ivre mort, ayant fait sous lui, puant, pour le conduire à la douche. Il faut avoir vu cette femme, que les gens d'ici appellent « la Duchesse », dont ils ne savent rien, qui se tient les bras en croix, immobile, au fond de la grande salle jouxtant le restaurant, le regard fixe, qui parle seule et qui se prend pour le Christ. Il faut avoir vu cela pour ne pas banaliser l'inacceptable, la violence que porte en elle notre société.

## Chez Emmaüs

En fait, pour faire face au problème de la folie aujourd'hui, la société se tourne de plus en plus vers le social, et parfois même, appelons un chat un chat, vers la charité. Certains chefs de secteur n'hésitent pas aujourd'hui – ils y sont contraints – à signer des conventions avec des organisations caritatives, tant pour assurer un minimum de suivi de ces patients SDF que pour trouver une solution au problème du logement. C'est le cas, par exemple, d'Éric Piel, médecin-chef à l'hôpital d'Esquirol. Son secteur a passé un accord avec Emmaüs et, une fois tous les quinze jours, il organise

1. Voir Patrick Declerck, *op. cit.*

une consultation pour les gens de la rue. Celle-ci a lieu à l'Agora, dans le quartier du Châtelet à Paris (« Les CMP* ont peur d'être envahis par les SDF », remarque Florence de Grammont, la responsable du programme Santé de l'association dans la capitale). L'endroit est un haut lieu de la misère parisienne. Chaque jour, trois cents SDF viennent ici pour boire quelque chose de chaud, rencontrer un médecin, faire des bains de pieds ou dormir quelques heures à l'abri. Le centre ferme à 22 heures pour être nettoyé, et il rouvre à minuit. Il reçoit alors une autre catégorie de population, celle des travailleurs pauvres, c'est-à-dire des gens qui ont un travail mais qui n'ont pas les moyens de se loger, et qui sont de plus en plus nombreux.

C'est Fabio Lopes, un psychiatre qui travaille avec Éric Piel au CMP* de la rue du Figuier à Paris, qui assure la consultation. « Nous avons monté ce projet sur l'exclusion, explique-t-il, parce que nous recevions des plaintes répétées des services sociaux concernant la présence de plus en plus importante de patients "précaires". Nous-mêmes, nous pouvions constater, au CMP*, que de plus en plus de gens vivaient dans la rue, sans autre issue que le Samu social. » Une équipe a donc été créée avec un médecin, une psychologue, deux infirmiers et une assistante sociale, et un réseau a été constitué avec le secteur, des associations, dont la Cité Saint-Martin, qui gère des appartements. « Ils nous adressent certains de leurs locataires qui ont des problèmes, nous leur envoyons des patients sans logement. Nous assurons l'aspect sanitaire des choses, eux l'aspect social. »

Lorsqu'il tient sa permanence chez Emmaüs, Fabio Lopes est accompagné de son équipe, infirmière et assistante sociale. « Nous laissons la porte ouverte, raconte-t-il, et les gens viennent après avoir été envoyés par des travailleurs sociaux. » La consultation se déroule généralement par groupes de trois à cinq personnes. Parfois, lorsque les choses sont plus compliquées, il s'agit d'un entretien individuel. « Nous appliquons une technique collective, l'un des membres de l'équipe est dans l'échange, l'autre est dans l'observation. » Certaines personnes viennent une fois, et ils ne les revoient plus ; d'autres consultent régulièrement. « Certains sont même devenus mes patients ici ; quand le lien est établi, ils viennent directement me voir depuis la rue. » Fabio Lopes ne prescrit jamais de médicaments. Son objectif, lorsqu'il s'agit d'un patient qui a vraiment besoin de soins, est de parvenir à le réintégrer dans un circuit normal, CMP* ou hôpital. « Les gens sont souvent dans le déni des troubles et ils expriment une opposition féroce à la psychiatrie, ou ils arrivent en plein délire, ce qui est fréquent. » Tous sont dans une situation d'exclusion extrême. Ils sont souvent envoyés par les urgences des hôpitaux, Saint-Antoine ou l'Hôtel-Dieu, ou ce sont les maraudeurs d'Emmaüs qui les accompagnent jusqu'ici. « En fait, personne ne s'occupe réellement d'eux, poursuit Fabio Lopes. Les secteurs refusent de les prendre en charge parce qu'ils n'ont pas d'adresse ; ils considèrent donc qu'ils ne relèvent pas d'eux – lorsque les gens arrivent au CPOA*, celui-ci leur attribue un secteur d'office – et, du côté de la mairie, on ne tient guère à ce que le centre de Paris soit peuplé de gens en détresse… » L'équipe essaie donc de les stabiliser un peu, de les maintenir, mais c'est une mission difficile. La question de l'hébergement est souvent la clé d'une amélioration de la situation. « Les logements que nous parvenons à dénicher se trouvent presque toujours dans le secteur associatif, rarement dans ceux de la mairie ou des HLM. »

Il faut donc faire face à l'urgence afin que les gens ne meurent pas dans la rue. « Les SDF ont une moyenne d'âge de cinquante-cinq ans, indique Jacques Hassin.

Lorsqu'ils arrivent ici, ils ont souvent entre trente et quarante ans ; de quinze à vingt ans plus tard, ils sont morts. » Pour Jean Furtos, l'espérance de vie dans la rue « est équivalente à celle au Rwanda ». À Nice, l'association ACTES, qui s'occupe d'éducation sociale, ouvre chaque hiver une halte de nuit afin de recevoir les SDF en détresse. Il s'agit d'un vaste hangar où l'on a installé des paravents derrière lesquels s'entassent hommes et femmes sur des lits de camp. La misère s'étale ici d'une manière effrayante, l'odeur prend à la gorge. À la question de savoir pourquoi l'association organise ce type d'hébergement, l'un des animateurs du lieu a cette réponse : « On a reçu un jour un coup de fil de la DDASS* nous disant : "On ne veut plus un seul mort dans la rue l'hiver." » À Paris, Emmaüs a mis en place tout un système d'hébergement d'urgence. Quinze centres – toujours pleins, selon Xavier Van Dromme, l'un des responsables de l'association – qui constituent des relais du 115, le numéro du Samu social. Les gens ne peuvent y rester qu'une semaine renouvelable une fois. Il y a également les hôtels Emmaüs, dans lesquels on peut rester un peu plus longtemps, quinze jours renouvelables une fois. L'association ne peut pas déroger à ces règles imposées par la DDASS*, qui en finance une partie. Cet hébergement d'urgence est d'ailleurs très critiqué par les associations. « C'est un piège, explique Hector Cardoso, du Secours catholique. Les gens viennent et sortent aussitôt, ils vont d'un lieu d'hébergement à l'autre, on ne peut faire aucun travail de fond avec eux, on ne s'en sort pas. »

La population des centres d'Emmaüs est composée à 80 % d'hommes et à 20 % de femmes, ce qui est nouveau. « Après la guerre, dans la population des clochards, explique Xavier Van Dromme, elles n'étaient que 3 %. » Aujourd'hui, il s'agit de femmes qui ont quitté leur domicile, qui vivent seules, qui sont sans ressources ou qui ont été victimes de violences conjugales. Quant aux hommes, 20 % sont des travailleurs pauvres, c'est-à-dire qui ont un emploi souvent précaire. Il y a également beaucoup de jeunes chômeurs, de personnes vieillissantes… Pour le responsable d'Emmaüs, « il n'y a plus de clochards, comme dans les années 50 ou 60, issus de la guerre ou des expéditions coloniales, qui vivaient en groupe ». Aujourd'hui, il s'agit de gens « isolés, malades, errants, à l'abandon, qui marchent parfois durant toute la nuit dans Paris ». La plupart cherchent une solution. « Parmi les personnes que nous recevons dans nos centres, 80 % trouvent une issue et quittent la rue, les 20 % qui restent étant de grands exclus. » Parmi ces derniers, Xavier Van Dromme le confirme, il y a 30 % de malades mentaux, « qui sortent de l'hosto avec leur sac de médicaments, qui n'ont pas de famille où se réfugier parce que celle-ci n'existe pas ou parce qu'elle ne veut plus d'eux ».

Chaque matin, les centres ferment pour n'ouvrir leurs portes que le soir. « Cela nous permet de créer du mouvement. Avant, les gens étaient dans un triste état, ils s'étaient complètement installés dans leur isolement. » Les lieux d'hébergement à durée plus longue, comme les pensions de famille, ne sont pas destinés aux malades mentaux. « Mais les psys font pression et les pouvoirs publics ferment les yeux » : il faut bien faire face à la diminution du nombre de lits dans les hôpitaux psychiatriques. « Le problème pour nous, poursuit Xavier Van Dromme, c'est que nous ne sommes pas équipés pour recevoir ce type de personnes, nous n'avons pas d'infirmières, nous ne pouvons donner les médicaments… » On essaie donc de nouer des liens avec les secteurs de psychiatrie, mais ce n'est pas toujours facile. « Nous avons des difficultés avec le monde médical, explique Maurice Garraud, un autre responsable de l'association.

Les CMP* et les secteurs refusent souvent de se déplacer, il faut que le patient vienne à eux. Alors, lorsque nous avons des problèmes dans un centre, nous inventons des "solutions" : par exemple, nous signalons un évanouissement, pour que les pompiers se déplacent, ou des actes de violences, et c'est alors la police qui arrive. Dans certains centres, nous avons parfois eu des suicides. »

## Au centre d'hébergement d'urgence

Dans le centre d'hébergement d'urgence d'Emmaüs que gère Laurence Jury, dans le treizième arrondissement de Paris, il n'y a que des femmes. Elles arrivent le soir, repartent le matin et ne peuvent s'installer ici qu'un mois, pas plus. « La DDASS* subventionne le nombre de nuitées et le nombre de personnes, explique-t-elle, et c'est elle qui impose cela ; c'est absurde, car cela contribue à laisser les femmes dans la précarité. » Durant la journée, celles-ci ne savent où aller. « Certaines font des petits boulots au noir, parfois chez des gens très respectables du show-biz, d'autres se débrouillent autrement pour gagner de l'argent. » La majorité des femmes qui vivent ici est d'origine étrangère ; certaines sont en attente d'un statut d'asile politique, d'autres viennent pour se faire soigner en France. Elles ont toutes de faibles revenus, 180 euros par mois pour les demandeuses d'asile politique, puis 330 euros durant six mois renouvelables une fois lorsqu'elles se sont inscrites à l'Assedic. « Les Algériennes, elles, en vertu de ce qu'on appelle l'asile territorial, n'ont droit à rien, explique Laurence Jury, elles ont un récépissé de la préfecture les autorisant à rester sur le territoire français, mais elles n'ont pas le droit de travailler ; elles ne peuvent pas rentrer au pays, car ce serait le signe de leur échec, elles auraient honte, alors c'est la porte ouverte à l'errance… » Les Françaises sont souvent d'origine africaine, par exemple cette « dame âgée en attente d'hospitalisation et qui a perdu son logement, [et cette] autre, d'une cinquantaine d'années, qui a eu des problèmes psychiques et qui s'est retrouvée à la rue après avoir tout plaqué, travail et appartement ».

La maladie mentale est évidemment présente dans le centre. « Dernièrement, nous avons eu des problèmes avec une psychotique de vingt-deux ans. Elle se mettait en bas, devant la télé, elle insultait les gens. Au deuxième étage, elle a défoncé une porte. Normalement, elle est suivie par plein de CMP*, mais je pense qu'elle les fuit. Elle s'est installée ici. » Laurence répugne, dans ce genre de circonstances, à appeler la police. « Ce n'est pas notre dada », dit-elle. Pourtant, il faut bien s'y résoudre parfois. Un jour, par exemple, une psychotique a défiguré une femme de ménage avec ses ongles, qu'elle avait très longs. « Nous avons appelé la patrouille de police et elle a été conduite à Sainte-Anne. » Beaucoup de malades qui vivent ici ont des problèmes pour suivre leur traitement. « Lorsqu'une personne fait un coma dans son lit, je ne me pose plus de question, je sais qu'elle a fait des mélanges et qu'elle a forcé sur la dose… » Laurence raconte aussi l'histoire d'une femme de quarante ans qui a piqué du nez dans son assiette, qui ne pouvait plus parler et qui ne pouvait plus bouger : « Elle prenait de la codéine à cause d'un lumbago et elle a dû en avaler trois ou quatre plaquettes, tout cela mélangé avec les antidépresseurs. » Il y a aussi celles qui vont chercher leurs médicaments au CMP* et qui se les font voler à la sortie. « Je me souviens de cette femme, qui errait avec son sac dans lequel tout le monde pouvait se servir… »

Parmi les locataires du centre, un grand nombre d'entre elles refusent tout suivi, tout traitement. C'est le cas d'une femme âgée d'une trentaine d'années qui pense avoir tué Lady Di mais qui se considère comme normale. Ou de cette jeune fille qui se fait appeler Jessica ou Chérubin, c'est selon, qui est « phobique, paumée » et qui a peur de tout. « Je lui ai conseillé de rencontrer un infirmier psy, elle me dit oui mais elle ne le fait jamais parce qu'elle pense que la psy c'est pour les fous… » Ou encore de cette Turque de quarante-cinq ans, persuadée que les services secrets français la suivent et qu'elle a été lapidée dans son pays à la suite de son divorce, mais qui refuse toute aide. « C'est notre nouveau public », soupire Ibra Wane, le travailleur social du centre.

Pour faire face à cette situation, Laurence travaille avec le SMES* de Sainte-Anne, qui assure une permanence le mercredi matin, et avec l'Association de santé mentale du treizième arrondissement. Cette dernière envoie ici un infirmier, Guy Dubech, qui assure une consultation le jeudi à 18 heures, durant en principe une heure. C'est peu… « Dans le pôle précarité que nous avons monté, qui comprend une assistante sociale et quelques heures de médecin, je suis le seul infirmier, je ne peux être partout à la fois. » Généralement, dans les permanences des centres d'hébergement, les patients ne le sollicitent pas, « ils sont dans le déni de leur maladie », seuls les travailleurs sociaux parviennent à les convaincre de venir parler pendant quelques instants. En fait, ce sont eux qui tentent de suivre les personnes au jour le jour et, « lorsqu'ils détectent un problème, ils m'appellent ». On est en fait très loin du travail de prévention dont rêve Guy Dubech : pas assez de moyens, pas assez de temps, des problèmes dont l'ampleur dépasse tout le monde. « Un jour, raconte-t-il, j'ai rencontré un homme dans un centre d'hébergement. Il allait mal, et j'ai réussi à l'accompagner au CPOA* à Sainte-Anne (comme il n'avait pas d'adresse, il n'était pas sectorisé). Là-bas, nous avons attendu trois ou quatre heures et nous avons été reçus par un psy qui l'a orienté vers un hôpital (ils essaient de répartir les patients équitablement entre les établissements). Cette fois, c'est tombé sur le CMP* de Belleville, qui dépend de Maison-Blanche et qui se trouve à l'autre bout de Paris ! Il a fallu qu'il attende un mois avant d'avoir un premier rendez-vous… Au CMP*, les gens rencontrent le psychiatre normalement une fois par mois, et s'ils vont vraiment mal une fois tous les quinze jours. Les consultations se réduisent le plus souvent à dix minutes, le temps de faire l'ordonnance… » Guy Dubech n'en finit pas de protester contre cette situation : « L'an dernier, on a encore fermé un foyer de postcure qui dépendait de l'hôpital de Soisy[1] ; c'était prévu dans le cadre des réductions de budget, qui vont se poursuivre au moins jusqu'en 2008. » Pour lui, on est revenu à la charité, au Moyen Âge. « On va dans le mur », soupire-t-il.

## Les soucis de Françoise

Évidemment, la situation n'est guère plus brillante dans les centres d'hébergement de plus longue durée. Françoise Mohamed en sait quelque chose, elle qui a la responsabilité d'une maison relais dans le dix-huitième arrondissement de Paris. Il s'agit d'un petit immeuble appartenant à un marchand de biens et dans lequel Emmaüs possède un contingent de treize appartements, le reste relevant de la direction du logement de la ville de Paris et de la DDASS*. Les locataires qui habitent ici sont en situation de précarité ; ils vivent de l'AAH* ou du RMI*, et ils paient leur loyer – entre 60 et 120 euros par mois – grâce à l'aide au logement que touche

1. Qui dépend de l'ASM 13, l'Association de santé mentale dans le treizième arrondissement.

directement Emmaüs pour ceux dont elle a la responsabilité. Les trente-neuf appartements sont des petits studios de 18 mètres carrés ou des deux-pièces de 30 mètres carrés, réservés aux femmes avec des enfants. Au rez-de-chaussée se trouve une pièce communautaire, propre et coquettement décorée, où les résidents peuvent préparer et prendre leurs repas. Certains viennent de l'hôtel, d'autres des CHRS*. « À la sortie des CHRS*, explique Françoise Mohamed, les travailleurs sociaux ont réussi à leur trouver un petit boulot, mais au bout de trois mois ils ont en général commencé à déprimer, ils se sont mis à boire et ils tout ont lâché. Alors, après, il faut trouver de quoi se loger. » Les travailleurs sociaux passent régulièrement pour s'occuper des problèmes de papiers et vérifier l'état des chambres.

Françoise Mohamed estime que, sur les trente-neuf locataires que comprend l'immeuble, quinze relèvent de la psychiatrie, « dont neuf bien gratinés, qui prennent des médicaments et qui picolent en même temps ». En février 2004, deux d'entre eux sont morts dans leur chambre. « Il s'agissait de deux hommes de quarante-sept et vingt-six ans qui vivaient ensemble, raconte-t-elle. Ils buvaient, ils se battaient et, tous les deux mois environ, ils allaient faire un stage à l'hôpital psychiatrique. Quand ils étaient en crise, j'appelais les pompiers, qui les conduisaient à Bichat. Avant de venir ici, ils habitaient dans un appartement associatif, et ils avaient déjà mis le feu par trois fois. Quand ils sont arrivés, ils étaient en fin de parcours ; on les a acceptés pour ne pas qu'ils aillent à la rue. » Un matin, vers 5 heures, Françoise Mohamed a été appelée chez elle par le veilleur de nuit. Les deux hommes avaient brûlé leur matelas, qui s'était consumé, et le feu sans flammes les avait asphyxiés.

Pour Françoise Mohamed, la vie ici est plutôt dure et, lorsqu'elle en parle, elle est intarissable. Elle raconte le cas de Louis, qui avait arrêté son traitement, qui hurlait, « qui regardait les gens comme un dingue ». Elle raconte celui d'Henri, un homme de quarante-cinq ans, chrétien intégriste, obsédé par les musulmans, qui par trois fois a arrêté la circulation dans le quartier. Elle raconte celui de Kaleria, une femme de trente ans, auteur de deux tentatives de suicide, qui ne dort pas la nuit parce qu'elle prend ses cachets à contretemps, qui sort le soir dans la rue, pieds nus, qui « rentre à moitié à poil et qui fait monter des mecs dans la chambre ». Elle raconte celui de Brice, un jeune homme de vingt-huit ans agressif violent, qui fait du bruit jusqu'au matin, « qui gueule comme un dément. [...] Lorsqu'il est en crise, les flics ne veulent pas entrer, les pompiers ne veulent rien faire ; finalement, ce sont des infirmiers de Perray-Vaucluse qui arrivent, tout de blanc vêtus, et qui lui mettent la camisole. » Ils le gardent deux mois à l'hôpital, puis il revient. Françoise finit donc par avoir peur. « Maurice [l'un des responsables d'Emmaüs] m'a proposé une formation psy, mais moi je lui ai dit : "Je gère une pension, pas un hôpital psychiatrique !" »

**Espérance Paris**

Si la question du logement est cruciale, celle du suivi sanitaire, qui est souvent réduit au strict minimum, ne l'est pas moins. C'est donc dans le cadre d'une « alliance thérapeutique » que l'association Espérance Paris propose à ses patients à la fois de quoi se loger et un accompagnement assuré par une équipe d'éducateurs spécialisés et de psychologues, en relation avec le secteur psychiatrique. « Les gens ici ne sont jamais à l'abandon, explique Michèle Drancourt, la coordinatrice de l'association. Pour être chez nous, ils doivent être suivis. »

Évidemment, l'expérience, pour intéressante qu'elle soit, est assez limitée au regard des besoins. L'association propose dix-huit places dans cinq appartements communautaires – des lieux banalisés, sans médecins et sans infirmières –, et les gens ne peuvent y rester que six mois renouvelables deux fois. Le délai d'attente est souvent de un an. Tous les patients sont des psychotiques, qui ont la plupart du temps de mauvaises relations avec leur famille, qui parfois ont connu la rue. L'idée est de leur offrir un lieu de transition, la possibilité « de reprendre pied dans la citoyenneté », d'apprivoiser à nouveau leur environnement social. « Généralement, les relations avec la famille s'améliorent », souligne Michèle Drancourt. L'objectif est, bien sûr, de trouver un logement définitif. « Lors du premier entretien avec le patient, nous essayons de mettre en place avec lui un véritable projet de sortie. » Bien sûr, les choses ne sont pas simples… Il y a peu de logements disponibles[1], aussi l'association a imaginé de louer des studios relais, qu'elle sous-loue ensuite à ses pensionnaires. Tous bénéficient de ressources, l'AAH* et parfois le RMI*, ce qui leur permet d'avoir droit à l'aide au logement. En attendant une solution définitive… La question du travail est encore plus cruciale. Pour tout dire, elle est insoluble. « Il y a quinze ans, on pouvait encore trouver des petits boulots, poursuit Michèle Drancourt. Aujourd'hui, c'est fini, il n'y a plus rien… » Reste la solution des services d'accompagnement à la vie sociale

1. Selon la Fondation Abbé Pierre, il y a actuellement 1,2 million de demandes en attente dans le logement social en France. Les communes, pour respecter le quota de 20 % de logements sociaux dans leur parc immobilier, préfèrent investir dans des PLS, c'est-à-dire les logements HLM de type intermédiaire, majoritairement occupés par des classes moyennes du fait de la flambée des prix de l'immobilier. Les pauvres sont donc exclus. C'est ce que la Fondation Abbé Pierre appelle une « crise de l'accessibilité au logement ».

(chargés d'aider les personnes handicapées à trouver leur place dans la société), désormais officiels[1], ou les clubs, lieux de rencontre et de convivialité[2] gérés par de grosses associations, comme l'UNAFAM* ou l'Élan retrouvé. Michèle Drancourt insiste sur le nécessaire accompagnement sanitaire par les équipes du secteur tout au long du parcours. « Aujourd'hui, on veut noyer la maladie dans le social, mais cela ne marchera pas », conclut-elle.

## Au-delà du social

Si la société se tourne vers le social pour faire face au problème de la folie, elle est aussi de plus en plus confrontée à ce que l'on pourrait appeler l'« au-delà du social », les situations d'extrême misère et de terrible angoisse, celle des réfugiés politiques, des sans-papiers. La scène se passe à l'hôpital de Nanterre. Alain Fallet, qui assure ce jour-là les urgences de psychiatrie, est appelé dans le service de pneumologie, dans le cadre de ce que l'on appelle la « psychiatrie de liaison », qui vise à aider des patients hospitalisés pour un trouble somatique. Dans une chambre se trouve un jeune homme atteint de tuberculose, originaire d'un pays d'Afrique où vient d'avoir lieu une guerre civile. Il hurle qu'il ne veut pas mourir et, dans un flot de paroles, il évoque les tortures, la prison, le tribunal. Alain Fallet lui prend la main, l'autre s'accroche à lui comme quelqu'un qui va se noyer. Le psychiatre essaie de le tranquilliser. « Respirez doucement, vous avez fait une crise d'angoisse, on ne vous laisse pas tomber… » L'infirmière donne un

1. Par un décret du 11 mars 2005.

2. À l'image de ce qu'avait créé François Tosquelles à Saint-Alban, mais hors de l'hôpital.

Lexomil® au jeune homme, qui place le médicament sous sa langue. Il réussit à se calmer, mais il continue de pleurer. Fallet lui demande s'il a fait des cauchemars. Il répond qu'il a vu des mots lancés sur le mur par un ordinateur et qu'il a rencontré les fantômes de la prison. Il s'agite de nouveau, il crie que sa mère a été arrêtée, son père exécuté. L'infirmière lui donne un autre Lexomil®, qu'il avale cette fois avec un verre d'eau parce qu'il a la bouche sèche. Alain Fallet prescrit alors un traitement un peu plus fort pour le week-end. « S'il ne va pas mieux lundi, dit-il, nous l'hospitaliserons en psychiatrie. » En fait, le jeune homme était depuis dix-huit mois en France, en attente de l'asile politique. « Ce qui a déclenché cette crise, explique l'assistante sociale du service, c'est qu'il a reçu hier "un petit courrier" l'invitant à quitter le territoire français. » Jusqu'alors, il bénéficiait de la CMU[1] car il était régulier ; dorénavant, il ne l'est plus. Elle va donc faire le nécessaire pour qu'il puisse bénéficier de l'AME[2] afin qu'il puisse être soigné de la tuberculose dont il souffre. Elle va également tenter de lui obtenir une carte de séjour temporaire. « Tant qu'il sera en soins, il ne pourra pas être expulsé… »

Il y a aussi tous ceux qui n'ont ni AME* ni CMU* et qui viennent se faire soigner dans les centres d'accueil de Médecins du Monde. Psychiatre et responsable de l'antenne niçoise de l'association, Bernard Aubin

1. Depuis le 1er janvier 2000, la loi sur la couverture maladie universelle (CMU) permet à toute personne résidant en France de façon stable et régulière, et qui n'est pas déjà couverte par un régime obligatoire d'assurance maladie, de bénéficier de la sécurité sociale pour la prise en charge de ses dépenses de santé : la CMU de base.

2. Toute personne de nationalité étrangère en situation irrégulière au regard de la législation sur le séjour des étrangers en France a droit à l'aide médicale de l'État (AME) pour elle-même et pour les personnes à sa charge, à condition de résider en France depuis plus de trois mois et sous réserve de remplir les conditions de ressources.

explique : « 85 % sont des étrangers. Un tiers viennent de l'Est (Moldaves, Tchétchènes, Baltes…), un tiers du Maghreb et un tiers d'Afrique (Congo, Cap vert…). Les 15 % restants sont des Français, des naufragés complets qui ont perdu leur logement, qui sont alcooliques, au chômage. » Les maladies mentales concernent souvent, pour les étrangers, des traumatismes liés à la situation du pays d'origine ou aux conditions stressantes du voyage. Des états dépressifs, anxieux, des gens asthéniques, fatigués, désespérés, qui croient être malades et « qui demandent des scanners ou des radios de façon obsessionnelle ». Les étrangers, souvent, ne parlent pas un mot de français, ce qui ne favorise guère les contacts. « Ici, lorsque je reçois des Tchétchènes, raconte Bernard Aubin, je dois réaliser mes entretiens avec l'aide d'un interprète russe alors que c'est une langue qu'ils ne maîtrisent pas très bien… » Il essaie pourtant de les écouter et tente, avec l'aide de l'assistante sociale du centre, de voir quels peuvent être leurs droits sociaux. Parfois, il les envoie chez un médecin généraliste qui accepte de les recevoir gratuitement. Certains labos sont également d'accord pour pratiquer les analyses, mais pas trop souvent. Souvent, les patients consultent une fois, deux peut-être, puis ils ne reviennent plus. Le suivi psychologique est ici réduit à sa plus simple expression.

Dans sa « clientèle », Bernard Aubin reçoit peu de psychotiques. On les rencontre plutôt à l'accueil de nuit, organisé par la municipalité, qui se trouve dans la vieille ville. Alain Cazac y assure bénévolement des consultations de psychiatrie pour Médecins du Monde. L'endroit est triste et sombre. Les entretiens ont lieu dans un bureau dénudé ; les gens attendent dans le couloir, assis sur des bancs en bois. « Sur les quatre-vingts patients que j'ai reçus, par exemple, en 2003, treize souffraient de psychose confirmée, dont dix schizophrènes et sept seulement sous traitement. » Il s'agit de gens en voyage pathologique, attirés par le soleil et la mer, qui cherchent à échapper à toute contrainte et qui vivent dans la rue. Souvent, ils ont rompu avec leur famille, « ce qui fait partie du délire », ou celle-ci, éclatée, misérable, ne veut plus en assumer la charge. Ils viennent ici chercher un toit pour la nuit. Ils ont le droit de rester quinze jours gratuitement, ensuite ils doivent payer 1 euro quotidiennement durant deux semaines. Au bout d'un mois, c'est fini. Lorsqu'ils vont trop mal, ils frappent à la porte d'Alain Cazac. « J'essaie de les écouter, de les aider un peu. » Parfois, il sort un cachet de son tiroir, un traitement léger, juste pour la journée, pas plus. Que faire d'autre ? « L'hospitalisation est difficile, le prix de journée est cher, ils n'ont pas de couverture sociale, et ils la refusent fréquemment. Ils sont souvent rejetés par les hôpitaux, qui n'en veulent pas (même avec la CMU*) car ils sont chroniques, et donc pas soignables. » Ceux qui sont suivis se rendent de temps en temps au CMP*, où l'on se contente trop souvent de faire la piqûre. « Est-ce à cause du manque de moyens ? Du manque de temps ? Ou parce qu'il existe de fait une hiérarchie entre les malades ? » Alain Cazac ne peut pas faire grand-chose, « même pas imposer ici une nuit supplémentaire… » Régulièrement, il fait la maraude avec le camion de Médecins du Monde. L'équipe fait le tour des soupes populaires organisées par la Croix-Rouge ou le Secours catholique, à l'église du port, au jardin Albert-Ier, à la gare du Sud, dans les haltes de nuit… Alain Cazac soigne les maux de l'âme et du corps, donne une crème pour les ulcères, un cachet pour le mal de tête, un peu d'écoute pour la souffrance. Dans la nuit niçoise, la promenade des Anglais brille de tous ses feux.

Les raisons de cette présence de la maladie mentale dans le monde de la grande exclusion sont évidemment nombreuses. Certains arguent que ce phénomène n'est pas nouveau. Bien sûr, on ramassait les fous dans la rue au temps de l'hôpital général, au XVIII^e siècle, mais plus de deux cents ans ont passé, et la civilisation a eu la prétention de réaliser quelques progrès depuis cette époque. D'autres parlent « d'échec du secteur ». Le fait d'avoir sorti les fous des asiles où ils étaient enfermés serait tout bonnement la cause de leur abandon actuel. L'argument peut faire mouche parce qu'il est trop simple. Dire que dans ce domaine le secteur a échoué, c'est finalement regretter le temps de l'aliénisme, où les fous ne posaient pas de problèmes puisqu'on ne les voyait plus, qu'ils étaient enfermés. Certains aujourd'hui en sont à regretter l'asile : le ministre de la Santé n'a-t-il pas décidé un moratoire sur la fermeture des lits dans les hôpitaux psychiatriques après le drame de Pau ? Si l'on y regarde de plus près, on s'aperçoit que cette fermeture massive ne s'est pas accompagnée de la création de suffisamment de structures alternatives à l'enfermement. C'est ce que constate le Haut Comité pour le logement des personnes défavorisées[1] dans son neuvième rapport, remis au président de la République en 2003. « Alors que l'hôpital psychiatrique, y lit-on, assurait un hébergement à long terme, voire définitif, il a [...] vu son rôle évoluer vers des séjours dont la durée est limitée à la seule prise en charge de la période de crise aiguë. Or [...] les personnes qui quittent l'hôpital psychiatrique sont toujours des malades, elles nécessitent des soins permanents [...]. La question des conditions de leur accueil dans la cité, et notamment de leur habitat, n'a pas été posée. C'est cette carence qui est à l'origine de la souffrance des familles qui les hébergent, mais aussi de leur forte représentation dans les prisons et parmi les sans-abri, ainsi que du désarroi des bailleurs et des travailleurs

1. Organisme officiel créé en 1999 à l'initiative de l'abbé Pierre et composé de personnalités nommées par le président de la République.

sociaux confrontés, sans soutien adapté, à une population qu'ils ne sont pas préparés à accueillir. C'est également l'efficacité du travail de suivi des équipes des centres médico-psychologiques qui est affectée par le déficit de prise en charge des problèmes sociaux et de logement de leurs patients. » La société, en voulant faire du secteur le seul responsable de la situation actuelle, évite ainsi de se regarder tout entière dans une glace.

## Le vieux couple pauvreté-folie

Avec l'exclusion réapparaît le vieux couple de la pauvreté et de la folie, le regard que porte notre monde sur l'une étant intimement lié à celui qu'il porte sur l'autre. La pauvreté telle qu'on la connaissait au XIX$^{e}$ siècle a fait son retour, elle s'est même installée tranquillement dans le discours public. Il suffit pour s'en convaincre de voir comment les grands médias audiovisuels traitent chaque année, comme un banal marronnier[1], l'ouverture de la saison des Restos du cœur, ou comment les journalistes en cour parlent – très naturellement – des « plus démunis » avant de passer, « sans transition », aux résultats de la ligue 1 de football. En réalité, ce qui est banalisé, c'est l'exclusion. Pour Jean Furtos, c'est clair, nous vivons aujourd'hui « dans une société excluante ». À un point tel, toujours selon lui, qu'il n'y a plus « d'inclus », que l'exclusion n'épargne potentiellement personne. « Tout le monde a peur », dit-il. On peut même se demander si l'exclusion ne constitue pas aujourd'hui l'un des moteurs essentiels de notre monde, et si elle n'est pas le pendant naturel de la compétition sans merci dans laquelle les

1. Dans le jargon journalistique, un « marronnier » est un sujet qui revient régulièrement, comme la rentrée des classes.

individus sont, de gré ou de force, plongés. Chacun est à présent comptable de son propre destin, et chaque situation sociale, qu'elle soit bonne ou mauvaise, est vécue comme le résultat d'un échec ou d'un succès personnels[1]. Si je réussis, c'est que je suis performant ; dans le cas contraire, je suis responsable de ma chute. Nous sommes dès lors dans le règne des « gagnants » et des « perdants », ou, pour dire les choses d'une façon plus branchée, des *winners* et des *loosers*. Patrick Declerck montre que, chez les grands exclus, ce phénomène atteint des dimensions tragiques : « Non contente de les rejeter hors du monde du travail et de ses bénéfices, de les condamner à des existences lamentables, de les vouer à souffrir dans leur chair de la malnutrition et de misères physiologiques qui appartiennent au XIX^e siècle, la puissance mortifère de l'exclusion est telle qu'elle s'intériorise au cœur même de certains sujets, qui deviennent alors leurs propres bourreaux en recréant inconsciemment les conditions renouvelées de leur propre exclusion[2]. » Cette intériorisation existe également, sous des formes souvent plus atténuées, chez le chômeur de longue durée, chez le cadre mis au placard ou chez le quinquagénaire, qui n'ose même plus se présenter à un entretien d'embauche. Il n'est qu'à noter la difficulté qu'ont les sans-emploi à s'organiser au sein d'un syndicat ou d'une association.

Cependant, pour banaliser l'exclusion – et donc la faire accepter –, la « personnalisation » des situations sociales n'est pas suffisante. Il faut aussi les « psychologiser ». Comme l'ironise le psychiatre Daniel Zagury, « dans le temps, tout était politique, aujourd'hui, tout est psychologique », ce qui signifie que, si les pauvres sont pauvres,

1. Voir à ce sujet *Le Culte de la performance* et *L'Individu incertain*, d'Alain Ehrenberg (Hachette Littératures).

2. Patrick Declerck, *op. cit.*

si les exclus sont exclus, c'est probablement parce que quelque chose ne tourne pas rond chez eux, qu'ils n'ont pas les capacités personnelles de s'en tirer, qu'ils ont eu des traumatismes dans leur enfance, la perte précoce de leur mère ou de leur père par exemple. À ce propos, Jean Maisondieu[1], psychiatre à Poissy, cite un livre de Pierre Rentchnick[2] dans lequel celui-ci écrit : « Un fait extraordinaire nous a frappés, qui semble n'avoir jamais été relevé jusqu'ici. À quelques exceptions près, tous les chefs politiques ont souffert d'une très grosse frustration dans leur enfance, et même la plus grande frustration qu'un enfant puisse connaître, soit la perte du père, soit son absence par divorce, soit son absence par négligence de ses devoirs paternels, soit enfin la perte de la mère. » Ainsi, remarque à juste titre le docteur Maisondieu, « le même type d'événements douloureux, en particulier la disparition d'un ou des parents, pourrait tout aussi bien favoriser l'ascension sociale, en stimulant peut-être l'énergie du désespoir, qu'entraîner vers la galère en cassant les rêves et en faisant connaître l'insécurité. »

Tout cela ne signifie nullement que les exclus ne sont pas plongés dans une grande souffrance psychologique. « La rue détruit, explique le psychiatre Jacques Simonet, qui a été responsable du SMES* à Sainte-Anne. Elle annihile les capacités relationnelles pour ne laisser place qu'aux besoins existentiels. Dans la rue, on ne vit pas, on survit dans l'instant ; la mémoire est occultée, on sombre dans l'autisme. Mais tout cela n'est pas de la maladie mentale. » C'est ce que le docteur Xavier Emmanuelli appelle « le processus d'asphaltisation, dans lequel il n'y a plus de projet, plus de futur, dans lequel on renonce

1. Jean Maisondieu, *La Fabrique des exclus*, Bayard, 1997.

2. Pierre Rentchnick, André Haynal et Pierre de Senarclens, *Les Orphelins mènent-ils le monde ?* Stock, 1978.

jusqu'à sa propre image ». On pourrait aussi dire – même si l'on peut s'interroger sur ce qui pouvait préexister dans le psychisme d'un sujet particulier – que la souffrance n'est pas la cause, mais la conséquence de l'exclusion. La psychologisation de celle-ci n'en existe pas moins, et elle se donne parfois d'une façon insidieuse. Par exemple, Jean Maisondieu met le doigt sur les ambiguïtés que révèle la loi ayant institué le RMI*. Celle-ci, dans son article premier, stipule que « toute personne qui, en raison de son âge, de son état physique ou mental, de la situation de l'économie et de l'emploi, se trouve dans l'incapacité de travailler a le droit d'obtenir de la collectivité des moyens convenables d'existence ». Intention louable, texte généreux, fait remarquer le psychiatre de Poissy, « il n'empêche qu'on retrouve dans le même sac l'incapacité de travailler qui serait due à des handicaps personnels et celle qui serait due à la situation de l'économie et de l'emploi[1] ». L'érémiste, victime du chômage ou de l'exclusion, n'est plus désormais qu'un handicapé social. « On confond, dit Xavier Emmanuelli, la folie et la souffrance psychique. » De son côté, Patrick Declerck[2] s'interroge : « N'est-il pas scandaleux de traiter de folie la souffrance des exclus ? Et cette manœuvre n'aurait-elle pas pour conséquence (voire pour but inavoué) d'absoudre la société de toute responsabilité, pour imputer celle-ci aux seules victimes ? »

## Un déni de fraternité

En fait, c'est bien dans notre fonctionnement social qu'il faut aller chercher les causes de l'exclusion, dans

1. *Ibidem.*
2. *Ibidem.*

un monde où « la lutte des places a remplacé la lutte des classes[1] », comme dit le sociologue Vincent de Gaulejac. Dans son livre, Jean Maisondieu[2] cite un autre sociologue, Alain Touraine[3] : « Nous vivons en ce moment le passage d'une société verticale, que nous avions pris l'habitude d'appeler une "société de classes", avec des gens en haut et des gens en bas, à une société horizontale, où l'important est de savoir si on est au centre ou à la périphérie [...]. L'affaire n'est plus aujourd'hui d'être *up* ou *down,* mais *in* ou *out* [...]. La coupure entre le dedans et le dehors devient de plus en plus profonde : c'est le fossé que l'on saute de plus en plus difficilement. La société libérale porte en elle le ghetto. La société de classes portait en soi le conflit et l'inégalité [...]. Nous étions une société de discrimination, nous devenons une société de ségrégation. »

On a tout de même envie de dire à Alain Touraine que les conditions (à défaut de luttes) de classes n'ont pourtant pas disparu de notre univers *in* et *out*. On a plus de chances de se retrouver *out* lorsqu'on est né dans une cité misérable de Bobigny que quand on a grandi dans les beaux quartiers d'Auteuil ou de Passy. L'*out* menace beaucoup plus l'ouvrier jeté à la rue lors d'un licenciement boursier que le gros actionnaire qui en profite. Quant à la société « verticale », a-t-elle vraiment disparu ? Jamais l'écart entre les riches et les pauvres n'a été si criant. Entre le chômeur de longue durée à qui l'on retire son indemnité parce qu'il a refusé une proposition de travail et madame Bettencourt, la patronne de l'Oréal, la femme la plus riche

1. Voir *La Société malade de la gestion* et *Le Coût de l'excellence*, de Vincent de Gaulejac (Seuil).

2. Jean Maisondieu, *op. cit.*

3. Alain Touraine, « Face à l'exclusion », in *Esprit* « La France des banlieues », février 1991.

de France, n'y a-t-il pas là une « verticalité » qui a la vie dure ? On pourrait également s'interroger sur le « tous les inclus sont des exclus en puissance » de Jean Furtos. S'il est vrai que le cadre d'une entreprise multinationale, soumis aux horaires de travail infernaux et à la pression du chiffre à réaliser, peut légitimement s'interroger sur la possibilité pour lui, un jour, de se faire exclure, il n'en va pas de même du P-DG de Carrefour, parti avec un « complément de retraite » de 29 millions d'euros et une indemnité de départ de 9,8 millions d'euros, cela ne constituant probablement qu'une goutte d'eau dans l'océan de ses revenus. Ce P-DG, comme ses semblables, ne songe certainement pas une seconde à l'exclusion qui pourrait, par malheur, le frapper.

Ce qui est nouveau, ce n'est pas la disparition des différences de classe, mais le fait que cette société de classes rejette les « inutiles ». Jean Maisondieu le souligne à sa manière : « Avec l'exploitation de l'homme par l'homme, on ménageait encore un peu l'individu, parce que celui-ci était rentable ; aujourd'hui, celui-ci est inutile, alors on l'exclut. » Jean Furtos a pour dire la même chose une formule beaucoup plus cynique : « La société centrifuge tous ses déchets. » On retrouve là les thèmes qui étaient déjà débattus au XVIIIe siècle, et en particulier celui de l'« inutilité sociale ». Que faire des pauvres, des chômeurs, des handicapés, des milliers de gosses à qui l'on n'a même plus l'ambition de donner un avenir, des vieux et… des malades mentaux ? Tous sont devenus inutiles. Au passage, il faut souligner que c'est seulement parce qu'il a fait trop chaud que quinze mille personnes âgées sont mortes, en France, en 2003. « Parce qu'elles étaient en surnuméraire », comme dit Xavier Emmanuelli. Qui, dans le discours public, a tenté ne serait-ce qu'une seule fois d'analyser les causes profondes de ce drame ? On a remplacé un ministre, qu'on a d'ailleurs aussitôt nommé à la Croix-Rouge, mais on n'est guère allé plus loin. Jean Maisondieu cite à ce propos la philosophe Noëlle Châtelet, qui constate justement que, cette année-là, « les nourrissons ne sont pas morts pendant la canicule »... Autrement dit, la société porte beaucoup plus d'intérêt à ses bébés qu'à ses vieux. Xavier Emmanuelli fait d'ailleurs remarquer, à ce propos, qu'en Grande-Bretagne « on ne fait plus de pontage après soixante-dix ans ». On pourrait faire le même constat pour les handicapés, dont on parle tant pourtant. Parmi eux, 62 % – reconnus par la COTOREP[1] – sont au chômage ou travaillent dans des ESAT*, où le SMIC représente 5 % de celui d'un employé « normal » pour un travail bien souvent équivalent[2]. Depuis 1987, la loi oblige les entreprises à engager au moins 6 % d'employés handicapés ou à verser une contribution financière à un fond public, l'Agefiph[3]. Aujourd'hui, leur nombre s'élève à 1 %[4]...

Pour Jean Maisondieu, l'exclusion est « bien plus qu'une simple mise à l'écart, c'est un déni de fraternité ». C'est parce que l'homme ne considère plus l'autre comme son frère qu'il peut l'exclure. Les révolutionnaires de 1789 qui avaient inventé le fameux triptyque « liberté, égalité, fraternité » avaient bien pris soin de ne pas séparer les principes qu'ils jugeaient nécessaires aux progrès de la société. Le libéralisme dominant n'a

1. La COTOREP, Commission technique d'orientation et de reclassement professionnel, créée également par la loi du 30 juin 1975, s'occupe des adultes à partir de vingt ans (ou de seize ans en cas d'entrée dans la vie active). C'est elle qui reconnaît la qualité de travailleur handicapé, qui se prononce sur son orientation, qui justifie l'attribution d'allocations et qui se prononce sur le placement dans des structures d'hébergement.

2. Pascal Gobry, *L'Enquête interdite. Handicapés : le scandale humain et financier*, Le Cherche Midi, 2002.

3. Association nationale pour la gestion des fonds pour l'insertion professionnelle des handicapés.

4. Pascal Gobry, *op. cit.*

voulu en retenir qu'un seul : liberté. Liberté individuelle absolue, qui s'oppose à l'égalité : puisque les hommes sont en concurrence, ils ne sont pas réellement égaux – même s'ils le sont au plan du droit –, ce qui conduit à un véritable darwinisme social, les plus faibles disparaissant « naturellement » et seuls les forts subsistant. Liberté individuelle absolue, qui s'oppose également à la fraternité, celle-ci impliquant pour la collectivité le devoir de venir en aide à tous ses membres. Il est d'ailleurs intéressant de noter combien ces deux termes n'apparaissent plus dans le discours public. Le premier est encore l'objet d'une certaine ironie, comme s'il appartenait à un autre temps, comme s'il s'était ringardisé (certains penseurs vont même jusqu'à tenter de lui substituer le concept d'équité). Le second, quant à lui, appartient de nos jours au vocabulaire du vieux français. La fraternité ayant disparu, on lui substitue ce que Jean Maisondieu appelle la « solidarité », mais qui cache en fait un autre terme : « charité ». La bonne vieille charité, cousine germaine de l'inutilité sociale, qui permet de maintenir les choses en l'état. Cette situation ne mène pas seulement à l'exclusion. Comme l'écrit Jean Maisondieu, « elle peut conduire au meurtre » : l'exclu devient une charge « et, s'il était mort, cela ne serait pas plus mal ». Xavier Emmanuelli parle de son côté « d'euthanasie imposée doucement par la compassion sur laquelle il convient toujours rester vigilant afin que l'histoire ne se répète pas ». Pour l'ancien ministre, « l'humanisme a déserté dans une société mécaniste, administrative, économiste, gestionnaire, qui n'a plus les outils symboliques pour comprendre le monde, dans laquelle on "exotise" les autres, les vieux, les fous ».

Comment, dès lors, s'étonner que les malades mentaux soient aujourd'hui victimes de l'exclusion ? Ceux-ci se trouvent toujours au bas de l'échelle sociale, inutiles parmi les inutiles. Jean Furtos pose donc à juste titre la question : « Faut-il les exclure de la société ? » À cela, on a envie de lui répondre que c'est pour une part déjà fait… « Ou faut-il, poursuit le psychiatre lyonnais, les garder à vie dans les asiles comme le suggèrent de plus en plus la presse et les médias ? » Cette dernière question mérite d'être posée à l'heure où les fous sont de nouveau montrés du doigt comme un danger pour l'ordre et la sécurité publics, alors qu'ils sont eux-mêmes victimes de la violence sociale. Alors faut-il encourager le secteur tel qu'il avait été conçu par ses initiateurs, organisé autour d'une équipe ouverte sur la cité ? Cette solution demande trop d'investissements, notamment humains. « La psychothérapie institutionnelle, cela coûte 4000 balles par jour ! » dit crûment Jean Furtos. Philippe Cléry-Melin pose simplement la question dans le rapport qu'il a remis au ministre de la Santé en 2003[1] : « Combien la société est-elle prête à investir dans les soins aux personnes qui souffrent de ces troubles ? » On a envie de dire le minimum pour « gérer » le problème au plus bas coût et « faire oublier » la folie. Jean Furtos fait d'ailleurs remarquer que celle-ci n'intéresse plus grand monde, que les universitaires ne s'y consacrent plus, « qu'il n'y a plus de Foucault, de Deleuze ou de Guattari ». Les fous font de nouveau partie de la horde grandissante des invisibles.

## Des malades « objets »

Ces phénomènes d'exclusion ne sont d'ailleurs pas le fait uniquement des puissants et des élites. C'est la

1. « Plan d'action pour le développement de la psychiatrie et la promotion de la santé mentale », de Philippe Cléry-Melin, Vivianne Kovess et Jean-Charles Pascal.

société dans son ensemble, consciemment ou non, qui en est la porteuse. Jean Furtos donne, pour illustrer cela, un exemple, celui de l'un ses patients, un jeune « étiqueté schizophrène » qui, après deux rechutes, avait réussi à se stabiliser et, avec un bon suivi et un traitement médicamenteux, avait même réussi à trouver un emploi dans une entreprise. « Tout se passait donc très bien, jusqu'au jour où le médecin du travail a découvert qu'il était sous neuroleptiques et qu'il a voulu le faire passer sous COTOREP*. » Le jeune a aussitôt replongé, il s'est replié sur lui-même et il a fait sa rechute la plus dure. Son père l'a alors fait hospitaliser sous HDT[1]. Avec une grosse dose de neuroleptiques, il a finalement réussi à s'en sortir et « il doit vivre comme un schizophrène qui va bien [...]. C'est cela l'exclusion, explique Jean Furtos, elle se trouve aussi dans la tête de chacun. » S'il est incontestable, et c'est particulièrement vrai dans ce cas précis, que l'exclusion est dans la tête de chacun, elle l'est aussi parce que le système l'y introduit. C'est bien parce que chacun est comptable de sa propre excellence que l'on est tenté, comme ce médecin du travail, de se couvrir afin de ne pas porter la responsabilité d'une non-performance éventuelle. (« Désormais, on applique partout le principe de précaution vécu comme une "non prise de risques" », dit Jean Furtos.) Et dans ce cas, l'individu n'a le soutien ni d'un syndicat ni d'un groupe – les solidarités ont disparu –, il est seul face à sa décision (cela dit sans vouloir l'excuser). Ces comportements n'épargnent pas la psychiatrie. Comment pourrait-il en être autrement ? Lorsqu'on refuse d'accueillir un SDF parce qu'il n'est pas sectorisé, cela relève évidemment de considérations dangereusement bureaucratiques – nous retrouvons là

1. Hospitalisation à la demande d'un tiers (hospitalisation sans consentement).

une conception administrative du secteur –, mais aussi de comportements humains insensibles à l'exclusion. Lorsque l'hôpital le refuse parce qu'il est chronique, c'est parce que la logique gestionnaire l'a emporté sur toute considération humaine. Que le SDF aille se faire voir ailleurs, que quelqu'un d'autre le prenne en charge, je n'ai ni les moyens ni l'envie de le faire.

Mais là n'est peut-être pas l'essentiel. Lorsque des psychiatres considèrent leurs malades uniquement comme des cerveaux à traiter avec des médicaments, niant ainsi leur condition de sujets, ils créent les conditions de l'exclusion. Il ne s'agit pas ici de remettre en cause l'utilité de la chimiothérapie, encore moins celle des recherches effectuées sur le cerveau et le système nerveux, mais de poser la question d'une vision réductrice de la folie, avec « l'idée que l'on possède les molécules pour la soigner comme on soigne une grippe », comme dit Xavier Emmanuelli. Quand un malade mental est considéré comme un simple objet, et non pas comme un être humain doté d'un psychisme, il n'est plus notre semblable. On peut dès lors le « traiter » chimiquement lorsqu'il présente un danger pour la société, et ensuite l'envoyer mourir – psychiquement ou réellement – dans un foyer sordide ou dans la rue. Ce qui s'appelle tout simplement une atteinte aux droits de l'homme.

# La prison

## Comparution immédiate

Pour Bruno, tout a commencé par des actes de petite délinquance vers l'âge de seize ans. Un peu d'alcool, un peu de cannabis, mais rien de vraiment grave. Puis, un jour, il s'est enfui de la maison paternelle et, environ une semaine plus tard, des fermiers d'un hameau voisin ont téléphoné, affolés. Bruno était chez eux et il venait de leur dire qu'il avait tué son père et sa mère. A commencé alors pour eux, comme pour lui, une longue épreuve, qui n'est toujours pas terminée aujourd'hui. Bruno est schizophrène. « Nous avons appris par la suite, explique son père, que durant ces années-là il croyait qu'il nous avait tués et que nous n'étions pas ses parents, mais des êtres qui portaient un masque de ses parents cloué sur leur visage. » Bruno est hospitalisé pendant quatre mois. À son retour, il entre dans une phase autiste ; il reste enfermé dans sa chambre, les volets clos, la lumière éteinte, ne descendant à la cuisine familiale qu'au moment des repas. « Jamais je n'aurais pu imaginer, raconte son père, qu'il était possible de souffrir autant. » C'est de nouveau l'hôpital, puis la sortie, puis de nouveau l'hôpital, puis de nouveau la sortie, le cercle vicieux du va-et-vient entre le dedans et le dehors. Finalement, ses parents tentent de l'installer dans un petit appartement dans la ville voisine, mais il arrête son traitement, fume du cannabis, boit de l'alcool, délire. C'est de nouveau l'hospitalisation en HDT*, jusqu'à cette sortie d'essai qui va mal tourner. Un soir, il se retrouve dans la rue avec un homme qu'il a connu la veille. Ils ont en leur possession une arme non chargée que Bruno brandit lors d'une banale altercation avec des passants. La police n'a aucun mal à l'arrêter, et il se retrouve en garde à vue. Quarante-huit heures plus tard, il est devant le juge, en comparution immédiate, avec un avocat commis d'office qui ne le connaît pas. Son père, qui est pourtant son curateur, n'est pas prévenu. L'audience dure quelques minutes, les faits sont avérés, c'est tout ce qui compte. Ni le juge ni l'avocat ne sont au courant des antécédents psychiatriques de Bruno, ils ne cherchent d'ailleurs pas à en savoir plus, ils n'ont pas le temps. Lorsque le juge lui demande pourquoi il portait une arme, Bruno lui répond qu'il voulait se protéger des skins qu'il aurait pu rencontrer dans la rue. « Ce qui voulait dire qu'il était angoissé », explique son père. Mais cela a fait rire le juge. Finalement, Bruno est condamné à six mois de prison ferme.

Lorsqu'il arrive à la maison d'arrêt, il est enfermé avec d'autres prisonniers. « Dans cet établissement, explique le psychiatre qui s'occupe de lui, les cellules, prévues pour quatre, accueillent fréquemment neuf prisonniers, des primo-délinquants, souvent jeunes, qui sont là en tant que prévenus, des multirécidivistes, qui attendent parfois deux ou trois ans avant de passer en assises, des courtes peines, y compris pour des infractions au code de la route. » Tout un monde dans lequel Bruno va se trouver plongé du jour au lendemain. Alors, il ne prend plus ses médicaments, il est exclu par les autres, « il croit qu'il est responsable du suicide d'un détenu dans une autre cellule », puis il se replie dans une profonde souffrance. « Pendant le délire, il se sent bien, explique son père, mais ensuite il est plongé dans une terrible angoisse. » Durant des semaines, le psychiatre qui le suit va se battre pour obtenir une hospitalisation d'office ou un séjour au SMPR[1] de la grande ville voisine. Au bout de deux mois et demi d'incarcération, Bruno est finalement hospitalisé en HO*, mais il agresse des infirmiers. Il est alors conduit dans une UMD* où il restera un an et demi. Aujourd'hui, Bruno est toujours hospitalisé dans sa région et il bénéficie d'une sortie à l'essai. Comme il est toujours en HO*, « le moindre écart et c'est de nouveau l'hôpital ». Il avale dix-sept cachets par jour, ce qui entraîne des effets secondaires. « Il prend du poids, il s'alimente mal, il salive. » Curieusement, la prison ne constitue pas pour lui un mauvais souvenir ; il dit y avoir rencontré une certaine solidarité avec les autres détenus. Il vit dans son appartement, qu'il paie grâce à l'AAH*, même s'il va souvent chez ses parents, et il participe régulièrement à un atelier thérapeutique. La mesure d'hospitalisation d'office devrait être levée dans quelques mois, mais déjà Bruno dit qu'alors il ne prendra plus ses médicaments.

L'histoire de Bruno est, hélas, banale. « La plupart des détenus présentant des troubles mentaux qui arrivent en prison sont condamnés en comparution immédiate[2] », explique Cyrille Canetti, psychiatre à la prison de Fleury-Mérogis, en région parisienne. La trajectoire est souvent classique : la maladie, l'errance, le délit, la prison. « La majorité est psychotique, poursuit Cyrille Canetti, des schizophrènes à bas bruit, qui commettent des vols ou

1. Service médico-psychologique régional. Il s'agit en fait du secteur en milieu carcéral. Il existe 26 SMPR en France pour 187 établissements pénitentiaires.

2. Alors qu'au XIXe siècle la moitié des affaires passaient en instruction, elles ne sont plus aujourd'hui que 5 % à y passer. Pour la seule année 2002, la comparution immédiate a augmenté de 20 % (Denis Salas, *La Volonté de punir*, Hachette Littératures, 2005).

des agressions sous l'effet de la drogue ou de l'alcool. » Et les choses se passent le plus simplement du monde. Pour Bruno, il n'a été question d'expertise psychiatrique à aucun moment. Si celle-ci est obligatoire pour les crimes, elle ne l'est pas pour les délits. En revanche, le juge peut convoquer un expert s'il a des doutes sur l'état du prévenu. Dans la procédure de comparution immédiate, inutile de dire qu'il ne le fait pratiquement jamais. Les audiences durent entre dix minutes et une heure au maximum, et il faut faire du chiffre[1]. L'exemple de Bruno montre également l'absurdité de ce genre de « procès », surtout lorsque l'on a affaire à des malades mentaux. Lorsqu'elle l'a condamné, la justice l'a considéré comme responsable de ses actes, comme elle l'aurait fait pour n'importe quel autre citoyen, et il a donc été emprisonné. Deux mois et demi plus tard, elle a dû reconnaître qu'il était malade (et donc plus responsable) et elle a autorisé son transfert à l'hôpital, c'est-à-dire dans un endroit fait pour soigner les gens et non pour les punir, la maladie mentale n'étant pas, jusqu'à nouvel ordre, un délit. On pourrait alors arguer que, dans le cas de Bruno, le juge ne savait pas que celui-ci était malade. C'est vrai, et cela montre dans quel esprit on rend la justice au cours de ces procédures expéditives. On ne s'intéresse nullement à l'individu, à son histoire, aux raisons qui l'ont poussé à commettre le délit, en vue de ce qui pourrait être une future réinsertion, on condamne un acte, brutalement. En moins d'une heure, on peut ainsi envoyer quelqu'un en prison pour dix ans[2].

1. « Dans les affaires délictuelles, l'expertise psychiatrique est l'exception », note en juin 2001 un rapport de l'Inspection générale des affaires sociales (IGAS) consacré à la santé des détenus.

2. Depuis la loi dite « loi Perben II ».

## Violence pénale

Ces procédures rapides s'inscrivent dans une politique, initiée dès les années 70 – que le magistrat Xavier Lemeyre qualifie de « violence pénale » –, qui se traduit par un recours de plus en plus fréquent à l'emprisonnement. Entre 1975 et 1995, le nombre de personnes incarcérées en France a doublé, alors que la population, sur la même période, n'a augmenté que de 10 %. Cette politique vise essentiellement la petite délinquance, et donc en premier lieu les pauvres. « Des enfants issus souvent de l'immigration, explique Cyrille Canetti, avec des histoires familiales compliquées, dont on se dit que leur trajectoire personnelle ne pouvait qu'aboutir à –l'incarcération, qui reviennent en prison trois fois, quatre fois, souvent plus. » Evry Archer, psychiatre, responsable du SMPR* de Loos-les-Lille, le confirme : « Les gens qui sont ici en prison sont des pauvres, beaucoup de chômeurs, de personnes ayant connu un échec scolaire ou professionnel. Lorsque l'une d'entre elles sort de ce schéma, on la remarque immédiatement. » Une enquête[1] menée pour le compte de la DREES*, qui dépend du ministère de la Santé, indique que, en 2001, 10 % des personnes entrant en prison (systématiquement reçues par les SMPR*) étaient sans domicile fixe, 50 % n'avaient pas d'activité professionnelle, 57 % n'avaient pas travaillé plus de deux ans au cours des cinq années précédant leur

1. « La santé mentale et le suivi psychiatrique des détenus accueillis par les services médico-psychologiques régionaux », enquête de Magali Coldefy (ministère des Affaires sociales, du Travail et de la Solidarité, ministère de la Santé, de la Famille et des Personnes handicapées, DREES*), de Patricia Faure et de Nathalie Prieto (Groupe français d'épidémiologie psychiatrique), *Études et résultats*, n° 181, DREES* (juillet 2002).

incarcération, 11 % percevaient le RMI*, 4 % l'Assedic, 4 % l'AAH* et 2 % une pension d'invalidité. Faute de combattre la pauvreté, on combat les pauvres[1]. Comme la rue, dont elle est finalement le prolongement, la prison est le lieu où se retrouvent dorénavant pauvreté et folie. Ainsi l'enquête de la DREES* indique-t-elle aussi que 55 % des personnes entrant en prison et reçues par les SMPR* étaient atteintes d'au moins un trouble mental. Un cinquième d'entre elles étaient déjà suivies par les secteurs psychiatriques. Une autre étude menée en 2003 indique qu'une personne sur dix entrant en prison se voit prescrire une consultation spécialisée en psychiatrie[2].

En 2002, le ministère de la Santé a décidé, en collaboration avec celui de la Justice, de réaliser une étude sur la santé mentale des détenus. Elle a été confiée à un groupe d'experts dirigé par les professeurs Bruno Falissard, directeur de l'UMD* de Villejuif, et Frédéric Rouillon, chef de service de psychiatrie à Créteil, tous deux collaborateurs de l'INSERM*. Les résultats complets de cette étude – qui a été menée de juillet 2003 à septembre 2004 – n'ont pas encore été rendus publics, à l'exception d'une partie de celle-ci, portant sur 799 détenus[3]. Il s'agissait d'évaluer la prévalence des troubles mentaux dans la population masculine en France métropolitaine. Projetés sur cette population, les chiffres obtenus concernent la dépression (40 %), l'anxiété généralisée (33 %), les névroses traumatiques (20 %), l'agoraphobie (17 %),

1. Cette politique est d'ailleurs menée à grande échelle aux États-Unis. Voir *Punir les pauvres*, de Loïc Wacquant, Agone, 2004.

2. « La santé des personnes entrées en prison en 2003 », Marie-Claude Mouquet (DRESS*), *Études et résultats*, n° 386, DRESS* (mars 2005).

3. Au cours d'un colloque tenu à Paris en décembre 2004, organisé par les ministères de la Santé et de la Justice sur le thème « Santé en prison, dix ans après la loi, quelle évolution ? ».

la schizophrénie (7 %), la paranoïa, la psychose hallucinatoire chronique (7 %). Ils sont évidemment à considérer avec prudence quant aux causes des troubles ainsi repérés. Par exemple, le système carcéral est probablement propice à l'apparition de certaines formes de dépression. Il faut cependant noter le nombre très élevé de psychoses, c'est-à-dire les maladies mentales les plus graves (14 %), qui existent le plus souvent avant l'incarcération. Le chiffre de 7 % de schizophrènes doit être rapproché de celui de la prévalence de cette maladie dans la population générale, qui est de 1 %. D'ailleurs, 12,6 % des personnes interrogées ont été décrites comme « gravement malades » ou « parmi les patients les plus malades ». Un signalement auprès de l'équipe soignante pour « trouble psychiatrique méritant d'être soigné » a été conduit avec l'accord de la personne concernée dans 22 % des entretiens.

Ces estimations sont confirmées par les psychiatres qui travaillent dans les établissements pénitentiaires. Par exemple, dans les prisons du Nord-Pas-de-Calais, on reçoit chaque détenu entrant et l'on remplit un questionnaire d'arrivée depuis 1988. « Nous sommes en possession de vingt-cinq mille dossiers », précise Evry Archer. Cela permet de récolter des données sûres concernant l'état de santé des prisonniers qui arrivent. « Aujourd'hui, explique-t-il, 30 % d'entre eux ont des problèmes d'alcool, 40 % sont dépressifs au sens des critères internationaux de la dépression, c'est-à-dire qu'ils ne sont pas seulement tristes. Parmi les 14 % qui présentent des troubles psychotiques, 7 % sont des schizophrènes[1]... » Des chiffres qui donnent le vertige et

1. Cet état de santé est également déplorable sur le plan somatique : « Nous voyons des jeunes de trente ans sans dents, explique Evry Archer, des tuberculoses milliaires que l'on croyait disparues... »

qui incitent à penser que l'heure est à la pénalisation de la maladie mentale et qu'aujourd'hui la société met ses fous en prison. « Oui c'est vrai, celle-ci se substitue à l'asile parce que l'hôpital a perdu sa fonction de refuge », reconnaît Sophie Baron Laforêt, qui a été longtemps psychiatre à la prison de Fresnes, dans la région parisienne. En fait, il ne s'agit pas d'un retour à l'asile de Pinel et d'Esquirol – ce qui serait un moindre mal par rapport à la situation actuelle –, mais d'un retour à l'hôpital général de Louis XIV, au temps où les pauvres, les délinquants et les fous étaient tous enfermés dans le même endroit. Comme le souligne le rapport de Pierre Pradier[1] sur l'état des prisons en France, remis au Sénat en juin 2000, « la boucle est bouclée : la prison, aujourd'hui en France, est en train de retrouver son visage antérieur au code pénal napoléonien ».

Ces chiffres, pour impressionnants qu'ils soient, ne concernent que les personnes qui arrivent en prison – et c'est en cela d'ailleurs qu'ils sont très intéressants –, mais ils ne rendent pas compte de la situation générale, et notamment de l'état psychique de ceux qui sont enfermés, notamment les condamnés à de longues peines[2]. « Il n'est pas rare que les médecins, lors des visites des établissements, indiquent qu'environ 30 % des détenus avaient des antécédents psychiatriques et que la moitié d'entre eux a des troubles psychologiques », note le député Louis Mermaz dans un rapport remis à l'Assemblée nationale en juin 2000 au nom de la commission d'enquête sur

1. « Prisons : une humiliation pour la République », rapport au Sénat (juin 2000). Pierre Pradier a été président de Médecins du Monde et député européen.

2. Les peines de plus de cinq ans ne cessent d'augmenter : 25 % en 1978 ; 40 % en 1998. En vingt ans, le nombre de condamnés à perpétuité a doublé (Pierre Victor Tournier, *Désinflation carcérale*, Panoramique, 2000).

les prisons françaises. En fait, l'incarcération peut être le détonateur d'une psychose préexistante qui n'avait pu être décelée. « On le sait, explique Jean Maisondieu[1], certaines psychoses s'inaugurent sur un mode médico-légal avant d'être diagnostiquées comme telles, et l'âge de la dangerosité criminogène recoupe plus ou moins l'âge d'entrée dans la psychose. Il n'y a donc rien d'étonnant à ce qu'on découvre des troubles psychotiques chez des sujets incarcérés considérés comme "normaux" lors de leur condamnation. » Pourtant, ces considérations ne sont pas suffisantes pour expliquer l'apparition des troubles en cours de détention. Le crime et son châtiment jouent également un rôle chez certains détenus, indépendamment d'une pathologie préexistante. « Dans cette perspective, poursuit Jean Maisondieu, ce n'est pas tant l'enfermement en tant que tel qui est en cause, ni même sa visée délibérément punitive, c'est en fait un processus de déshumanisation dont le condamné est victime du fait de son incarcération, qui le conduit du côté de la psychose en même temps qu'il est mis à l'écart de la société. » Le prisonnier est celui « à qui tout le monde tourne le dos », qui vit dans un univers clos et qui n'a pas grand-chose à quoi se raccrocher pour garder « une certaine estime » de lui. « Cette dépréciation est une épreuve tellement difficile à surmonter qu'elle le conduit généralement à essayer de ne pas l'affronter dans sa pleine réalité, en recourant soit au déni ou à la minimisation des faits, soit au refus d'adopter le statut de criminel. » Cela l'amène à s'affirmer comme « autre que ce qu'il est ». C'est à partir de cette situation déshumanisante qu'apparaît, selon le psychiatre de Poissy, la psychose carcérale. « Chez ces patients, poursuit-il, on note l'importance des hallucinations acoustico-verbales, souvent mêlées d'hallucinations

1. Jean Maisondieu est psychiatre à Poissy, dans la région parisienne.

psychiques et de quelque peu de mentisme[1]. Le crime se trouve pratiquement toujours au centre des préoccupations délirantes. Les troubles apparaissent très tôt dans l'incarcération, parfois même au moment de la reconstitution des faits, et l'évolution est souvent chronique. » À cela, il faut ajouter les sujets qui souffrent à la fois d'une authentique psychose et de troubles psychotiques liés à l'incarcération, « dans un mélange aux proportions indiscernables ».

De son côté, Cyrille Canetti préfère parler « d'épisodes psychotiques réactionnels brefs » chez les détenus. Certains troubles apparaissent, selon lui, en réaction à l'incarcération : dépression, anxiété, insomnie, agitation, épisodes délirants… D'autres sont liés à un défaut d'interaction avec l'environnement, et ils interrogent sur la frontière qui existe entre le normal et le pathologique. « C'est dans cette interaction, explique-t-il, que nous préservons notre équilibre psychique, qu'il s'agisse de fermer une fenêtre lorsqu'il fait froid, de téléphoner à un proche lorsque nous nous sentons seuls, d'aller fouiller dans le frigo lorsque nous ne pouvons pas dormir… En prison, la situation est tout autre. Lorsque l'air est irrespirable dans la cellule du fait de la présence des toilettes, il faut l'accord de celui qui a le statut de caïd pour ouvrir la fenêtre. Il n'est pas possible de faire appel à un proche lorsque la solitude se fait sentir, et il est difficile d'allumer la lumière lorsque la cellule prévue pour une personne est occupée par trois. » Bref, le cadre de la prison ne permet plus de se protéger, et il « déstabilise un certain nombre d'états prépathologiques que la souplesse de l'environnement permettait de contenir. » Ainsi, remarque Cyrille

1. « Activité mentale mal contrôlée par la volonté, proche de la rêverie diurne, durant laquelle les idées et les images défilent rapidement, sans arrêt et d'une manière presque incoercible » (Jacques Postel, *Dictionnaire de la psychiatrie*, Larousse).

Canetti, le quartier disciplinaire est-il un gros pourvoyeur de décompensations pathologiques[1], « le nombre de suicides dont il est le théâtre en atteste ».

## La responsabilité des malades mentaux

En fait, il convient d'avoir à l'esprit cette réalité pour mieux comprendre les enjeux qui sous-tendent le débat concernant la responsabilité des malades mentaux en cas de crime ou de délit. Sinon, le risque est grand de s'enfermer dans un discours qui, pour passionnant qu'il soit, tourne sur lui-même, détaché de la situation sociale réelle. Ce débat porte en fait sur une question : faut-il juger les malades mentaux ? Jusqu'à une période récente, cette question ne semblait guère se poser. Le code pénal de 1810, dans son article 64, était relativement clair à cet égard : « Il n'y a ni crime ni délit lorsque le prévenu était en état de démence au temps de l'action, ou lorsqu'il aura été contraint par une force à laquelle il n'a pu résister. » Autrement dit, même si les faits étaient indiscutables – le fou a réellement tué –, ils ne pouvaient être qualifiés de crime ou de délit puisque leur auteur était en état de démence. Le psychiatre Georges Lantéri-Laura, dans un article publié par le *Journal français de psychiatrie*[2], fait deux remarques à ce propos. La première tient au fait

1. « Décompensation névrotique : crise avec effondrement des défenses névrotiques habituelles chez un sujet dont la névrose était jusque-là relativement compensée et qui est brusquement confronté à une situation affective difficile ou dangereuse à laquelle il ne peut faire face sur le plan émotionnel. Plus rarement, cette décompensation peut être la voie d'entrée dans une psychose chronique chez un patient particulièrement vulnérable » (Jacques Postel, *Dictionnaire de la psychiatrie*, Larousse).

2. « Faut-il juger et punir les malades mentaux criminels ? » *Journal français de psychiatrie*, n° 13, 2001.

qu'il n'y a aucune compassion[1] dans cette démarche : elle consacre seulement une impossibilité juridique, la démence, et donc la non-conscience des faits, empêchant la qualification du crime ou du délit. La deuxième remarque concerne cette notion de « démence » qui, au départ, « ne dépend d'aucun savoir médical particulier », qui signifie seulement que le prévenu ne savait pas ce qu'il faisait. Il faudra l'action de psychiatres de renom, comme Étienne Esquirol ou Étienne Georget, son élève, pour que soit affirmée la nécessité de l'expertise psychiatrique. C'est alors, explique Georges Lantéri-Laura, que va s'opérer un glissement de sens : la notion d'aliénation mentale va se substituer, dans les faits et sans que le texte de la loi ne soit modifié, à celle de démence. Georget, écrit-il, « a réussi à convaincre la plupart de ses collègues que, lorsqu'un prévenu se trouvait atteint indiscutablement d'aliénation mentale, il se trouvait nécessairement en état de démence, non seulement au temps de l'action, mais avant et après ce moment. C'est dire que le diagnostic d'aliénation mentale devait entraîner sans défaillance l'application de l'article 64 du code pénal, en se souciant de moins en moins de ce qu'il était au moment des faits. » L'aliénation excluait donc la procédure et le châtiment, « contrairement à l'esprit du code pénal ». Cette analyse n'a rien d'un jeu intellectuel : le nouveau code de 1994 va réaffirmer la nécessité de se pencher sur l'état du prévenu au moment de l'action, et compliquer singulièrement la tâche des experts.

Il est vrai, par ailleurs, que l'article 64 et son interprétation ultérieure correspondent à la période de l'aliénisme. Le fou qui bénéficiait d'un non-lieu échappait à

1. Contrairement à l'Ancien Régime, où les fous ne pouvaient ni être poursuivis ni être condamnés (ils étaient donc placés « hors droit ») parce qu'ils inspiraient la compassion du fait de leur infortune et parce qu'on pensait que Dieu les avait déjà punis en les rendant fous.

la prison et allait directement à l'asile pour y finir ses jours, ce qui valait à peine mieux. « Le non-lieu, c'est la pierre tombale du silence », écrit le philosophe Louis Althusser[1], qui a tué sa femme dans une crise de folie en 1980. Or l'asile, de nos jours, n'a plus cette fonction. La loi permettait également, dans le doute, de faire échapper le fou à la guillotine, question qui ne se pose évidemment plus en ces termes aujourd'hui. L'abolition de la peine de mort permet maintenant de condamner avec moins d'états d'âme. Cet article 64 a toujours été discuté par les psychiatres – antipsychiatres, psychanalystes ou tenants de la sectorisation après la guerre – car, selon eux, il niait la qualité de sujet du malade mental. « Le non-lieu pour moi, dit le pédopsychiatre Pierre Delion, c'est le début de l'aliénation. » D'autres sont encore plus abrupts : « Si nous reconnaissons au malade mental la qualité de citoyen, dit le psychiatre Jean-Luc Roelandt, nous devons alors le juger. » D'autres encore prêtent au jugement, et *a fortiori* à la prison, une valeur thérapeutique : le malade, face à la reconnaissance publique de son crime, pourrait en quelque sorte renouer avec la réalité. Cette opinion est discutable, car il faudrait alors que, pendant le procès, le prévenu puisse comprendre ce qui se passe et puisse se défendre, comme tout autre accusé, ce qui est loin d'être toujours le cas. Et lorsqu'on voit aujourd'hui l'état des prisons – avec la surpopulation et la promiscuité –, on peut douter de la valeur thérapeutique de celles-ci. On se demande même si la question mérite d'être posée.

Cyrille Canetti explique, par exemple, que face à la maladie mentale, les surveillants (qui ne sont pas formés pour la prise en charge de celle-ci) n'ont souvent pas d'autre choix que d'avoir recours, en cas de crise, au quartier disciplinaire. « Celui-ci est parfois le théâtre de

1. Louis Althusser, *L'Avenir dure longtemps*, Stock, 1992.

scènes évoquant les asiles psychiatriques avant l'avènement des neuroleptiques », dit-il. Le psychiatre peut alors rédiger un certificat de contre-indication, mais la sortie du mitard est alors très mal vécue par les gardiens, ce qui entraîne un regain de tension. Il peut également demander une hospitalisation d'office dans un hôpital psychiatrique car, dans le cadre de la prison, il ne peut obliger quiconque à se soigner. Mais les secteurs psychiatriques répugnent à accepter ces détenus malades. Ils ont peu de lits, et surtout ils ont peur des évasions, la surveillance n'étant alors plus assurée par l'administration pénitentiaire. « Un jour, nous avons fait hospitaliser un jeune détenu à l'hôpital de Villejuif, raconte Agnès Tronchet, infirmière psychiatrique à la prison de Fresnes, dans la région parisienne. Il délirait, il se mettait une barquette de frites sur les oreilles, il mangeait du carton. Au bout de quinze jours, ils nous l'ont renvoyé en disant qu'il n'était plus délirant. Normalement, quarante-huit heures après le retour d'une HO*, je dois rencontrer le détenu, mais lui ne voulait rien savoir : il disait qu'après quinze jours d'hôpital il ne voulait plus voir un psy. J'ai finalement réussi à lui rendre visite dans sa cellule. Il était aussi fou que lorsqu'il est parti. Ce qu'il faudrait, c'est un suivi, dans la durée, afin de prévenir les crises et de faire un vrai travail en profondeur avec lui. C'est difficile, en prison. Il y a la lourdeur de l'administration. Par exemple, faire sortir un détenu d'une cellule est extrêmement compliqué. On ne peut obliger les malades à se soigner[1], contrairement à l'hôpital, il faut donc que ceux-ci le désirent, ce qui n'est pas toujours le cas pour les psychotiques, qui sont dans le déni de leur maladie et qui restent dans leur cellule. En prison, on peut soutenir, mais on ne peut pas soigner. »

1. En vertu de la loi de 1990.

Tout cela ne signifie nullement qu'il ne se fait pas du bon travail au sein des SMPR*. « Nous parvenons parfois à réellement prendre en charge certains patients, explique Cyrille Canetti. J'ai en souvenir l'exemple d'un jeune qui avait été victime d'une bouffée délirante, que nous avons pu aider et qui nous en a remerciés. » La question qui se pose est bien sûr celle de l'après-détention, « à moins, dit Cyrille Canetti, de les condamner tous à perpétuité ». Trop souvent, après la sortie, les anciens détenus sont livrés à eux-mêmes, y compris lorsqu'ils sont dangereux. Dans ce cas, il reste la possibilité d'une HO* au moment de la libération, mais les psychiatres le font à contrecœur parce que cela équivaut à infliger une seconde condamnation. Et l'on pourrait aussi souligner ce paradoxe : lorsqu'il est condamné, le malade mental est jugé responsable ; lorsqu'il sort de prison pour aller directement en UMD*, il ne l'est plus… Le cas le plus emblématique de cette contradiction est celui de Stéphane Delabrière, un psychotique qui avait commis deux crimes horribles à la fin des années quatre-vingt, qui avait été considéré irresponsable (au titre de l'article 64) lors d'une première expertise, puis responsable par une seconde, et qui avait finalement tué un gardien de prison. Il a fallu ce drame pour que l'on se résolve à le considérer comme malade, et donc irresponsable, bien qu'il soit toujours condamné et, à ce titre, jugé comme responsable.

En fait, considérer la prison comme un moyen thérapeutique, ce que visiblement elle n'est pas – elle n'est même plus un moyen de réinsertion pour les détenus en général –, pose un problème d'éthique : ne punit-on pas ainsi la maladie mentale ? Est-ce que cela ne revient pas à confondre la prison, lieu de détention pour des gens qui sont punis, et l'hôpital, lieu de soin pour ceux qui sont malades ? Cette confusion est d'autant plus redoutable qu'elle règne souvent en maître dans les tribunaux et dans les jurys : on condamne un malade parce que l'on se dit qu'il sera mieux en prison que dans un service ouvert de psychiatrie, et que, de toute façon, il y sera soigné. Cyrille Canetti n'y croit pas un instant. « Il y a quelques jours, raconte-t-il, je suis allé au mitard – une pièce de 9 mètres carrés avec une grille, des toilettes à la turque et un point d'eau – pour y rencontrer un patient. Il s'était déshabillé et il était là, nu, la tête baissée. Il m'a regardé et il m'a demandé s'il avait le droit d'ouvrir la bouche. Il était en plein délire. Voilà les vertus thérapeutiques de la prison. » Une opinion partagée par Evry Archer : « En prison, on ne peut pas soigner les gens. »

La question du jugement des malades mentaux s'est donc imposée avec force dans le débat psychiatrique et juridique avec la fin de l'aliénisme. En ce sens, c'était probablement inévitable. Considérer le malade comme un sujet et non plus comme un objet à enfermer et à faire disparaître – Louis Althusser parle des « disparus » lorsqu'il évoque les fous enfermés – constitue toujours le cœur du combat des désaliénistes, quelle que soit leur école ou leur obédience. Le jugement constitue donc une reconnaissance de l'humanité du malade, de sa citoyenneté. Comment ne pas souscrire à une telle prise de position ? Mais là où le bât blesse, c'est qu'aujourd'hui une telle attitude humaniste peut conduire à justifier, à son corps défendant, la situation aliénante que connaissent les malades mentaux en prison. Il n'est d'ailleurs qu'à voir le trouble des psychiatres lorsqu'on évoque avec eux la situation des détenus, alors qu'ils sont parfaitement à l'aise pour expliquer et défendre leurs positions théoriques. Ce n'est pas la théorie qui tranche, mais la société réelle, telle qu'elle est. Il est bien difficile d'évoquer la cité, dans laquelle les fous auraient vocation à retourner, en faisant l'économie de l'analyse de ce qu'elle est devenue à un moment donné. Or, aujourd'hui, la cité est « excluante », pour reprendre le terme de Jean Furtos. Elle exclut à la fois ses pauvres, ses délinquants et ses fous. L'utilisation qui est faite, par exemple, de l'article 122-1 du code pénal de 1994 (qui a remplacé le fameux article 64 de 1810) pourrait en fournir un exemple.

## L'article 122-1

Cet article comporte deux alinéas. Le premier stipule que « n'est pas pénalement responsable la personne qui était atteinte, au moment des faits, d'un trouble psychique ou neuropsychique ayant *aboli* son discernement ou le contrôle de ses actes ». Nous sommes ici dans l'esprit de l'article 64 : on évoque bien l'état du prévenu au moment des faits pour écarter la responsabilité. Le second alinéa, en revanche, ouvre une nouvelle porte : « La personne qui était atteinte, au moment des faits, d'un trouble psychique ou neuropsychique ayant *altéré* son discernement ou entravé le contrôle de ses actes demeure punissable ; toutefois, la juridiction tient compte de cette circonstance lorsqu'elle détermine la peine et en fixe le régime. » Cette dernière précision donne logiquement à penser que le législateur a eu en tête les circonstances atténuantes, or c'est l'inverse qui se produit dans la réalité : les peines sont souvent plus lourdes, comme si l'on voulait faire payer à l'accusé non seulement son acte, mais aussi le fait d'avoir eu son « discernement altéré » au moment des faits, autrement dit d'être malade. C'est ce que reconnaît Jean-François Burgelin, procureur général honoraire près de la Cour de cassation, dans un rapport sur la dangerosité remis en juillet 2005 aux ministres de la Justice et de la

Santé[1] : « Force est de remarquer que, dans certaines procédures criminelles où il est fait application de l'alinéa précité, l'atténuation de responsabilité, subséquente à l'altération du discernement constatée chez l'accusé, ne se traduit guère par une diminution de la peine prononcée, mais au contraire par son aggravation. Cette situation peut s'expliquer par la crainte du jury populaire de voir remis en liberté à trop brève échéance des individus dont il présume qu'ils présentent un état dangereux singulier, eu égard aux troubles dont ils souffrent. Pourtant, il a été à plusieurs reprises souligné que les personnes atteintes de troubles mentaux sont présupposées à tort particulièrement dangereuses. En outre, ce n'est pas le moindre des paradoxes que de constater que les individus dont le discernement a été diminué puissent être plus sévèrement sanctionnés que ceux dont on considère qu'ils étaient pleinement conscients de la portée de leurs actes. » Effectivement.

C'est donc bien de dangerosité dont il est question – que l'on craint et que l'on imagine –, et de la volonté de protéger la société. Il ne s'agit plus seulement de condamner un homme pour l'acte répréhensible qu'il a commis, mais de se prémunir contre le danger potentiel qu'il peut représenter, contre un risque. On retrouve le même souci dans le fait que le nombre des non-lieux pour cause de maladie mentale, c'est-à-dire la mise en application du premier alinéa de l'article 122-1, est en constante diminution : 424 en 1990 ; 287 en 2000 ; 233 en 2003. La majorité de ces décisions concerne d'ailleurs des affaires correctionnelles, et non criminelles[2]. Il s'agit là d'un

1. « Santé, justice et dangerosités : pour une meilleure prévention de la récidive », rapport de la commission Santé-Justice.

2. Voir *Crime et folie ; deux siècles d'enquêtes médicales et judiciaires*, de Marc Renneville, Fayard, 2003.

glissement qui ne concerne pas seulement les malades mentaux, mais la justice dans son ensemble. Pour mieux le comprendre, il faut avoir à l'esprit les changements intervenus dans ce domaine à partir des années soixante-dix. À la Libération, le souci premier est la réhabilitation des criminels et des délinquants, dans « le cadre d'une République qui se veut égalitaire, redistributive et sociale », comme l'écrit le magistrat Denis Salas[1]. Pour les hommes de la Libération, « c'est le régime progressif qui autorise tous les espoirs puisqu'il doit préparer par étapes le retour du condamné à la vie libre. Animé par les vertus de charité et d'espérance, il vise à faire reculer le plus loin possible l'"inamendabilité". Ce qui compte d'abord est de défendre le délinquant en danger d'exclusion dans sa propre société[2]. On croit entendre Charles Lucas[3], ce grand réformateur du siècle précédent : la prison sera à l'auteur des infractions ce que l'hôpital est pour le malade, un lieu de guérison[4]. »

Ces principes, hélas, peuvent apparaître aujourd'hui comme utopiques (notre époque de droits de l'homme est en fait totalement dénuée d'humanisme), mais ce sont eux qui vont sous-tendre la politique pénale pendant près de vingt-cinq ans. Avec de premiers assauts contre eux dès les années 60, notamment lors de la guerre d'Algérie, avec la chasse aux « terroristes », la torture et l'internement arbitraire. « La priorité sécuritaire ne cesse de s'affirmer au moment où les détenus algériens forment un

1. Denis Salas, *La Volonté de punir ; essai sur le populisme pénal*, Hachette Littératures, 2005.

2. « La peine privative de liberté a pour but essentiel l'amendement et le reclassement social du condamné » (principe n° 1 de la Commission de réforme des prisons, 1945) ; cité par Denis Salas.

3. Philanthrope, fondateur de la Société phrénologique de Paris, partisan de l'abolition de la peine de mort.

4. Denis Salas, *op. cit.*

tiers de la population carcérale[1]. » Ce « tout sécuritaire » va s'épanouir avec la crise, l'apparition de la pauvreté et des ghettos, le chômage de masse, la délinquance, l'incapacité de l'État à offrir une alternative à des populations de plus en plus à l'abandon, et l'entrée en force des problèmes de sécurité dans les discours politique et médiatique. « Contre un droit de punir individualisé naît une volonté de punir issue du besoin collectif de sécurité : à quoi servent les sanctions si elles ne ramènent pas la sécurité dans un quartier[2] ? » Comme le remarque le magistrat Xavier Lemeyre, « l'examen de la responsabilité de la personne poursuivie devient accessoire » au profit de l'évaluation de la dangerosité. Ces changements s'inscrivent bien sûr dans le contexte d'une société où l'individu est autonome, coupé des anciennes solidarités. Denis Salas fait remarquer à ce propos que, dans le nouveau code pénal de 1994, apparaissent les « droits créances », c'est-à-dire les droits d'individus placés hors de leurs cadres collectifs, et un grand nombre d'atteintes aux droits subjectifs : étranger menaçant, mise en danger d'autrui, partenaire sexuel contaminant, harcèlement sexuel…

## L'irruption des victimes

Tout se passe comme si l'individu, à présent libre mais nu, avait besoin de se protéger contre les effets de sa solitude. C'est peut-être là d'ailleurs l'une des causes de la « judiciarisation » (cette manie d'aller en justice pour un oui pour un non) de la vie sociale à laquelle on assiste depuis plusieurs années. Dans ce contexte, apparaissent

1. *Ibidem.*
2. *Ibidem.*

logiquement de nouveaux acteurs, jusque-là exclus des préoccupations de la justice : les victimes[1]. « Aux solidarités collectives, écrit Denis Salas[2], celle du monde du travail par exemple, succède une "solidarité victimaire". » Les associations de victimes sont maintenant présentes au sein des juridictions de libération conditionnelle[3], ce qui est curieux car on a du mal à imaginer que, dans un tel cas de figure, elles puissent faire preuve de clémence. Comme le note Denis Salas[4], « des enquêtes peuvent être faites sur les conséquences des mesures d'individualisation des peines au regard de la situation de la victime, [...] celle-ci doit être informée de la possibilité de déposer des observations écrites avant toute décision du juge de l'application des peines, [...] la victime doit désormais être informée avant toute remise en liberté "lorsqu'il existe un risque que le condamné puisse se trouver en sa présence[5]". » Le magistrat fait également remarquer que la victime a « fait une entrée remarquée dans le serment des jurés » alors qu'elle n'est que partie civile[6].

L'irruption des victimes a pour conséquence de s'éloigner un peu plus du jugement individualisé au profit de l'exemplarité de la peine, avec en toile de fond le risque pour la société[7]. La victime n'agit pas seulement pour elle, mais pour éviter de faire courir à d'autres le risque de ce qui est lui est arrivé. Chacun s'identifie à elle – les

1. La création d'un secrétariat d'État en est l'illustration.

2. Denis Salas, *op. cit.*

3. Loi du 15 juin 2000.

4. Denis Salas, *op. cit.*

5. Articles 712-16 et 720 du code de procédures pénales (loi du 9 mars 2004).

6. Les jurés prêtent serment « de ne trahir ni les intérêts de l'accusé, ni ceux de la société qui accuse, ni ceux de la victime ».

7. Voir *La Société du risque*, d'Ulrich Beck, Aubier, 1986.

grands médias, qui voient en elle une marchandise que l'on peut vendre aux heures de grande écoute, y contribuent largement –, et le délinquant n'est plus vu pour ce qu'il est, mais pour la menace qu'il représente. À la distance, à la sérénité et aux efforts de compréhension nécessaires à tout jugement se substituent l'émotion, l'immédiateté des sanctions, leur exemplarité. Cela a pour conséquence une confusion grandissante entre le travail de la justice et celui de la police. On établit des profils, on dresse des listes de suspects potentiels, on constitue des fichiers.

Où se situe le fou dans ce contexte ? Et pourquoi a-t-on tellement à cœur de le juger ? Parce que l'on pense qu'il représente un risque. C'est le regard que l'on porte sur lui qui a changé. « Ce n'est plus un regard sur sa psychologie, explique Denis Salas, c'est un regard sur l'aléa de la sécurité, aléa inacceptable qu'il représente pour la société[1]. » Dès lors, pourquoi se demander si l'accusé est en mesure de comprendre ce qui se passe ? Pourquoi s'étonner de l'absurdité de certains procès d'assises ? Le problème n'est pas là. « C'est la dangerosité qui ne se réfère plus seulement à l'imputabilité et à la responsabilité, mais qui se réfère à une potentialité de violation des règles liées à une causalité biologique, psychologique, peu importe, et on demande à l'expert de l'authentifier[2]. » Le fou n'est plus au cœur des débats ; il a été supplanté par la victime, qui exige un procès public pour pouvoir « faire son deuil ». Si on l'accuse, ce n'est pas pour le juger, mais « c'est pour ne pas priver les victimes du récit auquel elles ont droit[3] ». On voit bien là le renversement opéré : le tri-

1. « Faut-il juger et punir les malades mentaux criminels ? », *Journal français de psychiatrie*, n° 13, 2001.

2. *Ibidem*.

3. *Ibidem*.

bunal ne sert plus, fondamentalement, à juger un homme, il doit jouer un rôle quasi thérapeutique pour la victime.

La position d'une association comme l'APEV (Association des parents d'enfants victimes) est intéressante à cet égard. Elle demande la suppression du non-lieu prononcé par le juge d'instruction[1], l'obligation de mener l'instruction jusqu'au bout, le renvoi devant une juridiction de jugement comme la cour d'assises ou un tribunal *ad hoc*. Elle rappelle que la loi du 15 juin 2000 sur la présomption d'innocence donne la possibilité au président de la cour d'assises de poser aux jurés une question sur l'irresponsabilité pénale (art. 349). « Le législateur a donc déjà prévu, explique-t-elle, la possibilité de faire comparaître devant une cour d'assises ces individus tout en les exemptant de peine (art. 363). Il faudrait […] modifier l'article 363 du code de procédure pénale afin de ne pas "acquitter" une personne déclarée irresponsable au moment des faits (changement de terminologie), acquittement signifiant innocence pour le grand public. Ce passage devant une juridiction de jugement pourrait permettre à l'auteur des faits de prendre pleinement conscience de la gravité de son acte. »

Enfin, elle ajoute, concernant le danger que peut représenter un malade mental : « La sortie de l'hôpital psychiatrique est un risque : risque pour les victimes, risque pour la société, risque pour le sujet lui-même. L'évaluation de ces risques et des mesures à prendre doit être le résultat d'un consensus entre santé et justice. Pour prévenir les récidives, protéger les victimes et permettre leur information, cette démarche pourrait être calquée sur celle concernant les agresseurs sexuels à leur sortie de prison ou sur celle des libérations conditionnelles. » Il ne s'agit pas, évidemment, de faire porter la responsabilité

1. « Abolir l'abolition est dans l'air », estime Daniel Zagury.

de la situation actuelle aux associations et d'en faire des boucs émissaires. Elles défendent le droit des victimes, et cela est parfaitement légitime. La loi offre d'ailleurs des garanties à celles-ci, par exemple la possibilité d'obtenir une contre-expertise (par un collège de deux experts) lorsque la première expertise a conclu à l'irresponsabilité, la possibilité de faire appel d'une décision de non-lieu devant la chambre d'instruction de la cour d'appel… Cette prise de position de l'APEV* illustre bien la tendance actuelle à voir en l'inculpé un risque pour la société au-delà de l'acte qu'il a commis, et cela *a fortiori* lorsqu'il s'agit d'un malade mental.

## Paroles d'experts

Tous les débats concernant l'altération ou l'abolition du discernement ne peuvent mettre cela de côté. Ils ne peuvent s'abstraire du fait qu'il ne s'agit pas seulement d'un débat d'experts, mais d'un véritable choix de société (auquel n'aurait probablement rien changé le maintien en l'état de l'ancien article 64). Michel Dubec, psychiatre et expert national, en donne un exemple saisissant : « Un jour, nous avons eu, avec Daniel Zagury, à expertiser un meurtrier et nous avons conclu à la déresponsabilisation. Une deuxième expertise a été ordonnée, et elle a conclu à la responsabilisation. Le tribunal aurait alors dû demander une troisième expertise, mais il ne l'a pas fait et l'homme a été condamné à vingt-trois ans de prison. C'est un retour à la barbarie. » La question de l'expertise mérite d'ailleurs que l'on s'y attarde un instant. Dire que les experts sont responsables du fait que les malades mentaux sont aujourd'hui envoyés en prison est peut-être une vision un peu simple. Il suffirait de les ériger en faciles boucs émissaires et le tour serait joué. En fait, comme dit Michel Dubec, les experts sont également baignés, comme tous les autres acteurs de la justice, dans « une atmosphère culturelle générale », celle de la sécurisation à tout prix, à laquelle ils participent et dont ils subissent les pressions.

Daniel Zagury raconte qu'un jour il a laissé sortir un jeune schizophrène qui a alors poignardé son frère. « Pour que la sortie eût été possible dans de bonnes conditions, explique-t-il, il aurait fallu que je puisse le faire accompagner par deux infirmiers, or nous n'en avons pas assez. C'est l'effet de l'abandon dont est victime la psychiatrie aujourd'hui. Mais j'ai été montré du doigt. » On peut dès lors se demander si les experts n'appliquent pas, eux aussi, le fameux principe de précaution en utilisant le deuxième alinéa de l'article 122-1 pour renvoyer au jury la responsabilité de juger le malade mental prévenu. Tout comme le tribunal d'ailleurs, qui préfère condamner lourdement celui-ci à la prison plutôt que de courir le risque de le voir livré à lui-même ou accueilli dans des structures trop ouvertes, trop légères, pour pouvoir l'accueillir dans de bonnes conditions de sécurité (rappelons qu'il n'existe que quatre cents places aujourd'hui dans les UMD*). « L'expert est aussi par ailleurs un psychiatre, explique Michel Dubec, et il n'a pas très envie de voir rôder un malade dangereux dans son service. Avant, lorsqu'il y avait beaucoup d'infirmiers, il s'en occupait ; aujourd'hui, ce n'est plus possible. » En d'autres termes, le démantèlement des grands asiles et « la paupérisation organisée de la psychiatrie » justifient les mesures d'emprisonnement… Cette « non prise de risque » est encore aggravée par le fait que, désormais, il existe des soins psychiatriques en prison. Avec la mise en place du secteur, les psychiatres sont arrivés dans l'univers carcéral, ce qui constitue évidemment un progrès. On peut donc, avec moins de problèmes de conscience, faire emprisonner des malades mentaux puisque, de toute façon, on se dit qu'ils seront soignés. La prison prend ainsi la place de feu l'asile.

Pour Michel Dubec, pourtant, l'analyse ne s'arrête pas là, c'est la capacité de réflexion et de discussion médico-légale qui est en cause. « L'expertise a perdu de sa substance, dit-il, de sa hauteur, de sa puissance théorique, ce qui l'amène à s'adapter davantage à la demande judiciaire et sociale. C'est aussi le reflet de la perte d'influence et de l'appauvrissement de la psychiatrie française au profit de la psychiatrie américaine. » Avec son DSM[1], qui s'est imposé dans le monde entier, celle-ci propose en effet une grille de symptômes et de traitements correspondant à des pathologies préalablement définies. Le patient n'est plus un sujet dont il faut faire l'effort de comprendre le psychisme, mais un objet qui correspond à un cas existant, défini sur la base d'une série de symptômes. Le sujet singulier a donc disparu pour faire place à un profil. On voit à quel point cette conception peut correspondre au rôle que l'on entend dorénavant faire jouer à la justice. Après tout, le prévenu n'est plus une personne qu'il convient de connaître dans sa singularité pour comprendre son acte et le juger, mais un profil de dangerosité, et donc de risque.

Le statut de l'expert, toujours selon Michel Dubec, a ainsi été dévalorisé depuis une trentaine d'années. « Auparavant, l'expertise accueillait la noblesse du métier. Georges Daumézon était un grand expert, Henri Ey a beaucoup écrit sur cette question. Aujourd'hui, ce sont les “moins doués” qui s'en chargent, pour une rétribution ridicule, à cause de la stigmatisation dont l'expertise est la victime. » La situation est apparemment paradoxale, et c'est pourtant

1. *Diagnostic and Statistical Manual of Mental Disorders* (DSM), « Manuel diagnostique et statistique des troubles mentaux », mis au point par l'Association américaine de psychiatrie (voir page 327).

aujourd'hui sur les épaules de l'expert que repose, de plus en plus, la décision de responsabiliser ou non un prévenu. Pire : c'est à lui que l'on demande de donner du sens au procès. Il doit pouvoir dire si l'accusé était responsable au moment des faits, mais il doit aussi être capable de mesurer sa dangerosité, dans un contexte où celle-ci compte plus que les faits eux-mêmes. Comment s'étonner, dès lors, que la majorité d'entre eux se réfugie dans le principe de précaution ? « Certains, explique Michel Dubec, vont jusqu'à considérer un psychotique comme responsable lorsqu'il a interrompu son traitement avant de passer à l'acte dans un état délirant. Ils ne connaissent rien à la maladie mentale : ce genre de comportement est inhérent à celle-ci ! » Dans le travail de l'expert, il y a en fait deux moments : celui du diagnostic – et, selon Michel Dubec, les diagnostics divergent rarement d'un expert à l'autre – et celui de ce que Dubec appelle « un jugement politique ». Certains psychiatres responsabilisent, d'autres non, « voire s'y opposent par principe ». Pour Evry Archer, ce n'est pourtant pas à eux qu'il conviendrait de décider de la responsabilité : « Ils devraient se contenter de constater ; s'ils pensent que le prévenu était halluciné au moment des faits, ils doivent dire que son discernement était aboli. » Il fait d'ailleurs remarquer que le non-lieu ne signifie pas la non-reconnaissance des faits : ceux-ci ont bien eu lieu, mais il n'y a pas lieu de poursuivre. « Le non-lieu n'a jamais supprimé, par exemple, l'irresponsabilité civile ; la famille doit payer et, s'il y a un complice reconnu sain d'esprit, il est condamné. »

### Le procès d'un malade en cour d'assise

Comment se passe un procès d'assises au cours duquel on juge un malade mental ? Maurice Peyrot, ancien chroniqueur judiciaire du *Monde*, en donne un aperçu :

Il y a deux cas de figure principaux. Dans le premier cas, la maladie est visible pour un profane. Dans cette catégorie, il y a le plus souvent celui qui reste silencieux, quasiment sans réaction. Il ne sait pas pourquoi il est là ; sa présence à l'audience est purement virtuelle. La machine judiciaire avancera sans lui, et c'est avec la même passivité qu'il s'entendra condamner au terme d'une courte audience qui se sera déroulée dans le calme ; j'ai dit dans le calme, pas dans la sérénité. Ce cas est fréquent même chez les accusés où l'expertise n'a rien révélé. Mais certains détails laissent parfois penser au chroniqueur judiciaire et à certains magistrats que l'expert est peut-être passé à côté de quelque chose d'infiniment grave.

Dans la catégorie de ceux dont la maladie est visible, il y a aussi celui qui est sous traitement. L'audience commence normalement, l'accusé est calme et cohérent. Au fur et à mesure que les débats progressent, les journalistes (qui sont généralement situés face à l'accusé) remarquent un tremblement des mains qui va en s'amplifiant. Parallèlement, l'accusé discutaille avec le président sur un détail insignifiant. Il s'énerve, le président aussi, et l'audience est suspendue. À la reprise, l'accusé ne parle presque plus et ne répond que par signes de tête aux multiples chuchotements de son avocat, qui est visiblement plus attentif que jamais. En tout cas, le président fait preuve d'une extrême sollicitude : « Monsieur Untel, ça va ? Vous pouvez suivre les débats ? Si vous voulez une suspension, il faut le dire. » Ce sera répété plusieurs fois. Enfin, l'accusé parle un peu, mais c'est d'une voix pâteuse car il est abruti par les neuroleptiques. Par prudence, la dose sera maintenue jusqu'à la fin des débats, qui se déroulent encore dans le calme.

Enfin, toujours dans cette catégorie, il y a celui qui présente des marques de débilité. Lui non plus ne comprend pas pourquoi il est là. Il ne donne pas l'impression de souffrir. Ce cas est relativement fréquent. Le président lui parle comme à un enfant : « Monsieur Untel, écoutez-moi ! Vous comprenez ce que je vous dis ? » Ce dialogue de sourds va se répéter à longueur d'audience. L'accusé dit qu'il comprend et lance une plaisanterie. Un sourire gêné flotte dans la salle, mais petit à petit la gêne s'en va bientôt et, devant les réponses de l'accusé, la salle cède au fou rire. Cet homme est là qui risque la perpétuité, et tout le monde rigole, tout le monde rie parce qu'il est bête. Je n'oublierai jamais le procès de G. Là, on pourrait croire à une caricature. D'emblée, l'expert psychiatre avait annoncé que G. avait à quarante ans un âge mental de treize ans. Moi, je veux bien que les experts fassent du droit alors que ce n'est pas ce qu'on leur demande, mais personne, cette fois, n'a osé évoquer ce qui ressemble bien à une « minorité pénale ». C'est en riant avec les gendarmes du box que G. a entendu qu'il était condamné à vingt ans de réclusion.

Dans le deuxième cas de figure, la maladie est invisible pour le profane mais évidente pour les psychiatres. Le comportement de l'accusé à l'audience paraît normal. En conséquence, même s'il ne simule rien, « c'est un simulateur » ! Le meilleur expert ne pourra rien pour lui à l'audience, et chaque acte cohérent dans son comportement, lors des faits ou pendant les débats, lui sera reproché pour dire qu'il « n'est pas si fou que cela ». Les malades de ce type sont en général particulièrement intelligents, qualité impardonnable qui leur vaudra la peine maximale. Dans certains cas, si l'audience se prolonge plusieurs jours, ce qui n'est pas rare, le jury finira par apercevoir, par distinguer l'état mental de l'accusé. Ce ne sont que des petits détails, mais les jurés vont finir par constater qu'il se passe quelque chose d'anormal et d'infiniment grave. Terrorisés, ils condamnent l'accusé le plus durement possible. Ce cas n'est pas fréquent, mais j'ai parfois cru en voir les effets chez des accusés alors que les psychiatres ne l'avaient pas supposé.

Une petite remarque : dans une grande proportion de procès de malades mentaux, il n'y a pratiquement pas de témoins de moralité. Pas de famille, pas de voisin ! Personne ne vient déposer à ce titre. Comme si l'accusé n'avait pas existé… Il est vrai que ce doit être difficile de venir témoigner pour quelqu'un que l'on ne comprend pas. On constate, pour l'ensemble des accusés, qu'ils sont étrangers à leur procès. Étrangers ! Ce mot dit bien ce qu'il veut dire : la cour et l'accusé ne se comprennent pas. Ils ne parlent pas le même langage. Imaginez-vous bien

portant, sain d'esprit, et interrogé puis jugé par un tribunal du Tadjikistan sans interprète…

## Le problème de la dangerosité

L'équation « délinquant + fou = encore plus dangereux » est donc dans l'air du temps. Pas seulement dans les journaux ou les émissions télévisées[1], ce qui ne retire rien à la responsabilité des journalistes. Pas seulement dans une stigmatisation archaïque de la part de l'opinion publique, même si celle-ci existe, bien entendu. Elle fait partie des ressorts mêmes de notre fonctionnement social, tout comme l'exclusion. Pour s'en convaincre, il suffit d'ouvrir le rapport de Jean-François Burgelin consacré au problème de la récidive et remis en juillet 2005 aux ministres de la Santé et de la Justice[2]. La commission qu'il a présidée, à laquelle appartenait d'ailleurs la psychiatre Sophie Baron Laforêt, fait d'intéressantes propositions. La première consiste en l'établissement d'un tribunal spécial pour juger les malades mentaux : « Tirant les conséquences des limites susmentionnées, la commission s'est ralliée aux conclusions d'un groupe de travail piloté par la Direction des affaires criminelles et des grâces en 2003. Celui-ci avait recommandé l'instauration d'une audience spécifique statuant sur l'imputabilité des faits afin de permettre un véritable débat judiciaire, même en cas de déclaration d'irresponsabilité pénale

1. Le thème d'une émission de télévision du 3 février 2005 — pourtant sur une chaîne réputée éducative et sérieuse — résume bien l'état d'esprit général : « Les fous sont parmi nous » (*C dans l'air*, émission animée par Yves Calvi, France 5).

2. « Santé, justice et dangerosités : pour une meilleure prévention de la récidive », rapport de la commission Santé-Justice.

pour troubles mentaux de l'auteur. Cette juridiction pourrait être composée du président du tribunal de grande instance, ou de tout magistrat du siège désigné par lui, et de deux assesseurs. »

« Même en cas d'irresponsabilité pénale » : c'est dire que devraient comparaître les fous ayant bénéficié du premier alinéa de l'article 122-1 concluant à l'abolition du discernement. Il s'agirait donc de ramener devant un tribunal des gens qui avaient été jugés incapables de l'être, avec le risque d'assister à une sorte de spectacle destiné à l'opinion publique, à une parodie de justice. Il s'agirait également, au fond, de constituer une « juridiction pour fous », uniquement destinée à eux, sorte d'asile judiciaire. Singulière façon de les reconnaître comme citoyens à part entière… Les raisons d'une telle proposition sont clairement exprimées : « Les informations communiquées aux victimes sur les circonstances de l'infraction sont parfois incomplètes, les investigations du magistrat instructeur étant généralement moins approfondies » dans le cas d'une déresponsabilisation. Le rapporteur précise ensuite son propos. « Enfin, la société contemporaine, aidée en cela par la vulgarisation du discours psychiatrique, tend à penser que l'audience pourrait constituer une étape nécessaire au "travail de deuil" du plaignant, en ce qu'elle permettrait à ce dernier d'obtenir une explication plus détaillée sur les faits et d'être publiquement reconnu en sa qualité de victime. » C'est donc clair.

La deuxième proposition de la commission Burgelin est encore – si l'on peut dire – plus intéressante. Elle préconise « la création de centres fermés de protection sociale » destinés à accueillir, une fois leur peine purgée, les personnes estimées dangereuses. Une sorte de Guantanamo, donc, qui ne serait ni la prison ni l'hôpital. L'enfermement pourrait durer un an, renouvelable en fonction de l'évolution de la dangerosité. C'est dire que la porte est ouverte à un enfermement à vie. « Comment priver quelqu'un de liberté en ne se fondant sur aucun fait ? » s'interroge le psychiatre Philippe Carrière dans la revue[1] de l'Observatoire international des prisons. Et qui sera capable – en admettant que cela soit justifié du point de vue des libertés individuelles – de décider du niveau de dangerosité ? Bien malin celui qui pourrait dire aujourd'hui avec certitude que celle-ci peut se prédire. Sous couvert d'une démarche qui se veut scientifique mais qui est en fait technocratique, il s'agit de mettre en place un système de contrôle et de relégation. Pour Christian Mormont, psychologue clinicien à l'université de Liège, « l'idée de dangerosité est aujourd'hui à la mode, mais c'est en fait un vieux concept, lié à celui de défense sociale. La dangerosité signale que, dans un avenir indéterminé mais pas infini, quelqu'un est capable de commettre un acte qui constitue un danger grave pour autrui ou pour lui-même. La question de la limitation du laps de temps est très importante, car tout le monde est capable de faire quelque chose de dangereux en cinquante ans. Mais qu'est-ce qui est dangereux ? [...] Au moment de l'affaire Dutroux, une femme qui vivait à Naples, où il y a deux cents morts par an par vendetta, m'a dit qu'elle ne voulait pas aller en Belgique parce que c'était trop dangereux ! C'est ainsi qu'on en arrive à ignorer la dangerosité réelle d'une société[2]. »

Nul ne sait si toutes les propositions du rapport Burgelin entreront dans la réalité et si les gouvernements à venir les feront leurs, mais il est le résultat des travaux d'une commission très officielle, réunie à la demande des ministères de la Santé et de la Justice. L'impair commis

1. *Dedans, dehors*, n° 50, juillet-août 2005.
2. *Idem.*

en septembre 2005 par le garde des Sceaux concernant l'utilisation de bracelets électroniques mobiles dans le cadre d'un aménagement de peine, d'un suivi sociojudiciaire, mais aussi comme mesure de sûreté une fois la peine purgée, est révélateur d'une tendance de fond[1]. On peut s'interroger sur l'efficacité des mesures répressives pour ce qui concerne la récidive. « Lorsque, comme en France, l'idée de sanction l'emporte sur celle de la réhabilitation, explique Christian Mormont[2], les gouvernements ajoutent des peines aux peines au lieu de se demander comment réinsérer l'individu le plus vite possible dans la société. » On peut effectivement se demander si la meilleure façon de lutter contre la récidive ne serait pas, justement, de revenir à l'objectif d'une véritable réinsertion. Denis Salas note que « les travaux de démographie carcérale montrent que c'est la libération conditionnelle, avec ses contrôles et ses obligations, qui évite la récidive. Actuellement, 82 % des condamnés libérés ne bénéficient d'aucun accompagnement alors qu'il est établi qu'un suivi à la sortie de prison fait chuter de moitié le risque de récidive[3]. » Mais pour cela, il faut replacer l'individu, considéré comme un sujet, au cœur du système, ce qui n'est plus tout à fait le cas aujourd'hui.

1. Il a proposé d'introduire dans la proposition de loi la rétroactivité du port du bracelet électronique mobile (BEM) pour les délinquants sexuels. « Il y a un risque d'inconstitutionnalité, a-t-il admis. Les événements récents vont me pousser à le prendre, et tous les parlementaires pourront le courir avec moi. Il suffira pour eux de ne pas saisir le Conseil constitutionnel, et ceux qui le saisiront prendront sans doute la responsabilité politique et humaine d'empêcher la nouvelle loi de s'appliquer au stock de détenus. » Le président du Conseil constitutionnel l'a aussitôt rappelé à l'ordre : « Le respect de la Constitution n'est pas un risque, mais un devoir [...] c'est la première fois qu'un garde des Sceaux exprime sa défiance vis-à-vis de la Constitution. Il était de notre responsabilité de réagir. »

2. Interview à *Dedans dehors*, n° 50, juillet-août 2005.

3. *Idem.*

## L'histoire de Laurent, parricide

Pour s'en convaincre, il suffit parfois d'aller voir de plus près comment les choses se passent réellement. Comment, par exemple, un grand psychotique est traité par la justice lorsqu'il a commis un crime, comme le raconte madame L. Cette femme a peut-être vécu la pire chose qui puisse arriver à une mère. Son fils, Laurent, grand schizophrène, a tué son père au cours d'une terrible crise. Il est aujourd'hui incarcéré dans une prison de province, purgeant une peine pour laquelle il a été condamné par une cour d'assises. Comme souvent dans ce genre de pathologie, les troubles sont apparus petit à petit, de façon perlée, sans que les parents ne puissent tout de suite imaginer le pire. « Laurent était un enfant affectueux, raconte sa mère, il voulait toujours nous embrasser, nous toucher, mais en classe il était fragile, toujours ailleurs, à un point tel que nous l'avons conduit dans un hôpital parisien afin qu'il passe des tests. » Ceux-ci révèlent un garçon brillant, sans problème apparent. Pourtant, au fil des mois, les choses s'aggravent. Laurent se plaint parfois de maux de tête. On va voir un ophtalmologue, puis un neurologue, mais on ne découvre rien. Laurent a pourtant du mal à dormir, il est somnambule. Les professeurs du lycée conseillent à ses parents de lui faire faire du sport, de l'emmener courir, car « il ne tient pas en place ». Les médecins de l'hôpital parisien, où il est de nouveau conduit, lui conseillent de « lui ficher la paix avec les études ».

Laurent redouble sa quatrième, puis il parvient jusqu'à la seconde, « très moyenne », et entre dans une première économique et sociale. « Il a alors seize ans, et c'est là que tout bascule. Il ne fait plus rien au lycée, il fume des joints, il fuit la maison, il se dispute sans cesse avec son père. Mais nous, nous pensons encore à une crise d'adolescence… » Finalement, il réussit à passer en terminale, mais il ne fait toujours rien. Il promet mais ne tient pas ses promesses, et continue à se droguer. À cette époque, monsieur L. perd son emploi. Laurent vit mal le chômage de son père ; le dialogue entre eux est difficile. « Parfois, nous avons été maladroits et méchants. Nous lui disions : "Si tu continues, tu finiras chez les nuls…" » L'atmosphère familiale devient irrespirable, madame L. et son mari ne savent plus quoi faire pour renouer le lien avec leur fils. Celui-ci réussit malgré tout à décrocher son bac. Il entre alors en première année de BTS, mais lâche tout en deuxième année, ne rentre plus à la maison, court les *rave parties,* « vit en débraillé » ; les conflits avec ses parents sont de plus en plus violents. « À cette époque, il a touché à la drogue dure, mais nous ne l'avons su qu'après. » Pour la première fois, Laurent évoque l'idée de rencontrer un psychiatre, mais il ne donne pas suite. Il rencontre alors une jeune fille, droguée elle aussi, dont il tombe follement amoureux et avec qui il part à Amsterdam. Mais elle l'abandonne. « Laurent ne s'en est jamais remis. » Son père tente de renouer avec lui et l'emmène aux sports d'hiver, mais le contact entre eux est toujours aussi difficile. « Il disait qu'il aimait son père, qu'il l'admirait, mais qu'il en avait peur. Il disait qu'il voulait parler avec lui mais qu'il n'y parvenait pas. »

Laurent est taciturne, triste, il reste enfermé dans sa chambre. « Le jour de l'an, nous avons été invités par des amis, mais lui n'a pas voulu venir, il est resté seul à la maison. » Commence alors une véritable descente aux enfers – fugues à répétition, crises de plus en plus violentes –, jusqu'à ce jour où sa mère réussit à parler avec lui. Il lui avoue alors qu'il prend de l'ecstasy. Les premiers délires surviennent à cette période. « Un jour, il m'a appelée à mon travail pour me dire qu'il voulait voir l'imam. » Elle lui propose de se rendre chez le médecin, mais il refuse. Lors d'une fugue à Paris, en pleine soirée, le regard fixe, il se casse un verre sur le front et se met à hurler, à traiter ses amis d'assassins, puis il tente de se jeter sous une voiture. Les copains appellent les urgences, qui le laissent repartir. Dans le train du retour, il agresse les voyageurs. De retour à la maison, il accuse ses copains de l'avoir agressé à coups de bouteille. Il se terre, ne reconnaît pas ses amis qui viennent lui rendre visite. Un soir, il entre dans la chambre de ses parents et leur demande les clés de la voiture. Son père refuse, il cherche à le saisir par le cou, ils se battent. Laurent appelle alors la police pour lui dire que ses parents le séquestrent. Il est finalement emmené aux urgences de l'hôpital, où l'on décide une HDT*. « C'est moi qui l'ai signée, raconte madame L., il ne voulait pas que ce soit son père. » Laurent tente de se sauver, on le maintient avec la camisole de force, on le place en chambre d'isolement. Chaque jour, madame L. lui rend visite : « Nous parvenons à parler un peu », dit-elle. Le week-end, il vient à la maison, il fait du vélo avec son père et retourne à l'hôpital de lui-même.

Après sa sortie, il est un peu plus calme, « mais il semble bizarre, il casse son plan d'épargne logement, achète des gros cigares, une montre chère ». Une nuit, elle le trouve devant la glace, délirant, le crâne rasé. Il est de nouveau hospitalisé. Là, on diagnostique « un trouble affectif bipolaire, avec épisode actuel de dépression moyenne ». À son retour, il propose à son père de partir à Rome avec lui. Celui-ci hésite, mais s'y résout. Sur place, il se sauve et part seul en Sicile. « Mon mari m'a alors appelée pour me dire qu'il avait peur. Il veut ma peau, m'a-t-il simplement dit. » À son retour, la fuite en avant continue : l'hôpital, la clinique privée, les fugues, les séjours en Allemagne, à Los Angeles « où il dépense 120 000 francs en deux mois ». Puis c'est le dernier voyage en Bretagne, où il se retrouve hospitalisé avec deux jambes cassées après s'être allongé sur l'autoroute. « Mon mari est alors allé à l'hôpital, mais Laurent ne voulait pas le recevoir. » Le médecin parvient à le convaincre, mais il parle peu à son père. Quelques jours plus tard, il lui téléphone pour lui dire qu'il l'aime. « Une semaine plus tard, nous avons reçu un coup de fil de l'hôpital. Une infirmière nous a annoncé qu'ils ne pouvaient plus le garder car il s'agissait "d'un problème psy". Elle nous a dit que Laurent était schizophrène ; c'était la première fois que nous entendions ce mot. Mon mari était effondré, il ne voulait pas l'admettre. » Laurent retourne alors dans la clinique privée. « Nous devions payer, et c'est lui qui touchait les remboursements qu'il gardait pour lui… » Laurent s'installe ensuite dans une chambre d'hôtel ; le psychiatre lui rend visite chaque semaine, mais il est méfiant, renfermé, isolé, il refuse de prendre ses médicaments.

Monsieur et madame L. décident de le reprendre à la maison. De nouveau, il s'isole, il vit dans le noir, il regarde des films violents sur son magnétoscope, refuse d'aller voir le psychiatre. Un week-end de septembre, il part avec ses parents dans leur maison de campagne. « Le samedi, il était nerveux, il voulait offrir à son père un couteau à champignons. » Dans la nuit, il frappe à la porte de leur chambre et essaie d'attaquer son père avec un couteau de chasse. Madame L. réussit à le désarmer. Son mari tente de parler avec Laurent : « Ce n'est rien, lui répond-il, j'ai juste voulu te faire peur. » Le lendemain, ils l'accompagnent à l'hôpital psychiatrique. « Une infirmière nous a écoutés, elle a pris des notes et nous a simplement dit que, si cela recommençait, il faudrait l'hospitaliser. Nous sommes donc rentrés ! Ce jour-là, je suis retournée à la maison avec lui, mon mari est resté à la campagne. J'avais la trouille au ventre, j'avais pris conscience que désormais il était dangereux. » Laurent est de nouveau hospitalisé. Il rencontre le psychiatre qui l'avait accueilli la première fois. « Celui-ci a banalisé le passage à l'acte, estimant que Laurent avait simplement voulu effrayer son père. » À sa sortie, on lui propose l'hôpital de jour, mais il ne veut pas y aller.

Il revient à la maison et fait semblant de prendre ses médicaments, qu'il crache ensuite par la fenêtre. Deux infirmiers du CMP* lui rendent visite le mercredi. Ils lui proposent de venir sur place, mais il refuse. « Un jour, alors qu'il était enfermé, ils ont sonné à la porte, mais comme il n'a pas répondu ils sont repartis. » Jusqu'au moment où ils lui ont dit qu'il devait maintenant se rendre au CMP*, qu'ils ne pourraient plus venir lui rendre visite. Un matin, Laurent dit qu'il veut aller retrouver son père dans leur maison de campagne. Madame L. hésite ; elle a peur et le lui déconseille. Elle appelle son mari, qui parvient à joindre le psychiatre afin que celui-ci lui donne son avis. « Il lui a dit que c'était une bonne chose s'il voulait aller à la campagne avec lui. » Elle le conduit donc à la gare après avoir vérifié le contenu de son sac. « Vous n'avez rien à vous reprocher, papa et toi, m'a-t-il dit avant de me quitter. » Le soir, elle appelle son mari ; tout semble bien se passer, mais, le lendemain matin, le téléphone sonne dans le vide. Madame L. appelle alors un beau-frère qui réside dans la région. Celui-ci trouve monsieur L. mort, tué de huit coups de couteau. Visiblement, Laurent a essayé de nettoyer le sang, puis il a disparu. « Lorsque mon beau-frère a appelé à mon bureau, raconte madame L., c'est ma secrétaire qui a décroché. J'ai tout de suite compris, et je lui ai demandé : “Il est mort ?” Elle m'a seulement répondu oui. »

Laurent est parti à l'étranger, où il sera arrêté et emprisonné dans des conditions très difficiles avant de revenir en France quelques mois plus tard. Il est alors présenté au juge, puis interné dans un hôpital psychiatrique durant trois semaines avant d'être conduit en prison, où il attendra deux ans et demi son jugement. Madame L. décide de se porter partie civile afin d'avoir accès au dossier. « Je voulais à tout prix le faire reconnaître irresponsable afin qu'il puisse se soigner. » Mais Laurent ne l'entend pas ainsi. Il pense qu'il n'est pas fou et il ne veut absolument pas finir ses jours dans un hôpital psychiatrique ; il souhaite en conséquence être jugé, et il le sera. Son avocat ne plaidera pas l'irresponsabilité. Madame L. est déchirée : d'un côté, elle a peur d'une longue peine de prison parce qu'elle sait que, dans cette hypothèse, il ne sera jamais soigné ; d'un autre côté, si son fils est déclaré irresponsable, où va-t-il aller ? Chez elle ? Cette solution lui fait peur. « Je n'aurais pas accepté qu'il sorte libre, dit-elle, mais je voulais qu'il reçoive des soins. »

Le rapport d'expertise, un modèle du genre, se passe de commentaires. Les experts, après avoir examiné Laurent, concluent qu'il est atteint d'une schizophrénie héboïdophrénique[1]. « Son passage à l'acte, écrivent-ils, est en relation avec cette pathologie mentale aliénante qui bouleverse sa personnalité et son contact avec la réalité. Les experts ont pris soin de préciser que le meurtre n'est pas en relation directe avec la conviction délirante dont a fait état le jeune homme, mais qu'il se situe en relation à une menace d'internement. » Cette dernière appréciation s'appuie sur le fait que le meurtre a eu lieu lors d'une altercation au cours de laquelle le père de Laurent aurait dit qu'il allait le faire hospitaliser. Les experts reconnaissent que le sujet peut présenter « une certaine dangerosité ultérieure », mais que son état mental « ne justifie pas un internement psychiatrique immédiat ». Pour conclure, ils relèvent qu'au moment des faits « l'intéressé

1. Forme de schizophrénie qui se manifeste par des actes antisociaux.

était sous l'influence d'un processus psychotique aigu qui altérait massivement son discernement et le contrôle de ses actes. Les experts ont considéré qu'il n'existait pas pour autant une abolition totale du discernement dans la mesure où son geste visait à éviter un nouvel internement. » Ils déclarent donc que Laurent reste partiellement accessible à une sanction pénale. Voilà comment celui-ci s'est retrouvé devant la cour d'assises.

Le procès, selon madame L., s'est déroulé dans une certaine sérénité (nous ne sommes pas en comparution immédiate). « L'avocat général, explique-t-elle, connaissait à fond le dossier et il parlait de mon mari comme s'il l'avait toujours connu. » Le président a interrogé Laurent durant plus de trois heures. « C'était la première fois que je revoyais mon fils ; il s'exprimait bien, parfois il avait des larmes dans les yeux. » Laurent répond normalement aux questions du président. « Je voyais mon père comme une montagne », lui dit-il. L'avocat général le pousse dans ses derniers retranchements. « Laurent évoque alors le double sens qu'il donne toujours aux mots. Il raconte comme la télévision s'adressait à lui, il parle des persécutions dont il souffrait, il dénonce le complot dont il était la victime de la part de sa famille, qui voulait sa mort. » L'avocat général réclame six ans de réclusion. « Il pensait probablement que Laurent pourrait se faire soigner, d'autant plus qu'il était en prison depuis déjà deux ans et demi. » Mais le jury ne le suit pas : Laurent est condamné à neuf ans de prison, avec obligation de soin pendant son incarcération et obligation d'avoir un projet de sortie pour bénéficier d'une remise de peine. Madame L. ne sait que penser de ce verdict. Même si elle était persuadée depuis longtemps qu'un tel drame était possible, elle n'a jamais cru à la préméditation. Et la question qu'elle se pose demeure sans réponse : « Si ce n'est pas par folie, pourquoi Laurent a-t-il tué son père ? »

Aujourd'hui, Laurent vit seul dans sa cellule. Sa mère lui rend visite tous les quinze jours. « Il a retrouvé un regard, il m'embrasse… Lorsque je lui ai demandé ce qu'il reprochait à son papa, il m'a répondu qu'il nous aimait tous les deux de la même façon. » Il ne sort pas, il ne va jamais en promenade. Dès que la porte de sa cellule est ouverte, il se sent en insécurité ; la population carcérale lui fait peur, il n'a personne à qui parler… « Il fait de gros cauchemars, il parle toujours du double sens des mots, c'est une souffrance terrible… » Le suivi psychiatrique se résume à une visite d'un quart d'heure par mois pour le renouvellement de l'ordonnance. Cette prison ne possède pas de SMPR*. « Il n'y a pas de soin », soupire madame L. Dans quelques mois, il pourrait bénéficier d'une remise de peine. « Mais que va-t-il proposer au juge ? Il est incapable de suivre des cours, il ne peut pas avoir de projet de sortie… » Et après ? Madame L. ignore de quoi sera fait l'avenir. Elle craint que Laurent ne cherche à mettre fin à ses jours ou ne finisse sa vie dans une UMD*, à Villejuif ou à Sarreguemines, reconnaissance tardive et monstrueuse de sa maladie… « Je ne sais pas ce que je vais faire, dit-elle, je suis seule. »

# Sur la place publique

> L'obscurantisme est de retour. Mais cette fois-ci, nous avons affaire à des gens qui se recommandent de la raison.
>
> PIERRE BOURDIEU

# De la psychiatrie à la santé mentale

## Scènes ordinaires

La scène se passe aux urgences de l'hôpital de Nanterre, dans la région parisienne. L'endroit donne une impression d'étroitesse, les chambres sont alignées du même côté, le long d'un couloir, et elles sont seulement fermées par un rideau que tire Gabriele Peccianti – un psychiatre d'origine italienne « qui tente en vain de détruire l'hôpital », comme il dit – une fois entré dans l'une d'elles. Il y a là un homme d'une cinquantaine d'années, allongé sur le lit, simplement vêtu d'un caleçon à rayures et de ses chaussettes, avec une perfusion dans le bras. Il est livide, la mâchoire crispée, les mains légèrement agitées, et il s'exprime par bribes, comme si parler lui coûtait un effort. L'infirmière explique à Gabriele qu'il a eu un malaise sur la voie publique, qu'il a vomi, qu'il se sent oppressé, angoissé. On a vérifié s'il avait pris des médicaments, s'il avait fait une tentative de suicide. Mais non, rien de tout cela. Seulement ce comportement un peu bizarre. Gabriele l'interroge doucement. L'homme, en fait, est cadre dans une multinationale à Paris. Auparavant, il travaillait dans un bureau pas trop éloigné de son lieu d'habitation – une lointaine banlieue résidentielle –, mais il a été muté et, à présent, il passe quotidiennement cinq heures dans les transports en commun. Chaque matin, il prend la voiture, puis le car, puis le train, puis le RER. Chaque soir, c'est l'inverse.

Au bureau, il dit être toujours en conflit avec sa hiérarchie, même avec ses collègues de travail. « Lorsque je pars deux minutes en avance pour gagner une heure de trajet, je me fais engueuler », se plaint-il. Il n'en peut plus. Il dort trois heures par nuit. Son médecin lui a prescrit des antidépresseurs, des anxiolytiques et une petite dose d'hypnotiques. Depuis un an, il se rend en consultation chez un psychiatre. Dans cette chambre triste, il a l'air bien seul. « Personne ne va venir le chercher », remarque Gabriele. L'entretien ne peut guère s'éterniser, les conditions ne s'y prêtent pas. Parfois une infirmière entre pour fouiller dans un placard ou des gens parlent fort dans un box voisin. « Il nous faudrait un endroit fermé, plus intime, où nous pourrions prendre le temps de continuer : il ne s'exprime pas spontanément mais, lorsque je le pousse, il consent à parler. » De l'autre côté du couloir, il y a bien ce que Gabriele appelle la « cathédrale du désert », quatre lits dans une pièce fermée, mais celle-ci n'est pas utilisée faute de personnel. Il va donc se contenter de renouveler l'ordonnance, de faire un arrêt de travail d'une semaine et d'écrire une lettre au psychiatre. Et c'est tout. Le monsieur va repartir avec ses tourments sans que Gabriele ait pu vraiment l'aider.

Il arrive pourtant qu'il puisse le faire. Par exemple, il évoque le cas d'une dame d'une cinquantaine d'années qui était venue le voir au CMP*. Elle aussi travaillait dans une grande entreprise où elle avait un poste à responsabilités. Sa hiérarchie voulait s'en débarrasser, mais elle se refusait à la licencier. On l'a donc déplacée, on lui a confié un poste subalterne, on lui a imposé un jeune chef qui l'a harcelée sans cesse. Elle n'a pas cédé, « mais elle a fait un épisode dépressif sérieux ». Gabriele a donc décidé de lui donner un arrêt de travail de trois mois avec un traitement médicamenteux. Elle est retournée une semaine au travail, dans les mêmes conditions. Gabriele lui a alors prescrit un deuxième arrêt de travail de trois mois. Elle a de nouveau effectué une semaine de travail, puis encore trois mois d'arrêt. Ils ont finalement décidé de la licencier. « Ce type de stratégie est fréquemment utilisé par les psychiatres, explique-t-il, parce qu'ils n'ont pas d'autre solution. » Ils peuvent se le permettre car les pressions sont moins importantes sur un spécialiste que sur un médecin généraliste. Avant même de décider l'arrêt de travail, Gabriele écrit au médecin de l'entreprise pour demander des aménagements d'horaires, avec plus ou moins de succès selon les cas. « Il s'agit de documents officiels, qui restent ; ainsi, si la personne craque, ils ne peuvent pas dire qu'ils ne savaient pas… » Finalement, la patiente s'en est sortie, elle a même trouvé un autre emploi.

L'intérêt de ces deux cas réside dans le fait que cette dame et ce monsieur ne relèvent pas (même si celui-ci souffre probablement d'une sévère dépression) de la maladie mentale classique. Tous deux en revanche expriment un réel trouble dont l'origine – sous réserve bien sûr d'une meilleure connaissance de leur histoire personnelle – se trouve dans leur travail et dans leur vie sociale. Ils expriment tous deux ce que l'on appelle une « souffrance psychique », c'est-à-dire l'incapacité à un moment donné de pouvoir continuer car le désir et la force de lutter sont amoindris ou annihilés. Ces deux exemples sont également intéressants parce qu'ils montrent que cette souffrance n'épargne potentiellement personne. Le cadre stressé, aux horaires de travail démentiels, exposé à la pression souvent insidieuse, parfois brutale, des résultats, à la crainte d'une perte d'emploi ou d'une dévalorisation de son statut, parfois au harcèlement[1], côtoie désormais le chômeur de longue durée, la mère de famille qui fait deux journées en une, l'étudiant sans ressources ni logement, le jeune intérimaire et l'érémiste dans le grand lot des « souffrants psychiques ».

## Souffrance psychique

Une étude[2] menée dans plusieurs pays entre 1999 et 2003 montre l'ampleur de ce phénomène. Ainsi, en France, 11 % des personnes interrogées ont été repérées comme ayant eu un épisode dépressif dans les deux semaines qui ont précédé l'enquête[3]. Pour 6 % d'entre elles, ce trouble peut être considéré comme récurrent. Le risque de dépression est 1,4 fois plus important, à caractéristiques égales, pour les femmes que pour les hommes. Il a été plus souvent repéré chez les personnes veuves (13,8 %), divorcées ou célibataires (17,4 %) que chez les personnes mariées (8,5 %). Le fait d'être au chômage est également un facteur important d'apparition de la dépression. Parmi les personnes interrogées sans emploi au moment de l'enquête, une sur cinq a connu un épisode dépressif dans les deux semaines précédentes,

1. « On nous délocalise, on nous impose des décisions à court terme, on est des esclaves comme les autres », explique un cadre d'IBM (*Libération*, 5 octobre 2005).

2. « Santé mentale en population générale », étude réalisée par le Centre collaborateur de l'Organisation mondiale de la santé (CCOMS) et par la Direction de la recherche, des études, de l'évaluation et des statistiques (DREES) auprès de 36000 personnes âgées de dix-huit ans et plus en France métropolitaine, en s'appuyant sur la classification internationale de l'OMS*, le CIM 10.

3. Selon l'Institut de recherche et documentation en économie de la santé (IRDES), 14,9 % des Français auraient été touchés par la dépression en 1996 et 1997.

une sur vingt-cinq a été repérée comme dysthymique[1] dans les deux dernières années et 3 % ont connu un épisode maniaque[2] au cours de leur vie. Parmi les personnes séparées ou divorcées et au chômage, 30 % d'entre elles ont connu un épisode dépressif dans les deux semaines précédant l'enquête, et 13 % présentent un trouble récurrent. À cela, il faut ajouter que la dépression frappe plus les personnes n'ayant pas suivi de scolarité (19 %) que celles ayant suivi des études supérieures (7,6 %). Avec la dépression, c'est l'anxiété généralisée qui a été le plus souvent repérée au cours de l'enquête ; elle concerne 13 % des personnes interrogées, avec une plus grande prévalence chez les femmes que chez les hommes, ainsi que chez les 18-49 ans (14 %). Près du tiers des personnes dépressives (30 %) sont également anxieuses. Quant au chômage, il multiplie le risque d'anxiété généralisée par 1,4. Enfin, 2 % des adultes présenteraient un risque suicidaire élevé, aggravé chez les personnes au chômage (4,7 %). Selon cette étude, le fait d'être sans emploi multiplie le risque de suicide par 2,6.

On peut évidemment discuter la méthode mise en œuvre dans ce genre d'enquête, notamment l'utilisation de questionnaires. Il n'empêche que, au-delà des chiffres, toutes les études menées sur ce sujet révèlent l'existence d'une souffrance psychique devenue un phénomène de masse. Dans le rapport[3] qu'ils ont remis au

1. « Dysthymie : forme de dépression chronique caractérisée par un trouble de l'humeur de type dépressif, présent pendant la plus grande partie de la journée et se poursuivant pendant au moins deux ans » (Jacques Postel, *Dictionnaire de la psychiatrie*, Larousse).

2. « Manie : état d'excitation intellectuelle et motrice, et d'exaltation de l'humeur, avec euphorie morbide, à évolution habituellement périodique et cyclique, entrant dans le cadre de la psychose maniaco-dépressive » (Jacques Postel, *Dictionnaire de la psychiatrie*, Larousse).

3. « De la psychiatrie vers la santé mentale ».

ministère de la Santé en 2001, les psychiatres Éric Piel et Jean-Luc Roelandt indiquent qu'une personne sur trois sera concernée au cours de sa vie par un trouble psychique. Selon eux, la prévalence des maladies mentales « classiques » reste stable dans la population (1 % pour la schizophrénie par exemple), mais le nombre de personnes qui consultent des psychiatres est en augmentation constante. Il y aurait ainsi six fois plus de dépressions déclarées qu'il y a trente ans. Le nombre de consultations chez les psychiatres libéraux a augmenté de 17 % entre 1992 et 2000, et de 46 % dans le secteur public. Enfin, toujours selon Piel et Roelandt, un quart des patients qui consultent en médecine générale présentent des troubles mentaux. La consommation de psychotropes donne également une idée du phénomène. Selon Philippe Le Moigne, sociologue, chercheur à l'INSERM* (associé au Centre de recherches psychotropes, santé mentale, société, CESAMES), le nombre annuel de médicaments consommés aurait augmenté de 105 % entre 1970 et 1990. Selon Édouard Zarifian[1], la consommation d'antidépresseurs a crû chaque année de 5,63 % entre 1990 et 1994. Dans 80 % des cas, les médicaments psychotropes sont prescrits par des médecins généralistes. Évidemment, cette importante consommation relève aussi de la politique de promotion et de vente de l'industrie pharmaceutique, mais elle constitue tout de même un indicateur intéressant de l'état de santé mentale de la population française. Cette extension de la souffrance psychique n'est d'ailleurs pas l'apanage de la France. Selon l'Organisation mondiale de la santé, « les troubles mentaux représentent cinq des dix principales causes de morbidité dans le monde. La part de morbidité mondiale qui leur est imputable devrait passer de 12 %

1. *Le Prix du bien-être ; psychotropes et société*, Odile Jacob, 1996.

en 1999 à 15 % d'ici à 2020[1]. » En Europe, sur douze mois, vingt-cinq personnes sur cent présenteraient une morbidité psychiatrique[2].

Comme le note le sociologue Alain Ehrenberg[3] dans la revue *Esprit* (mai 2004), « de nouvelles espèces morbides sont apparues au cours des trente dernières années dans les sociétés libérales : dépression, stress post-traumatismes[4], troubles obsessionnels compulsifs (TOC), attaques de panique, addictions s'investissant dans les objets les plus divers (l'héroïne, l'ecstasy, le cannabis, l'alcool, la nourriture, le jeu, le sexe, la consommation ou les médicaments psychotropes), anxiété généralisée (le fait d'être en permanence angoissé), impulsions suicidaires et violentes (particulièrement chez les adolescents et les jeunes adultes), syndrome de fatigue chronique, "pathologies de l'exclusion", souffrances psychosociales, conduites à risques, psychopathies… ».

## Une question d'argent

Cette situation pose à notre société un délicat problème auquel elle doit absolument faire face parce qu'il coûte cher, socialement et économiquement. Dans un document consacré à l'économie de la santé mentale en Europe[5], l'OMS* indique que, « d'après une estimation prudente de l'Organisation internationale du travail », les coûts économiques des troubles psychiatriques représentent

1. OMS, projet Politiques de santé mentale.

2. Marianne Berthod-Wurmser, *La Santé en Europe*, La Documentation française, 1994.

3. Directeur du CESAMES*, INSERM*-CNRS.

4. À l'issue d'une perte d'emploi, par exemple.

5. « L'économie de la santé mentale en Europe », conférence ministérielle européenne de l'OMS* sur la santé mentale, 12-15 janvier 2005.

de 3 à 4 % du produit national brut des États membres de l'Union européenne. Selon l'OMS*, 31,9 millions de journées de travail ont été perdues en France en 2000 à cause de la dépression.

Et ces chiffres ne tiennent pas compte de la perte de productivité. « Les coûts induits par le manque de performance au travail des personnes souffrant de maladies mentales non traitées, comme la dépression, sont peut-être cinq fois plus élevés que ceux dus à l'absentéisme. Il importe de mentionner également les retombées fiscales à long terme des pathologies psychiatriques dans la mesure où elles sont l'une des causes principales de la retraite anticipée ou de la perception d'allocations d'invalidité. La prise en charge des malades mentaux par leurs proches a aussi un coût financier important qui n'est pas toujours pris en compte : rien que pour la schizophrénie, les familles passent parfois de six à neuf heures par jour à s'occuper de leurs malades[1]. » À cela il faut ajouter que les « souffrants psychiques » présentent plus souvent que les autres des maladies somatiques, et consomment donc plus de médicaments. « En général, la perte d'emploi, l'absentéisme et les congés de maladie, ainsi que la diminution de la performance au travail, les pertes de possibilités de meubler son temps libre et la mortalité précoce, concourent à 60-80 % des coûts totaux induits par les principales maladies mentales[2]. » Nos sociétés sont donc confrontées à une situation inédite. « Les murs de l'asile sont tombés, écrit Alain Ehrenberg, mais, parallèlement, un ensemble protéiforme de souffrances s'est progressivement mis à sourdre de partout. Elles trouvent une réponse dans la santé mentale. »

1. *Ibidem.*
2. *Ibidem.*

Le mot est donc lâché. Il apparaît pour la première fois dans une circulaire du 14 mars 1990, qui se donne pour objectif la définition d'une politique, non plus de la psychiatrie, mais de la « santé mentale ». Si ce texte tente de relancer la sectorisation, il élargit également la population nécessitant des soins psychiatriques au-delà des personnes atteintes des pathologies classiques. Mais la « santé mentale », dans cette circulaire, est encore considérée comme une question relevant d'une réforme de la psychiatrie. Dans la décennie qui suit, les choses vont se préciser. Par exemple, le rapport d'Éric Piel et de Jean-Luc Roelandt, remis au ministre de la Santé en 2001, s'intitule « De la psychiatrie vers la santé mentale ». Il s'agit donc bien de substituer l'une à l'autre. La santé mentale n'est plus considérée comme une affaire purement psychiatrique, elle doit faire l'objet d'une véritable politique, assumée non seulement par les psychiatres et les soignants, mais aussi par les pouvoirs publics, les élus, les associations, les travailleurs sociaux, les médecins généralistes, les enseignants, les entreprises, les familles…

## Problèmes de définition

Reste que, comme celle de « souffrance psychique » dont elle est le pendant, l'expression « santé mentale » souffre d'un problème de définition. Non seulement elle concerne aujourd'hui l'inventaire à la Prévert d'Alain Ehrenberg, mais elle investit tous les aspects de la vie sociale. Elle pénètre l'école, la famille, l'entreprise, la justice… On convoque une cellule psychologique au moindre accident de la circulation, on se rue sur toute une littérature concernant l'équilibre personnel, le bien-être, l'épanouissement… Comme le dit Alain Ehrenberg,

« non seulement aucune maladie, mais encore aucune situation sociale "à problèmes" (la délinquance adolescente, le chômage, l'attribution du RMI, la relation entre employés et clients ou usagers…) ne doit aujourd'hui être abordée sans prendre en considération la souffrance psychique et sans visée de restauration de la santé mentale ». Celle-ci risque donc bien de ressembler à un fourre-tout.

Faute de mieux, on se réfère donc à la définition de la santé de l'OMS* approuvée par ses cent quatre-vingt-onze États membres, celle-ci est « état de bien-être physique, mental et social, et ne consiste pas seulement en une absence de maladie ou d'infirmité ». Plus précisément, l'OMS* décrit la santé mentale comme « un état de bien-être dans lequel la personne peut se réaliser, surmonter les tensions normales de la vie, accomplir un travail productif et fructueux, et contribuer à la vie de sa communauté ». Cette vision positive des choses est d'ailleurs reprise en 1999 dans une résolution du Conseil de l'Europe[1], qui considère « que la santé mentale contribue d'une manière importante à la qualité de la vie, à l'insertion sociale et à la pleine participation à la vie sociale et économique ». Dans ces textes, tous les concepts clés sont présents : « bien-être », « qualité de la vie », « participation à la vie sociale et économique ». Ainsi la santé mentale n'est-elle pas seulement considérée comme une réponse à un grave problème de santé publique – celui de l'extension inquiétante de la « souffrance psychique » –, mais aussi comme un moyen, pour le citoyen, de tenir toute sa place dans la vie économique, d'être performant.

1. Résolution n° 2000/C 86/01 du 18 novembre 1999 concernant la promotion de la santé mentale.

Par exemple, dans une synthèse publiée par l'*American Journal of Psychiatry*[1], l'auteur reproche à la psychiatrie de parler constamment de la santé mentale mais de ne rien faire pour elle. Il constate que des dizaines de milliers d'articles ont été consacrés à la dépression ou à l'anxiété depuis 1987, alors que cinq mille seulement traitent de la « satisfaction de vivre », et un peu plus de huit cents de la « joie ». Pour lui, la santé mentale peut être conçue comme un équilibre mental au-dessus de la moyenne, un accomplissement de soi. Elle peut être également définie par la maturité, le fait d'être adulte, l'intelligence émotionnelle et sociale, autrement dit la capacité à contrôler ses émotions, le bien-être subjectif et enfin la résilience, c'est-à-dire la capacité à surmonter les chocs de la vie. À propos de cette vision, Alain Ehrenberg parle de « dopage psychologique », clé de la réussite personnelle. La santé mentale présenterait donc deux versants : un versant négatif quand elle doit faire face à un grave problème de santé publique et un versant positif lorsqu'il s'agit de « doper » les individus dans la compétition permanente dans laquelle ils sont engagés, de gré ou de force.

## Mise sous tension

Avant d'aborder ses conséquences sur la psychiatrie, il convient de s'arrêter quelques instants sur le contexte dans lequel cette exigence de « santé mentale » s'exprime. Ce contexte, c'est la mise sous tension de la société, dans son ensemble, pour mener – et non gagner, parce que tout est sans cesse remis sur le tapis – une compétition économique qui s'apparente de plus en plus à une véritable

1. George E. Vaillant, « Mental Health », *American Journal of Psychiatry*, 8 août 2003 ; cité par Alain Ehrenberg.

guerre. Pour le sociologue Vincent de Gaulejac, c'est toute la société qui « se laisse contaminer » par l'idéologie du management et de la gestion : « Aujourd'hui, tout se gère, les villes, les administrations, les institutions, mais également la famille, les relations amoureuses, la sexualité, jusqu'aux sentiments et aux émotions. Tous les registres de la vie sociale sont concernés. Chaque individu est invité à devenir l'entrepreneur de sa propre vie[1]. » Cette idéologie (qui se défend d'en être une) « met le monde sous pression. [...] La société est devenue un vaste marché dans lequel chaque individu est engagé dans une lutte pour se faire une place et la conserver. »

Si ce système a pu évoluer ainsi, c'est parce qu'il a su, depuis les années 70, récupérer les aspirations à une plus grande liberté individuelle et la volonté de rompre avec les aliénations de la vieille société, contestées avec force en 1968. La « critique artiste » qui s'est alors exprimée, comme disent Luc Boltanski et Eve Chiapello[2] (celle des étudiants), a été utilisée par le capitalisme aux dépens de la « critique sociale » classique (celle du monde ouvrier et des syndicats). Mais cette récupération a eu un prix. Dorénavant, les individus sont libres et responsables, ils sont comptables de leur réussite ou de leur échec, et ces derniers sont désormais intériorisés : si je réussis, c'est parce que je suis bon ; si j'échoue, c'est parce que je suis mauvais. Nous sommes passés, selon Vincent de Gaulejac, du pouvoir disciplinaire – décrit par Michel Foucault comme étant capable de « rendre les corps utiles et dociles[3] » – au pouvoir managérial, qui

1. Vincent de Gaulejac, *La Société malade de la gestion*, Seuil, 2005.

2. Luc Boltanski et Eve Chiapello, *Le Nouvel Esprit du capitalisme*, Gallimard, 1999.

3. Michel Foucault, *Surveiller et punir ; naissance de la prison*, Gallimard, 1975.

vise à mobiliser le psychisme des hommes. « On passe du contrôle tatillon des corps à la mobilisation psychique au service de l'entreprise. À la répression se substitue la séduction, à l'imposition, l'adhésion, et à l'obéissance, la reconnaissance. » À présent, le travail n'est plus une contrainte, mais la possibilité de s'épanouir individuellement. « Le désir est sollicité en permanence : désir de réussite, goût du challenge, besoin de reconnaissance, récompense du mérite personnel. Dans l'entreprise hiérarchique, le désir était réprimé par un surmoi sévère et vigilant. Dans l'entreprise managériale, le désir est exalté par un idéal du moi exigeant et gratifiant. Elle devient le lieu de l'accomplissement de soi-même. »

Mais cette liberté nouvelle n'est qu'apparente. L'individu est en fait prisonnier d'un nouveau pouvoir, moins brutal en apparence, moins directement répressif, mais plus efficace, qui l'oblige à mettre cette « liberté » tout entière au service de l'entreprise. « La surveillance, poursuit Vincent de Gaulejac, n'est plus physique mais communicationnelle. Si, par certains aspects, elle reste ininterrompue grâce aux badges magnétiques, aux portables, aux ordinateurs, aux bips, elle n'est plus directe. » Surtout, le système enferme les individus dans une contrainte bien plus forte que celle de la discipline traditionnelle, celle du résultat et celle de l'initiative. Alain Ehrenberg, à ce propos, dit que « l'obéissance mécanique [a été] englobée dans l'initiative » : tu organises ton travail comme tu veux, l'important c'est que tu atteignes tes objectifs.

Le responsable d'une cellule de production dans l'industrie automobile n'est pas plus libre que son aîné lorsqu'il était rivé à la chaîne. Pourtant, il croit l'être, parce qu'il n'est plus assujetti directement à la machine, parce qu'on lui a donné un zeste de responsabilité dans son travail – incomparable, il est vrai, avec l'esclavage antérieur –, parce qu'il doit atteindre ses objectifs, en organisant « librement » son ouvrage, et parce qu'on sait aujourd'hui le récompenser, le reconnaître, individuellement. Au bout du compte, il est plus productif, plus lié à l'entreprise, qui a ainsi surmonté les graves problèmes de productivité qu'elle rencontrait à la fin de l'ère du taylorisme. Sans qu'il le sache, son psychisme est devenu un capital humain, géré par un service des « ressources humaines » (qui a remplacé celui, devenu désuet, de « gestion du personnel »). Il est devenu le « gestionnaire de sa vie », capable de se fixer des objectifs, d'évaluer ses propres performances, de « rendre le temps rentable ». Le résultat, c'est la jungle. Ce système génère naturellement l'exclusion : dans la lutte des places, que le meilleur gagne, et tant pis pour les autres. Il s'érige en véritable darwinisme social : dans la concurrence, les individus les plus forts gagnent, les plus faibles disparaissent. « Pour gagner, ce ne sont pas les plus faibles qu'il faut aider, ce sont les meilleurs[1] », dit Bertrand Collomb, président du groupe Lafarge. « *A fortiori,* explique Vincent de Gaulejac, lorsque l'exclusion est utilisée pour mettre les uns sur la touche pour obliger les autres à mieux accepter les exigences accrues de rentabilité. La violence se banalise, les dégradations des conditions de travail et le développement de la précarité deviennent des conditions normales de la course à la performance. » À cela, il faudrait ajouter la « souffrance psychique », qui s'étend comme une véritable épidémie.

## Le modèle managérial

Elle se répand d'autant plus que ce « modèle managérial » s'étend, depuis les années 80, à l'ensemble des structures

1. Cité par Vincent de Gaulejac.

sociales. De nos jours, par exemple, la famille doit produire des enfants performants, d'où l'obsession précoce de la réussite et l'angoisse qui assaillent les parents. Le système éducatif, privatisé à bas bruit dans son fonctionnement, doit être tout entier tendu vers la sélection des meilleurs et vers la compétition au service de l'économie. Actuellement, on classe les établissements selon leurs performances, les universités se livrent une lutte acharnée pour attirer à elles les meilleurs, y compris au niveau international[1]. Pendant ce temps, des milliers de jeunes, devenus inutiles, sont exclus du savoir et de la culture (c'est peut-être d'ailleurs ce qui alimente au fond la « crise » de l'Éducation nationale : la contradiction entre un idéal républicain d'égalité des chances et cette réalité). Les services publics, lorsqu'ils ne disparaissent pas, doivent maintenant être managés selon les critères du privé.

Les représentations dominantes ont été, elles aussi, investies. Celui qui réussit, c'est celui qui gagne de l'argent facilement, vite, librement, le portable rivé à l'oreille, toujours entre deux avions, amateur de belles voitures et de jolies femmes, nomade dans un monde qui lui est offert. C'est le culte de la performance, d'une nouvelle forme d'hygiénisme à la californienne (ne pas fumer, ne pas boire, entretenir son corps, manger bio, faire l'amour suffisamment pour garantir son équilibre personnel), du sport[2] – qui jadis était déprécié comme faisant partie de la culture des pauvres, mais qui aujourd'hui représente le modèle à suivre[3] –, avec surtout cette illusion que tout cela est à la portée de n'importe qui – sorte de « démocratisation » des fantasmes : il suffit d'être

1. *Le Monde*, 2 octobre 2005.

2. Lieu par excellence du dopage.

3. Voir *Le Culte de la performance*, d'Alain Ehrenberg, Hachette Littératures, 1999.

meilleur que les autres. Le discours public est bourré de ce type de références, en particulier dans la publicité. Ce sont là autant de normes, invisibles mais puissantes, auxquelles l'individu, inconsciemment, doit se conformer. Mais lorsque l'échec est au rendez-vous, la liberté revendiquée devient une liberté confisquée, le bien-être se transforme en mal-être, la frustration est à la dimension du rêve dissous, et apparaît la souffrance psychique. L'illusion de la liberté a fait long feu. « L'homme privé est une chimère, écrit Alain Ehrenberg, un sujet humain sans société est aussi absurde qu'un sujet sans corps. »

Pour lui, « le couple souffrance psychique-santé mentale s'est imposé dans notre vocabulaire à mesure que les valeurs de propriété de soi et de choix de sa vie, d'accomplissement personnel (quasi-droit de l'homme) et d'initiative individuelle s'ancraient dans l'opinion. C'est l'idéal d'autonomie tel qu'il s'est traduit dans la vie quotidienne de chacun. Je considère ce couple comme l'expression de tensions d'un type d'individu auquel on demande certes toujours de la discipline et de l'obéissance, mais surtout de l'autonomie, de la capacité à décider et à agir par lui-même[1]. » Plus loin, il ajoute : « L'élargissement des frontières de soi s'est accompagné de l'augmentation parallèle de la responsabilité et de l'insécurité personnelles. » Cette insécurité n'est plus seulement aujourd'hui le lot de ceux qui sont exclus – à la rue ou simplement pauvres –, mais d'une écrasante majorité de citoyens ; elle constitue l'un des fondements de notre fonctionnement social. C'est probablement le terreau sur lequel s'épanouissent la souffrance psychique et la demande grandissante de « santé mentale ».

1. Alain Ehrenberg, « Les changements de la relation normal-pathologique, à propos de la souffrance psychique et de la santé mentale », *Esprit*, mai 2004.

## Schizophrène = anxieux ?

Dès lors, on ne s'étonnera guère que ce concept suscite, dans les milieux de la psychiatrie, de nombreuses controverses. Beaucoup craignent que, dans l'océan des souffrances psychiques, la vraie maladie mentale ne soit abandonnée ou reléguée. Alain Ehrenberg n'en disconvient pas, et il parle à ce propos de « retournement hiérarchique » : « La maladie mentale est désormais un aspect subordonné de la santé mentale et de la souffrance psychique. » Le psychotique appartient donc dorénavant, selon le sociologue, à la catégorie plus vaste des « citoyens en difficulté » qu'il faut soutenir, et tout problème de santé mentale se résume de nos jours à la souffrance psychique. « La souffrance, écrit-il, était un élément de la psychose, la psychose est aujourd'hui un élément de la souffrance. » Jean de Munck[1], philosophe, professeur à l'université catholique de Louvains, partage ce point de vue : « Le centre de gravité du champ de la santé mentale se déplace : ce n'est plus la psychose lourde, comme du temps de l'asile, mais le trouble et la souffrance d'individus ordinaires[2]. » Alain Ehrenberg fait d'ailleurs remarquer que l'on hiérarchise de moins en moins les troubles mentaux. Il cite par exemple un rapport de l'INSERM[3] consacré à la psychiatrie de l'enfant : « Un enfant sur huit souffre de trouble mental en France, qu'il s'agisse d'autisme, d'hyperactivité,

1. Auteur de « Folie et citoyenneté », *Sciences humaines*, n° 147, mars 2004.

2. « Vers un traitement social individualisé de la souffrance psychique ? » in *Problèmes politiques et sociaux* (« Santé mentale et société »), La Documentation française, avril 2004.

3. « Troubles mentaux : dépistage et prévention chez l'enfant et l'adolescent », INSERM*, février 2003.

de troubles obsessionnels compulsifs, de troubles de l'humeur, d'anxiété, d'anorexie, de boulimie ou de schizophrénie. » À ce propos, il est également intéressant de noter la confusion opérée par Philippe Douste-Blazy, alors ministre de la Santé, entre « souffrance » psychique et « maladie » psychique[1] lors de la présentation de son plan de santé mentale en 2004. Ce changement de perspective ouvre la porte à une approche du psychotique non plus en tant que malade, mais en tant que « souffrant psychique », à l'égal de l'anxieux ou du déprimé, d'où la possibilité, dorénavant, de le renvoyer dans les bras de l'assistance sociale comme les autres. « De ce fait, note Jean de Munck, le travail thérapeutique spécialisé se situe dans le prolongement du travail social ordinaire. » On serait tenté d'ajouter : lorsqu'il est encore vraiment assuré, c'est-à-dire au-delà de la chimiothérapie…

L'autre changement important concernant le statut du malade mental, selon Alain Ehrenberg, c'est la question du consentement aux soins. Depuis la loi de juin 1990, qui a succédé dans ce domaine à celle de 1838, l'hospitalisation libre devrait être la règle (ce n'est en réalité pas le cas puisque les hospitalisations sous contrainte n'ont pas cessé d'augmenter). Le malade mental est à présent considéré comme une « personne à part entière », et son consentement aux soins constitue la meilleure expression de son autonomie. Cette vision correspond à une conception générale du soin définie par l'OMS*, visant à centrer celui-ci sur la personne plutôt que sur la pathologie. Le malade devient alors un patient compétent que l'on informe, acteur de sa propre maladie, qui doit bénéficier d'un soutien au long cours et qui a

1. « La souffrance psychique n'est ni évaluable ni mesurable. La maladie psychique retentit sur la personne comme individu, mais aussi comme être social, parce qu'elle altère le rapport à l'autre, base du lien social. »

des droits. « Le déprimé idéal sait reconnaître tout seul les premiers signes d'une récidive, prend rapidement rendez-vous avec son psychiatre habituel, lequel n'a plus qu'à ajuster éventuellement la posologie de l'antidépresseur[1]. » L'idée est donc de parvenir à une sorte d'autogestion de la maladie. Ce schéma idéal ne correspond pourtant pas au cas d'un psychotique, qui le plus souvent nie sa pathologie. S'il accepte les soins, il sera considéré comme autonome (même s'il le fait sans comprendre) ; s'il les refuse, il sera de nouveau rejeté dans la catégorie des insensés, et qui plus est responsable de l'échec de l'« alliance thérapeutique » entre lui et son soignant. C'est cette autonomisation qui permet d'ailleurs de juger des malades mentaux, ou de les envoyer devant un tribunal parce qu'ils sont considérés comme punissables car ayant arrêté leur traitement. « La santé mentale, écrit Alain Ehrenberg, est ce qui transforme l'aliéné en être autonome, malgré sa déraison. »

Enfin, la santé mentale vise de plus en plus à considérer le malade mental comme un handicapé, en vue de son insertion en tant que tel dans la vie sociale, ce qui est le but ultime, d'où l'idée d'ajouter au soin l'accompagnement dans la durée. « Pour l'OMS*, explique Alain Ehrenberg, le handicap se décline en trois grandes modalités : la déficience désigne les atteintes de l'organisme, l'incapacité correspond à la réduction de certaines grandes fonctions du corps, le désavantage enregistre le retentissement global des incapacités sur la vie sociale des individus. » C'est à partir de celui-ci que l'on peut mesurer la capacité de la personne handicapée à vivre dans la société, son degré de socialisation (dangereuse

1. Alain Ehrenberg, « Les changements de la relation normal-pathologique, à propos de la souffrance psychique et de la santé mentale », art. cit.

façon de trier et de classer les êtres humains). « Ainsi, le score maximum (100) dans l'échelle d'évaluation globale du DSM*-IV décrit un sujet aux caractéristiques suivantes : “Un niveau supérieur de fonctionnement dans une grande variété d'activités. N'est jamais débordé par les problèmes rencontrés. Est recherché par autrui en raison de ses nombreuses qualités. Absence de symptômes[1].” » On se demande, après cette description, s'il est grand, blond et s'il a les yeux bleus… Cette notion de handicap inclut donc celle de la socialisation, et par conséquent celle du suivi dans la durée, du « parcours de vie ». Le malade n'est plus seulement un patient, mais un citoyen (Jean-Luc Roelandt parle de « psychiatrie citoyenne[2] »). L'émergence de cette citoyenneté correspondrait à une certaine « démocratisation » de l'accès à la santé, démocratisation qui, note Alain Ehrenberg, « est conçue comme la transformation de la psychiatrie, qui “enferme” le malade, en santé mentale, qui soutient le citoyen, de la schizophrénie à l'anxiété psychosociale ».

Le glissement de la psychiatrie vers la santé mentale correspondrait donc à une sorte d'élargissement du problème qui est posé à notre société. Il ne s'agit plus pour elle de « gérer » quelques milliers de malades mentaux, mais des millions de personnes en souffrance, les premiers étant désormais mis sur le même plan que les secondes. Pour cela, les psychiatres et les équipes soignantes ne sont plus suffisants, il faut faire appel à toutes les ressources sociales et médicales (élus, associations, travailleurs sociaux, médecine libérale, police, justice…), et mettre celles-ci en réseau, avec pour objectif une insertion sociale la plus efficace possible, pour les

1. Cité par Alain Ehrenberg.

2. Jean-Luc Roelandt et Patrice Desmons, *Manuel de psychiatrie citoyenne ; l'avenir d'une désillusion*, In Press, 2002.

« souffrants » comme pour les authentiques malades mentaux, et de préférence sans que cela coûte trop cher. Avec, parallèlement, une psychiatrie devenue « une médecine la plus banale possible », comme dit Jean-Luc Roelandt. L'enjeu, au final, est le maintien d'un minimum de cohésion sociale.

## « Sanitarisation » de la misère

Mais cette « gestion » ne se conçoit plus de façon collective, elle met l'individu au centre de sa démarche, un individu responsable, autonome, et les dispositifs de réinsertion ne sont là que pour lui donner un coup de pouce lorsque cela est nécessaire. Cette « individualisation » est la réponse logique à celle qui domine dans la vie économique et sociale, marquée par la concurrence entre les personnes, décrite par Vincent de Gaulejac, par la mobilité, la flexibilité, le nomadisme et la précarisation qui caractérisent notre société. « Les dispositifs de santé mentale, écrit Jean de Munck[1], s'insinuent dans ceux de l'insertion sociale, qui sont eux-mêmes appariés aux nouvelles formes de travail (personnalisé, flexible, mobile) propres aux économies dominées par le secteur des services plutôt que par l'industrie. » Il n'y a donc plus un type de réponse standardisé – l'asile, par exemple – comme au temps de l'« État providence », mais une multitude de possibilités, de thérapies et de suivis proposés en fonction de chaque souffrant. On imagine sans peine qu'une telle conception peut porter en elle une source d'inégalité. Le souffrant aisé qui peut bénéficier des services d'un psychiatre libéral, d'une clinique privée, voire

1. Jean de Munck, « Folie et citoyenneté », *Sciences humaines*, art. cit.

de thérapies alternatives[1], ne peut évidemment pas être mis sur le même plan, du point de vue des chances de s'en sortir, que le chômeur dépressif qui consulte son médecin généraliste. Cette aide individualisée n'encourage guère, de surcroît, à investir dans des réponses collectives – des structures pour tous, par exemple, alternatives à l'hôpital –, surtout en ces temps de gestion rigoureuse. Enfin, la quasi-obligation faite à l'usager de santé mentale d'être autonome, de se réinsérer, n'est pas, comme dit Jean de Munck, « moins [écrasante] que la protection asilaire ou le statut de handicapé à vie ».

À cela, il faut ajouter un autre risque, celui de « sanitarisation de la misère », comme le nomme le psychiatre lyonnais Jean Furtos. Cette critique porte en fait sur deux aspects. Le premier concerne le comportement des psychiatres et, au-delà, du corps médical, qui seraient tentés de répondre systématiquement à la souffrance psychique par la thérapie : vous êtes angoissé parce que vous êtes sans emploi, votre femme vous a quitté, vous êtes au seuil de la rue, je vais vous donner un traitement et cela ira mieux. La meilleure solution, comme le remarque Jean Maisondieu, psychiatre à Poissy, dans la région parisienne, serait que le patient retrouve un travail et une vie normale. Cette question est d'autant plus importante que l'élargissement de la demande faite à la psychiatrie trouble la frontière entre le normal et le pathologique. Comment faire la différence, parfois, entre ce qui relève d'une véritable maladie et ce qui constitue un mal-être social ou familial ? D'autant que certaines souffrances sont normales et font partie de l'existence. Faut-il

1. D'après l'*American Journal of Psychiatry* (cité par Alain Ehrenberg), « 65 % des patients traités par un médecin ou un psychologue clinicien pour des attaques de panique et 66,7 % de ceux traités pour une dépression sévère ont recours à des médecines complémentaires ou alternatives ».

absolument les « psychiatriser » sous prétexte de garantir une meilleure qualité de vie ?

Cette psychiatrisation ne relève d'ailleurs pas seulement du comportement des médecins, mais elle appartient désormais à l'arsenal idéologique dominant. Patrick Chaltiel, psychiatre à Bondy, dans la région parisienne, fait remarquer à ce propos que le deuil fait partie de la nomenclature du DSM*-IV, et celui-ci prévoit qu'il doit durer environ trois mois. Au-delà, il devient pathologique… Elle est également la conséquence de l'intériorisation individuelle des problèmes rencontrés dans l'existence. Ceux-ci, même lorsqu'ils sont le fruit d'une flagrante injustice, sont vécus comme des « accidents de la vie » à l'origine indéterminée, comme la foudre chez les primitifs. Les inégalités sont dès lors « endossées comme un échec personnel », dit Alain Ehrenberg. En conséquence, la réponse ne peut être, elle aussi, que personnelle. « Une “mentalisation du social”, écrit Jean de Munck[1], accompagne ainsi le réordonnancement de la question sociale autour d'inégalités devenues plus individuelles… » Il n'y a rien d'étonnant, dès lors, à voir les laboratoires pharmaceutiques, comme les marchands de psychothérapies, se frotter les mains.

Le deuxième aspect de la critique portée à cette médicalisation de l'existence est plus directement politique. Psychiatriser les problèmes sociaux, c'est finalement rendre crédible l'idée que ceux-ci ont des causes individuelles et non pas sociales et politiques. C'est décourager toute prise de conscience « qu'un autre monde est possible ». Gérard Ulliac, psychiatre à Médecin du Monde, dit que « c'est se défausser sur la médecine de ce qui relève de ce qu'il faudrait changer ». Daniel Zagury, psychiatre à Bondy, dit les choses d'une autre façon : « La

1. Jean de Munck, « Folie et citoyenneté », art. cit.

psychiatrie soigne la misère en essayant de la peinturlurer en folie. » Après avoir été longtemps l'auxiliaire de la police, la psychiatrie serait donc devenue aujourd'hui, en plus, la « panseuse » des maux sociaux, l'instrument inconscient du contrôle social. Il ne faut pas seulement soutenir le citoyen en difficulté, il faut aussi le maîtriser et, ce faisant, s'acheminer – n'y sommes-nous pas déjà ? – vers une société dopée (Alain Ehrenberg parle à propos de la course au bien-être d'un « idéal de toxicomane ») ou contenue dans une véritable camisole chimique collective. Pauvre psychiatrie.

## Le psychotique et la mère de famille déprimée

Au-delà de la psychiatrie et de ses soucis, son abandon au profit de la santé mentale pose un problème politique plus large, clairement énoncé par Philippe Cléry-Melin dans le rapport[1] qu'il a remis au ministère de la Santé en 2003 : « Quelles sont les priorités que se fixe la société ? Ou bien prendre en charge prioritairement les troubles les plus sévères ? Ou bien prendre en charge prioritairement les troubles les plus fréquents et les plus accessibles au traitement ? » Doit-elle s'occuper du psychotique ou du chômeur anxieux ? Quel est désormais le rôle de l'État, et qu'est-ce qui fait partie de la politique de santé publique dans l'immense océan des souffrances psychiques ? Pour l'heure, il semble qu'il n'y ait pas de réponses précises à ces questions. Si ce n'est que, dans les multiples rapports remis au ministère, l'accent est mis sur la « santé mentale », mêlant malades mentaux et souffrants psychiques, et non

1. « Plan d'action pour le développement de la psychiatrie et la promotion de la santé mentale », de Philippe Cléry-Melin, Vivianne Kovess et Jean-Charles Pascal.

plus sur la psychiatrie en tant que telle. Si ce n'est un désengagement de fait de l'État, qui se tourne de plus en plus vers les collectivités locales, vers les associations (« on se décharge de plus en plus sur nous », dit Claude Finkelstein, responsable de la FNAP Psy[1]), vers la police et la justice, la prison étant devenue l'une des réponses à la souffrance sociale et à la maladie mentale, ainsi que vers la psychiatrie, qui n'a plus d'autre choix que de répondre à tout.

On la convoque dans les tribunaux, on la convoque dans les prisons, on la convoque pour faire face aux situations de crise, on la convoque auprès des patients hospitalisés pour maladie grave (psychiatrie de liaison), dans les cellules psychologiques, dans les quartiers difficiles et jusque dans le « loft »... Parallèlement, on lui fait porter la responsabilité de tout ce qui va mal, les « fous en liberté », la violence et l'insécurité qu'ils engendreraient... « Nous assistons à une extension démesurée du champ de la psychiatrie, explique Marie-Jeanne Guedj, et la maladie mentale ne constitue plus qu'une petite partie de ce que l'on nous demande. » Pour la responsable du CPOA*, le psychiatre est désormais sous pression, y compris de la part des malades ; on lui demande d'agir vite – « Vous m'hospitalisez ou non ? » –, ce qui aboutit à des décisions frileuses. Le résultat, selon elle, « c'est la difficulté de nouer un lien avec le patient. Il faut tout de suite donner des médicaments, il faut tout de suite hospitaliser. En conséquence, c'est l'analyse clinique qui est sacrifiée, et qui au bout du compte s'appauvrit. Nous vivons dans une société de l'acte et du résultat... » En fait, le psychiatre tend de plus en plus à se muer en « expert » qui doit aider la société à faire face à tous ses maux et en « prescripteur », autrement dit en distributeur d'ordonnances.

1. Fédération nationale des associations d'(ex)patients en psychiatrie.

Faut-il dès lors qu'il se mure dans sa forteresse, c'est-à-dire dans ce qu'il considère être « la » maladie mentale, entendue dans le sens traditionnel du terme ? Certains le pensent, soit parce qu'ils entendent sauver leur spécialité, qu'ils estiment en danger, soit parce que, pour eux, la santé mentale et la psychiatrie sont décidément deux choses différentes. « La dépression n'est pas une maladie mentale », dit par exemple le professeur Henri Loo, psychiatre à Sainte-Anne et l'une des têtes de file de la psychiatrie biologique. Pour le psychiatre Thierry Jean, l'un des animateurs du *Journal français de psychiatrie*, ce qui est aujourd'hui récusé, c'est un savoir authentique, celui de plus de deux cents ans de psychiatrie, depuis Pinel et Esquirol. « La santé mentale, dit-il, est un concept abominable. D'ailleurs, existe-t-il une santé mentale ? » Les mêmes, souvent, récusent le rôle social que l'on veut faire jouer à la psychiatrie. « Le psychiatre est en train de se muer en superassistante sociale. [...] On nous demande aujourd'hui de gérer la bidoche humaine au moindre coût », dit de façon imagée Marcel Czermack. « Notre métier concerne les maladies du psychisme, pas le social », constate de son côté Olivier Boitard, psychiatre à l'hôpital de Clermont-de-l'Oise.

D'autres pensent, au contraire, qu'il est du devoir de la psychiatrie d'aller au-devant de la souffrance psychique. « Mon boulot, dit Gérard Massé, chef de service à l'hôpital Sainte-Anne à Paris, ce n'est pas seulement de m'occuper des psychotiques, mais aussi de la mère de famille déprimée. » D'autres encore en ont accepté l'augure parce qu'ils sont fidèles à la tradition issue des fondateurs du secteur. « La santé mentale, dit Guy Baillon, c'est la psychiatrie et la vie sociale, telle était la conception de Lucien Bonnafé. » Pour son successeur à Bondy, Patrick Chaltiel, « la définition de la santé mentale par l'OMS* ne concerne pas que la médecine, mais aussi les champs culturel, politique, social… » Il est vrai que la conception de Bonnafé, de Tosquelles ou de Daumézon – le psychiatre « abbé mitré dans son monastère » devait se transformer « en moine mendiant sur les routes » – concernait la santé mentale dans toutes ses dimensions, et c'est le secteur qui devait avoir la charge de celle-ci. En fait, il semble que l'on retrouve toujours les mêmes oppositions, celles qui ont suscité des débats depuis soixante ans, entre ceux qui considèrent la psychiatrie comme autre chose qu'une simple branche de la médecine, comme une spécialité au carrefour de celle-ci, du culturel et du social, avec une dimension humaine centrale, et les autres, qui ont toujours résisté à cette demande d'ouverture sur la cité exprimée avec force après la Libération, « qui ne s'intéressent qu'à la technique, dit Guy Baillon, en délaissant la part humaine ».

En fait, si l'on se place du côté, non plus des psychiatres et de leurs états d'âme, mais des « usagers » – encore un mot à la mode qui avait déjà été utilisé par Lucien Bonnafé[1] –, on se prend à se demander si l'opposition psychiatrie-santé mentale, posée en soi, ne relève pas du faux problème. D'un côté, la référence constante aux fondateurs du secteur ne saurait suffire. Les temps ont changé, et les adversaires actuels du secteur ne se privent pas aujourd'hui de le faire remarquer. On est passé d'une société, celle de l'après-guerre, tournée vers l'avenir, le bien commun et le progrès, au moins dans ses représentations et ses objectifs, à une société qui exclut massivement, que les fondateurs du secteur, à l'époque, ne pouvaient pas même imaginer. Aujourd'hui, les risques de dilution de la maladie dans la « santé mentale » existent bel et bien, du fait de la non-hiérarchisation dont parle Alain Ehrenberg (qui met sur le même plan le

1. Voir la citation de Lucien Bonnafé, page 108.

psychotique et le cadre déprimé), du fait de l'étranglement financier de la psychiatrie (sans structures alternatives suffisantes à l'hôpital) et du fait de la confusion entre réinsertion sociale et soin véritable, ce qui conduit trop souvent à l'abandon et à l'exclusion… Le risque existe également de faire jouer à la psychiatrie un rôle d'amortisseur social qui n'a pas grand-chose à voir avec le bien-être et la qualité de la vie pourtant revendiqués.

Les fondateurs du secteur, s'ils étaient conscients des limites de leur art, n'ont jamais été confrontés à des problèmes et à des risques d'une telle ampleur. Par ailleurs, les tenants d'une psychiatrie « pure » (biologique ou autre), ne s'intéressant qu'aux cas pathologiques relevant de ce qu'ils considèrent comme leur domaine, se trouvent également dans une situation ambiguë. La société exprime des demandes auxquelles ils ne pourront rester éternellement sourds, et la question des limites entre ce qui serait de leur ressort, le pathologique, et ce qui ne le serait pas est posée. Faut-il, dès lors, qu'ils effectuent un tri ? Selon quels critères ? Et n'y a-t-il pas ici, en germe, le risque de voir « sélectionner » les malades, par pathologies, ou entre les bons et les mauvais, ou entre les riches et les pauvres ? Qui dit « sélection » rappelle d'ailleurs de bien fâcheux souvenirs. Il semble donc, au final, que la question essentielle soit : qu'est-ce que la société entend faire de ses fous ? Surtout dans le cadre de la « santé mentale »… Question récurrente, et toujours d'actualité.

### L'exemple de Nanterre

Reste que les psychiatres aujourd'hui n'ont guère de choix : ou ils se retirent sur leurs terres – c'est le cas pour un nombre grandissant d'entre eux, qui choisissent, par exemple, l'exercice libéral –, ou ils osent la santé mentale, avec toutes les difficultés que cet engagement comporte. Mais, dans ce cas, ils ne peuvent le faire seuls, sous peine d'apporter une réponse uniquement médicale et de « psychiatriser » les problèmes sociaux. C'est ce que montre l'exemple de la ville de Nanterre, dans la région parisienne. Ici, comme chez Patrick Chaltiel à Bondy, le choix s'impose presque de lui-même, sauf à renier tout engagement humaniste de la psychiatrie. Nanterre est une commune riche – une partie du quartier d'affaires de la Défense se trouve sur son territoire –, mais sa population est pauvre. « Il s'agit d'une ville industrielle désindustrialisée, explique Laurent El Ghozy, adjoint au maire et responsable du service des urgences à l'hôpital de Nanterre, où les nombreux emplois tertiaires sont inaccessibles aux ouvriers, aux chômeurs et à leurs enfants, peu ou pas qualifiés. » Sur quatre-vingt-cinq mille habitants, Nanterre compte deux mille deux cents bénéficiaires du RMI* et cinq mille demandeurs d'emploi (15 % de la population active), dont mille deux cents chômeurs de longue durée. Le taux de bénéficiaires de la CMU* est deux fois supérieur à la moyenne nationale, et le niveau moyen de salaire est de 50 % inférieur à celui des Hauts-de-Seine[1]. « C'est également une ville de forte immigration maghrébine[2], poursuit Laurent El Ghozy, ancienne, dont les pères sont aujourd'hui souvent disqualifiés professionnellement, culturellement et socialement. C'est enfin une ville de deal et de toxicomanie, quand le produit anesthésie les esprits, que l'économie souterraine soutient les cités, au prix de la délinquance, de la désagrégation sociale. »

La santé n'est pas une préoccupation nouvelle pour cette municipalité, à direction communiste depuis 1935. Dès ses débuts, elle a ouvert des dispensaires,

1. Le département auquel appartient Nanterre.
2. Environ 30 % de la population.

devenus depuis des centres de santé municipaux. Ils sont aujourd'hui au nombre de trois, ils reçoivent 32 % des habitants au moins une fois par an, et cent vingt mille actes médicaux y sont dispensés chaque année ; il faut parfois attendre deux mois avant d'obtenir un rendez-vous. Ces chiffres montrent, non seulement les efforts de la municipalité dans le domaine de la politique sanitaire – alors que celle-ci ne relève pas d'elle, mais de l'État –, mais aussi le problème d'accès aux soins dont souffre la population. En vingt ans, la ville a ainsi perdu vingt médecins généralistes sur soixante-douze. Elle ne compte que trois psychiatres libéraux. Dans le domaine de la psychiatrie, la situation est longtemps restée figée, avec un seul secteur, dans le centre-ville, alors que la majorité de la population vit dans des HLM situées dans les quartiers excentrés. « À l'hôpital, on ne voulait pas entendre parler des habitants de Nanterre parce que l'on considérait qu'il y avait assez à faire avec les SDF*. [...] Le secteur décidait, les élus n'avaient pas grand-chose à dire », signale Laurent El Ghozy. Finalement, à l'issue d'une « intense bataille politique », deux secteurs sont créés, dont un à l'hôpital. Ils seront finalement de nouveau réunis en un seul. « Ce qui montre, note Laurent El Ghozy, que les élus ont des moyens d'intervention limités dans ce domaine. » Deux CMP ont pourtant été ouverts dans des locaux communaux, dont un dans le quartier du Petit Nanterre, l'un des plus pauvres de la ville.

Le problème de la « souffrance psychosociale » de la population – termes que Laurent El Ghozy préfère à ceux de « souffrance psychique » – s'est naturellement imposé comme une évidence, et la municipalité a décidé de proposer une offre de soins complémentaire. Par exemple, elle a créé une cellule psychotraumatologique dans les centres de santé municipaux, avec un psychologue et un médecin. Celle-ci offre une écoute et une aide aux personnes victimes du chômage, d'une rupture familiale, d'un échec professionnel… Dans le même esprit, la commune a ouvert dans le centre-ville un « espace santé jeunes », un lieu qui leur est dédié, où ils peuvent être écoutés, loin des structures de soins que, généralement, ils n'acceptent pas. L'équipe est constituée autour d'un psychologue à plein temps, et elle accueille des vacations de médecins généralistes ainsi que le Planning familial… Les jeunes y viennent gratuitement et de façon anonyme.

La municipalité tente également d'agir le plus tôt possible au niveau de l'enfance, avec l'institution, par exemple, de consultations de psychologues dans les centres de protection maternelle et infantile (PMI). Elle a impulsé, avec la collaboration du secteur de psychiatrie infanto-juvénile, la création de deux CATTP*, proches des maternelles, permettant d'accueillir les tout-petits en difficulté repérés par les enseignants. Des groupes thérapeutiques ont également été créés, à l'initiative de la ville, dans deux quartiers. Il s'agit de repérer assez tôt, dans les écoles, les enfants en difficulté. « Généralement, explique Laurent El Ghozy, les mômes qui ont des problèmes psychiques ou sociaux sont connus, mais souvent on ne fait rien, on repousse les échéances, et lorsqu'ils pètent les plombs ou qu'ils deviennent des délinquants, on les met dehors. » Ces groupes thérapeutiques réunissent les enseignants, les professionnels de la santé mentale, les parents. Ainsi, lorsque les difficultés sont repérées, on peut proposer une prise en charge par un psychologue, par exemple une demi-journée par semaine. Au bout de quelques mois, lorsque l'enfant va mieux, le soutien cesse. « L'intérêt de cette formule, explique Laurent El Ghozy, réside dans le fait que l'aide proposée se fait dans le milieu naturel de l'enfant, avec la participation des parents, sans que ceux-ci soient obligés de le conduire "chez le psychiatre", ce qui est très mal vécu. »

Dans trois des quartiers les plus en difficulté, la municipalité a également mis en place un système de diagnostic de la souffrance psychosociale impliquant les élus, les professionnels des secteurs adulte et infantile, les travailleurs sociaux, les associations, les écoles, les services de la ville, les habitants eux-mêmes… « Ces diagnostics ont mis en évidence l'ampleur des problèmes : drogue, alcool, dépression des mères, violence des jeunes, désinsertion sociale… » Avec la connaissance commune des difficultés, naît la prise de conscience : on ne subit plus les choses seul dans son coin, mais on tente d'agir ensemble, même si la gravité de la situation et la modestie des moyens limitent souvent les possibilités de faire face. Dans l'un des quartiers, ce « diagnostic » a conduit à la création d'un groupe de santé mentale qui se réunit tous les mois avec l'ensemble des acteurs concernés, à commencer par les habitants. Lors de ces rencontres, on essaie de comprendre et de trouver des solutions. « Dans ce quartier, estime Laurent El Ghozy, les gens ne se sentent plus seuls, ils sont moins inquiets, ils vont mieux, et la violence a régressé. L'objectif est de faire en sorte qu'ils prennent en charge eux-mêmes les problèmes, avec l'aide et les outils que nous pouvons leur fournir pour y parvenir. »

L'expérience de Nanterre est intéressante car elle est d'abord le résultat de l'action de la municipalité. Le secteur psychiatrique, avec qui elle a désormais de bonnes relations, n'est qu'un des partenaires parmi d'autres, qui apporte ses compétences, indispensables, à l'action commune. Cela permet, selon Laurent El Ghozy, de ne pas tout mélanger et de laisser à chacun son propre champ d'intervention. « La maladie mentale, par exemple, n'est pas de la compétence de la ville, mais de la psychiatrie. » En revanche, la souffrance psychosociale l'est, « parce que le souci d'un élu, c'est le bien-être de sa population ».

Pour lui, cette façon d'aborder la question de la santé mentale évite de tomber « dans la psychiatrisation de la misère. […] Nous n'avons aucune illusion à ce sujet ». Comment pourrait-il en avoir ? L'ampleur de la catastrophe sociale, l'impuissance qui en résulte, malgré les efforts prodigués, montrent que la santé mentale est avant tout un problème politique. Cette vision permet deux approches, qui ne sont pas forcément contradictoires.

La première consiste à agir pour soulager une population qui en a le plus grand besoin. Elle ne règle aucun problème sur le fond, et pose de surcroît une question récurrente : à vouloir panser les plaies, ne permet-on pas au système de se reproduire ? C'est ce que souligne Xavier Emmanuelli à propos de son action en faveur des pauvres. « Lorsque nous avons créé les lits infirmiers, raconte-t-il, de nombreux collègues m'ont dit que nous allions faire de la médecine à deux vitesses. Ils n'ont pas tort, et l'on ne peut dédouaner la société de ses responsabilités et de ses devoirs. Mais si nous ne nous occupons pas de cette souffrance, qui va le faire ? »

La seconde approche ouvre des pistes intéressantes. En « socialisant » la question de la souffrance psychosociale, en en faisant l'affaire de tous, on peut espérer faire reculer la fatalité de son individualisation, décrite par Alain Ehrenberg, et de ses causes. En d'autres termes, je souffre, mais je ne suis pas le seul, et je ne suis peut-être pas le seul responsable de ma souffrance. En replaçant ainsi la question de la souffrance psychique au cœur de la question politique, on ouvre une autre porte : celle de la réflexion sur la façon dont nous voulons vivre ensemble, sur le projet de société qui doit être le nôtre. Et cela, le plus motivé des psychiatres ne peut le faire, cela ne relève pas de sa compétence. La santé mentale devrait donc désormais se situer au centre des préoccupations, non seulement des élus et des associations, mais aussi des partis politiques, des syndicats, des médias, de l'État, c'est-à-dire au cœur du débat démocratique, et non pas renvoyé, comme on botte en touche, dans le domaine exclusif de la psychiatrie, cette dernière devant seulement joindre sa musique à la partition, et s'occuper des fous si elle le peut encore.

# Faire face au risque social

## « Les fous sont parmi nous »

Entendu à la radio : « “Qu’on le veuille ou non, les fous sont parmi nous.” C’est ainsi que Patrice Chabanet entame son éditorial du *Journal de la Haute-Marne*. “Les fous sont parmi nous.” De cette évidence, réveillée par l’arrestation du suspect du double meurtre de Pau et par la mort d’un usager du métro parisien, poussé par un homme manifestement exalté, surgissent les questions posées dans le journal, par exemple à la une de *La Nouvelle-République* : “Faut-il juger pour meurtre les malades mentaux ?” » C’est avec ces mots, plutôt inquiétants, qu’un matin les auditeurs d’une grande station généraliste se sont réveillés. Et ils sont probablement partis au travail avec cette idée que non seulement ils vivaient dans un monde en proie aux catastrophes naturelles, au terrorisme, aux agresseurs sexuels, aux délinquants, aux criminels, à la vache folle et aux immigrés clandestins, … mais qu’il fallait désormais compter, comme une évidence, et qu’ils le veuillent ou non, avec un autre ennemi, d’autant plus redoutable qu’il est invisible, fondu dans la masse : le fou. Ce fou, on avait presque fini par l’oublier : jamais, depuis des années, un mot sur lui dans les grands médias, jamais une parole le concernant dans le discours politique. Ce fou, il était à l’asile probablement, en tout cas son sort ne méritait pas un entrefilet ou une brève en fin de journal. Il n'intéressait personne…

Mais depuis le terrible crime de Pau[1], le voici qui refait surface. Les émissions de télévision qui lui sont consacrées se multiplient, les journaux y consacrent des enquêtes, on convoque sur les plateaux, dans les studios et dans les colonnes des gazettes psychiatres, magistrats et victimes. Même le grand quotidien du soir y consacre quatre colonnes à la une sous le titre « Malaise et insécurité dans les hôpitaux psychiatriques[2] ». Chaque jour amène son lot de tentatives de crime, d'évasions en tout genre. Le grand public, effaré, découvre tout à coup que les fous ne sont plus en lieux sûrs, mais « qu'ils sont parmi nous », dans la rue, dans le métro, où ils poussent les gens sous les rames, dans la cage d'escalier, au supermarché, partout. On ranime les vieux fantasmes – le fou inquiète et la folie fait peur –, la vieille équation « fou = dangereux » a de nouveau le vent en poupe, et comme d'habitude on s'en tient à cela.

On pourrait évidemment s'interroger sur ce qui motive de telles campagnes, qui dépassent de loin le compte rendu légitime des faits. Le plus immédiat relève de l'adage selon lequel seuls les trains qui partent en retard intéressent les journalistes. Ou, autrement dit, seuls les fous dangereux font vendre du papier et monter l'audimat, même s'ils ne constituent réellement qu'une très rare exception dans le paysage de la maladie mentale. On pourrait pousser la réflexion encore un peu plus loin. Dans le vaste marché concurrentiel que constitue

1. Les corps mutilés de Chantal Klimaszewski, quarante-huit ans, et de Lucette Gariot, quarante ans, ont été retrouvés le 18 décembre 2004 au matin dans le pavillon de gériatrie du centre hospitalier de Pau. Un jeune schizophrène, Romain Dupuy, interpellé le 29 janvier 2005, a reconnu être l'auteur du meurtre.

2. *Le Monde*, 4 mai 2005.

le monde médiatique, peu importe la compréhension des faits, peu importe l'analyse, peu importe la réflexion que l'on pourrait – que l'on devrait – susciter chez le lecteur, l'auditeur et le téléspectateur. Ce qui compte, c'est l'émotion : elle permet de vendre l'information, ramenée désormais au rang de simple marchandise. Et tant pis pour la déontologie. Et tant pis pour la vérité.

Le problème, hélas, ne relève pas que des médias. Par exemple, dans les jours qui ont suivi le drame de Pau, le ministre de la Santé de l'époque, Philippe Douste-Blazy, s'est empressé d'annoncer un moratoire sur la fermeture des lits en psychiatrie et le renforcement des mesures de sécurité, en particulier l'instauration d'une liaison directe entre les hôpitaux et les commissariats. Cette démarche a été confirmée en août 2005 par son successeur, Xavier Bertrand, devant deux cent cinquante directeurs d'hôpitaux psychiatriques lors d'une réunion décidée à la suite de l'évasion de quatre détenus soignés en psychiatrie, à Pau, à Limoges et à Sotteville-lès-Rouen. Le ministre, qui se défend de vouloir « déshabiller les soignants pour la sécurité », annonce que 17,2 millions d'euros seront mis à la disposition des hôpitaux afin que ceux-ci puissent recruter du personnel soignant et des personnels de sécurité, c'est-à-dire des vigiles. Pour le recrutement de ces derniers, il dit être « prêt à mettre une enveloppe supplémentaire pour les établissements qui le souhaitent[1] ».

À cela s'ajouteront, en 2006, 44,6 millions d'euros consacrés aux recrutements et « à la mise en place de systèmes de sécurité pour le personnel ». Le ministre souhaite également que dans chaque hôpital soit désigné un « correspondant dédié à la sécurité ». Enfin, il annonce la création, pour 2008, de quatre cent cinquante lits (au lieu des trois cents prévus initialement) dans des UHSA*,

1. *Le Monde*, 11 août 2005.

c'est-à-dire réservés aux détenus présentant des pathologies psychiatriques, l'objectif étant la création de sept cents lits à l'horizon 2010. Un groupe de travail interministériel – Intérieur, Justice et Santé – devrait élaborer des propositions sur la prise en charge de ces détenus et les mesures de sécurité à prendre. Les choses sont claires : la question de la maladie mentale est, on ne peut plus officiellement, désignée comme un risque dont la société doit se protéger.

On assiste donc à un scandaleux renversement de perspectives. Les malades mentaux sont-ils réellement dangereux ? L'ensemble de la profession psychiatrique est unanime – pour une fois – pour dire qu'il n'y a pas plus de personnes criminelles ou délictueuses parmi eux que parmi la population. Peut-être même moins. « Toutes les statistiques européennes, explique Guy Baillon, montrent que les crimes commis par la population générale sont proportionnellement très supérieurs à ceux commis par les malades mentaux. » Cette opinion est partagée par Michel Dubec, expert national auprès des tribunaux, même si, admet-il, « ces crimes sont parfois horribles, comme cela a été le cas à Pau ». Pour Patrick Chaltiel, psychiatre à Bondy et animateur d'un Observatoire de la violence à l'hôpital de Ville-Evrard, dans la région parisienne, « lorsqu'il y a violence, elle n'est pas, le plus souvent, due à la maladie, mais en réaction à une situation d'abandon, d'errance, de solitude, de manque de logement et de rejet dont sont victimes les malades mentaux ; la violence peut naître du sentiment de révolte que n'importe quel citoyen pourrait ressentir dans une telle situation ». C'est également l'opinion de la sociologue Anne Lovell, qui parle d'une « violence réactionnelle [qui serait due] à la rupture des soins, à la stigmatisation dont les malades sont eux-mêmes les victimes, à la pauvreté et à l'abus d'alcool ou de drogue que parfois celle-ci entraîne lorsqu'il s'agit de malades errants ».

« Les représentations de la maladie mentale n'ont pas évolué depuis cinquante ans », explique-t-elle. La sociologue indique par exemple qu'une enquête a été récemment menée à ce propos aux États-Unis. Elle montre que « les gens comprennent mieux la dépression, mais sont toujours aussi intolérants vis-à-vis des psychotiques ». Cette analyse est confirmée par une enquête menée en France entre 1999 et 2003. Selon cette étude[1], dans les représentations qu'a la population des problèmes de santé mentale, les termes « fou » et « malade mental » restent le plus souvent associés à des comportements violents. Par exemple, commettre un meurtre est associé, pour 45 % des personnes interrogées, au fait d'être fou et pour 30 % à celui d'être malade mental, ce dernier étant plus souvent perçu comme ayant un problème médical. Le dépressif, lui, est considéré comme accessible aux soins et à la guérison par 94 % des personnes interrogées, alors que seulement 55 % d'entre elles pensent qu'on peut guérir un fou et 69 % un malade mental.

Quant à la violence dans les hôpitaux psychiatriques, abondamment invoquée par le ministre pour justifier ses mesures sécuritaires, il serait peut-être intéressant d'y regarder de plus près. « Nous y sommes de plus en plus confrontés, estime Claire Garnier, la secrétaire du syndicat CGT de l'hôpital de Villejuif, du fait du manque de personnel – il y a parfois moins de deux infirmiers pour vingt malades – et du manque de formation des jeunes infirmières, à qui l'on n'a pas appris à gérer les situations tendues à cause de la disparition du diplôme

1. « Santé mentale en population générale », étude réalisée par le Centre collaborateur de l'Organisation mondiale de la santé (CCOMS) et la Direction de la recherche, des études, de l'évaluation et des statistiques (DREES) auprès de 36000 personnes âgées de dix-huit ans et plus en France métropolitaine.

d'infirmier psychiatrique[1]. » Le manque de personnel, selon la responsable syndicale, touche tous les services de l'hôpital ; ainsi, lorsqu'il y a un problème, « l'aide tarde à arriver ». À cela, il faudrait ajouter qu'il y a une différence notable entre l'aide d'un infirmier – c'est-à-dire d'une personne connaissant la maladie mentale et capable d'agir dans l'intérêt du patient – et celle que pourraient apporter les vigiles de monsieur Bertrand, qui, on peut en être sûr, auraient comme seule réponse la matraque.

Tous les soignants, psychiatres et infirmiers, savent que la violence de certains patients fait partie de leur métier, des risques inhérents à celui-ci. « Même si, explique Patrick Chaltiel, le fait d'avoir quitté, parfois, les grands asiles pour se retrouver dans des petites structures au cœur des cités fragilise les soignants ». Ils savent aussi que l'on peut y faire face à condition d'avoir reçu une formation pour cela. « Dans mon service, explique Gérard Ulliac[2], nous avons souvent eu de gros problèmes de violence. Certains malades envoyaient des messages que nous n'entendions pas, et, dans ce cas, la crise survenait, ils devenaient menaçants, très agités ; nous avions créé une « commission violence » avec les infirmiers, où nous examinions le cas des malades dangereux. Nous nous en sommes toujours tirés grâce à un minimum de précautions. Il faut être capable de surveiller ce qui se trouve dans la chambre (une fois, nous avons trouvé un fusil), les infirmières doivent avoir le double des clés des placards. Il faut aussi savoir faire face avec doigté au problème de l'alcool, mais le plus important réside dans la relation que nous sommes à même de nouer avec le

1. Voir le témoignage de Bernadette Avellano, page 179.

2. Gérard Ulliac, psychiatre à Médecins du Monde, exerçait auparavant à la clinique de la MGEN* à La Verrière, dans la région parisienne.

patient. Il faut ouvrir les valises avec lui lorsqu'il arrive, l'aider à ranger ses affaires. Surtout, il faut savoir entrer dans son monde. De ce point de vue, il est impossible de faire l'impasse sur la psychanalyse. Je me souviens qu'un jour nous avons accueilli un patient considéré comme très dangereux ; chez nous, tout s'est bien passé, puis il est parti ailleurs et nous avons appris qu'il avait tué un soignant et un infirmier avant de se donner la mort. En fait, tout se joue dans la relation… » Ce n'est donc pas de vigiles dont a besoin la psychiatrie, mais de personnel formé en nombre suffisant.

## Victimes de la violence sociale

Pour Claire Garnier, l'hôpital est également confronté à l'arrivée de plus en plus fréquente de jeunes ayant perdu tous repères sociaux ainsi que « le sens des règles et du respect », et ayant souvent touché à la drogue. Le directeur de l'hôpital de Villejuif, Éric Graindorge, confirme ces propos : « L'hôpital est ouvert, et la violence sociale le pénètre. Les malades sont de plus en plus des déshérités qui apportent leur violence avec eux. La drogue entre dans l'enceinte de l'établissement, des gens de l'extérieur viennent dans les jardins ou jusque dans la cafétéria pour vendre de la came aux patients. C'est l'hôpital qui doit aujourd'hui se protéger de la société. » Éric Graindorge envisage donc – un comble – d'instaurer une gestion d'accès, avec cartes magnétiques et protection individuelle avec bip pour les agents. Pour protéger les malades du monde extérieur, on va donc de nouveau les enfermer.

Selon Patrick Chaltiel, la situation est différente d'un secteur à l'autre : elle est par exemple plus tendue dans les cités à l'abandon – mais cette constatation ne vaut pas que pour la maladie mentale –, elle l'est moins dans les endroits où l'accueil, et donc l'urgence psychiatrique, a été correctement organisé, où le soin et le lien existent réellement. Le renversement opéré par le discours officiel tient au fait qu'il transforme en accusés les victimes, en l'occurrence les malades mentaux en but à la violence. Une violence sournoise, faite de problèmes de logement, de la perte de tout espoir de trouver un emploi, et donc une vie normale, de la rupture avec la famille et les amis, d'isolement… La violence faite aux malades mentaux, c'est aussi la rue, la prison, l'exclusion… « Lorsqu'elles perdent partiellement ou transitoirement la raison, explique Guy Baillon, les personnes qui présentent des troubles psychiques perdent en même temps leurs capacités de défense personnelle et, au lieu d'être "dangereuses", deviennent "vulnérables". »

La violence, souvent larvée, est parfois directe. Patrick Chaltiel, par exemple, raconte l'histoire de l'un de ses patients qui vivait dans un petit appartement d'une cité de Bondy : « Des délinquants sont venus chez lui pour tout lui voler car ils avaient senti sa vulnérabilité. Plus tard, ils ont menacé de le violer ; il ne l'a pas supporté, il est mort d'une crise cardiaque. » Selon Guy Baillon, cette vulnérabilité des malades mentaux « entraîne une diminution de l'espérance de vie de dix ans en moyenne par rapport à celle de la population générale parce qu'ils ne savent pas bien se défendre contre leurs idées de suicide[1], contre les accidents, contre la maladie ». L'OMS* a fait de la lutte contre la stigmatisation des malades mentaux l'un des axes de sa politique de santé mentale. En France, cette action « déstigmatisante » est présente dans presque tous les rapports qui se sont succédé depuis

1. Selon l'UNAFAM*, le taux de suicide chez les schizophrènes est vingt fois supérieur à celui de la population générale.

quelques années sur le bureau des ministres de la Santé successifs, notamment dans le document d'Éric Piel et de Jean-Luc Roelandt[1]. Le plan de santé mentale de Bernard Kouchner[2], qui s'inspira largement de ce document, prévoyait même l'organisation de campagnes de sensibilisation en direction des professionnels de la santé et du grand public. L'idée est reprise dans le dernier plan de santé mentale présenté par Philippe Douste-Blazy. Mais que valent ces intentions – certes louables – face à un mouvement de fond, celui d'une politique de sécurisation de plus en plus obsessionnelle, au cœur de laquelle se trouvent, naturellement, les malades mentaux ? Que valent une campagne de com et un numéro vert face à la volonté acharnée de montrer du doigt et d'exclure telle qu'elle s'exprime chaque jour dans les décisions et les discours officiels ainsi que dans les médias ?

Comme cela a toujours été le cas dans l'histoire récente, la société se pose la question de la gestion de la folie, avec la volonté de répondre au risque social que celle-ci représente à ses yeux. Par exemple, la loi du 27 juin 1990 (qui a remplacé la vieille loi de 1838) affirme dans son article 1er que « nul ne peut être sans son consentement ou, le cas échéant, sans celui de son représentant légal hospitalisé ou maintenu en hospitalisation dans un établissement accueillant des malades atteints de troubles mentaux ». Elle affirme donc le principe de l'hospitalisation libre, mais elle se garde bien de remettre en cause l'hospitalisation sous contrainte, effectuée sous la responsabilité du préfet. Celle-ci peut prendre deux formes : l'hospitalisation à la demande d'un tiers (HDT) et l'hospitalisation d'office (HO). La première doit être formulée par un membre de la famille ou par une personne

1. « De la psychiatrie vers la santé mentale », 2001.
2. « L'usager au centre d'un dispositif à rénover », novembre 2001.

susceptible d'agir dans l'intérêt du malade. La demande d'admission est accompagnée de deux certificats médicaux datant de moins de quinze jours. À l'arrivée, un troisième certificat est établi par le médecin de l'hôpital. Ensuite, tout le dossier est envoyé au préfet, qui avise le procureur de la République. L'hospitalisation d'office intervient lorsqu'il y a trouble de l'ordre public ou danger pour la sûreté des personnes. Dans ce cas, un certificat médical suffit, et la décision est prise par le préfet, ou par le préfet de police à Paris. Dans les vingt-quatre heures après l'admission, un second certificat médical, établi par un psychiatre de l'établissement, est envoyé au préfet.

Dans les deux cas, la loi prévoit que le dossier soit également envoyé à une commission départementale des hospitalisations psychiatriques[1], chargée de veiller au « respect de la liberté individuelle et de la dignité des personnes ». En dépit de ce garde-fou, et malgré l'affirmation des droits des malades internés (celui de saisir la commission, d'exercer son droit de vote, de choisir son médecin ou son avocat, de pratiquer sa religion…), la loi n'oublie pas l'essentiel : les hospitalisations sans consentement demeurent – pratiquement à l'identique de celles de la loi 1838 –, et elles restent sous l'autorité du préfet, donc de l'État. Contrairement à ce que l'on pourrait penser dans le contexte actuel de réaffirmation des droits de la personne malade, le nombre de ces hospitalisations sans consentement a tendance à progresser significativement. Selon le rapport Piel-Roelandt, elles auraient augmenté de 57 % de 1988 à 1998. « Toutefois,

1. La commission est composée d'un psychiatre désigné par le procureur général de la cour d'appel, d'un magistrat désigné par le premier président de la cour d'appel, de deux personnalités qualifiées, désignées l'une par le préfet, l'autre par le président du conseil général, dont un psychiatre et un représentant des familles de personnes atteintes de troubles mentaux.

précisent les auteurs, il faut relativiser ce taux par rapport à l'ensemble des hospitalisations, le nombre global des hospitalisations en psychiatrie ayant lui-même beaucoup augmenté. Le taux d'hospitalisation sans consentement représentait en fait 13 % du total des hospitalisations en psychiatrie en 1997 contre 11 % en 1988 » ; depuis deux ans en revanche, elles seraient passées de cinq mille à sept mille par an. On assiste également à l'augmentation du nombre d'hospitalisations sans consentement après une mesure d'urgence (61 % des mesures d'HO* et 30 % des mesures d'HDT* en 1998). Bref, l'affirmation, légitime, des droits des malades côtoie une obsession de sécurisation qui ne désempare pas. Tel est le paradoxe.

## Faire face à l'« aigu »

Répondre au risque social, ce n'est pas seulement la possibilité, comme on l'a toujours fait, d'enfermer des malades que l'on juge dangereux, c'est aussi mettre en place un système efficace pour « gérer » les malades aigus, c'est-à-dire en crise, et donc forcément perturbants pour la vie sociale. Du temps de l'asile, la réponse était finalement simple : on enfermait le patient, et celui-ci, le plus souvent, n'avait plus qu'à se « chroniciser » entre les quatre murs de l'hôpital. Tout le monde était ainsi tranquille. « L'asile, c'était la paix sociale et la paix des familles », comme dit le psychiatre Serge Kannas[1]. Depuis une vingtaine d'années néanmoins, l'asile – même s'il n'a pas disparu, loin de là – ne peut plus jouer pleinement ce rôle. Le nombre de lits a considérablement diminué, et celui des pensionnaires également.

1. Animateur de la Mission d'appui à la santé mentale.

Certes, on continue d'hospitaliser les patients en crise, c'est même souvent l'unique réponse qui leur est apportée, mais on ne les garde plus comme jadis. Le cycle est quasiment immuable : hospitalisation en cas de crise, court séjour – le plus court possible –, rechute, de nouveau hospitalisation. C'est ce que les soignants appellent la « politique du tourniquet » ou l'« éternel retour ». La durée moyenne d'hospitalisation à temps plein est passée de quatre-vingt-six jours par patient en 1987 à quarante-cinq jours, en continu ou non, en 2000[1]. Comme le souligne la DREES* dans la même étude, l'hospitalisation à temps plein est « en principe réservée aux situations aiguës et aux malades les plus difficiles et les plus lourds ».

Le problème qui est posé est donc double : d'abord, repérer à temps la crise et si possible la prévenir ; ensuite, agir vite, le plus efficacement possible et au moindre coût. Pour cela, de rapport en rapport, de réforme en réforme, se précisent les types de réponse que notre société entend apporter à ces questions. La mise en place de « réseaux », en premier lieu, vise à tisser un système de connaissance en temps réel de la situation. C'est une fonction que remplissait très bien l'asile, avec ses hospitalisations longues, mais que le système actuel, plus éclaté, rend difficile. Qu'est-ce au fond que ce fameux « réseau » ? C'est la réponse à ce que les rapports officiels appellent un « cloisonnement » entre tous ceux qui ont un rôle à jouer dans la prévention et le traitement de la maladie mentale – et, de plus en plus, de la souffrance psychique –, c'est-à-dire non seulement les psychiatres et les soignants, mais aussi les médecins généralistes (ce sont eux qui sont souvent en première ligne), les travailleurs sociaux et les familles

1. « Les secteurs en psychiatrie générale, évolutions et disparités », *Études et résultats*, n° 342, DREES*, octobre 2004.

(qui ne le sont pas moins), les associations (dont les bénévoles rendent les plus grands services à coût zéro), les élus locaux, les pompiers, le Samu, la police (toujours présente dès lors qu'il s'agit de maintien de l'ordre), la justice, les pharmaciens, le secteur privé… Et la liste pourrait, avec un peu d'imagination, s'allonger encore.

Le dernier rapport en date, remis à Philippe Douste-Blazy[1], est très clair à ce sujet : « Le principe d'un projet global pour la personne doit donc permettre de coordonner projet de vie et projet de soins, et fonder l'évolution des réponses aux besoins de santé mentale, en dépassant une approche centrée sur les seules structures de soins pour favoriser une approche centrée sur les personnes quels que soient la nature, l'intensité, le lieu, le moment et le champ dans lequel s'expriment leurs besoins. Ces principes conduisent à favoriser l'évolution du dispositif de santé mentale en termes d'intégration d'articulations et de relais entre des réponses bénéficiant par ailleurs d'un développement dans leurs champs respectifs (sanitaire, social, médico-social, éducatif et judiciaire). »

On pourrait faire une double lecture de ce genre de dispositif. La première, positive, consiste à penser qu'il y va de l'intérêt du malade, le réseau constituant un moyen de lui venir en aide et de développer la prévention, et elle n'est certainement pas à écarter. La seconde est moins idyllique. Conçu de façon bureaucratique, le réseau peut devenir un puissant moyen de contrôle de toute population déviante, une sorte de quadrillage permanent de celle-ci, tout en s'éloignant de ses vrais besoins. En ce sens, ce type de réseau constitue une remise en cause rampante de l'idée du secteur, c'est-à-dire une organisation

1. Plan de santé mentale 2005-2008, repris à son compte par Xavier Bertrand, le successeur de Philippe Douste-Blazy.

la plus proche possible de la population et au service de celle-ci[1].

Pour s'en convaincre, il faut peut-être revenir aux expériences, trop peu nombreuses et trop souvent remises en cause pour des raisons financières – et pour des raisons de contrôle ? –, des centres d'accueil et de crise (CAC). Ceux-ci, par définition, sont ouverts librement aux souffrants psychiques comme aux malades mentaux ; les équipes de soin en constituent la cheville ouvrière, en collaboration permanente ou ponctuelle avec les autres acteurs, travailleurs sociaux, élus, médecins généralistes… Comme l'explique Guy Hanon, le responsable du CAC* de la Roquette à Paris[2], aux structures trop figées, il est préférable de substituer une action commune, au cas par cas, non seulement à partir d'une demande (qui ne vient pas toujours spontanément), mais à partir des besoins repérés par tous, médecins, associations, élus… Il s'agit donc bien de fonder l'action à partir des besoins des malades, non autour du soin conçu comme une réponse efficace à la crise, forcément ponctuelle et centrée sur le symptôme, mais autour du soin en collaboration avec les autres structures (CMP*, hôpital de jour ou de nuit…), dans la continuité, pour éviter ces ruptures qui conduisent fatalement à la rechute et aux nouvelles hospitalisations.

Dans l'esprit du secteur, le CAC* met donc délibérément en œuvre un réseau. L'idée est de faire en sorte que tous ceux, autour de l'équipe soignante, qui sont intéressés par la maladie mentale aient la possibilité d'un travail en commun, parce que celle-ci ne saurait être dissociée du

1. « Tout en réaffirmant le secteur psychiatrique comme base de l'organisation des soins en psychiatrie, l'objectif est de développer les réseaux en santé mentale, non concurrents du secteur », se sent obligé de préciser le plan Douste-Blazy.

2. Voir pages 221 et suivantes.

milieu dans lequel elle s'exprime. Il est indispensable de créer un lien solide, profond, durable, fait de relations personnelles nouées dans le temps, de connaissances réciproques, et ainsi d'utiliser, pour reprendre la belle expression de Lucien Bonnafé, « le potentiel soignant du peuple ». C'est la raison pour laquelle l'idée d'un secteur géographique aux dimensions réduites – idée qui ne se limite pas à désigner les fameux soixante-dix mille habitants de la circulaire de 1960[1] – est si importante. Il convient d'être le plus proche possible de la réalité sociale, politique, culturelle, historique d'une communauté, à la manière des comarques de François Tosquelles en Catalogne[2]. On se demande d'ailleurs en quoi cette idée – toujours novatrice – aurait pu vieillir…

Cette vision n'a pas grand-chose à voir avec celle qui consiste à créer un rassemblement autoproclamé « réseau » de professionnels, d'experts et d'institutions. Dans le contexte actuel, une telle organisation ne peut avoir, comme seul objectif, que la gestion des moyens, leur rationalisation, leur mutualisation. Surtout, elle ne peut que privilégier les réponses techniques, immédiates, efficaces, au détriment de la démarche de fond, diversifiée, inventive et longue, que nécessite l'approche de la maladie mentale, et donc servir à « trier » les malades en fonction de leurs pathologies et de la gravité estimée de celles-ci. Elle peut enfin s'ériger – consciemment ou non de la part de ses acteurs – en un réel instrument de contrôle social. De plus, parce qu'elle est forcément plaquée sur la réalité d'une manière volontariste, elle est difficile à mettre en place.

C'est ce que montre la tentative d'instituer un « conseil local de santé mentale » dans le treizième arrondissement

1. Voir page 107.
2. Voir page 125.

de Paris. L'idée de départ, louable et intéressante, consiste à réunir régulièrement tous les acteurs concernés (associations, familles, prison, hôpitaux, commissariats, mairie, pharmaciens, secteur psychiatrique…) « afin que les gens se parlent, réfléchissent ensemble, innovent », comme dit Diana Niamoye, la conseillère municipale qui a en charge le projet à la mairie. L'objectif serait de créer une structure pérenne, avec l'élection d'un bureau, d'un secrétariat, mais Diana Niamoye reconnaît avoir beaucoup de mal à mettre en place cette organisation. On peut se demander, en effet, si le risque n'existe pas de créer une structure de plus, et d'imposer une réunion de plus… Dans le domaine de la maladie mentale, indique Guy Hanon, « on ne peut pas fonctionner seulement une fois par mois ». Bref, que ce type d'organisation ait une réelle utilité n'est pas contestable – ne serait-ce que parce qu'elle peut constituer un lieu de rencontre entre des gens qui n'ont pas l'habitude de travailler ensemble –, mais faire croire qu'elle pourrait se substituer au travail quotidien, de fond, en réseau, relève au mieux d'une illusion.

**Urgences**

Cette notion de réseau est en fait très cohérente avec un autre type de réponse que la société entend aujourd'hui entreprendre, celui de l'urgence psychiatrique conçue comme celle mise en œuvre dans les hôpitaux généraux. Au fond, il s'agit là encore de répondre le plus rapidement et le plus efficacement possible à une situation de crise. Apparemment, ce souci est justifié : les urgences des hôpitaux voient arriver chaque jour des personnes en perdition, ne sachant où aller, dans un état de crise et d'abandon terrible. À l'hôpital de Nanterre, par exemple, le service reçoit chaque année cinq cents personnes au titre des troubles psychiatriques. « Je me souviens d'une personne qui était arrivée aux urgences de l'hôpital Georges-Pompidou à Paris, raconte Gérard Massé, psychiatre à l'hôpital Sainte-Anne. Elle était déprimée et nous l'avons fait hospitaliser. Sans les urgences, nous ne l'aurions peut-être pas rencontrée, elle aurait échappé aux soins. » Gérard Massé est d'ailleurs l'un des premiers à avoir proposé, dans un rapport remis au ministre de la Santé en 1992[1], un développement des urgences psychiatriques à l'hôpital. Sur le fond, sa démarche s'inscrivait d'ailleurs dans une volonté d'intégrer la psychiatrie à l'hôpital général, ce qui lui a valu une rafale de critiques concernant le risque d'une perte d'identité de celle-ci.

L'idée semble bonne : comme il y a des urgences en médecine générale, pourquoi n'y en aurait-il pas également en psychiatrie ? Mais est-ce aussi simple ? Pour tenter de répondre à cette question, il faut s'arrêter un instant sur la notion d'urgence. « En médecine, explique Laurent El Ghozy, responsable du service des urgences à l'hôpital de Nanterre, l'urgence relève soit de l'irruption d'un phénomène imprévisible, par exemple un accident de la route, soit d'un dysfonctionnement dans la prise en charge en amont : ainsi, un diabétique qui vient aux urgences pour une complication est un diabétique mal suivi. » En dehors du premier cas de figure, il n'y a donc, selon Laurent El Ghozy, « aucune fatalité du recours aux urgences ». Dès lors, on voit qu'il est difficile de mettre un trait d'égalité entre les troubles psychiques et les troubles physiques. Pour les premiers, la continuité du soin est encore plus importante que la réponse immédiate, même si celle-ci s'avère parfois nécessaire. Or une conception uniquement technicienne, c'est-à-dire conçue

1. « La psychiatrie ouverte, une dynamique nouvelle en santé mentale ».

comme un traitement du symptôme (vous êtes agité, je vous donne un médicament et, quand vous ne le serez plus, vous pourrez rentrer chez vous), ne règle aucun problème, si ce n'est celui de la maîtrise sociale de la crise (le patient est calmé, il ne perturbe plus).

Pourtant, selon Marie-Jeanne Guedj, la responsable du CPOA* à l'hôpital Sainte-Anne, à Paris, « le sentiment d'urgence ressentie existe chez les gens qui viennent chez nous, ils attendent souvent une réponse immédiate à leur angoisse ». On pourrait cependant remarquer que, s'ils viennent au CPOA*, c'est en général parce qu'ils ne savent pas où aller, et qu'il y a donc un problème en amont : ils n'ont pas eu la possibilité d'être identifiés dans leur souffrance et d'être suivis, pour de multiples raisons. Le CPOA* est donc souvent l'ultime recours, tout comme l'hôpital général d'ailleurs. L'urgence trouve ainsi sa légitimité dans les failles du système. Marie-Jeanne Guedj explique d'ailleurs qu'une fois « la situation d'urgence dégonflée » il faut trouver d'autres solutions, pour « agir dans la continuité, chez le psychiatre traitant, le CMP*, le centre d'alcoologie ou de thérapie familiale ». Il n'empêche que les moyens d'intervention sont forcément limités par le fait qu'une fois le patient rencontré c'est à une autre équipe qu'il est envoyé, dans le meilleur des cas. Que peut faire, concrètement, le psychiatre de garde ? Une écoute forcément rapide, un arrêt de travail, une ordonnance et une lettre au médecin traitant ou au psychiatre si celui-ci existe… Pas plus.

D'où les critiques… Pour Patrick Chaltiel, par exemple, l'urgence conçue sur le modèle classique de l'hôpital « conduit forcément à l'hospitalisation ou à l'abandon, après un peu de poudre de perlimpinpin ». Guy Baillon, lui, ose cette image : « L'urgence en psy, ce n'est pas l'appendicite. » Pour eux – et c'est ce que Chaltiel essaie de mettre en œuvre à Bondy –, l'urgence passe avant tout par l'accueil. Ce dernier ne doit pas se faire n'importe où, mais dans un lieu connu des patients et, au-delà, des habitants, qui peut être bien sûr, comme chez Chaltiel, le centre d'accueil et de crise, où tout autre lieu[1]. « Les gens ont peur de la psychiatrie, explique Guy Baillon, et ils ne viennent pas là pour une consultation, ils veulent que l'on parle avec eux, ils veulent qu'on les aide. » L'endroit où on les reçoit est donc très important : il suffit d'imaginer l'effet que doit produire, pour une personne en difficulté, une première consultation dans un immense hôpital psychiatrique… « Ils disent qu'ils ne veulent pas aller à l'asile, et il est vrai que cette angoisse constitue une barrière forte au traitement chez beaucoup de gens », ajoute Patrick Chaltiel.

## L'accueil

La première réponse doit consister en une écoute par un membre de l'équipe, de préférence un infirmier, « ils sont moins obsédés par le diagnostic que les psychiatres ». Tout de suite, on s'intéresse à la vie du patient, à son entourage ; quelquefois la mère, le père ou le frère sont présents lors du premier entretien. L'essentiel est de dédramatiser, de ne pas étiqueter, de ne pas faire de diagnostic, de ne pas proposer de traitement, de prendre son temps avec le patient et sa famille pour y voir plus clair. Rien n'est prévu, rien n'est imposé, pas de savoir *a priori*. On va tenter de construire avec le patient – même si cela dure des semaines – une relation de confiance, on va lui donner toutes les informations qui concernent son trouble afin d'éviter, autant que faire se peut, le traumatisme lié à la méconnaissance de celui-ci. Il faudra ensuite, si besoin

1. Voir page 211.

est, assurer avec lui son passage vers une autre structure de soin en CMP* ou en hospitalisation. Pour cela, il ne faut pas cesser de l'accompagner. Bref, le temps et la confiance jouent dans cette affaire un rôle considérable, et la réponse ne peut être qu'humaine, sinon on repousse les problèmes, on n'aide pas à leur résolution.

Cette démarche, qui est en fait celle du secteur, n'a pourtant pas la faveur du discours public, parce qu'elle ne vise pas seulement à sauvegarder la paix sociale, parce qu'elle a pour objectif un soin forcément au long cours, impliquant des équipes suffisamment nombreuses et formées (le « plateau technique », en psychiatrie, ce sont essentiellement les hommes) et parce que, évidemment, elle coûte cher. On privilégie donc les urgences hospitalières, pour traiter la crise au plus vite et au moindre coût, et l'on renvoie au médico-social (dans le meilleur des cas) et au social le suivi dans la durée, qui se transforme alors en un simple accompagnement avec souvent, comme seul soin, la piqûre hebdomadaire et l'arc-en-ciel des cachets à prendre quotidiennement… Lorsqu'il n'y a pas abandon complet… Tout cela est au fond très logique : le réseau conduit aux urgences, et les urgences alimentent le réseau. Ce système ne peut se concevoir qu'au prix d'un ancrage de plus en plus fort de la psychiatrie dans l'hôpital, bien au-delà de l'hospitalo-centrisme dénoncé par les initiateurs du secteur en leur temps.

Il y a pourtant un problème, celui de la situation, souvent dramatique, des services d'urgence dans les hôpitaux, qui sont débordés. Dans son rapport[1], Philippe Cléry-Melin aborde le sujet et propose de mettre en œuvre une politique où les urgences psychiatriques seraient

1. « Plan d'action pour le développement de la psychiatrie et la promotion de la santé mentale », de Philippe Cléry-Melin, Vivianne Kovess et Jean-Charles Pascal.

dirigées, le plus souvent possible, vers la médecine de ville, « pour peu que celle-ci renforce son propre système de permanence des soins et son maillage avec l'offre de soins psychiatriques ». Changement de décor, donc, mais au fond la démarche est la même… Le rapport préconise également, « en cas d'opposition aux soins d'une personne présentant des troubles psychiatriques bien identifiés et nécessitant des soins constants et immédiats, d'instituer une période d'observation, que la mission souhaite de soixante-douze heures au maximum[1], initiée par la demande d'un tiers, ou en son absence par l'avis d'un médecin et par un certificat médical circonstancié rédigé par un psychiatre ». Cette période serait utilisée « pour tenter d'obtenir le consentement aux soins du malade afin d'éviter de recourir à une mesure d'hospitalisation sans consentement ».

Elle permettrait également d'effectuer un tri supplémentaire entre les patients et de faire baisser, du moins l'espère-t-on, le nombre d'internements sous contrainte, dont l'augmentation constante fait désordre. Ce protocole de soixante-douze heures serait pris en charge par des unités intersectorielle d'admission (UIA), situées dans l'hôpital d'accueil du patient et qui « devraient disposer, en moyenne, de dix-huit lits pour trois ou quatre secteurs, soit pour deux cent mille à trois cent mille habitants ».

Sans aller dans le détail de ces mesures, l'intéressant est qu'elles se situent toutes dans une perspective de remise en cause du secteur, et dans celle d'une « gestion » la plus efficace possible de l'urgence. Et l'on imagine sans peine quel parcours du combattant un patient, arrivé en plein délire au service d'accueil et d'urgence, puis envoyé dans

1. Une proposition qui avait déjà été faite dans le rapport d'Éric Piel et de Jean-Luc Roelandt, « De la psychiatrie vers la santé mentale », 2001.

une UIA* durant soixante-douze heures et enfin dans un hôpital psychiatrique, devra effectuer avant d'espérer être enfin soigné autrement que par l'injection à haute dose de médicaments. L'objectif, non avoué, est bien la neutralisation et non le soin.

## Monsieur Médicament

Reste, au chapitre de la gestion des malades en crise aiguë, celui sans qui rien ne serait possible, ni les sorties d'hôpital ni les traitements symptomatiques qui font le bonheur des urgences : le médicament. Philippe Paumelle[1], dans sa thèse, avait montré qu'il était possible de calmer les agités sans avoir recours à celui-ci, mais que cela nécessitait du temps et un travail sur l'histoire du patient. Or aujourd'hui, du temps, on n'en a plus ; le temps, comme chacun le sait, c'est de l'argent. « Le médicament, explique le professeur Henri Loo, chef de service à l'hôpital Sainte-Anne à Paris, est plus rapide et plus efficace, alors pourquoi s'en priver ? » Il est vrai que l'utilisation des psychotropes a permis de nouer des relations avec des malades qui, sans ces médicaments, n'auraient même pas pu établir un contact ; il a permis également de sortir de l'asile une partie de ces malades. Le psychiatre Jean Ayme[2] raconte qu'au début des années cinquante « la prescription du Largactil® dans l'ensemble du service fit renaître l'optimisme thérapeutique, revalorisa la fonction infirmière et s'accompagna d'un bouleversement institutionnel auquel étaient conviés infirmiers et malades : comblement des sauts-de-loup, suppression des grilles des fenêtres, transformation des cellules en

1. Voir page 141.
2. Jean Ayme, *op. cit.*

ateliers, création d'un club, ouverture d'un bar, organisation de réunions ». Tout cela n'empêche pas Jean Ayme, par ailleurs, d'être très critique quant à l'utilisation abusive des psychotropes.

Le problème n'est donc pas l'utilisation du médicament, mais le contexte dans lequel celui-ci est utilisé. Lorsqu'il permet de créer un lien avec un malade agité, il est l'une des composantes du traitement, celle qui permet à des symptômes invalidants de disparaître ou de s'atténuer. Lorsqu'il est utilisé comme un médicament au sens médical classique du terme, comme l'unique réponse technicienne au trouble, sans être associé au nécessaire travail de fond sur l'histoire du sujet, il peut alors devenir un moyen de contention, une « camisole chimique », comme on disait à une époque. Henri Loo n'en disconvient pas : « Vouloir opposer psychothérapie et médicament relève de l'idéologie, les deux sont complémentaires. » Le problème, pourtant, ne se pose pas seulement de façon théorique. Dans les cabinets des médecins généralistes – qui prescrivent 80 % des psychotropes –, dans ceux des psychiatres libéraux pressés, aux urgences de l'hôpital ou dans les CMP*, il est devenu, au fil du temps, le principal, quand ce n'est pas l'unique, moyen d'intervention. « Avant, explique Anne-Marie Leyreloup, infirmière à l'hôpital Esquirol, à Saint-Maurice, le médicament n'était pas la première réponse, sauf lorsque la souffrance était trop importante ; aujourd'hui, il est vrai qu'il arrive très vite. »

Cette démarche pourrait presque paraître naturelle : lorsqu'un malade délirant ou très agité peut de nouveau communiquer avec le soignant grâce au médicament, il est très tentant de prescrire celui-ci. Mais la facilité consiste à en rester là. Il est vrai que celle-ci est souvent favorisée par les conditions le plus souvent déplorables dans lesquelles travaillent les soignants aujourd'hui en psychiatrie. Le manque de personnel, l'insuffisance de formation parfois, la baisse du nombre de lits, le manque de temps pour suivre les malades chez eux ou en appartement thérapeutique, conduisent trop souvent à aller au plus pressé, c'est-à-dire à donner un rôle central au médicament. « Je pourrais passer quatre heures avec chacun de mes cent malades, explique Henri Loo, mais c'est impossible, je n'ai pas le temps… »

Si le manque de temps facilite la prescription, il faut probablement compter avec un autre facteur, plus fondamental, celui du regard que la psychiatrie dominante pose aujourd'hui sur la folie, une conception qui est souvent uniquement biologique, c'est-à-dire axée sur le cerveau, le système nerveux et la génétique. « Il y a encore une vingtaine d'années, explique Éric Piel, médecin-chef à l'hôpital Esquirol, la formation des psychiatres intégrait la psychothérapie, avec une forte référence analytique, le médicament et la psychologie sociale. C'était la base même du secteur. Depuis, les choses ont changé. Les jeunes, formés par les universitaires, le sont sur la base d'une psychiatrie biologique, selon les préceptes nord-américains. Les universitaires ont le monopole de la formation, ils l'ont érigée contre la psychanalyse, et les liens de certains d'entre eux avec les laboratoires pharmaceutiques ne sont plus à démontrer. Après l'internat, le jeune psychiatre est choisi par son patron, qui l'incite à publier dans une revue scientifique, le plus souvent soutenue par une industrie pharmaceutique qui, par ailleurs, finance largement les recherches sur les psychotropes. »

Henri Loo, l'un des universitaires critiqués par Éric Piel et l'un des animateurs de la psychiatrie biologique en France, se défend de privilégier une vision unique de la maladie. « Dans les enseignements, explique-t-il, nous intégrons la génétique, le biologique et le social… Par exemple, si l'université de Paris V est à forte connotation biologique, celle de Lyon est plutôt à tendance psychanalytique. » Pour lui, l'objectif est de créer une formation « totalement alignée sur les autres spécialités médicales, avec un enseignement structuré, des filtres de sélection, une grande rigueur dans les connaissances de base, des stages en hôpital ». Bref, la psychiatrie doit devenir une branche de la médecine comme une autre…

On retrouve là cette volonté – ce vieux fantasme – de la psychiatrie de « courir après les autres spécialités médicales afin de se faire reconnaître par elles dans le champ scientifique », comme l'explique Serge Kannas. Pour lui, « la formation universitaire post-68 a écarté de ses enseignements la psychothérapie et le contexte social. Les jeunes psychiatres ne savent plus faire un entretien, ils ne savent que prescrire, ce qui ouvre évidemment une avenue aux laboratoires pharmaceutiques. » Cette situation est le résultat de la domination quasiment sans partage de la psychiatrie américaine, qui a totalement exclu la psychanalyse[1] et dont l'orientation est à dominante biologique. « L'influence très forte qu'elle exerce sur les milieux universitaires français, poursuit Serge Kannas, tient probablement au fait que ceux-ci viennent, traditionnellement, de la neuropsychiatrie. Nous sommes en quelque sorte revenus à l'époque de l'avant-68[2]. »

### Le business des labos

En toile de fond se trouve évidemment le rôle des grands laboratoires pharmaceutiques, pour qui, logiquement, le médicament est avant tout un produit à vendre. « Il est normal que toute entreprise fasse des bénéfices,

1. Voir pages 389 et suivantes.
2. Date de la séparation de la psychiatrie et de la neuropsychiatrie.

assure Henri Loo, mais de là à penser qu'il y a d'un côté les "mauvais" (les labos) et de l'autre les "bons" (nous), c'est un peu facile. » En fait, les laboratoires sont très présents dans le monde de la psychiatrie. « Ils sont très agressifs, explique Anne-Marie Leyreloup, ils viennent sans cesse voir les médecins, ils organisent pour les infirmiers – et pour les psychiatres – des formations gratuites, ils proposent des ateliers de réflexion autour du médicament. » En France, la formation continue des médecins serait financée à 90 % par l'industrie pharmaceutique[1]. Les pratiques de celle-ci pour vendre ses produits (lobbying, organisation de colloques, promotion, financement de revues médicales, « invention » de nouvelles pathologies pour justifier le lancement de nouvelles molécules, liens avec les milieux médicaux, « entrisme » dans les associations d'usagers…) ont été décrites dans de nombreux ouvrages[2], et elles mériteraient que l'on y consacre des enquêtes complémentaires. Mais pour se faire une idée des enjeux financiers, il suffit de savoir que le marché des antidépresseurs génère à lui seul un chiffre d'affaires annuel mondial évalué à 15 milliards de dollars. La promotion des produits pharmaceutiques en France représente une dépense de 2 milliards d'euros par an[3]. Ces pratiques contribuent de façon puissante à la diffusion des psychotropes, de plus en plus perçus comme la panacée, comme les pilules du bonheur. « L'industrie

1. Guy Hugnet, *Antidépresseurs, la grande intoxication*, Le Cherche Midi, 2004.

2. Citons par exemple : *Les Jardiniers de la folie* et *Le Prix du bien-être ; psychotropes et société*, d'Édouard Zarifian (Odile Jacob) ; *Antidépresseurs, la grande intoxication*, de Guy Hugnet (Le Cherche Midi) ; *Les Inventeurs de maladies*, de Jörg Blech (Acte Sud) ; *Comment la dépression est devenue une maladie*, de Philippe Pignarre (Hachette Littératures).

3. Guy Hugnet, *op. cit.*

de la santé ne guérit pas ; sinon, elle périrait », s'exclame le professeur Zarifian.

On assiste donc à une sorte de surenchère avec la mise sur le marché de nouvelles molécules venant remplacer les précédentes, sans d'ailleurs que des progrès soient avérés. « Pas un des psychotropes récents, quelle que soit sa classe thérapeutique, écrit Édouard Zarifian[1], n'a démontré une efficacité supérieure aux produits qui, entre 1952 et 1962, ont été mis sur le marché. Pour être plus précis, si l'on s'en tient aux trois principales classes thérapeutiques de psychotropes, aucun neuroleptique n'est globalement plus efficace que l'Haldol® ou la chlorpromazine, aucun anxiolytique ne fait mieux que le Valium® et aucun antidépresseur ne dépasse le Tofranil® ou l'Anafranil®. » Henri Loo aussi le reconnaît : « Il n'y a pas vraiment eu de progrès, si ce n'est pour ce qui concerne les effets secondaires, l'acceptabilité par les patients et la prévention des rechutes. »

Ce constat partagé n'a nullement empêché l'explosion de l'offre en médicaments, et la France est devenue le premier pays consommateur de psychotropes au monde. Comment dès lors ne pas voir que ceux-ci jouent un rôle de régulateur social ? La prise de médicaments, conçus de plus en plus comme des marchandises à consommer individuellement[2], conduit à faire de ceux-ci l'une des réponses qu'offre notre société à la souffrance psychique, autrement dit à la crise, au chômage, à la précarité, à la

1. Édouard Zarifian, *op. cit.* Il mentionne également un article de la Food and Drug Administration américaine dans le *New England Journal of Medicine* du 17 novembre 1994, dans lequel celle-ci attire l'attention des prescripteurs sur le fait que, parmi les cent vingt médicaments enregistrés entre 1989 et 1993, seule une minorité d'entre eux offre un avantage clinique clair sur les traitements existants.

2. « L'usager dicte souvent sa prescription au médecin lorsqu'il s'agit de médicaments psychotropes », note Édouard Zarifian.

dissolution du lien social… Nous sommes bien dans la société du dopage évoquée par Alain Ehrenberg. Le médicament constitue enfin une réponse désormais centrale dans le dispositif qui est en train de se mettre en place pour faire face à la maladie mentale dans le contexte post-asilaire dans lequel nous nous trouvons. Un dispositif cohérent, avec une politique de santé mentale conçue comme une réponse immédiate à la souffrance psychique (qui englobe désormais le dépressif et le psychotique), un dispositif alliant travail en réseau et développement des urgences en hôpital, l'utilisation des psychotropes comme seul recours face à la crise – n'agissant que sur les symptômes –, une démarche sécuritaire de plus en plus affirmée : notre société entend répondre avant tout au risque social. C'est le choix prioritaire qu'elle est en train de faire, au détriment du soin.

# Alléger la charge sociale

## Familles désemparées

Si la priorité est désormais donnée au risque social que représente la maladie mentale – et, au-delà, la souffrance psychique –, il s'agit aussi de le faire au moindre coût. Les malades aujourd'hui constituent avant tout une masse à gérer de la façon la plus optimale possible, et non plus des individus qu'il faut soigner. Dès lors, le problème posé est double : il y a celui de la crise, qu'il faut anticiper et traiter, et celui de la chronicité, c'est-à-dire des malades qui ne guérissent pas et qui doivent tout de même trouver une place dans le concert social, ne serait-ce que par défaut. Du temps de l'asile, tout était réglé au sein des murs de l'hôpital : on restait enfermé toute sa vie et le problème était – si l'on peut dire – résolu. Aujourd'hui, la question qui se pose est à la fois simple et brutale : que faire de ces patients ? La réponse officielle est relativement lumineuse : les malades chroniques doivent être pris en charge par le médico-social et le social.

Selon Éric Piel et Jean-Luc Roelandt, « il existe actuellement en France 2616 établissements médico-sociaux d'hébergement proposant 86065 places à des personnes handicapées adultes, dont, pour les plus handicapées, 11618 places en maisons d'accueil spécialisées (MAS).

Les structures à vocation professionnelle sont au nombre de 1912 et comportent 112029 places, dont 1600 en atelier protégé, 88952 en établissements et services d'aide par le travail (ESAT) et 9477 en centre de rééducation professionnelle (CRP). » Ces établissements concernent évidemment l'ensemble des personnes handicapées, et pas seulement les malades mentaux. Les auteurs du rapport notent par exemple que, « dans les ESAT*, 13,9 % des personnes accueillies au 1er janvier 1996 présentaient une déficience principalement psychique ». Alors que la demande en psychiatrie a explosé, alors que le nombre de places dans les MAS* ou autres foyers n'a pas compensé la baisse des lits dans les hôpitaux psychiatriques, alors que le manque de logements sociaux est de plus en plus criant, alors qu'il est pratiquement exclu pour un malade aujourd'hui de trouver un emploi, même aidé, un nombre de plus en plus important de malades se retrouvent dans les bras du « social », c'est-à-dire à la charge des bénévoles, des associations caritatives, lorsqu'ils ne sont pas à la rue ou en prison.

À cela, il faut ajouter le rôle dévolu aux familles – par la force des choses –, familles qui ont de plus en plus la charge exclusive de leurs malades. Leur situation est tellement difficile que l'UNAFAM* a décidé de mettre en place toute une série d'aides à leur disposition, notamment un Service écoute familles qui n'est pas un numéro vert mais un lieu d'écoute et de soutien. Ici, on reçoit une quarantaine d'appels par jour ; 50 % d'entre eux sont le fait de parents, 7 % de frères, de sœurs ou de conjoints, et le reste de grands-parents ou d'autres membres de la famille. « Dans 70 % des cas, explique Laurence Dalimier, la psychologue responsable du service, le diagnostic annoncé est la psychose, ou en tout cas une pathologie très lourde, avec des passages à l'acte ou des conduites addictives. » La plupart du temps, les gens appellent lorsqu'ils ne peuvent plus faire face à une situation tellement difficile qu'elle en est devenue intolérable. « Nous avons le cas de parents qui ont été mis dehors de chez eux ou qui acceptent d'être brutalisés, de parents qui se sentent coupables, surtout après une hospitalisation, de parents usés, critiqués par leurs proches, leurs voisins, les soignants, qui n'ont plus de vie sociale, qui ont dû changer d'activité professionnelle ou qui ont perdu leur emploi, qui n'ont plus confiance en personne… »

Pourtant, il semble qu'il y ait, depuis quelques années, « une évolution énorme » : les familles ont moins honte, elles cherchent à rompre de plus en plus leur isolement. « Mais cela n'est pas facile, explique Éric, qui travaille dans l'équipe. La rupture qu'entraîne la psychose fait que le temps se fige, y compris pour l'entourage, qui vit au rythme de la maladie mais ne voit pas, par exemple, qu'il y a plusieurs temps dans celle-ci, celui de la crise, celui de l'accalmie, celui de la convalescence, celui de l'insertion, parfois celui de la rechute… Nous essayons d'aider les familles à discerner ces différents moments afin qu'elles puissent mieux les comprendre et mieux les appréhender. En fait, tout le monde devient malade, et le problème est bien de tenter de sortir de ce cycle. » Il s'agit également d'apprendre à hiérarchiser les événements auxquels l'entourage est confronté. « Les gens nous appellent en disant : “Il reste sans cesse au lit” ou “Il a balancé quelque chose sur sa sœur.” Ils ne sont plus capables de mesurer la gravité des actes qu'ils décrivent. Ils perdent complètement les pédales… » Tout le travail effectué au cours de la communication – qui ne dure jamais plus d'une heure – consiste donc à « mettre de l'ordre dans les choses alors que les familles sont le plus souvent dans une confusion totale, à tenter de dédramatiser lorsque cela est possible ». Le problème qui se pose fréquemment aussi est celui de la peur d'aller vers le soin sérieusement, d'aller consulter un psychiatre. « Nous faisons office de passeurs », explique Laurence Dalimier. L'objectif est donc de tenter de sortir les familles de l'enfermement dans lequel elles vivent, avec une démarche qui se situe entre le conseil et le travail thérapeutique.

Lorsque les choses vont vraiment mal (un risque de suicide, par exemple), le service appelle les urgences, mais c'est assez rare et il essaie le plus souvent de trouver d'autres solutions. « Je me souviens du cas d'une jeune fille qui était enfermée dans un hôtel, raconte Laurence Dalimier. Elle ne voulait plus voir ses parents et elle menaçait de se suicider si on lui envoyait un psy. La famille ne pouvait faire autre chose que de lui mettre de la nourriture devant sa porte. En d'autres temps, nous aurions appelé les pompiers ou le Samu ; là, nous avons fait le choix d'envoyer un thérapeute, qui a glissé sa carte sous la porte, qui a réussi à la faire sortir et à parler avec elle. La jeune fille a finalement été hospitalisée et, aujourd'hui, elle va mieux, elle a repris ses études… Évidemment, le thérapeute s'est fait payer, et il est vrai que nous voyons là le risque d'une psychiatrie à deux vitesses. » Pour Laurence Dalimier, il s'agit, dans un cas comme celui-ci, de mettre en place un « soin de la non-demande ». Trop souvent, le secteur en reste à la demande, explique-t-elle. Le thérapeute dit : « Il est majeur, il n'a qu'à passer… »

Les familles, qui ont été longtemps accusées d'avoir une responsabilité dans la pathologie de leurs proches, notamment dans les années 70, se retrouvent aujourd'hui très souvent avec la charge de leurs malades. C'est ce que montre une enquête menée par l'UNAFAM* auprès de ses adhérents[1]. Celle-ci indique que dans 34 % des cas

1. Réalisée en janvier 2004 auprès des onze mille familles adhérentes de l'association avec un taux de réponse supérieur à 50 %.

la personne malade vit dans sa famille, contre 53 % dans un logement indépendant[1]. « Ce qui montre, explique Jean Canneva, le président de l'association, le désir grandissant d'autonomie qui s'exprime. » Plus de 30 % des familles déclarent aider financièrement leur proche malade. Pour ce qui concerne l'accompagnement social, il est assuré par 81 % des parents, par 17 % des fratries, par 5 % des conjoints et par 27 % des soignants. Il faut noter, au passage, que dans 68 % des cas la continuité des soins est assurée par le secteur public et dans 39 % par le privé. Dans 6 % des cas cependant, les gens déclarent qu'il n'existe aucun suivi médical (selon Jean Canneva, ce chiffre est encore plus élevé en dehors de l'association). Parmi les malades, 64 % vivent – survivent – grâce à l'AAH*, 4 % seulement grâce à un travail en ESAT*, 0,5 % grâce à un travail protégé et 5,3 % grâce à un travail normal. D'autres études, portant sur l'ensemble de la population des malades mentaux, indiquent que 42 % d'entre eux vivent au sein de leur famille, et qu'ils sont 58 % à recevoir une aide de celle-ci.

Bref, toutes les familles n'ont pas leur malade entièrement à charge, mais la famille est tout de même devenue, depuis une vingtaine d'années, l'une des pièces majeures du dispositif de suivi des malades mentaux en France. « Il y a aujourd'hui un réel problème, c'est celui de l'accompagnement », explique Laurence Dalimier « On renvoie les malades dans les familles », confirme Michel Malet, président de l'UNAFAM* en Gironde, qui accueille toujours son fils sous son toit. « Il va à l'hôpital de jour, ajoute-t-il, et le soir il rentre à la maison. Il est trop malade pour participer à un club, et il n'y a pas d'autres structures pour lui. » En d'autres termes, les familles

1. Environ 36 % des malades sont dans un logement indépendant depuis plus de dix ans, et 28 % depuis plus de vingt ans.

supportent l'essentiel de la charge. « L'UNAFAM*, poursuit Laurence Dalimier, ne souhaite pas un retour à la case départ, le retour à la famille ne constitue certainement pas la solution. » Jean Dybal, l'un des responsables de l'association, exprime les choses autrement : « Ce que nous voulons, c'est que les familles soient aidées. »

## Hôpital-entreprise

Si la collectivité se repose de plus en plus sur les familles, sur les associations de bénévoles, elle cherche également à optimiser ses dépenses de santé afin que celles-ci pèsent le moins possible sur la dépense publique. Pour mesurer les conséquences d'un tel choix pour la psychiatrie, il convient de s'arrêter quelques instants sur le système initié par le gouvernement d'Alain Juppé, suivi par tous les gouvernements successifs, notamment celui auquel appartenait Bernard Kouchner en tant que ministre de la Santé. De nos jours, la volonté est de gérer l'hôpital comme une entreprise – et donc de chercher la rentabilité – et de mettre sur le même plan le secteur public et le secteur privé, notamment par l'octroi de crédits à ce dernier au nom de l'équité dans la compétition.

Pour cela, on crée des « pôles hospitaliers » qui sont mis en concurrence entre eux. Pour financer les hôpitaux, on ne se base plus sur les besoins exprimés par ceux-ci, comme c'était le cas auparavant, mais sur les actes médicaux réalisés (un accouchement normal par voie basse ou une prise de sang, par exemple)… L'hôpital est donc remboursé à partir des actes qu'il a effectivement effectués. C'est la désormais fameuse tarification à l'activité, qui rend possible une concurrence directe entre établissements publics et établissements privés du fait de l'instauration d'indicateurs communs, les actes. Dans le public, les crédits vont donc logiquement vers les grands hôpitaux – seuls capables de faire face par le nombre d'actes qu'ils sont capables d'effectuer –, au détriment des petits et des moyens établissements, qui n'ont plus d'autre solution que de fermer.

C'est également la porte ouverte à la sélection des malades, entre les « bons », c'est-à-dire ceux qui ne restent pas trop longtemps hospitalisés, et les « mauvais », qui peuvent faire l'objet d'une stratégie consistant à ne pas trop les garder et à les renvoyer aux concurrents. Dès lors, on imagine sans peine la politique mise en œuvre par le privé : se réserver les pathologies les plus rentables. Les hôpitaux publics, qui ne peuvent pas « sélectionner » leurs malades, sont donc perdants, et l'on risque fort, ainsi, de voir s'instaurer une médecine à deux vitesses. Selon la même logique, le nouveau système prévoit également la possibilité de créer des « groupements de coopération sanitaire[1] » permettant d'associer public, privé et médecins libéraux, et ayant la possibilité d'opter pour un statut privé, ce qui revient à une privatisation de fait du secteur de la santé. Ce système implique, évidemment, une « bonne gouvernance » des établissements hospitaliers, avec son pendant naturel, la qualité, l'évaluation et l'accréditation. Ce qui ne constitue nullement une hérésie, sauf si les critères sont exclusivement financiers… ce qui est le cas.

Au-delà de ce que l'on peut penser d'une telle politique pour l'hôpital général, et de ses conséquences pour l'égalité devant les soins – à l'heure où l'on discourt beaucoup sur la « démocratie sanitaire[2] » ! –, on peut se demander ce qu'il va se passer pour la psychiatrie lorsqu'elle lui sera définitivement imposée. Car elle ne l'est pas encore.

1. Voir le témoignage de Philippe Cléry-Melin, page 208.
2. Conçue, il est vrai, sous l'angle strictement individuel.

Pourtant, la toile de fond est déjà en place. Désormais, dans la plupart des rapports officiels qui se penchent sur la santé mentale, on propose la création « d'intersecteurs », c'est-à-dire de structures plus larges que les secteurs existants, couvrant un territoire plus grand afin de « mutualiser les moyens ». Pour s'en convaincre, il suffit d'ouvrir le rapport que Philippe Cléry-Melin avait remis, en 2003, au ministre de la Santé[1]. Il y préconise la constitution d'une « organisation fédérative » chargée de « promouvoir la "bonne gestion" mutualisée des ressources hospitalières à plein temps, du temps médical »…

Cette gestion se ferait à l'échelle d'une « taille critique minimale » correspondant à deux cent mille habitants (un « territoire de santé »), taille pouvant aller jusqu'à doubler dans les endroits à forte densité de population, le secteur n'étant là désormais que pour assurer le « travail de proximité », dont on se demande bien en quoi il consiste. Pour Philippe Cléry-Melin, cette nouvelle « fédération » doit impliquer le privé. Il faut donc ouvrir « la possibilité aux professionnels de santé libéraux d'être associés par voie conventionnelle à la lutte contre les maladies mentales, aux établissements privés de participer à des actions de sectorisation psychiatrique moyennant conventions avec des fédérations de secteurs […] sur un secteur géographique cette fois-ci plus large d'au moins deux cent mille habitants ». Philippe Cléry-Melin pousse donc la logique jusqu'au bout, en proposant, au nom de la nécessaire coopération entre le public et le privé, une privatisation rampante du système de soins et une remise en cause, non avouée, du secteur.

1. « Plan d'action pour le développement de la psychiatrie et la promotion de la santé mentale », de Philippe Cléry-Melin, Vivianne Kovess et Jean-Charles Pascal.

**Retour à l'asile ?**

Quelles sont les raisons qui président à une telle vision du point de vue de l'intérêt du malade ? On a bien du mal à les discerner : au lieu de se rapprocher de lui et du milieu dans lequel il vit, on s'en éloigne. Les seules motivations relèvent en fait de la « gestion », terme clairement employé dans le rapport avec « mutualisation » et « taille critique », qui appartiennent au vocabulaire de l'idéologie managériale... La conséquence logique, pour pousser le bouchon un peu plus loin, c'est la réorganisation progressive, pour des raisons « d'efficacité », de l'offre de soins autour de grandes pathologies (c'est d'ailleurs ce que fait déjà Philippe Cléry-Melin dans ses cliniques[1]). On ne recevrait plus les patients dans un lieu commun où l'on aurait à cœur de ne pas leur coller une étiquette, mais on les enverrait dans les cliniques ou les hôpitaux spécialisés dans les dépressions, ou dans ceux prévus pour accueillir les grands schizophrènes.

« Certains grands axes sont devenus indiscutables, écrit le psychiatre Jean-Charles Pascal[2], et nécessitent une spécialisation qui ne peut se résoudre dans l'espace sectoriel tel qu'il est défini actuellement. Il en est ainsi des psychoses débutantes (16-25 ans), où l'avenir du sujet va se jouer pour 80 % des cas dans les deux premières années de décompensation, mais aussi des troubles de l'humeur, de ceux du grand âge ou des addictions. » Jean-Charles Pascal entrouvre ainsi une porte qui ne demande qu'à s'ouvrir plus largement. De son côté, Gérard Massé milite également pour des « structures

1. Voir page 206.

2. Signataire du rapport Cléry-Melin, in *L'Information psychiatrique*, vol. 79, n° 10, décembre 2003.

intersectorielles » organisées autour des grandes pathologies et des tranches d'âge. « Une équipe psy de secteur ne peut pas tout faire », plaide-t-il. Finalement, le risque est grand de recréer l'asile du temps où le pavillon des gâteux côtoyait celui des agités. Là encore, les raisons sont essentiellement économiques : il s'agit de gérer au mieux, avec le maximum d'efficacité, même si le prix à payer est l'étiquetage des patients, qui constitue déjà une source d'aliénation, et la création d'une psychiatrie à deux, trois ou quatre vitesses. Les riches dépressifs allant se faire soigner chez monsieur Cléry-Melin, et les psychotiques « incurables » et peu rentables étant renvoyés dans le giron d'un secteur public exsangue et dans les bras du social.

## Camisole, piqûre et électrochoc…

La tarification à l'activité – qui n'existe pas encore en psychiatrie, mais cela ne saurait tarder – pose le même type de problèmes. Car, au fond, qu'est-ce qu'un acte en psychiatrie ? La camisole de force, la piqûre, la prise de médicaments, l'électrochoc… Et ensuite ? Rien d'autre, *a priori*, puisque l'essentiel des « actes » tient avant tout à la relation que noue l'équipe soignante avec le patient. Il y a donc deux solutions possibles : soit on est capable de mesurer ce temps-là, ce qui confinerait à l'absurde, soit on privilégie de fait, pour des raisons uniquement financières, la prise de médicaments et les électrochocs, ce qui serait également aberrant du point de vue de l'intérêt du patient, mais finalement logique avec la façon dont on entend aujourd'hui neutraliser les malades au détriment du soin.

Or le temps est quelque chose de tout à fait déterminant lorsqu'on a affaire à la maladie mentale. C'est ce qu'explique Jean Oury : « Le temps avec lequel on travaille, si on veut spécifier, singulariser un petit peu le travail psychiatrique, est loin d'être défini. Il est toujours nécessaire de proposer, d'inventer – si on arrête d'inventer, il n'y a plus rien de valable –, eh bien ce temps-là [...] n'est pas du temps au sens chronologique du terme, ce n'est pas le temps des métreurs[1]. » Plus loin, il évoque la notion de projet, qui a à voir avec le temps : « Non pas cette ignominie qu'on appelle le projet thérapeutique, surtout dans les centres pour "aigus" – il faut signer sa sortie avant d'entrer –, parce que le projet thérapeutique, c'est justement fermer quelque chose. Par exemple, les bonnes intentions d'une équipe : il y a longtemps, on avait dit à une fille, plus ou moins hystérico-schizoïde, pour essayer qu'elle s'en sorte : "Ça y est, tu vas sortir, on va te chercher du travail, un logement..." Bon, elle est sortie, et elle avait simplement dit : "Mais j'ai peur de ne pas trouver mon point de chute." Huit jours après, elle l'avait trouvé, son point de chute : du septième étage. » Voilà quels peuvent être les enjeux qui se profilent silencieusement derrière les débats sur l'« optimisation » de la pratique psychiatrique.

Jean Oury enfonce encore un peu le clou à propos de la notion d'ennui, qui a aussi à voir avec le temps : « Je voyais régulièrement un schizophrène – très schizophrène, qui avait subi beaucoup de choses – cinq minutes par jour (c'était déjà beaucoup, cinq minutes). Il n'avait rien à me dire, et moi non plus. On s'ennuyait. Sans trop savoir pourquoi. On s'ennuyait comme ça. En revanche, c'était indispensable. Une fois, je ne l'avais pas vu pendant quinze jours, ça a été une catastrophe. [...] Mais vous voyez bien que l'ennui, ce n'est pas dans les

1. *La Chronicité en psychiatrie aujourd'hui*, ouvrage collectif sous la direction de Pierre Delion, Érès, 2004.

évaluations : “Combien d’ennui ? Combien de…” toutes ces âneries… »

Le débat ne porte pas seulement sur la nécessité de mieux gérer les dépenses de santé. Car après tout, pourquoi pas ? « Il est normal de savoir où va l’argent », dit Gérard Massé. Il ne porte ni sur la propreté des salles d’attente ni sur le temps nécessaire pour obtenir un rendez-vous, qu’une bonne politique d’évaluation peut mettre en évidence et corriger. Le débat porte sur la place du malade dans le système. Constitue-t-il sa finalité, en tant que sujet qu’il faut soigner, ou est-il un objet parmi une masse d’autres qu’il faut neutraliser au moindre coût ? « Un jour, on m’a dit, en parlant des patients : “Vous, en psychiatrie, vous avez un problème de stocks” », témoigne Olivier Mans, infirmier au CHS* de Caen. Le choix gestionnaire conduit en fait à l’abandon. Abandon et chronicisation du malade, que l’on retrouve naturellement dans la rue. Abandon de principes aussi évidents que celui de la continuité des soins. « La psychose, expose Guy Baillon, c’est par définition la rupture des liens ; le secteur, au contraire, c’est la volonté de les maintenir, c’est la continuité. » La mise à l’écart de cette idée est hélas désormais entrée dans les faits pour de trop nombreux malades, et certains penseurs vont jusqu’à la théoriser.

Ainsi Jean-Charles Pascal, dans le même article[1], écrit-il : « La remise en question de la continuité absolue des soins nous paraît salutaire. Beaucoup d’auteurs, mais aussi notre pratique à tous, montrent que selon les moments, les problèmes et les pathologies, il y a souvent intérêt à une certaine discontinuité dans les prises en charge […]. Plus encore que la continuité à travers un même soignant ou un même groupe soignant, nous paraît

1. *L’Information psychiatrique* vol. 79, n° 10, décembre 2003.

plus importante la rencontre avec des individus soucieux de leur responsabilité et s'engageant dans une coordination réfléchie et personnalisée des soins. » Comprenne qui pourra. Mais au-delà de l'exercice de langue de bois, on voit bien qu'avec la remise en cause de l'un des apports de la psychiatrie de secteur – la continuité des soins – c'est la justification théorique des pires exclusions qui se profile : après tout, un psychotique vivant dans la rue ne bénéficie pas de la continuité des soins, et pourtant il survit, pas toujours très longtemps il est vrai… La rue doit donc être peuplée « d'individus soucieux de leurs responsabilités », elle doit être thérapeutique.

Pour mesurer les conséquences que peut avoir la pratique gestionnaire sur l'approche de la maladie mentale, il faut revenir à Jean Oury, qui en illustre tous les dangers par une histoire provocatrice et salutaire. « Voici une petite anecdote, et après j'arrête : on m'avait traité, il y a quelques années, de "dinosaure mélancolique" – c'est un compliment – eh bien, dans ce lieu deux administrateurs étaient venus assister aux journées scientifiques : des représentants qui venaient du "château", de Paris, qui étaient au premier rang. Quand je me suis mis à parler, comme ça, à improviser, on sentait qu'ils pensaient : "Pouah, qu'est-ce que c'est que ce fou qui parle, là ? Aucun intérêt." À la fin, j'ai ouvert un livre de Giorgio Agamben, non pas *Que reste-t-il d'Auschwitz ?* mais *Homo sacer,* et j'ai dit : "Je vais vous lire des textes de loi." J'ai lu des textes de loi sur l'organisation de la santé. Alors les types se sont sentis mieux : "Ah, enfin ! Ça, c'est bien, c'est clair." J'ai dit : "Vous savez, ce que je viens de lire date de 1938, et c'est signé Hitler." Bon, j'arrête là…[1] »

1. Jean Oury, in *La Chronicité en psychiatrie aujourd'hui*, ouvrage collectif sous la dir. de Pierre Delion, Érès, 2004.

# Aimez-vous le DSM ?

## Le code 291.8

« Jeune psychiatre, je me souviens d'avoir reçu un jour, dans une consultation de secteur, un homme d'une quarantaine d'années qui avait été adressé là en application de la loi de 1954 concernant l'injonction de soins vis-à-vis des alcooliques dits dangereux. Si à l'époque le DSM-III* ou IV avaient existés, il est évident qu'il aurait pu être classé dans la rubrique des troubles induits par l'alcool. Pourtant, ce qui m'avait semblé essentiel alors, c'était la singularité de cette rencontre, aucunement souhaitée ni par lui ni par moi. Il ne s'agissait plus alors de ses troubles, mais de sa personne dans la situation du *hic* et *nunc* qui nous avait fait nous rencontrer. De cette position clinique adoptée alors surgira plus tard un autre diagnostic que les troubles induits par l'alcool [...], une dépression antérieure à l'alcoolisation, en rapport avec une rupture conjugale datant de plusieurs années dont il n'avait jamais fait le deuil et qui l'avait conduit à une déchéance progressive, dont l'alcool n'était qu'une manifestation secondaire. L'évolution étonnamment favorable de ce patient a montré le bien-fondé d'avoir délibérément négligé les symptômes de l'axe 1 du DSM*. Il est évident que la construction psychopathologique partagée en quelque sorte avec le patient ne répondait à aucun critère de fiabilité diagnostique, alors que tout un chacun aurait pu s'entendre sur le code F 10.8 de la CIM 10[1] ou 291.8 du DSM-IV*. Pourtant, le plus important n'était-il pas que ce patient eut validé ma démarche par les changements que cela a produit ? » Cette histoire que raconte Bernard Durand, psychiatre à Créteil et animateur de l'association Croix-Marine, illustre bien, dans sa simplicité, ce qui fait peut-être l'originalité de la psychiatrie. Entre son patient et lui s'est nouée une relation forcément unique – puisque l'un et l'autre le sont – et qui ne saurait être déjà écrite, qui s'invente au fil de la rencontre. C'est dans son histoire, et au-delà dans le psychisme du patient, qu'il a fallu chercher pour identifier le trouble et ses causes. Ce qui était visible et immédiat, l'alcoolisme, ne constituait en fait que le symptôme d'un trouble et non le trouble lui-même. Ne pas le considérer comme tel aurait conduit le psychiatre à faire comme un médecin qui soignerait une fièvre sans se poser la question de savoir si celle-ci est l'indice d'une infection, et donc à la faire tomber et à s'exposer ainsi à une rechute encore plus grave. Cette démarche semble aller de soi…

Et pourtant, tous les psychiatres de France et de Navarre ont aujourd'hui sur leur bureau un véritable « manuel » de psychiatrie, dans lequel sont répertoriées toutes les pathologies mentales – encore qu'il faille relativiser ce « toutes », car leur nombre augmente d'une version à l'autre –, les symptômes qu'elles présentent et les traitements qu'on doit leur appliquer. Il s'agit bien sûr du fameux DSM*, aujourd'hui dans sa quatrième version[2], conçu par la puissante Association américaine de psychiatrie. Il fournit une

1. Échelle de classification de l'OMS*, proche du DSM* américain.

2. La première date de 1952, la deuxième de 1968, la troisième de 1980 (c'est le premier DSM ayant été traduit en français, en 1983) et la quatrième de 1996.

description de symptômes et de troubles du comportement auxquels il suffirait de se référer, lorsqu'on a un patient en face de soi, en cochant des cases après lui avoir posé les bonnes questions. Le sujet singulier, avec son histoire, ses sentiments, son psychisme, n'existe donc plus ; seuls demeurent des « profils » désincarnés.

Au départ, dans l'esprit de ses rédacteurs, le DSM* était conçu comme un instrument de recherche. Il s'agissait de se mettre d'accord sur un certain nombre de concepts, sur un langage commun grâce auquel on pourrait communiquer – ce qui après tout était légitime –, et les psychiatres américains n'étaient pas les premiers à se lancer dans cette aventure. « L'histoire de la médecine, explique Bernard Durand, montre que l'on a toujours eu une propension à classer les maladies. » Cette démarche, selon lui, a deux origines : l'une, interne, correspond « au besoin d'ordonner la nature », mais avec des « modèles provisoires », pour mieux l'observer ; l'autre vient de l'extérieur pour répondre aux injonctions de l'administration, par exemple pour faire face à des problèmes d'hygiène ou de statistiques. « C'est à partir d'une commande de la Ville de Paris sur les causes des décès que Jacques Bertillon a établi la première classification internationale des maladies. » Philippe Pinel, en son temps, avait déjà proposé une nosographie des maladies mentales. Elle visait à la description des faits observés, à leur regroupement afin d'en tirer des « profils évolutifs permettant de construire des modèles de maladies, puis de rendre compte, comme l'a fait Freud plus tard, de l'organisation des mécanismes psychiques ». Mais Bernard Durand souligne que cette nosographie classique correspondait « à un compromis entre différentes approches [...], ce qui exigeait des futurs psychiatres d'apprendre à la fois l'histoire de la psychiatrie, la sémiologie et les théories permettant de comprendre les mécanismes mis en œuvre.

Cela les amenait à constater que les symptômes présentés par le malade pouvaient prendre des configurations changeantes en fonction de l'interlocuteur, et donc à prendre conscience de l'importance de la dimension subjective de la rencontre avec le patient. »

## À la recherche de la science

Au fil des versions du DSM*, mais surtout après la troisième, les psychiatres américains vont pourtant tourner le dos à cette conception, et d'instrument de travail le DSM va devenir un « manuel éducatif », auquel il suffirait de se référer et qu'il suffirait d'utiliser pour résoudre les problèmes… sans le patient lui-même. La version IV annonce d'ailleurs la couleur : le DSM* y est d'emblée présenté comme a-théorique, c'est-à-dire « objectif », « scientifique », uniquement descriptif, rejetant de fait tout effort pour comprendre les origines de la maladie mentale, effort considéré comme idéologique (mais en réalité source de désaccords). On retrouve là, bien sûr, la volonté des psychiatres d'apparaître, aux yeux de leurs collègues des « sciences dures », comme des scientifiques à leur égal. Stuart Kirk, professeur à l'université de Columbia, et Herb Kutchins, professeur à celle de Sacramento, expliquent dans un livre qu'ils ont écrit à ce sujet[1] qu'il est question au départ, pour la psychiatrie américaine, de résoudre deux graves problèmes dans la perspective de se faire reconnaître comme une science : celui de la validité du diagnostic et celui de sa fiabilité. La validité concerne la capacité des psychiatres à déterminer « scientifiquement » les troubles dont souffrent

1. Stuart Kirk et Herb Kutchins, *Aimez-vous le DSM ? Le Triomphe de la psychiatrie américaine*, Les empêcheurs de penser en rond, 1998.

leurs patients, c'est-à-dire à savoir qui est mentalement malade et de quel type de maladie il s'agit. La fiabilité concerne le fait que le diagnostic doit être, à partir du même cas, le même d'un praticien à l'autre, ce qui est loin d'être le cas dans la réalité. En obligeant les psychiatres à se conformer à une échelle préalablement établie et acceptée par tous, on espérait ainsi surmonter ce double problème. Comme disent les deux auteurs, « si le système diagnostic n'était pas fiable, alors tout portait à croire qu'il n'était pas valide ». Et tout portait à croire que la psychiatrie n'était décidément pas une science… Les auteurs du DSM* ont donc entrepris de résoudre ces deux problèmes en publiant un manuel susceptible de proposer une définition claire des maladies et un système de classification, au prix il est vrai de la mise à l'écart de questions qui fâchent, comme « Qu'est-ce que la maladie mentale ? », « Quel sens donner à celle-ci ? »… Ici, la description minutieuse, pragmatique et non théorique tient lieu de démarche scientifique.

Mais les efforts des psychiatres américains pour produire ce que certains d'entre eux ont appelé une « révolution psychiatrique » n'ont pas eu que des motivations d'ordre scientifique. Kirk et Kutchins, par exemple, expliquent que le problème posé à la psychiatrie aux États-Unis était aussi de pouvoir tenir toute sa place dans un business en plein développement. « Ce qui était en jeu, écrivent-ils, c'était le devenir de la profession de psychiatre et de la très puissante industrie – multimilliardaire en dollars – de la santé mentale. » Celle-ci s'est considérablement développée en quelques décennies et, grâce aux médicaments et aux progrès des soins ambulatoires, elle a donné naissance à une multitude d'institutions, de cabinets privés, de cliniques. La psychiatrie s'est alors trouvée confrontée à la concurrence de toute une série d'autres professions intervenant dans le champ de la santé mentale : travailleurs sociaux, psychologues, infirmières, conseillers familiaux et conjugaux… Pour réaffirmer leur position dominante, les psychiatres ont dû, comme le soulignent les deux auteurs, « élaborer un langage officiel des troubles mentaux ». Ce fut l'un des objectifs du DSM-III* – qui « est une affirmation de l'autorité de la psychiatrie sur toute la communauté des intervenants en santé mentale » – et de ce qu'on appelle la « biopsychiatrie », c'est-à-dire l'affirmation que la maladie mentale a des causes physiologiques, génétiques et chimiques, avec son corollaire, la prééminence des médicaments. La vision biologique de la maladie mentale devenait donc le pré carré de psychiatres soucieux de légitimité scientifique.

## Labos et compagnies d'assurance

Cela dit, les considérations d'ordre économique et financier n'ont pas été non plus absentes des motivations de la psychiatrie américaine. Par exemple, « l'industrie pharmaceutique avait besoin d'une nomenclature fiable et normalisée pour que le diagnostic porté sur les participants aux essais de médicaments exigés par le gouvernement soit parfaitement établi… » Il faut ajouter que cette industrie a tout intérêt à voir figurer dans le DSM* un trouble correspondant à l'une de ses molécules. À partir du médicament existant, pourquoi ne pas « créer » la maladie ? Édouard Zarifian en donne un exemple éloquent : « En 1995, l'industrie pharmaceutique a fait entrer dans le DSM-IV* l'entité "syndrome prémenstruel" comme trouble psychiatrique après qu'une étude a été publiée qui rapportait des effets favorables à un antidépresseur inhibiteur de la sérotonine. Les féministes ont aussitôt réagi et se sont engagées à faire en sorte que cette entité disparaisse dans la prochaine édition. D'ici là, de nouveaux marchés se seront ouverts… » Un autre exemple concerne l'hyperactivité[1] chez l'enfant, « qui est avant tout un symptôme mais que le DSM-IV* a transformé en trouble, ouvrant ainsi la voie à la Ritaline® », explique Serge Klopp, infirmier en pédopsychiatrie. On pourrait également évoquer les fameux troubles obsessionnels compulsifs (TOC), « qui sont le signe d'une névrose obsessionnelle mais qui ont été érigés en trouble à part entière, poursuit Serge Klopp, ce qui permet de les traiter par des molécules spécifiques, ou parfois par des psychothérapies comportementales, autrement dit une sorte de dressage. Alors le symptôme s'estompe, mais comme la névrose persiste, il réapparaît plus tard, souvent sous une autre forme. » Et le patient n'a plus qu'à consulter de nouveau.

Les compagnies d'assurance et les organismes tiers payeurs ont également joué un grand rôle dans la mise en œuvre du DSM* car ils avaient intérêt au « renforcement du lien entre le diagnostic et le traitement ». Ne seraient donc remboursés dorénavant que les troubles répertoriés dans le fameux manuel. Cela n'a pas résolu tous les problèmes, bien au contraire. Par exemple, Kirk et Kutchins citent un article paru dans le *New York Times* à l'automne 1991 et titré : « Une psychiatrie de profit : les hôpitaux privés sur le gril ». Dans ce texte, les journalistes évoquent « des enquêtes menées dans

1. L'enfant hyperactif : remue souvent les mains ou les pieds, ou se tortille sur son siège ; se lève souvent en classe ou dans d'autres situations où il doit rester assis ; souvent, court ou grimpe partout, dans des situations peu adéquates (chez les adolescents ou les adultes, ce symptôme peut se limiter à un sentiment subjectif d'impatience motrice) ; a souvent du mal à se tenir tranquille dans les jeux ou les activités de loisir ; est souvent « sur la brèche » ou agit souvent comme s'il était « monté sur ressorts » ; parle souvent trop (DSM*).

plusieurs États à la suite d'accusations selon lesquelles les patients des hôpitaux psychiatriques privés seraient systématiquement victimes de diagnostics infidèles, de traitements inadéquats et de tromperies, afin d'augmenter les profits de ces hôpitaux grâce aux indemnisations versées par les compagnies d'assurance. » Cela tendrait à montrer que la démarche « scientifique » du DSM ne parvient pas à éliminer la part subjective – frauduleuse dans ce cas – qui entre nécessairement dans l'élaboration du diagnostic. Les deux auteurs en font la démonstration à propos d'un trouble décrit par le « manuel », le trouble oppositionnel avec provocation (!) : « Le premier critère, "perd souvent son calme", associe trois critères ambigus. Que veut dire "souvent" ? Toutes les heures ? Une fois par semaine ? Qu'est-ce que le "calme" ? Comment allons-nous juger qu'un enfant de huit ans "perd son calme" "considérablement" plus souvent que "d'autres personnes du même âge mental" ? » Pour les auteurs, chaque critère diagnostique « dépend d'un contexte social général, de circonstances particulières et d'un jugement subjectif ». Bref, chassez la subjectivité par la porte, elle revient par la fenêtre.

## L'homosexualité aux voix

La démarche scientifique que voulaient instituer les concepteurs du DSM* est en fait régulièrement écornée parce que celui-ci se trouve au centre d'enjeux économiques (pour l'industrie pharmaceutique ou les assurances) et politiques. La psychiatrie, même lorsqu'elle en a le désir, ne peut échapper au contexte dans lequel elle s'exerce ; c'est vrai pour toute discipline, mais particulièrement pour elle. Par exemple, ce sont les pressions du mouvement gay américain qui ont permis de faire supprimer l'homosexualité des troubles psychiatriques décrits par le DSM*. Cette suppression a finalement été obtenue par référendum au sein de l'association américaine de psychiatrie ! Ce genre de démarche irrite, c'est le moins qu'on puisse dire, certains psychiatres. « Les Américains veulent une clinique démocratique, s'insurge Marcel Czermack, et c'est pour cela, par exemple, qu'ils ont supprimé l'hystérie de la nomenclature[1], mais Galilée n'a jamais mis son truc aux voix ! Souvent, la pensée scientifique existe contre le consensus… »

En revanche, les anciens combattants du Viêt-nam ont réussi, avec l'aide de leurs avocats, à ajouter un nouveau trouble au DSM-III*, le stress post-traumatique. D'autres souhaiteraient voir la liste des diagnostics s'élargir aux problèmes de couple ou de famille afin d'augmenter encore la gamme des services donnant droit à des remboursements. Cette extension du domaine de la psychiatrie conduit à une médicalisation sans précédent de la vie sociale. Le DSM* est donc bien en ce sens l'enfant de la « santé mentale » et du rôle que l'on entend faire jouer à celle-ci. « Le DSM*, écrivent Kutchins et Kirk, est un livre de recommandations qui nous dit ce que nous devrions penser des manifestations de tristesse et d'anxiété, des activités sexuelles, de l'abus de drogue et d'alcool et de bien d'autres conduites. En conséquence, les catégories créées pour le DSM* réorientent notre façon de penser les problèmes sociaux importants et affectent nos institutions sociales. » Édouard Zarifian enfonce encore le clou : « On répond aux questions des patients en leur indiquant ce qu'il faut faire de leur vie, on leur façonne une petite existence ripolinée dont ils n'auraient jamais osé rêver : "Plus de symptômes, vous êtes guéri, circulez, au suivant." »

1. Le DSM-IV*.

En fait, l'exemple du DSM* est intéressant parce qu'il est sans ambiguïté. Avec lui, le psychisme humain n'existe plus, même si on prend soin de noter dans l'introduction de la quatrième version que les classifications sont faites pour classer des troubles et non des personnes, en évitant de poser la difficile question : qu'est-ce que la maladie mentale ? Le DSM* réduit celle-ci à une série de symptômes, sans donner sens à ces derniers, sans chercher à en comprendre la signification profonde chez un être humain particulier. Il suffirait, pour identifier la pathologie, pour la comprendre et la soigner, de cocher des cases sur une liste, exercice à la portée de tous, quiconque pouvant dès lors s'intituler psychiatre. Son idéologie – même s'il se défend d'en avoir une – se résume en la nécessité de traiter vite, efficacement et si possible au moindre coût des symptômes, parce que dès lors que l'on s'attaque aux causes profondes il faut du temps. Ce n'est d'ailleurs pas un hasard si le DSM* a rayé de sa liste les concepts de névrose et de psychose, « qui permettent de comprendre que les symptômes sont des productions secondaires, explique Édouard Zarifian, et qu'ils ne sauraient être l'arbre qui cache la forêt ». Traiter uniquement les symptômes, c'est généralement repousser le problème, le faire resurgir et l'aggraver dans la rechute ou la chronicité.

Évacuer le psychisme, c'est non seulement se condamner à l'échec (du point de vue de l'intérêt des malades), mais c'est aussi se cantonner à une conception étroite et dangereuse de ce qu'est un être humain. L'homme est « réduit à un ordinateur, dit Édouard Zarifian, et son fonctionnement à la cybernétique ». *Exit* son histoire personnelle, ses sentiments, ses désirs, ses fantasmes, ses frustrations, ses idées, ses amours, son inconscient, ses relations avec le monde qui l'entoure, *exit* tout ce qui fait qu'il est un homme singulier. Réduire un être humain à des symptômes, explique encore Édouard Zarifian, « c'est amener celui qui souffre à perdre toute capacité à réfléchir sur lui-même, et donc à être libre ». C'est enfin penser que, moyennant quelques indicateurs bien maîtrisés, quelques moyennes bien équilibrées, quelques courbes bien explicites – selon les modèles technocratiques dominants de l'idéologie du management –, on va pouvoir maîtriser la maladie mentale et donc l'être humain. « Le DSM*, dit Xavier Emmanuelli, c'est la folie de la toute-puissance. »

## Biopsychiatrie et évacuation du psychisme

Cette vision de l'homme s'exprime également dans la domination actuelle de la biopsychiatrie. Celle-ci ne se résume pas à la recherche – légitime et nécessaire – de ce que pourraient être certaines causes biologiques ou génétiques de la maladie mentale. Elle postule que ses causes sont d'origine cérébrale et elle évacue ainsi toutes celles qui pourraient être psychopathologiques ou sociales. Elle concerne donc l'étiologie, c'est-à-dire les causes, le diagnostic et la thérapeutique – dès qu'un dérèglement est mis en évidence, il est possible de le traiter, le plus souvent grâce à des médicaments. Sans aller sur le terrain des discussions qui animent le monde de la psychiatrie sur ces questions – et donc trancher sur le point de savoir qui a raison et qui a tort –, on peut tout de même s'interroger sur quelques points. D'abord, une conception qui limiterait l'homme au cerveau semble très réductrice et dangereuse. Elle permet, dans le sillage de la « philosophie » du DSM*, de justifier une approche étroite de la maladie mentale, que l'on peut dès lors traiter dans l'urgence au niveau des symptômes, et de conforter ainsi la position des gestionnaires. Après tout, si l'homme ne se réduit qu'à un fonctionnement cérébral, mieux vaut attendre que la science nous ait donné la solution, et d'ici là renvoyer les malades dans le social ou au diable ; de toute façon, organiser un suivi coûteux ne sert à rien puisque tout se trouve dans le cerveau… Mieux vaut aussi jouer de la seringue et de la pilule puisque l'on sait bien que cela, au moins, c'est scientifique…

Cette conception est également dangereuse parce qu'elle permet le tri, la sélection entre les malades, qui ne sont plus considérés comme des sujets mais comme des cerveaux, c'est-à-dire des objets. On sait où ce genre de vision a mené : les mises à l'écart, les exclusions, les exterminations ont toujours eu comme soubassement, notamment lors de la Seconde Guerre mondiale en Allemagne et en France, une conception étroitement biologique de l'homme. Il y a donc, derrière cette vision, le risque de nier l'individualité, la personne dans toute sa complexité, et celui d'un retour rampant à une « biocratie » et à un eugénisme qui ne veulent pas dire leur nom. « Un être humain vivant, explique Édouard Zarifian, existe selon trois dimensions qui tissent entre elles des liens indissociables jusqu'à sa mort. Elles sont constituées par le corps biologique, et particulièrement le cerveau, le psychisme individuel et le réseau de relations réciproques avec les autres. » Vouloir donc réduire l'être humain à sa seule dimension biologique conduit au leurre du positivisme – la science réglera tout – d'un autre âge, surtout lorsqu'il s'agit d'un phénomène aussi complexe que la maladie mentale. « Le scientisme, expose Xavier Emmanuelli, consiste à croire que l'on va trouver les molécules contre la folie comme on a trouvé celles qui soignent la grippe ; c'est une absurdité, car on ne soigne pas un cerveau, mais un individu. »

## En quête de paradigmes

Reste alors une question : pourquoi une telle conception domine-t-elle aujourd'hui le monde de la psychiatrie ? Pour y répondre, il convient probablement d'aller chercher des explications en dehors de lui, dans l'époque, que certains qualifient de « postmoderne », qui a surgi à l'issue d'un XXe siècle marqué par les idéologies, les totalitarismes et leurs conséquences tragiques. Aujourd'hui, on rejette tout universalisme, toute pensée globalisante, tout projet collectif. Le monde est devenu complexe, mouvant, insaisissable, et aucune théorie ne peut désormais globalement l'appréhender sous peine d'ouvrir la porte au totalitarisme. Tous les grands récits le concernant, le communisme, le socialisme ou le progrès lié à la science, entre autres, ont été balayés. Et c'est probablement dans cette tourmente qu'ont été emportés le marxisme et la psychanalyse, qui avaient constitué les deux socles sur lesquels s'était appuyée la psychiatrie désaliéniste de la Libération. Ce refus de l'appréhension globale touche également la finalité de la science, celle-ci pouvant conduire l'homme à sa propre domination. Face à l'impossibilité pour celui-ci de comprendre globalement le réel, et *a fortiori* d'agir pour le modifier, toute dimension universelle du savoir est récusée. Mieux vaut alors se réfugier dans un pragmatisme rassurant et qui ouvrira la porte à une suite d'adaptations « techniciennes », à la résolution des problèmes au coup par coup et à un moment donné. C'est dans cette vision que s'enracinent l'idéologie du management et la démarche gestionnaire dominante, et c'est elle qui constitue le soubassement idéologique du DSM*, dont les auteurs refusent toute démarche théorique, érigeant le pragmatisme au rang de valeur suprême.

Lorsqu'on se penche sur l'histoire de la psychiatrie, on s'aperçoit que cette dernière a toujours été liée aux idées de son temps et à une vision de la folie qui a changé selon les époques. Dès lors, comment s'étonner qu'aujourd'hui elle en soit réduite à se réfugier dans une conception cérébrale de la maladie mentale ? Celle-ci serait produite par le cerveau, comme l'hépatite l'est par le foie, et il serait dès lors possible de la soigner avec des médicaments, selon le même modèle. « C'est une pneumonie, prenez de la pénicilline, écrivent Kirk et Kutchins. C'est une infection, prenez un antibiotique. C'est une psychose maniaco-dépressive (le trouble thymique bipolaire du lexique technico-rationnel du DSM-III[*]), prenez du lithium. »

La publication récente, à grand renfort de médias[1], de l'ouvrage « scandale », polémique, intitulé *Le Livre noir de la psychanalyse*[2] illustre bien ce climat. Ce qui frappe à sa lecture, c'est non seulement le fait que les analyses qu'il propose hument souvent le règlement de comptes, voire le caniveau (Freud était un menteur, un « cocaïno-thérapeute », il ne pensait qu'à l'argent, comme tous ses disciples d'ailleurs...), mais surtout qu'il n'oppose à la vision globale du sujet de la psychanalyse – que l'on peut ou non partager – aucune autre vision, si ce n'est l'apologie des neurosciences, de la biologie, d'un scientisme suranné et des thérapies comportementales et cognitives, les fameuses TCC. Parfois, ce manque de hauteur théorique peut même prendre un tour grotesque. Par exemple, les auteurs ont publié un texte d'Aldous Huxley dans lequel celui-ci remet en cause la signification des rêves mise en évidence par Freud. Selon lui, il est tout aussi

1. Le livre a tout de même eu droit aux journaux de 20 heures.

2. *Le Livre noir de la psychanalyse*, ouvrage sous la direction de Catherine Meyer, Les Arènes, 2005.

probable « que les rêves n'aient pratiquement aucune signification et ne soient rien de plus que de vagues et incohérentes suites d'associations d'idées déclenchées par des stimuli physiques internes (comme la digestion) ou externes (comme la sonnerie d'une cloche ou le bruit d'une carriole) ». Catherine Meyer, qui coordonne l'ouvrage, a beau rappeler que « les contributeurs sont comptables des textes qu'ils ont signés », on reste tout de même pantois devant un tel choix.

Le sexologue Pascal de Sutter montre lui aussi le bout de l'oreille. « Si raconter sa vie ou se remémorer ses rêves, écrit-il, n'est pas d'une grande utilité pour soigner un problème de dent, une cure psychanalytique n'est pas plus efficace pour traiter un problème sexuel. » Par ailleurs, il explique : « À choisir entre dix ans de psychanalyse et dix heures d'un traitement sexologique validé scientifiquement, rares sont ceux qui hésitent encore. » Cette « efficacité » est rendue possible car « le problème sexuel n'est que rarement le "symptôme" d'autre chose de plus profond ». Une telle conception appliquée – elle l'est peu ou prou – à l'ensemble des troubles psychiques, qui ne seraient que le résultat de dysfonctionnements cérébraux, ouvre naturellement la porte aux marchands de thérapies comportementales et cognitives et aux labos pharmaceutiques, qui, comme chacun le sait, et contrairement aux psychanalystes, sont totalement désintéressés. C'est probablement là, au fond, l'objectif de cet ouvrage. Encore une fois, il ne s'agit pas ici de prendre partie pour ou contre la psychanalyse, mais d'attirer l'attention sur le fait que les conceptions biologistes et scientistes peuvent conduire à la négation du sujet, et donc à l'abandon des malades.

En fait, il semble que l'on assiste ainsi à une sorte de banalisation de la folie, une banalisation que l'on retrouve dans le concept de santé mentale – l'anxieux mis sur le même plan que le schizophrène – et au travers de ce qu'on appelle la « réhabilitation sociale », c'est-à-dire le fait de penser qu'il suffit de mettre un malade dans un hôtel glauque pour que le problème soit résolu, héritage involontaire de l'antipsychiatrie repris à leur compte par les gestionnaires…

Il y a quelques années, le psychiatre Georges Lantéri-Laura s'était penché sur la question des paradigmes qui ont sous-tendu l'histoire de la psychiatrie. Le paradigme, expliquait-il, « ne désigne pas une théorie particulière, qui s'opposerait à des théories concurrentes, mais un ensemble de conceptions admises par tous pendant une certaine période, ensemble à l'intérieur duquel peuvent s'affronter des théories qui, sans cet ensemble, resteraient inconcevables ». Selon lui, l'histoire récente de la psychiatrie a été marquée par trois grands paradigmes. Dans un premier temps, tout le monde admet « comme une évidence indiscutée que la pathologie mentale se réfère exclusivement à une seule maladie, l'aliénation mentale ». C'est le temps de Pinel et de Tuke[1]. Georges Lantéri-Laura date précisément cette première période : de 1793, avec la nomination de Pinel à Bicêtre, jusqu'en 1854, avec la parution de l'article Jean-Pierre Falret intitulé « De la non-existence de la monomanie », dans lequel l'auteur remet en cause l'existence d'une seule maladie mentale.

Durant cette période qui s'ouvre alors, c'est un autre paradigme qui va s'imposer. Désormais, les psychiatres vont considérer qu'il y a plusieurs maladies mentales. « Elles sont conçues de manières très variées, avec toutes sortes de controverses sur leurs étiologies (psychogenèse, organogenèse, hérédité, dégénérescence…), mais tous acceptent leur diversité et leur pluralité. » Pour Georges Lantéri-Laura, cette deuxième période s'achève

1. Voir pages 60 et suivantes.

en 1926, lorsqu'au cours d'un congrès à Genève, puis à Lausanne, Eugen Bleuler[1] vient exposer en français sa conception du « groupe des schizophrénies ». « Le paradigme des maladies mentales se trouve remplacé par celui des grandes structures psychopathologiques, et la notion même de schizophrénie y correspond exactement. » Le domaine de la psychiatrie se constitue alors autour de la notion de structures (comme les structures névrotiques et psychotiques), que l'on retrouve dans le champ de la linguistique avec Ferdinand de Saussure, par exemple, ou dans celui de l'anthropologie sociale avec Claude Lévi-Strauss. Selon Georges Lantéri-Laura, la théorie la plus aboutie dans ce domaine – peut-être « la dernière des conceptions globales qui cherche à rendre compte de la totalité de la pathologie mentale » – est celle de l'organodynamisme d'Henri Ey.

Pour ce dernier, explique Georges Lantéri-Laura, la maladie mentale constitue une « pathologie de la liberté », un concept « fondé sur la hiérarchie du monde de l'esprit, du monde vivant et du monde inerte. [...] Le monde inerte est constitué d'atomes de la chimie minérale, regroupés en molécules assez simples. Le monde vivant est fait des mêmes atomes, mais organisés de manière infiniment plus compliquée, depuis des molécules aussi rudimentaires que l'acide formique jusqu'aux molécules très complexes comme les protéines, de sorte que la différence entre le monde inerte et le monde vivant tient, non pas aux atomes eux-mêmes, qui sont identiques dans les deux cas, mais à leurs agencements moléculaires, c'est-à-dire à des structures irréductibles à la simple somme de leurs composants. »

Par-delà le monde vivant, il y a pour Henri Ey celui de l'esprit. « Il est au monde vivant ce que celui-ci est au

1. Voir note 1, page 126.

monde inerte, et il se caractérise par la liberté, comme l'autre par la vie. » Les troubles correspondent donc à des déstructurations, c'est-à-dire à des remises en cause du fonctionnement de ces grandes structures. En neurologie, ce sont des déstructurations partielles ; en psychiatrie, ce sont des déstructurations globales qui touchent à la conscience et à la personnalité. Dans les premières, celles affectant la conscience, on trouve les psychoses aiguës (manies, mélancolie, bouffées délirantes, confusions mentales…) ; dans les secondes, celles touchant à la personnalité, on trouve les névroses et les psychoses chroniques, en particulier la schizophrénie et la paranoïa… Pour Georges Lantéri-Laura, la vision d'Henri Ey constitue « l'une des dernières conceptions grandioses, synthétisantes et unificatrices de toute la psychiatrie contemporaine », avec en arrière-fond « la conviction que la possibilité, l'éventualité et le risque de la folie appartiennent à l'essence de l'existence humaine ». Georges Lantéri-Laura date la fin du paradigme des grandes structures psychopathologiques à la mort d'Henri Ey, en 1977. Qu'en est-il dès lors du paradigme qui lui aurait succédé et sous le règne duquel la psychiatrie vivrait désormais ? Georges Lantéri-Laura dit rester « bien dubitatif », et écrit : « Ou bien, après 1977, la psychiatrie ne se réfère à aucun paradigme, ou bien ce paradigme existe, mais nous devrons laisser au temps et aux autres le soin de le caractériser. »

Ce que l'on peut tout de même remarquer, d'un point de vue extérieur, c'est quelque chose qui pourrait ressembler à un renoncement, comme si la psychiatrie actuelle avait baissé les bras face à la folie, et à sa prétention à la comprendre. Peut-être à l'image de la société dans son ensemble, qui a renoncé à l'utopie de changer le monde, « qui n'a même plus les outils symboliques pour tenter de le comprendre », comme dit Xavier Emmanuelli. Pour

Marcel Czermack, la psychiatrie ne sait plus quel est son objet : « Avec la maladie mentale, on est bien loti ! Qu'est-ce qui fait qu'une psychose n'est pas une névrose ? Qu'est-ce qu'un sujet ? C'est à ce genre de questions que la psychiatrie doit pourtant répondre. » Pour le psychiatre de Sainte-Anne, « il n'y a plus de doctrine des maladies mentales, la psychiatrie connaît aujourd'hui une période de régression théorique ».

## À propos de la guérison

Par-delà ces problèmes fondamentaux non résolus – ce qui inciterait à penser que le quatrième paradigme de Georges Lantéri-Laura reste à formuler –, d'autres questions se posent, d'un simple point de vue citoyen. Par exemple, qu'est-ce que le soin pour un grand schizophrène ? La prescription de médicaments et une insertion sociale forcée et plus ou moins réussie, agrémentée de la visite mensuelle d'un infirmier, ou une véritable ambition de comprendre le trouble du sujet et de tenter de le traiter, dans la durée ? Et dans ce dernier cas, quel est le rôle des équipes soignantes, et précisément du psychiatre ? Seulement intervenir sur les lieux de vie, à la demande, « lorsqu'on a besoin de nous » comme dit Aude Caria, psychologue à Sainte-Anne ? Par exemple, qu'est-ce que l'accompagnement ? Un « petit coucou » de temps en temps pour voir si tout va bien, pour vérifier que tout est calme, même si le malade est enfermé dans sa chambre d'hôtel, seul, fumant cigarette sur cigarette ? Par exemple, qu'est-ce que la guérison en psychiatrie ? L'état qui succède à la crise une fois les symptômes de celle-ci réduits ? Un retour à l'état antérieur, comme dans les maladies somatiques ? Lucien Bonnafé, à propos du principe de continuité, rappelait : « La folie, l'aliénation ou la maladie mentale, ce n'est pas un truc qui vous attrape un beau jour, qu'on vous soigne et dont on vous guérit. C'est quelque chose comme un moment critique dans l'aventure d'une vie, qui s'enracine fort loin et qui porte fort loin. Il est donc inadmissible, lorsque quelqu'un se trouve dans le cas d'avoir affaire à nous, de réagir par : "Il y a quelque chose qui ne va pas, viens chez moi ; tu es guéri, retourne chez toi." [...] Laisser les gens enfermés jusqu'à ce qu'ils soient "déclarés guéris" et les "déclarer sortants" pour les renvoyer sans aide porter le poids de leur passé et en infliger une bonne part à leurs proches constitue l'immense échec de la psychiatrie traditionnelle[1]. » Il invitait donc les psychiatres à modifier leur relation au malade, on pourrait dire – à l'exact opposé de ce qui se passe aujourd'hui – à la démédicaliser. « Combien pèse toujours la volonté hégémonique ! C'est ma chose, mon sujet, ma prise en charge, c'est à moi de le guérir. » Mais si la psychiatrie doit devenir l'affaire de tous, elle ne « saurait assurément être la même affaire pour tous, et le comble du savoir, du raffinement dans la mise en œuvre de ce sur quoi nous sommes, en effet, très spécialement compétents, ce serait bien de nous faire animateurs de pointe vers le changement le plus radical : que, de plus en plus, surtout de mieux en mieux, nous travaillions à ce que chacun et les circonstances mêmes concourent à la guérison, un "rêve" qui peut et doit se nourrir de nos méditations et débats sur la "relation thérapeutique" et qui peut et doit passer dans notre vie, comme modification profonde de nos mentalités et de nos pratiques, sans quoi le changement des lois et des institutions est un "impossible rêve" ».

1. Lucien Bonnafé, « Le personnage du psychiatre ou guérir, rêver d'un impossible rêve », in *Désaliéner ? Folie(s) et société(s)*, Presse universitaires du Mirail, 1992.

# Le secteur, malgré tout

## Tous derrière et lui devant

Tout le monde aujourd'hui évoque le secteur et utilise le vocabulaire de ses concepteurs, y compris les tenants de la biopsychiatrie – « Le secteur, la continuité des soins, le suivi au long cours des malades ? J'y adhère », dit Henri Loo –, ceux d'une antipsychiatrie adepte de la réhabilitation sociale, les gestionnaires évidemment, pour qui l'occasion est trop belle de rejeter les malades dans les bras de la charité et du bénévolat ou à la rue et en prison au nom du retour à la cité, de l'insertion, de la citoyenneté des malades mentaux, de la démocratie sanitaire. Personne n'est contre le secteur… Même Philippe Cléry-Melin reconnaît que « cela a été une idée généreuse mise en œuvre par des hommes étonnants », mais pour ajouter aussitôt qu'il s'agissait « d'une idéologie du village, qui n'a jamais vraiment été réalisée, et qui est devenue une usine à gaz, rongée par la bureaucratie ». Bref, le secteur serait une affaire dépassée dans la France urbaine des années 2000, qu'il faut remettre en cause au nom même de ses principes. L'intersectorialité ? C'est du secteur ! Le réseau ? C'est du secteur ! L'approche par grandes pathologies ? Ce n'est pas en contradiction avec le secteur ! Le développement des urgences hospitalières sur le modèle médical ? C'est du secteur ! Ce qui est intéressant, c'est que cette expérience initiée après la guerre a constitué une telle révolution, au moins dans les intentions, que même ses détracteurs actuels sont obligés de ne la critiquer qu'à voix basse et que, finalement, ils n'ont pas d'autre utopie à lui substituer. Le souci d'une meilleure gouvernance, envisagée comme seule finalité, ne saurait en effet constituer un modèle très mobilisateur.

Le secteur a-t-il pour cela, depuis quarante-cinq ans, rempli les missions que ses créateurs lui avaient assignées ? Probablement pas, ne serait-ce que parce que les expériences les plus ambitieuses demeurent très minoritaires. Mais, plus au fond, il semble bien qu'une série de facteurs, parfois extérieurs, aient empêché qu'il se développe, et tout d'abord l'opposition réelle de la majorité des psychiatres à sa mise en œuvre. Le secteur a été imposé par le haut, c'est-à-dire par l'État, et, si la profession en a accepté l'augure dans les mots, elle s'est bien gardée de le mettre en musique. « Aller sur la place publique », comme disait Bonnafé, constituait certainement un bouleversement dans la conception même de la psychiatrie et un engagement quasi militant, que la majorité des psychiatres n'a jamais été disposée à assumer. Ensuite, le maintien du secteur dans le giron de l'hôpital – plus précisément le maintien probable, dans beaucoup de cas, des traditions hospitalières, voire aliénistes, avec la prééminence du pouvoir médical et la justification du fantasme d'une médecine comme les autres – a eu des conséquences négatives. On se demande d'ailleurs bien pourquoi les évolutions actuelles, en particulier la conception biologique de la folie et la banalisation de celle-ci dans la santé mentale, auraient épargné le secteur. À tout cela, on peut ajouter le contexte d'un système conçu trop souvent comme un simple découpage administratif (les fameux soixante-dix mille habitants) et vécu de cette façon uniquement. Le secteur est ainsi devenu, en quelque sorte, une nouvelle organisation intégrant l'intra et l'extra, territoire de recrutement du système hospitalier remodelé. Qu'il ait parfois cédé à la tentation de la bureaucratie n'est pas étonnant dans de telles circonstances.

Certains s'empressent donc de lui faire porter la responsabilité de tout ce qui ne fonctionne pas. Les tenants d'un système public-privé vilipendent sa lourdeur, mais quelle machine légère préparent-ils dans leurs « territoires de santé », avec leur « mutualisation des moyens », leurs « accréditations », leurs « indicateurs de qualité » ? Il y a également ceux qui voient dans le secteur le responsable du fait que « les fous sont parmi nous », dangereux et livrés à eux-mêmes, avec un raisonnement tellement simpliste qu'on en reste confondu : en ouvrant l'asile, le secteur aurait libéré les malades dangereux. À ceux-là, on pourrait rétorquer que l'exclusion n'est pas due au secteur, mais bien à l'absence de celui-ci, c'est-à-dire à l'absence d'un véritable accompagnement dans une cité à taille humaine, à moins de considérer qu'un retour au grand renfermement serait la solution…

Quand on y regarde de plus près, toutes les mesures qui sont proposées aujourd'hui pour « dépasser » le secteur (ou pour lui donner un autre souffle, c'est selon) sont marquées par la verticalité : l'approche par pathologies, les dispositifs d'urgence, l'intersectorialité sur des territoires plus vastes et donc plus lointains, véritables pôles de compétitivité, le regroupement des moyens… D'où l'obsession du décloisonnement : entre les généralistes et les psychiatres, entre le sanitaire, le social et les familles, entre les élus et les associations, entre eux tous… La maladie d'un système vertical, c'est justement le cloisonnement entre les parties qui le composent.

Le système du secteur tel que l'avaient imaginé ses concepteurs, c'est au contraire l'horizontalité, c'est-à-dire un territoire avec une « implantation préalable » visant à intégrer l'équipe le mieux possible dans le contexte politique, social, culturel de celui-ci, et à adapter les outils à mettre en place, sans *a priori* ; un travail permanent, fait de milliers de liens personnels tissés au fil des jours avec tous – et pas seulement avec les institutions, les médecins, les pompiers, les experts ou la police –, animé par une équipe soignante immergée totalement dans le bain de la communauté, le psychiatre n'étant plus ici, grâce à son expérience, que l'« animateur de pointe » dont parlait Lucien Bonnafé. S'agit-il d'une utopie ? Pour une part, certainement, mais sans utopie on ne progresse pas. S'agit-il d'une vision « villageoise » de la psychiatrie comme le dit Philippe Cléry-Melin ? Pour une part, certainement aussi, et il est vrai que la psychiatrie peut se heurter à des difficultés dans les grands centres urbains, où les liens sociaux sont distendus, où la population bouge beaucoup, où les relations entre les gens sont trop souvent dépersonnalisées, où sévit la crise, le chômage et la détresse sociale. Pourtant, certaines expériences (celle de Bondy, par exemple) montrent que malgré les difficultés il y a tout de même une carte à jouer. De toute façon, le chemin du secteur ne saurait être une avenue toute tracée.

## L'apparition des usagers

Un autre facteur, relativement nouveau, peut également contribuer à faire face à ce problème : l'apparition, sur la scène de la psychiatrie, des usagers et des familles, qui ont pris conscience du rôle qu'ils peuvent jouer désormais. La FNAP Psy*, par exemple, présidée par Claude Finkelstein, rassemble aujourd'hui trente-cinq associations dans toute la France et quatre mille cinq cents usagers. La création, en 1992, de cette fédération est intéressante : avec elle, les patients prennent la parole pour la première fois. C'est elle, par exemple, qui est à l'origine de l'adoption en 2000 d'une « charte de l'usager en santé mentale », signée également par la Conférence nationale des présidents des commissions médicales d'établissement des centres hospitaliers spécialisés et par le secrétariat d'État à la Santé et aux Handicapés. On y affirme que l'« usager en santé mentale » est une personne à part entière, qui souffre, qui doit être informée et qui doit participer aux décisions le concernant ; il est une personne citoyenne. La FNAP Psy* participe également, souvent en collaboration avec l'UNAFAM*, à l'animation de clubs où les malades peuvent se retrouver et prendre leur vie en main.

Ces associations pourraient constituer une simple pièce du puzzle de la santé mentale qui est en train de se mettre en place, « entre charité et culture du lobbying à la manière anglo-saxonne », comme le dit Claude Finkelstein, or il semble qu'elles soient tout autre chose. Pour Jean Canneva, le président de l'UNAFAM*, les problèmes qui sont posés aux malades mentaux et à leur famille sont liés : « Dans le livre blanc que nous avons publié en 2001, nous expliquons que l'accompagnement comporte six points inséparables : les soins proprement dits, les ressources, l'hébergement dans la cité, l'accompagnement social et les clubs pour maintenir un minimum de lien social, la protection juridique, si cela est nécessaire, et l'insertion par une activité, si cela est possible. Cela signifie qu'il faut toujours associer quatre partenaires : le malade lui-même – en premier –, les soignants, les proches et les professionnels du social dans la cité. Si l'un d'entre eux fait quelque chose seul sans les trois autres – même les soignants –, c'est l'échec garanti. » Ce partenariat, selon Jean Canneva, ne saurait se fonder sur une quelconque hiérarchie : « Dans les clubs par exemple, les CMP* sont partenaires et non pas leaders, parce que la cité ne doit pas être sous le contrôle des médecins. » La collaboration entre les quatre partenaires doit aussi permettre de développer la prévention. « Attendre qu'une personne passe à l'acte pour la soigner est absurde, et cela advient parce que l'on ne s'en occupe pas. » Pour Jean Canneva, « entraide » est le maître mot. « Lorsque le malade n'est plus capable de se défendre lui-même du fait de sa maladie, explique-t-il, les trois autres partenaires se substituent à lui. En d'autres termes, il s'agit de tendre la main. »

L'UNAFAM* et la FNAP Psy* ont réussi, par leur action, à faire reconnaître aux malades le statut de « handicapés psychiques » dans la loi du 11 février 2005, ce qui leur ouvre des droits, entre autres, aux ressources, au logement, à l'accueil et à la protection juridique, et donc à une certaine autonomie. À la question de savoir si cette mesure ne contribue pas à leur apposer une étiquette sociale, Jean Canneva répond : « Avant, ils avaient une étiquette médicale, ce qui était pire car la notion de handicap n'est pas figée, elle donne des droits en fonction de la maladie. » L'adoption de cette loi a engendré la publication de circulaires concernant les services d'accompagnement, et notamment les clubs. « Nous avons réussi à obtenir 20 millions d'euros, pour financer trois cents clubs à travers toute la France. »

Cette vision ressemble, « à s'y méprendre », d'après Guy Baillon, à celle du secteur. Les clubs, par exemple, s'inspirent de ce qu'avait fait en son temps François Tosquelles. « Nous avons pris Saint-Alban, explique Jean Canneva, et nous l'avons mis dans la cité. » Évoquant le programme développé par les associations, Guy Baillon note à propos du secteur : « S'il s'en réclame, il l'actualise et le prolonge. Au lieu de s'exprimer en termes administratifs de structures, il se présente en termes cliniques et en termes de fonctions : “hospitalisation de proximité en ville et fin des concentrations, disponibilité du personnel vingt-quatre heures sur vingt-quatre dans chaque secteur, développement des services d'accompagnement sociaux, encore inexistants, couplés ou thérapeutique, anticipation des troubles par une prévention solide…”, toutes démarches que les professionnels semblent souvent avoir abandonnées tant ils se limitent aux impératifs administratifs plutôt qu'aux objectifs cliniques[1]. » Bref, c'est peut-être sous l'impulsion des associations que le secteur pourrait reprendre vie. « C'est nous qui faisons avancer la psychiatrie aujourd'hui », remarque Jean Canneva.

Et puis, a-t-on vraiment le choix ? À y regarder de plus près, le secteur, conçu de cette façon, constitue probablement la seule solution, si l'on se place du point de vue de l'intérêt des patients, ce qui est la moindre des choses. Sans lui, on s'achemine – en fait, on y est déjà – vers un système technocratique de plus en plus excluant, avec à la clé la charité, la détresse des familles, la rue ou la prison, ou alors on fait un retour à l'asile, ce qui serait une monstruosité. L'abandon ou l'enfermement, telle est l'alternative dans laquelle on se place si l'on évacue le secteur. Et cela ne concerne pas seulement les soignants, ni même les quatre partenaires de Jean Canneva. Il s'agit d'un choix éminemment politique qui interpelle la psychiatrie, l'État et les pouvoirs publics, les élus, les partis politiques, les syndicats et, au-delà, chaque citoyen. Comme toujours, la folie questionne les hommes et la société dans laquelle ils tentent de vivre ensemble.

1. *Quelle formation pour quelle psychiatrie ?*, sous la direction de Francis Jeanson, Érès, 2004.

# Épilogue

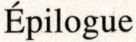

Annick est une grande jeune fille d'une trentaine d'années et, lorsque je suis arrivé à la résidence club, elle n'a pas levé le nez de ses cartes à jouer, elle m'a à peine salué ; de temps en temps cependant, elle levait un regard furtif dans ma direction, comme si elle voulait m'observer, savoir de quelle eau j'étais fait. Lorsque Marie-Thérèse Warot, la maîtresse de maison – en fait, la bonne fée de tous les pensionnaires – lui a proposé qu'elle me montre sa chambre, Annick a accepté, mais elle est partie avant nous alors que nous discutions avec les animateurs et les infirmiers dans la salle d'activités. Lorsque nous sommes arrivés dans son petit studio, elle s'était changée, elle s'était faite belle pour me recevoir. Un grand sourire éclairait son visage. Le studio est plutôt bien arrangé, avec des reproductions au mur, des photos. « Elle est fille unique, me confie Marie-Thérèse, et ses parents viennent lui rendre visite chaque semaine. Ce sont eux qui l'aident à rendre ce lieu de vie agréable. » Le problème du jour, c'est qu'Annick s'est fait une couleur toute seule, et qu'elle a quelque peu « décoré » le sol et les murs de la petite salle de bains. Marie-Thérèse la sermonne gentiment : « Pourquoi ne m'as-tu pas demandé de t'aider ? » lui dit-elle. Finalement, elles prennent rendez-vous pour le lendemain, Marie-Thérèse viendra lui faire sa mise en plis.

C'est ainsi que les choses se passent à la résidence club Gambetta, qui se trouve à deux pas du centre-ville de Bordeaux. Cette résidence comporte une trentaine d'appartements, dans une quelconque petite cité où les gens vont et viennent, se saluent au bas de l'escalier. Une résidence banale, donc, à ce détail près qu'une partie des locaux est destinée à la vie en commun, au « club », animé par deux éducatrices animatrices et trois infirmiers du CHS de Cadillac, qui se trouve à une trentaine de kilomètres de là. Il y a aussi une conseillère en économie sociale pour les démarches administratives. Cette résidence est la seule de ce type en France ; elle a été fondée par une association, Espoir 33, membre de l'UNAFAM*. Elle est financée par le conseil général de la Gironde et bénéficie du statut de foyer d'accueil médicalisé de la part de la COTOREP*, ce qui permet une aide financière. « Les personnes qui vivent ici, raconte Roland Cheri-Zecote, l'un des infirmiers, doivent forcément bénéficier d'un suivi psychiatrique, et elles sont admises avec un certificat médical. » L'objectif du club, c'est la socialisation et l'autonomisation des malades. Les pensionnaires choisissent leurs activités avec les animateurs, pâtisserie, piscine, bowling, jardinage, cours d'espagnol et même remise à niveau en calcul et en français. Aujourd'hui, une équipe va revenir d'un voyage de cinq jours en Auvergne ; je vais les croiser, le soir, sur le parking, à la descente du minibus, le teint légèrement hâlé, souriants, visiblement heureux de la belle balade qu'ils viennent de faire. « Ici, on ne fait pas directement du soin, mais plutôt une vigilance de soins, explique Roland. Par exemple, on ne donne aucun médicament ; ça, c'est le rôle du psychiatre qui a signé le certificat d'admission, et nous sommes en contact permanent avec lui ou avec le secteur. » Pourtant, les séjours à l'hôpital se font de plus en plus rares au fil du temps.

Laurent par exemple, un jeune homme qui vit dans un studio austère, n'y est pas retourné depuis un an et demi, ce qui est un progrès considérable pour lui qui a connu les séjours à répétition à Cadillac. Lorsqu'il était jeune, son père l'a chassé de la maison, il s'est retrouvé dans la rue, « perdu, sans un sou », et il est allé à l'hôpital parce qu'il était « malade dans sa tête »... Une fois, il s'est ouvert les veines, et il a toujours des idées de suicide. Il délire, parfois il entend le diable. Tous les mois, il rencontre son psychiatre et, chaque vendredi, l'infirmier lui renouvelle son pilulier. Marie-Thérèse, qui l'a aidé à se meubler, lui rend visite chaque jour. Et puis, il va au club pour boire un café avec les autres ou pour fêter un anniversaire. Il rêve d'avoir un appartement dans le centre de Bordeaux, « parce qu'ici on voit toujours les mêmes gens », dit-il. Quand la nuit tombe, il se sent seul dans son studio, avec ses angoisses, mais il dit se sentir bien quand Marie-Thérèse vient lui rendre visite. « C'est extraordinaire ce qu'il a pu progresser », confie celle-ci.

Gambetta n'est pas le seul club qu'Espoir 33 a créé à Bordeaux. Il y a aussi le club Mozart et le club Delord, où me conduit Jean-Paul Labardin, le directeur des clubs de l'association. À ma question « Combien y a-t-il de patients ici ? », il répond en riant : « Ici, il n'y a pas de "patients", mais des "impatients"... de vivre normalement. » J'ai donc ravalé ma boulette. Les « impatients » sont là, effectivement, dans une salle au rez-de-chaussée, très animée ; certains jouent aux cartes, d'autres s'occupent du repas de midi. Nous sommes accueillis par Annick Payen, qui fait les présentations. Ici, il n'y a pas de pensionnaires ; les gens vivent chez eux, en ville, ou dans la famille, et ils viennent quand ils veulent. On ne devient pourtant pas adhérent du club comme cela. Les candidats arrivent d'abord avec le statut de visiteur, histoire de prendre contact. Un animateur les reçoit et les présente alors à toute la société du club. Au bout d'un mois, ils doivent rédiger une lettre de motivation, ou la faire écrire par leurs parents. C'est une forme d'engagement. La cotisation est de 9 euros. Ensuite, lorsqu'ils ont le statut officiel d'adhérents, octroyé par un comité technique qui se réunit une fois par mois, ils viennent quand ils veulent, ou ils ne viennent pas s'ils n'en ont pas envie. « Si au bout d'une semaine on n'a pas de nouvelles, on appelle », précise Annick. Pour les repas, il faut être là à 11 heures, sinon il faut prévenir que l'on n'y participera pas. Tout le monde met la main à la pâte, pour les courses, la cuisine, le couvert, la vaisselle.

Ce sont également les adhérents qui choisissent les activités qu'ils ont envie de pratiquer : tennis, bowling, peinture, musique (comme musicien ou comme simple mélomane), sorties à Bordeaux ou à la plage, séjour à la montagne… Chacun participe financièrement aux sorties et aux activités à hauteur de 70 %, « c'est la règle ». Par exemple, 150 euros pour une semaine au ski. La gestion du budget par tous est un principe auquel on tient beaucoup ici. Chaque mois, on réunit le conseil des adhérents, qui est chargé d'examiner le budget mensuel. Parfois, il y a de bonnes surprises : récemment, par exemple, « on a décidé d'aller visiter le musée Dali à Figueras, raconte Annick. On avait prévu 9 euros pour l'entrée, mais ils nous ont fait entrer gratuitement. Cela nous a fait un resto supplémentaire. »

Dans tout cela, ce qu'Isabelle préfère, ce sont les ateliers d'écriture et la musique. Elle est arrivée au club en 2003 et, depuis, elle y passe ses journées en compagnie de sa chienne, qui ne la quitte jamais. Isabelle, après la mort de sa mère, a fait une grosse dépression, avec des séjours répétés au CHS* de Bordeaux. C'est son psychiatre qui lui a conseillé de venir au club. Depuis, elle ne peut plus s'en passer : « Le club, c'est ma famille. » Elle vit dans un appartement non loin de là, qu'elle appelle le « tombeau de Toutankhamon », mais elle cherche autre chose, « avec un balcon, pour pouvoir y mettre des fleurs ». Le club l'aide dans sa recherche. Isabelle vit avec une pension d'invalidité de 618 euros par mois, et chaque jour elle vient déjeuner ici pour 2,50 euros le repas. Elle participe activement aux courses et à la préparation du déjeuner. D'ailleurs, lorsque nous sommes arrivés, elle était en train de s'activer dans la cuisine. Tous les trois mois, elle rencontre son psychiatre, au secteur. Elle a coupé les liens avec sa famille, et elle n'a pas d'autres relations que celles qu'elle s'est faites au club.

À ses côtés se tient monsieur Thoï, un petit homme d'une quarantaine d'années, d'origine vietnamienne, qui a visiblement très envie de parler.

> Lorsque je suis arrivé en France en 82, j'étais technicien de maintenance en informatique. J'avais dix-neuf ans. J'ai eu des conflits avec mes chefs et j'ai donné ma démission. Je n'ai pas eu droit au chômage et je me suis retrouvé sans ressources. J'ai donc travaillé au noir dans la restauration, et c'est alors que j'ai sombré dans une folie complète ; je me sentais persécuté, je croyais que j'étais sans cesse suivi, que j'étais surveillé. J'ai quitté mon boulot et je suis resté prostré chez mon frère, terrorisé. Nous vivions à trois, mon frère, sa femme et moi dans un tout petit studio ; le soir, je dormais sur un matelas par terre. Mon frère n'avait alors aucune idée de l'état dans lequel j'étais. C'est alors que j'ai trouvé un emploi dans une entreprise qui fabriquait des cartes électroniques pour IBM, mais je n'allais toujours pas mieux… Je me prenais pour un prêtre et je faisais les rites de la messe face à ma machine, qui pour moi était un autel. J'étais dans mon monde à moi, un monde dans lequel personne ne pouvait pénétrer.
>
> Aujourd'hui, je sais que j'étais malade, mais à l'époque je l'ignorais. Mon chef s'en est pourtant aperçu et il m'a conseillé de me soigner. J'ai même changé de poste, et j'ai travaillé la

nuit. J'étais un peu plus tranquille, car la nuit il y a moins de monde et je me sentais moins surveillé. Cette situation n'a pourtant pas duré. J'ai signé un contrat et j'ai de nouveau travaillé de jour. Comme les choses empiraient, mon chef a dit que je devenais dangereux ; j'ai quitté le boulot et je suis allé voir, pour la première fois, un psychiatre libéral. Celui-ci m'a donné un traitement très lourd, avec des injections toutes les trois semaines et des comprimés à avaler plusieurs fois par jour. Je restais pourtant muet, je refusais de parler. Je buvais, je devenais alcoolique. Lorsque mes parents sont arrivés en France, je suis allé vivre chez eux. Je me couchais à 8 heures, je me levais à 11 heures, j'avais une vie de bête. C'est un copain qui m'a conseillé de venir au club. Au début, je ne disais toujours rien, et cela a duré pas mal de temps.

Annick, présente à l'entretien, le confirme.

Puis j'ai commencé de participer à des activités, comme le bowling et le tennis – avant j'aimais beaucoup le sport –, et petit à petit je me suis mis à parler, surtout avec les animatrices, parce que j'ai confiance en elles. Maintenant, je viens chaque jour au club et je vis dans un petit appartement à un quart d'heure d'ici. C'est grâce au club si j'ai pu prendre la décision de m'installer chez moi, ils m'ont encouragé à être autonome. Je participe aussi au journal qui s'appelle *Parlottes,* j'y ai même écrit un article intitulé « Le miraculé ou les voies de Dieu sont impénétrables ». J'y raconte que je suis allé un jour à Lourdes avec ma mère qui pensait que, dans la grotte, un miracle pourrait se produire et que je ne serais plus malade. Je l'ai fait, j'y suis même retourné une seconde fois, plutôt pour faire plaisir à ma mère. Vous voulez que je vous lise ce que j'ai écrit ? Voici ce que cela dit : « Et vous ne viendrez pas me dire que c'est votre Dieu qui m'a rétabli parce que c'est longtemps après avoir pris des médicaments et accompagné par des animateurs du service d'accompagnement que j'ai trouvé la lumière au bout du tunnel. J'ai gardé en moi la phrase “aide-toi et le ciel t'aidera” et je me souviens d'une phrase de la Bible : “Lève-toi et marche." Dans cette phrase, il y a deux actions : d'abord il y a celui qui dit la phrase et, deuxième action, c'est celui qui se lève et qui marche. »

Il sourit, il est très fier.

Aujourd'hui, je me sens mieux. Bien sûr, le soir, lorsque je rentre chez moi, dans la rue, je suis de nouveau la proie de mes angoisses, j'ai toujours l'impression d'être suivi, je me sens persécuté et j'ai terriblement peur. Lorsque j'arrive à la maison, je prends aussitôt un cachet et je décroche le téléphone pour appeler Annick ; le simple son de sa voix suffit alors à me tranquilliser. Ce que je voudrais maintenant, c'est rencontrer quelqu'un et fonder une famille. Vous savez ce que j'ai fait ? J'ai passé une annonce dans une agence matrimoniale... J'ai même rencontré une personne, mais hélas cela n'a pas marché...

Tout n'est pas aussi simple dans la vie, monsieur Thoï.

# Bibliographie

Abbé-Pierre (fondation), « Rapport annuel sur l'état du mal-logement en France ».

Louis ALTHUSSER, *L'Avenir dure longtemps* suivi de *Les Faits*, Stock-Imec.

Antonin ARTAUD, *Œuvres*, Quarto-Gallimard.

Jean-Paul ARVEILLER (sous la direction de), *Pour une psychiatrie sociale ; 50 ans d'action de la Croix-Marine*, Érès.

Jean AYME, *Chroniques de la psychiatrie publique à travers l'histoire d'un syndicat*, Érès.

Pierre BABIN, *SDF, l'obscénité du malheur*, Érès.

Mary BARNES et Joseph BERKE, *Marie Barnes, un voyage à travers la folie*, Seuil.

Ulrich BECK (sous la direction de), *La Société du risque ; sur la voie d'une autre modernité*, Aubier.

Gaetano BENEDETTI, *La Psychothérapie des psychoses comme défi existentiel*, Érès.

Jögh BLECH, *Les Inventeurs de maladies ; manœuvres et manipulations de l'industrie pharmaceutique*, Actes Sud.

Luc BOLTANSKI et Eve CHIAPELLO, *Le Nouvel Esprit du capitalisme*, Gallimard.

Lucien BONNAFÉ, *Dans cette nuit peuplée… 18 textes politiques*, Éditions Sociales.

Lucien BONNAFÉ, *Désaliéner ? Folie(s) et sociétés(s)*, Presses universitaires du Mirail.

Laurent BONNELLI et Gilles SAINATI (sous la direction de), *La Machine à punir ; pratiques et discours sécuritaires,* L'esprit frappeur.

Sébastien BRANT, *La Nef des fous,* Corti.

Robert CASTEL, *Les Métamorphoses de la question sociale,* Gallimard.

Robert CASTEL, *L'Ordre psychiatrique ; l'âge d'or de l'aliénisme,* Éditions de Minuit.

Robert CASTEL et Claudine HAROCHE, *Propriété privée, propriété sociale, propriété de soi*, Hachette littérature.

Vincent DE GAULEJAC et Nicole AUBERT, *Le Coût de l'excellence,* Seuil.

Vincent DE GAULEJAC, *La Société malade de la gestion ; idéologie gestionnaire, pouvoir managérial et harcèlement social,* Seuil.

Patrick DECLERCK, *Les Naufragés ; avec les clochards de Paris,* Terre humaine.

Patrick DECLERCK, *Le Sang nouveau est arrivé ; l'horreur SDF,* Gallimard, 2005.

Pierre DELION (sous la direction de), *La Chronicité en psychiatrie aujourd'hui ; historicité et institution,* Érès, 2004.

Pierre DELION (sous la direction de), *Soigner la personne psychotique ; concepts, pratiques et perspectives de la psychothérapie institutionnelle,* Dunod.

Martine DUTOIT-SOLA et Claude DEUTSCHE, *Usagers de la psychiatrie : de la disqualification à la dignité,* Érès, 2001.

Alain EHRENBERG et Anne LOVELL (sous la direction de), *La Maladie mentale en mutation ; psychiatrie et société,* Odile Jacob.

Xavier EMMANUELLI, *Out. La malédiction de l'exclusion peut-elle vaincue ?* Robert Laffont.

ÉRASME, *Éloge de la folie,* GF Flammarion.

Alain EHRENBERG, *L'Individu incertain,* Hachette Littératures.

Alain EHRENBERG, *Le Culte de la performance,* Hachette Littératures.

Michel FOUCAULT, *Le Pouvoir psychiatrique ; cours au collège de France ; 1973-1974,* Gallimard-Seuil.

Michel FOUCAULT, *Histoire de la folie à l'âge classique,* Gallimard.

Michel FOUCAULT, *Surveiller et punir,* Gallimard.

Pascal GOBRY, *L'Enquête interdite. Handicapés : le scandale humain et financier,* Le Cherche Midi.

Emilie HERMANT, *Clinique de l'infortune ; la psychothérapie à l'épreuve de la détresse sociale,* Les empêcheurs de penser en rond.

Raul HILBERG, *La Destruction des juifs d'Europe,* Gallimard.

Guy HUGNET, *Antidépresseurs, la grande intoxication, ce que 5 millions de patients ne savent pas encore,* Le Cherche Midi.

Francis JEANSON (sous la direction de), *Quelle formation pour quelle psychiatrie ?* Érès, 2004.

Stuart KIRK et Herb KUTCHINS, *Aimez-vous le DSM ? Le triomphe de la psychiatrie américaine,* Les empêcheurs de penser en rond.

Max LAFONT, *L'Extermination douce ; la cause des fous ; 40 000 malades mentaux morts de faim dans les hôpitaux sous Vichy,* Le bord de l'eau.

Anne LOVELL, « Santé mentale et société », *La Documentation française,* n° 899, avril 2004.

Jean MAISONDIEU, *La Fabrique des exclus,* Bayard.

Jean-Pierre MARTIN, *Psychiatrie dans la ville ; pratiques et clinique de terrain,* Érès, 2000.

Michel MINARD (sous la direction de), *Exclusion et psychiatrie,* Érès, 1999.

Jean OURY, *Il, donc*, Matrice.

Jean OURY, *Onze heures du soir à La Borde*, Galilée.

Jean OURY, *Psychiatrie et psychothérapie institutionnelle*, Payot.

Jean OURY, *Les Séminaires de La Borde*, Éditions du Champs social, 1998.

Jean OURY, Félix GUATARRI et François TOSQUELLES, *Pratique de l'institutionnel et politique,* Matrice.

Jean OURY et Marie DEPUSSÉ, *À quelle heure passe le train ? Conversations sur la folie,* Calmann-Lévy.

Philippe PIGNARRE, *Comment la dépression est devenue une épidémie,* Hachette Littératures.

Philippe PINEL, *Traité médico-philosophique sur l'aliénation mentale*, Les Empêcheurs de penser en rond, 2005.

Jean-Claude POLACK et Danielle SIVADON-SABOURIN, *La Borde ou le Droit à la folie*, Calmann-Levy.

Jacques POSTEL, *Dictionnaire de la psychiatrie*, Larousse.

Paul-Claude RACAMIER, *La Psychanalyse sans divan*, Payot.

Serge RAYMOND, *Pathobiographies judiciaires*, L'Harmattan.

*Recherches*, « Le secteur », n° 17, 1975.

*Recherches*, « Histoires de La Borde », n° 21, 1976.

Marc RENNEVILLE, *Crime et folie ; deux siècles d'enquêtes médicales et judiciaires*, Fayard.

Alice RICCIARDI VON PLATEN, *L'Extermination des malades mentaux dans l'Allemagne nazie*, Érès, 2001.

Jean-Luc ROELANDT et Patrice DESMONS, *Manuel de psychiatrie citoyenne ; l'avenir d'une désillusion*, In Press.

Denis SALAS, *La Volonté de punir ; essai sur le populisme pénal*, Hachette Littératures.

Gladys SWAIN et Marcel GAUCHET, *Dialogue avec l'insensé*, précédé d'*À la recherche d'une autre histoire de la folie*, Gallimard.

Loïc WAQUANT, *Punir les pauvres ; le nouveau gouvernement de l'insécurité sociale*, Agone.

Édouard ZARIFIAN, *Le Goût de vivre ; retrouver la parole perdue*, Odile Jacob.

Édouard ZARIFIAN, *Le Prix du bien-être ; psychotropes et société*, Odile Jacob.

Édouard ZARIFIAN, *Les Jardiniers de la folie*, Odile Jacob.

# Glossaire des sigles…

| | |
|---|---|
| AAH | Allocation d'adulte handicapé |
| AME | Aide médicale de l'État |
| APEV | Association des parents d'enfants victimes |
| ARH | Agence régionale d'hospitalisation |
| ASM 13 | Association pour la santé mentale dans le treizième arrondissement |
| BAPSA | Brigade d'aide aux personnes sans abri (Préfecture de police) |
| CAC | Centre d'accueil et de crise |
| CADA | Centre d'accueil pour demandeurs d'asile |
| CASH | Centre d'accueil et de soins hospitaliers (Nanterre) |
| CATTP | Centre d'accueil à temps partiel |
| CCAS | Centre communal d'action sociale |
| CCOMS | Centre collaborateur de l'Organisation mondiale de la santé |
| CEMEA | Centre d'entraînement aux méthodes d'éducation active |
| CESAMES | Centre de recherche psychotropes, santé mentale, société |
| CHAPSA | Centre d'hébergement et d'accueil des personnes sans abri (Nanterre) |
| CHR | Centre hospitalier régional |
| CHRS | Centre d'hébergement et de réinsertion sociale |
| CHS | Centre hospitalier spécialisé |
| CHU | Centre hospitalier universitaire |

| | |
|---|---|
| CMM | Commission des maladies mentales |
| CMP | Centre médico-psychologique |
| CMU | Couverture maladie universelle |
| COTOREP | Commission technique d'orientation et de reclassement professionnel |
| CPOA | Centre psychiatrique d'orientation et d'accueil |
| CTRS | Centre de traitement et de réinsertion sociale |
| DDASS | Direction départementale de l'action sanitaire et sociale |
| DREES | Direction de la recherche, des études, de l'évaluation et des statistiques |
| DSM | *Diagnostic and Statistical Manual of Mental Disorders*, « Manuel diagnostique et statistique des troubles mentaux ». La version utilisée actuellement est le DSM-IV. |
| ECT | Électroconvulsivothérapie |
| EPS | Établissement public de secteur |
| ESAT | Établissements et services d'aide par le travail |
| FNA PSY | Fédération nationale des associations de patients et ex-patients psy |
| FGERI | Fédération des groupes d'étude et de recherche institutionnelle |
| GCS | Groupement de coopération sanitaire |
| GTPSI | Groupe de travail de psychothérapie et sociothérapie institutionnelle |
| HDT | Hospitalisation à la demande d'un tiers |
| HO | Hospitalisation d'office |
| INSERM | Institut national de la santé et de la recherche médicale |
| MAS | Maison d'accueil spécialisée |
| MGEN | Mutuelle générale de l'Éducation nationale |
| OMS | Organisation mondiale de la santé |
| OPHS | Office public d'hygiène sociale |
| ORSPERE | Observatoire régional Rhône-Alpes sur la souffrance psychique en rapport avec l'exclusion |

| | |
|---|---|
| PMI | Protection maternelle et infantile |
| POD | Programme d'organisation départementale |
| RATP | Régie autonome des transports parisiens |
| RMI | Revenu minimum d'insertion |
| RNSPP | Réseau national souffrance psychique et précarité |
| SMES | Santé mentale et exclusion sociale (équipe de l'hôpital Sainte-Anne) |
| SMPR | Service médico-psychologique régional |
| SPI | Société de psychothérapie institutionnelle |
| T2A | Tarification à l'acte |
| TCC | Thérapies comportementales et cognitives |
| TOC | Troubles obsessionnels compulsifs |
| UDAF | Union départementale des associations familiales |
| UHSA | Unités hospitalières spécialement aménagées |
| UIA | Unités intersectorielle d'admission |
| UMD | Unité de malades difficiles |
| UNAFAM | Union nationale des amis et familles de malades psychiques |

# Table

RÉALISATION : CURSIVES À PARIS
IMPRESSION : NORMANDIE ROTO IMPRESSION S.A.S. À LONRAI
DÉPÔT LÉGAL : JANVIER 2014. N° 113493 (134922)
IMPRIMÉ EN FRANCE

# Éditions Points

Le catalogue complet de nos collections est sur Le Cercle Points, ainsi que des interviews de vos auteurs préférés, des jeux-concours, des conseils de lecture, des extraits en avant-première…

**www.lecerclepoints.com**

DERNIERS TITRES PARUS

P3035. À la trace, *Deon Meyer*
P3036. Comment devenir écrivain quand on vient de la grande plouquerie internationale, *Caryl Férey*
P3037. Doña Isabel (ou la véridique et très mystérieuse histoire d'une Créole perdue dans la forêt des Amazones) *Christel Mouchard*
P3038. Psychose, *Robert Bloch*
P3039. Équatoria, *Patrick Deville*
P3040. Moi, la fille qui plongeait dans le cœur du monde *Sabina Berman*
P3041. L'Abandon, *Peter Rock*
P3042. Allmen et le diamant rose, *Martin Suter*
P3043. Sur le fil du rasoir, *Oliver Harris*
P3044. Que vont devenir les grenouilles ?, *Lorrie Moore*
P3045. Quelque chose en nous de Michel Berger *Yves Bigot*
P3046. Elizabeth II. Dans l'intimité du règne, *Isabelle Rivère*
P3047. Confession d'un tueur à gages, *Ma Xiaoquan*
P3048. La Chute. Le mystère Léviathan (tome 1), *Lionel Davoust*
P3049. Tout seul. Souvenirs, *Raymond Domenech*
P3050. L'homme naît grâce au cri, *Claude Vigée*
P3051. L'Empreinte des morts, *C.J. Box*
P3052. Qui a tué l'ayatollah Kanuni ?, *Naïri Nahapétian*
P3053. Cyber China, *Qiu Xiaolong*
P3054. Chamamé, *Leonardo Oyola*
P3055. Anquetil tout seul, *Paul Fournel*
P3056. Marcus, *Pierre Chazal*
P3057. Les Sœurs Brelan, *François Vallejo*
P3058. L'Espionne de Tanger, *María Dueñas*
P3059. Mick. Sex and rock'n'roll, *Christopher Andersen*
P3060. Ta carrière est fi-nie !, *Zoé Shepard*

P3061. Invitation à un assassinat, *Carmen Posadas*
P3062. L'Envers du miroir, *Jennifer Egan*
P3063. Dictionnaire ouvert jusqu'à 22 heures
*Académie Alphonse Allais*
P3064. Encore un mot. Billets du Figaro, *Étienne de Montety*
P3065. Frissons d'assises. L'instant où le procès bascule
*Stéphane Durand-Souffland*
P3066. Y revenir, *Dominique Ané*
P3067. J'ai épousé Johnny à Notre-Dame-de-Sion
*Fariba Hachtroudi*
P3068. Un concours de circonstances, *Amy Waldman*
P3069. La Pointe du couteau, *Gérard Chaliand*
P3070. Lila, *Robert M. Pirsig*
P3071. Les Amoureux de Sylvia, *Elizabeth Gaskell*
P3072. Cet été-là, *William Trevor*
P3073. Lucy, *William Trevor*
P3074. Diam's. Autobiographie, *Mélanie Georgiades*
P3075. Pourquoi être heureux quand on peut être normal ?
*Jeanette Winterson*
P3076. Qu'avons-nous fait de nos rêves ?, *Jennifer Egan*
P3077. Le Terroriste noir, *Tierno Monénembo*
P3078. Féerie générale, *Emmanuelle Pireyre*
P3079. Une partie de chasse, *Agnès Desarthe*
P3080. La Table des autres, *Michael Ondaatje*
P3081. Lame de fond, *Linda Lê*
P3082. Que nos vies aient l'air d'un film parfait, *Carole Fives*
P3083. Skinheads, *John King*
P3084. Le bruit des choses qui tombent, *Juan Gabriel Vásquez*
P3085. Quel trésor !, *Gaspard-Marie Janvier*
P3086. Rêves oubliés, *Léonor de Récondo*
P3087. Le Valet de peinture, *Jean-Daniel Baltassat*
P3088. L'État au régime. Gaspiller moins pour dépenser mieux
*René Dosière*
P3089. Refondons l'école. Pour l'avenir de nos enfants
*Vincent Peillon*
P3090. Vagabond de la bonne nouvelle, *Guy Gilbert*
P3091. Les Joyaux du paradis, *Donna Leon*
P3092. La Ville des serpents d'eau, *Brigitte Aubert*
P3093. Celle qui devait mourir, *Laura Lippman*
P3094. La Demeure éternelle, *William Gay*
P3095. Adulte ? Jamais. Une anthologie (1941-1953)
*Pier Paolo Pasolini*
P3096. Le Livre du désir. Poèmes, *Leonard Cohen*
P3097. Autobiographie des objets, *François Bon*
P3098. L'Inconscience, *Thierry Hesse*

P3099. Les Vitamines du bonheur, *Raymond Carver*
P3100. Les Trois Roses jaunes, *Raymond Carver*
P3101. Le Monde à l'endroit, *Ron Rash*
P3102. Relevé de terre, *José Saramago*
P3103. Le Dernier Lapon, *Olivier Truc*
P3104. Cool, *Don Winslow*
P3105. Les Hauts-Quartiers, *Paul Gadenne*
P3106. Histoires pragoises, *suivi de* Le Testament
*Rainer Maria Rilke*
P3107. Œuvres pré-posthumes, *Robert Musil*
P3108. Anti-manuel d'orthographe. Éviter les fautes
par la logique, *Pascal Bouchard*
P3109. Génération CV, *Jonathan Curiel*
P3110. Ce jour-là. Au cœur du commando qui a tué Ben Laden
*Mark Owen et Kevin Maurer*
P3111. Une autobiographie, *Neil Young*
P3112. Conséquences, *Darren William*
P3113. Snuff, *Chuck Palahniuk*
P3114. Une femme avec personne dedans, *Chloé Delaume*
P3115. Meurtre au Comité central, *Manuel Vázquez Montalbán*
P3116. Radeau, *Antoine Choplin*
P3117. Les Patriarches, *Anne Berest*
P3118. La Blonde et le Bunker, *Jakuta Alikavazovic*
P3119. La Contrée immobile, *Tom Drury*
P3120. Peste & Choléra, *Patrick Deville*
P3121. Le Veau *suivi de* Le Coureur de fond, *Mo Yan*
P3122. Quarante et un coups de canon, *Mo Yan*
P3123. Liquidations à la grecque, *Petros Markaris*
P3124. Baltimore, *David Simon*
P3125. Je sais qui tu es, *Yrsa Sigurdardóttir*
P3126. Le Regard du singe
*Gérard Chaliand, Patrice Franceschi, Sophie Mousset*
P3127. Journal d'un mythomane. Vol. 2 : Une année particulière
*Nicolas Bedos*
P3128. Autobiographie d'un menteur, *Graham Chapman*
P3129. L'Humour des femmes, *The New Yorker*
P3130. La Reine Alice, *Lydia Flem*
P3131. Vies cruelles, *Lorrie Moore*
P3132. La Fin de l'exil, *Henry Roth*
P3133. Requiem pour Harlem, *Henry Roth*
P3134. Les mots que j'aime, *Philippe Delerm*
P3135. Petit Inventaire des plaisirs belges, *Philippe Genion*
P3136. La faute d'orthographe est ma langue maternelle
*Daniel Picouly*
P3137. Tombé hors du temps, *David Grossman*

P3138. Petit oiseau du ciel, *Joyce Carol Oates*
P3139. Alcools (illustrations de Ludovic Debeurme) *Guillaume Apollinaire*
P3140. Pour une terre possible, *Jean Sénac*
P3141. Le Baiser de Judas, *Anna Grue*
P3142. L'Ange du matin, *Arni Thorarinsson*
P3143. Le Murmure de l'ogre, *Valentin Musso*
P3144. Disparitions, *Natsuo Kirino*
P3145. Le Pont des assassins, *Arturo Pérez-Reverte*
P3146. La Dactylographe de Mr James, *Michiel Heyns*
P3147. Télex de Cuba, *Rachel Kushner*
P3148. Promenades avec les hommes, *Ann Beattie*
P3149. Le Roi Lézard, *Dominique Sylvain*
P3150. Scènes de la vie quotidienne à l'Élysée, *Camille Pascal*
P3151. Je ne t'ai pas vu hier dans Babylone *António Lobo Antunes*
P3152. Le Condottière, *Georges Perec*
P3153. La Circassienne, *Guillemette de Sairigné*
P3154. Au pays du cerf blanc, *Chen Zhongshi*
P3155. Juste pour le plaisir, *Mercedes Deambrosis*
P3156. Trop près du bord, *Pascal Garnier*
P3157. Seuls les morts ne rêvent pas. La Trilogie du Minnesota, vol. 2, *Vidar Sundstøl*
P3158. Le Trouveur de feu, *Henri Gougaud*
P3159. Ce soir, après la guerre, *Viviane Forrester*
P3160. La semaine où Jérôme Kerviel a failli faire sauter le système financier mondial. Journal intime d'un banquier, *Hugues Le Bret*
P3161. La Faille souterraine. Et autres enquêtes *Henning Mankell*
P3162. Les deux premières enquêtes cultes de Wallander : Meurtriers sans visage & Les Chiens de Riga *Henning Mankell*
P3163. Brunetti et le mauvais augure, *Donna Leon*
P3164. La Cinquième Saison, *Mons Kallentoft*
P3165. Les Nouvelles Enquêtes du Juge Ti : Panique sur la Grande Muraille & Le Mystère du jardin chinois, *Frédéric Lenormand*
P3166. Rouge est le sang, *Sam Millar*
P3167. L'Énigme de Flatey, *Viktor Arnar Ingólfsson*
P3168. Goldstein, *Volker Kutscher*
P3169. Mémoire assassine, *Thomas H. Cook*
P3170. Le Collier de la colombe, *Raja Alem*
P3171. Le Sang des maudits, *Leighton Gage*
P3172. La Maison des absents, *Tana French*

P3173. Le roi n'a pas sommeil, *Cécile Coulon*
P3174. Rentrez chez vous Bogner, *Heinrich Böll*
P3175. La Symphonie des spectres, *John Gardner*
P3176. À l'ombre du mont Nickel, *John Gardner*
P3177. Une femme aimée, *Andreï Makine*
P3178. La Nuit tombée, *Antoine Choplin*
P3179. Richard W., *Vincent Borel*
P3180. Moi, Clea Shine, *Carolyn D. Wall*
P3181. En ville, *Christian Oster*
P3182. Apprendre à prier à l'ère de la technique
*Gonçalo M. Tavares*
P3183. Vies pøtentielles, *Camille de Toledo*
P3184. De l'amour. *Textes* tendrement *choisis par Elsa Delachair*
P3185. La Rencontre. *Textes* amoureusement *choisis par Elsa Delachair*
P3186. La Vie à deux. *Textes* passionnément *choisis par Elsa Delachair*
P3187. Le Chagrin d'amour. *Textes* rageusement *choisis par Elsa Delachair*
P3188. Le Meilleur des jours, *Yassaman Montazami*
P3189. L'Apiculture selon Samuel Beckett, *Martin Page*
P3190. L'Affaire Cahuzac. En bloc et en détail, *Fabrice Arfi*
P3191. Vous êtes riche sans le savoir
*Philippe Colin-Olivier et Laurence Mouillefarine*
P3192. La Mort suspendue, *Joe Simpson*
P3193. Portrait de l'aventurier, *Roger Stéphane*
P3194. La Singulière Tristesse du gâteau au citron, *Aimee Bender*
P3195. La Piste mongole, *Christian Garcin*
P3196. Régime sec, *Dan Fante*
P3197. Bons baisers de la grosse barmaid.
Poèmes d'extase et d'alcool, *Dan Fante*
P3198. Karoo, *Steve Tesich*
P3199. Une faiblesse de Carlotta Delmont, *Fanny Chiarello*
P3200. La Guerre des saints, *Michela Murgia*
P3201. DRH, le livre noir, *Jean-François Amadieu*
P3202. L'homme à quel prix ?, *Cardinal Roger Etchegaray*
P3203. Lumières de Pointe-Noire, *Alain Mabanckou*
P3204. Ciel mon moujik ! Et si vous parliez russe sans le savoir ?
*Sylvain Tesson*
P3205. Les mots ont un sexe. Pourquoi « marmotte »
n'est pas le féminin de « marmot »,
et autres curiosités de genre, *Marina Yaguello*
P3206. L'Intégrale des haïkus, *Bashō*
P3207. Le Droit de savoir, *Edwy Plenel*